日出东南隅：福建词坛研究

王　敏◎著

北方文艺出版社

·哈尔滨·

图书在版编目（CIP）数据

日出东南隅：福建词坛研究 / 王敏著 . —— 哈尔滨：

北方文艺出版社，2024. 6. —— ISBN 978-7-5317-6270-6

Ⅰ. Ⅰ207.23

中国国家版本馆 CIP 数据核字第 202422TD18 号

日出东南隅：福建词坛研究
RICHUDONGNANYU FUJIAN CITAN YANJIU

作　　者 / 王　敏
责任编辑 / 富翔强　　　　　　　　　　封面设计 / 梁　洁

出版发行 / 北方文艺出版社　　　　　　邮　　编 / 150008
发行电话 / (0451)86825533　　　　　　经　　销 / 新华书店
地　　址 / 哈尔滨市南岗区宣庆小区 1 号楼　　网　　址 / www.bfwy.com

印　　刷 / 三河市中晟雅豪印务有限公司　　开　　本 / 787mm×1092mm 1 / 16
字　　数 / 200 千　　　　　　　　　　　印　　张 /12.75
版　　次 / 2024 年 6 月第 1 版　　　　　印　　次 / 2024 年 6 月第 1 次印刷

书　　号 / ISBN 978-7-5317-6270-6　　　定　　价 / 59.80 元

前　言

福建古称"闽"，地处中国东南沿海。秦汉以前，闽地繁衍着古老的闽越民族。汉唐以来，北方汉人不断南迁入闽，成为福建居民的主体。唐宋之后，随着"开洋裕国"思想的流行，以及海外交通的发展，一方面福建人"漂洋过海，过蕃谋生"，航海外渡；另一方面，外国商人尤其是中东的阿拉伯商人梯航东来，互通商贸，其中一部分人定居于福建沿海一带。数千年来，在众多民族的共同努力奋斗下，福建从一个较为蛮荒落后的边陲区域，自宋代开始成为国内社会经济比较先进的区域，文化也开始发展与繁荣。

根植于福建文化土壤上的文学也颇具独特气质，其中闽词亦为人所称道，福建亦为词学渊薮之地。赵宋一朝，词的创作与流传达到空前鼎盛，福建词坛亦呈旺盛之势，词人众多，名家辈出，群体聚集，词作风格独具一格。元明时期，词体让步于诗体与戏曲，福建词坛亦处于沉寂期。清代初期、中叶，词体渐兴，词坛渐盛，然而福建词坛并无明显起色，远无法抗衡江南地区的词人群体、派别。晚清民国，词作为古典文学的代表，受到文人学者的追捧，福建词坛亦重新焕发活力，闽地词学文献得到发掘与整理，词人积极聚集唱和，词学思想得以形成与发展，词作风格具有一定特色。

千年闽词走过一座座高峰，也一度潜于谷底，它如同绚丽的"朝晖"，点缀在文化臻于顶峰的赵宋王朝的天空，也终在封建社会末期迎来它绚丽的"晚霞"。然而，它的起伏不仅是福建地区文化历史的浮沉，也不仅是中华文化的摇摆，更是美丽的艺术形式下无数个个体在历史的尘埃中发出的一声声喜怒哀乐。

目　录

第一章 福建词坛的地域文化特征

文化是文学的土壤和源泉，影响着文学的产生和发展。同时，文学可以反映时代的思想、观念、价值和审美，是文化的表现形式之一，是文化的重要组成部分。福建词坛的产生、福建词学的发展，也是生长在福建地域文化基础之上的，福建地域文化不仅衍生出福建词坛，塑造出福建词坛的品格，还影响着福建词坛的走向与兴衰。

第一节 山海为怀：福建地域文化的开放性

"多山""滨海"抚育了福建地区的海洋文化。福建向有"东南山国"之称，境内地形以山地丘陵为主，"八山一水一分田"，山多平地少，耕地面积甚少。而且福建省四周崇山峻岭，阻隔了与浙江、江西、广东的陆路交通，交通十分不便，缺乏与其他大陆文化的交流、融合。然而，多山也有其意义，不仅保障了福建物种与资源的多样性，更重要的是，福建的"山"使得福建的水系相对独立、完整，使得省内的生存空间相对独立，这对于八闽大地形成和保存相对独立的生存方式与文化特征的意义是不言而喻的。福建靠海而居，"闽在海中"，"以舟为车"，加之地狭人稠，因而福建人不得不"以海为田"，向东面的大海讨生活。幸而福建的海洋自然条件较好，海洋资源较为优厚。其不仅海域面积广阔，海岸线漫长且曲折，海港众多，而且水产资源丰富，并在悠长的历史积淀中形成独特的海洋文化。

福建的海洋文化性表现在以海为田，海洋给福建人的生存提供了基本物资，福建海洋渔业不断发展，树树悬网，家家捕鱼，真是"地咸耕地少，海熟抵岁丰"。生活在多水的地理环境中，过着讨海的生活，也使得福建人擅长造船、航海，"海舟以福建为上"，闽人深谙水性，熟知海路，"竞相率航海"，使用船舶来征服水、利用水，从而更进一步进行海上贸易。福建人的商业贸易带有很强的海洋性、外向型特征，他们跨越"黑水沟"，过台湾、去东洋，闯荡东南亚，也连接起中国和西方，"舟舶继路，商使交属"。同时，海外贸易不仅引发福建"市井十洲人"的外商云集景象，也促使福建人出国移民，闽籍华人华侨遍布世界各地。

福建的海洋文化性不仅体现于福建人的生活、生产之中，也形成了福建人的海洋文化性情。海洋的吹拂、海洋文化的熏染，造就了福建人的文化胸怀，即放眼全球的视野、胸怀社稷的情谊以及海纳百川的气度。这在唐前表现为本地闽越人对入闽的中原人接受、融合。在宋元表现为海丝贸易，外族商人在福建落地生根，多种文化融合。在明代，海洋既是闽人抗倭的战场，也是闽人漂洋渡海的生意场。在晚清民国，新事物、新思想、新文化不断涌入中国，中原人、内地人接触新事物较少，又因传统观念深厚，而持更加传统、保守的姿态，抱残守缺者更多。而福建人面海而居，下海出洋，更容易形成宽广博大的海洋文化胸怀，从而对新事物更能持开放包容的态度。

海洋也造就了福建滨海居民的乡土情怀，即爱国爱乡。福建人居于海滨，常迫于生计背井离乡，在外游子的家国情怀很容易被异国他乡的人事物所激发，他们也更能深切体会到忧国之痛、思乡之愁，"爱国爱乡"也就成为闽人的独特精神气质。这种精神在儒家思想为统治思想的时代，表现为忠君爱国、民胞物与，维护民族统一与领土完整。不管是两宋之际的爱国文人，宋末的抗元斗争，还是明代的抗倭斗争，明末清初的反清复明，都展现出这种爱国精神。在大航海时代，表现为对海权与祖国领土的坚决维护。这体现在清末对海疆的誓死守护，对割让台湾的痛心疾首。在抗战时期，福建虽是"兵家不争之地"，但爱国热情从不衰减。这体现于奔赴滇缅公路的南桥机工身上，捐资出力的爱国华侨身上，也体现在为国为民奔走呼号的爱国文人身上，更体现在救国救民的革命者身上。

海洋不仅具备广阔的胸怀、远大的志向，也兼具豪迈的气质[1]。海洋的豪迈气质成就了福建人的文化个性，即刚强勇敢、敢拼会赢。20世纪80年代一首闽南语歌曲《爱拼才会赢》风靡全国大街小巷，歌词中"三分天注定，七分靠打拼，爱拼才会赢"，生动地表达出闽人的文化性格。这个性格渊源有自，闽人先祖生活于闽越荒蛮之地，不"敢为天下先""输人不输阵"[2]，根本无法生存下来。王审知治闽期间，建立了较为成熟的海外交通网络，福建人不得不顾海洋艰险，漂洋逐利。靠着这种海洋意识和精神，宋元时期，福建社会经济、海外交通贸易盛极一时，成为"东南全盛之都"。明清海禁，福建人为求生存冒险"违法"出海，"犯禁冒险"逐渐成为海滨闽人的普遍性格特征之一。福建人正

---

1 苏涵：《福建海洋文化研究 第1辑》，厦门：厦门大学出版社2015年版，第61页。

2 福建家喻户晓的格言。

是以海洋文明的坚韧与顽强，开台湾、下南洋、走西洋、去东洋。晚清民国时期，大批福建人穷则思变，不得已抛妻别母，远涉重洋，卖猪仔、当劳工、做生意、求学……悲情不悲观，流血不流泪，勇于搏击风浪，与命运抗争。

事实上，历代从北方入闽的汉人，从海上东来的穆斯林，以及土生土长的闽地人，都有一种紧迫感、不安情愫，面对深邃的高山与苍茫的大海，他们不得不敞开胸怀闯一闯、拼一拼，形成开放与打拼的文化性格。福建也就具备了海洋文明的开放性，兼容并蓄、思乡爱国、刚强勇毅。这种地域文化在福建的词学中亦有所体现，福建历代词人中遗民、爱国英雄不在少数，主张改革、革命者也不在少数，如宋之李纲、张元幹、刘克庄等，清之林则徐、林旭、严复等，民国之郑祖荫、黄展云、郑翘松、林庚白等，他们热切关注闽中政治、祖国大事，深沉热爱祖国大地，蕴忧处变，词风倾向雄浑悲慨一路。

第二节 文儒之乡：福建地域文化的传统性

由于地处偏僻且远离中原，福建自古被视为"南蛮之地"。在唐以前，福建科教文化朴野，多数闽人不知读书。然而自唐以来，福建文献渐盛、文儒兴起，使得福建从"闽人未知学"一跃成为"文儒之乡"。

唐以前福建的经济文化水平相对落后，福建人对学问知之甚少。唐建中元年（780），杨炎委任常衮为福建观察使。作为科举状元，常衮深知文化的重要性，他上任后便大兴文教，鼓励读书人参加科举，使得福建"岁贡士与内州等"，在科举上逐渐比肩中原。自此之后，福建士子登第人数愈多，唐朝就有百人。五代十国时，王审知建闽国，重视教育与文化建设。他礼贤下士，在州、县、乡中设立学府，吸收许多南下避乱的文人名士，福建文化教育事业进一步发展。

宋代福建文化扶摇直上，迎来繁荣期。这种鼎盛局面的出现离不开教育文化的发展，离不开"重学"与"养士"之风。官学在教育文化上发挥着重要作用，北宋经历三次"兴学"运动后，福建所有府、州、军、县均设立了学校。而且学生入学资格放宽，贫寒之士也能够接受教育。书院尤其朱熹及其门徒所办书院在教育文化上也起着不可忽视的作用。朱子大半生都在福建讲学、办书院。他不仅普及文化教育，培养能人志士，而且其育人的热忱也传承到了其学生身上，使得朱子思想能够代代相传，福建文教事业经久不衰。清代文人任士林曾说："朱子既殁，凡所居之乡，所仕之邦，莫不师尊之，以求学讲学，故书院为尤盛。"[1]因而，宋代福建地区中进士人数剧增至七千余人[2]，古语称"龙门一半在闽川"。朱熹在《福州州学经史阁记》中说道："福州之学，在东南为最盛，弟子员常数百人。"与朱熹同为著名理学家的吕祖谦，入闽后作诗称赞道："路逢十客九青衿，半是同袍旧弟兄。最忆市桥灯火静，巷南巷北读书声。"

元代福建的书院继续发挥着教书育人的作用，而且当时的书院不仅重视藏书，还重视刻书，有利于文化的传播与发展。

福建受明末战乱影响较小，加之福建是闽学的发源地，重视书院、社学与义学的建设，明代福建科举业仍较为发达，全省共有 1700 多名进士，堪称科举强省。其中最为出名的是莆田县。不过，莆田的人才主要出在明代前期，自倭寇之乱，莆田人才大减。明代中后期，泉州的晋江，福州的闽县、侯官，都是人才辈出的地区。明朝的统治阶层主要来自科举考试，福建人在统治阶层中占有一定的比例。但由于方言的阻碍，导致明代的福建人进入中枢较少。明代前期的闽籍中枢人物有名相杨荣，杨荣之后很长一段时间没有闽人步及中枢。明代后期的万历皇帝不爱面见大臣，皇帝与众臣的交往方式主要通过奏疏与诏谕，语言方面的沟通较少，于是，从这时候开始，有一些闽籍的大臣开始进入中枢。

清代福建学校较为普及，书院达 470 多所，其中全省性书院 5 所，社学、义学、私塾等也遍地开花。清代前中期（1644—1840）近 200 年间，福建的进士共 978 人，每科中进士的名额比明代略减，这是由于朝廷分配福建举人的名额相对削减的缘故。清代内地开发较快，湖南、湖北、广东等地迅速成为当时的文化大省，福建的文化地位相对降低。清代的中枢机构多为满族人担任，汉人较少，福建人也就相对更少，除安溪李光地、漳浦蔡世远等之外，福建极少有重臣。

福建地区有着良好的儒学传统，福建人由于地狭人稠，也十分重视文化教育，所谓"地瘦栽松柏，家贫子读书"。这种地域文化在福建词坛中亦有所体现，不仅福建词人多为大儒，如胡寅、朱熹、谢章铤、梁章钜、林则徐、陈衍、陈宝琛等，儒者之词多过文人之词。而且，福建词坛的词学思想偏重儒家思想，不重艳情绮丽之词，反而着重于词体的经世致用。

1　（清）任仕林：《祠院历记·重建龙津书院记》，（清）朱玉辑：《朱子文集大全类编》（第一册），四部丛刊本。

2　王应山《闽大记》记载，宋代福建进士人数达 5986 人。美国汉学家贾志扬（John w·Chaffee）所著《宋代学子的艰难门槛·科举的社会历史》一书中统计，福建以进士数 7144 人位居全国第一，并且远超排名第二的两浙东路 (4858 人)。

第三节 血浓于水：闽台文化的交融性

福建与台湾两地隔海相望，最近处仅相隔 130 千米。两地自古以来便一衣带水，同根同源。

福建、台湾海峡和台湾三者的地质实体互相连接，都属于亚洲大陆板块。远在第三纪末，在喜马拉雅山造山运动影响下，台湾海峡褶皱隆起，福建沿海和台湾海峡地壳抬升，海峡成为陆地，福建和台湾两地连成一片。在后来的地质史上，由于几次冰期和间冰期的海侵和海退，福建与台湾先后四次相连再分离。福建和台湾两地紧密相连，生态环境极为相似，史前人类创造的远古文化也大致相同。考古发现的成果表明，闽台先民创造的史前文化具有极大的关联性。莲花池山文化地质时代属于更新世中期的晚段，约处于旧石器中期到晚期的过渡阶段，距今 8 万至 4 万年前，较距今 1.5 万年前的台湾长滨文化更早，地址恰好位于海峡西岸"东山陆桥"的西端。莲花池山文化考古发现，为左镇人、长滨文化经由福建"东山陆桥"入台等问题提供新的考古学证据。海峡对岸的台湾凤鼻头文化与福建昙石山文化十分类似，考古学家张光直认为：凤鼻头文化的许多新颖的文化物质，如稻米农业、农具和陶器中的鼎和豆，与海峡西岸的马家滨、河姆渡、昙石山文化有显著的类似，可能是在后者影响下产生的。

闽台行政建制一度处于隶属关系。台湾自古以来就是中国的神圣领土，早在先秦时期文献中就已有关于台湾的记载。三国时期，孙吴政权派兵到台湾。元朝，中央政府在澎湖设澎湖巡检司，隶属于当时的泉州府，开始进行实质性统治。自明末清初郑成功收复台湾后，台湾开始单独设立府、县进行管辖和经营。清康熙二十二年（1683），清朝统一台湾，台湾重归中央政权管辖之下。次年，清廷在台湾设官治理，台湾隶属福建省，设台厦兵备道，驻府治，下设一府三县。到了清末光绪时期，随着民族危机的加深，为加强对台湾的管理和统治，在经历数百年的管理基础上，台湾建成一个行省，成为中国版图中的第二十个行省。福建与台湾的历史建置有着很深的渊源关系。台湾建省后，仍与福建保持非常密切的关系。

中国政府对台湾的经营可以追溯到 1700 多年前的三国。公元 229 年孙权派卫温、诸葛直率 1 万兵士东渡"夷洲"（即台湾）。隋代隋炀帝派朱宽率人去琉球访异俗，抚慰招降。大业六年（610）又令张镇州等率万余士卒前去征讨。唐以后，大陆人民开始移居到台湾，直接参与台湾的开发与建设。大陆人民迁入台湾以澎湖为起点，在最初开发者的辛勤耕耘下，澎湖到南宋时"中有沙洲数万亩"，当地人已经开始种植麦、麻、粟等。最晚在南宋，澎湖在行政上已隶属晋江县。南宋乾道年间，统治者已经派兵到澎湖巡防。而至元年间，元朝当局在澎湖设立巡检司，负责巡逻、查缉罪犯，兼办盐课。

朱元璋建立明朝后，在东南沿海实行迁界移民、坚壁清野的政策。闭关锁国的海禁政策，禁止沿海百姓私造海船，禁止与外国商贸往来，并以澎湖居民"叛服不定"为由，将岛上居民强行迁回大陆，安置在漳泉两地。"海禁"政策使得福建沿海民众铤而走险，出没于台湾海峡，遁逃台湾，集中在台湾西部港口附近，成为明初移居台湾的先行者。其中云林县西北部的北港，是福建走私商人、渔民等最早开发的地区。福建农民也因赋税负担，或地少人多为谋生计，纷纷逃到澎湖、台湾等地，其中以同安人、漳州人为多。但在明末以前，大陆人民向台湾移民还是零星的行为。揭开了明清两朝大规模移民入台的历史序幕的是郑芝龙。天启末年，福建连年旱灾，谷价暴涨，饿殍遍地。郑芝龙经福建巡抚熊文灿的批准，招募饥民前往台湾，他开出"人给银三两，三人给牛一头"，并用海船运到台湾的诱人条件，吸引了众多的灾民纷至沓来。崇祯元年，郑芝龙归顺朝廷后，仍然重视经营台澎，鼓励闽南百姓移民入台，可称得上是组织移民开发台湾的第一人。几万灾民渡海入台，披荆斩棘，建窑烧砖，筑屋垦田，建立了第一批的汉人聚落。他们带去了中原先进的耕作技术，并实行耕田纳租的封建生产方式，比台湾少数民族刀耕火种的原始生产方式要先进许多，使台湾部分地区迅速进入一个崭新的封建时代，加速了台湾的开发，促进了台湾经济的繁荣。

南明永历十五年（1661），郑成功率领大军东渡台湾海峡，驱逐荷兰殖民者，收复台湾岛，从此进入了郑氏移民时代。郑氏移民主要以军队移民为主体。郑成功抗清根据地以闽南地区为中心，他的部队成员以福建人为主。这批福建沿海农民参加郑成功军队后，携带家眷一起跟随郑成功东渡台湾。郑成功东渡台湾时，带去的军队约2.5万人，再加上部分眷属，约3万余人。除了郑成功军队和眷属外，当时还有一部分福建沿海居民为反抗清朝政府的迁界令而逃往台湾。福建流民源源不断地进入台湾，到郑经时，这股移民潮仍未停止。据统计，郑成功、郑经父子治理台湾期间，先后移入的官兵、眷属和东南沿海各省居民至少净增6万人。

清政府严格限制大陆居民渡台，在大陆的无业贫民为谋求生计，不得不偷偷去往台湾。乾隆五十四年（1789），闽浙总督福康安鉴于偷渡问题愈来愈严重，而禁渡之令形同虚设。于是他奏请更易禁渡之令，改私渡为官渡。这一官渡建议得到乾隆帝认可。官渡的设立为福建人民入台提供了方便，加速了人口流动，偷渡问题开始缓和。到近代，钦差大臣沈葆桢建议为招集垦户开发台湾山地，开放人民渡台入山之禁，准许福建人民自由入台。这一开禁建议得到清政府的批准。自此，历时两百多年对台湾实行半封锁政策宣告结束。

在福建移民陆续入台开发的数百年间，台湾几乎所有平原都开发殆尽，因而成为东南谷仓，不但满足快速增加的人口的粮食需求，米糖更大量运销大陆。台湾也因此成为汉人的新故乡与世代相守的乐土。

第二章 宋代福建词坛的兴盛

"一代有一代之文学"，词无疑是两宋的代表性文体。宋词风韵吟咏千古，然而其间福建词人的贡献不可谓不大。福建词坛在宋代迎来鼎盛期，正如晚清谢章铤所言"闽中词学，宋代林立"[1]，并非外地人所说的"词家绝少"[2]。

第一节 闽籍词人统计与分布

笔者根据《全宋词》《全宋词补辑》《全闽词》统计可考的宋代闽籍词人（包括长期寓居福建者 2 人）数量共有 162 人（见下表）。据《全宋词》《全宋词补辑》统计两宋全国词人共 1330 余人，闽籍词人占比 12.18%。又据唐圭璋先生《两宋词人占籍考》所作研究，在籍贯可考的 871 名宋代词人中，福建籍有 111 人，占比 12.74%，仅次于浙江、江西，高于江苏，位列全国第三位。[3] 笔者的统计与唐圭璋先生的统计结果相差无几，由此大胆推测，宋代闽籍词人占比应在 12% 左右，位于全国前列。

表 2.1.1：宋代福建词人一览表

姓名	生卒年	籍贯	身份	词集
徐昌图	不详	莆田（今属福建）	明经入仕	

1　（清）谢章铤著、刘荣平校注：《赌棋山庄词话校注》，厦门：厦门大学出版社 2013 年版，第 75 页。

2　（清）丁绍仪：《听秋声馆词话》卷十八，唐圭璋编：《词话丛编》，北京：中华书局 2012 年版，第 2806 页。

3　唐圭璋：《两宋词人占籍考》，《词学论丛》，上海：上海古籍出版社 1986 年版，第 576 页。

李坦然	不详	长乐（今属福建）人	淳化三年（992）进士	
杨亿	974—1020	建州浦城（今属福建）人	淳化三年进士，赐进士及第	
柳永	987—1053？	崇安（今福建武夷山）人	景祐元年（1034）进士	有《乐章集》
可真	？—1064	福州（今属福建）	僧人	
法昌禅师	真宗时人	漳州（今属福建）	僧人	
蔡襄	1012—1067	兴化军仙游（今属福建）人	天圣八年（1030）进士	
苏氏	不详	泉州同安（今属福建）人，徙居丹阳（今属江苏）	哲宗朝宰相苏颂之妹。长于文翰，世称延安夫人	
阮逸之女	不详	建阳（今属福建）人		
陈汝羲	不详	泉州晋江（今属福建）人	皇祐五年（1053）进士	
章楶	1027—1102	浦城（今属福建）人	治平二年（1065）进士	
法演	不详	建安（今福建建瓯）	僧人	
蔡确	1037—1093	泉州晋江（今属福建）人	仁宗嘉祐四年（1059）进士	
许将	1037—1111	福州（今属福建）人	嘉祐八年（1063）进士第一	
郑侠	1041—1119	福清（今属福建）	治平进士	
陈睦	不详	莆田（今属福建）人，寓苏州	嘉祐六年（1061）进士	
黄裳	1044—1130	延平（今福建南平）人	神宗元丰五年（1082）进士第一	《演山先生文集》存词
蔡京	1047—1126	兴化军仙游（今属福建）人	熙宁三年（1070）进士	
野轩可遵	不详	不详	福州中际寺禅师	
廖正一	不详	将乐（今属福建）人	神宗元丰二年（1079）进士	
陈瓘	1057—1122	沙县（今属福建）人	元丰二年（1079）进士	
曾诞	不详	晋江（今福建泉州）人	曾公亮从孙	
苏庠	1065—1147	泉州（今属福建）人		
祖可	不详	泉州（今属福建）人	苏坚子，苏庠弟。原名苏序，出家为僧，改名祖可	
范致虚	？—1129	建阳（今属福建）人	元祐三年（1088）进士	
正觉本逸		福州（今属福建）人	僧人	
廖刚	1071—1143	南剑州顺昌（今属福建）人	徽宗崇宁五年（1106）进士	
陆蕴	？—1120	侯官（今福建福州）人	绍圣四年（1097）进士	
美奴	不详	侯官（今福建福州）人	徽宗崇宁二年（1103）进士陆藻侍儿	
李纲	1083—1140	邵武（今属福建）人	徽宗政和二年（1112）进士	有《梁溪集》《梁溪词》
曾慥	？—1155	晋江（今福建泉州）人	任仓部郎官等	

李持正	不详	莆田（今属福建）人	政和五年（1115）进士	
蔡伸	1088—1156	兴化军仙游（今属福建）人	徽宗政和五年（1115）进士	有《友古居士词》
李弥逊	1089—1153	本吴县（今属江苏）人，晚年归隐其祖籍连江（今属福建）	徽宗大观三年（1109）进士	
邓肃	1091—1132	南剑州沙县（今属福建）人	靖康元年（1126）赐进士出身	有《栟榈先生文集》二十五卷，词存集中
张元幹	1091—1170	永福（今福建永泰）人	以右朝奉郎致仕	有《芦川词》
卢炳	不详	龙溪（今属福建）	政和二年（1112）进士	有《哄堂词》一卷
胡寅	1098—1156	崇安（今福建武夷山市）人	徽宗宣和三年（1121）进士	
慧空	1100—1162	福州（今属福建）	僧人	
刘子翚	1101—1147	崇安（今福建武夷山市）人	武夷山讲学	
孙道绚	不详	浦城（今属福建）人	黄铢之母	
高登	？—1148	漳浦（今属福建）人	绍兴二年（1132）进士	有《东溪词》
黄公度	1109—1156	莆田（今属福建）人	高宗绍兴八年（1138）进士第一	《莆阳知稼翁集》《知稼翁词》
陈善	1109？—1166	罗源（今属福建）人	绍兴三十年（1160）进士	
冯观国	？—1062	邵武（今属福建）人	道人	
黄童	不详	莆田（今属福建）人	绍兴八年（1138）进士，黄公度从弟	
陈知柔	？—1184	永春（今属福建）人	绍兴十二年（1142）进士	
王识	不详	永春（今属福建）人	精星历	
陈祖安	不详	建阳（今属福建）人	曾知华亭县等	
朱耆寿	不详	闽人	以累举得官	
傅自得	1115—1183	晋江（今属福建）人	傅察子，官至奉朝大夫	
魏掞之	1116—1173	建阳（今属福建）人	孝宗乾道四年（1168），以布衣召见，赐同进士出身	
刘珙	1122—1178	崇安（今福建武夷山市）人	绍兴十三年（1142）进士	
李吕	1122—1198	邵武军光泽（今属福建）人	讲学	有《澹轩集》，其中词一卷
吴叔虎	不详	建宁府（今福建建瓯）	高宗建炎二年（1128）进士	
林仰	不详	福州长溪（今福建霞浦）人	高宗绍兴十五年（1145）进士	
游次公	不详	建安（今福建建瓯）人	参范成大幕，曾知汀州	
陈居仁	1129—1197	兴化军（今福建莆田）人	绍兴二十一年（1151）进士	

朱熹	1130—1200	婺源（今属江西）人，居建阳（今属福建）之考亭	高宗绍兴十八年（1148）进士	有《朱文公文集》《晦庵词》
黄铢	1131—1199	崇安（今福建武夷山市）人。一说为浦城（今属福建）人	孙道绚子，刘子翚高弟，隐居不仕	有《谷城集》五卷，不传
黄仁荣	不详	浦城（今属福建）人，一作邵武（今属福建）人	以恩补承务郎、泰和主簿	
李焕	不详	福州长溪（今福建霞浦）人	孝宗隆兴元年（1163）进士	有《凤城词》一卷，不传
黄定	1133—?	永福（今福建永泰）人	乾道八年（1172）进士第一	
廖行之	1137—1189	其先延平（今福建南平）人，徙衡州（今湖南衡阳）	孝宗淳熙十一年（1184）进士	有《省斋集》《省斋诗余》
吕胜己	不详	建阳（今属福建）人	从朱熹游	有《渭川居士词》
林外	不详	晋江（今属福建）人	高宗绍兴三十年（1160）进士	
林淳	不详	永福（今福建永泰）人	孝宗隆兴元年（1163）进士。	有《定斋诗余》一卷，不传
苏十能	不详	兴化军（今福建莆田）人	孝宗乾道五年（1169）进士	
蔡戡	1141—?	兴化军仙游（今属福建）人	孝宗乾道二年（1166）进士，蔡伸之孙	有《定斋集》，内存词
游九言	1142—1206	建阳（今属福建）人	张栻曾辟幕下	有《默斋遗稿》，词存其中，《彊村丛书》辑为《默斋词》一卷
熊可量	不详	建阳（今属福建）人	乾道五年（1169）进士	
欧阳光祖	不详	崇安（今福建武夷山市）人	孝宗乾道八年（1172）进士。曾从刘子翚、朱熹讲学	
马子严	不详	建安（今福建建瓯）人	孝宗淳熙二年（1175）进士	有《古洲词》，已佚
李訦	1144—1220	晋江（今属福建）人	隐居读书著述	
王柟	1151—1213	祖籍福清（今属福建），徙居平江（今江苏苏州）		
王洧	不详	闽人		
刘褒	不详	崇安（今福建武夷山市）人	孝宗淳熙五年（1178）进士	有《梅仙诗集》，不传
陈晔	不详	长乐（今属福建）人		
熊以宁	不详	建阳（今属福建）人	淳熙五年（1178）进士	
詹克爱	不详	崇安（今福建武夷山市）人	淳熙五年（1178）进士	
高惟月	不详	怀安（今福建福州）人	绍熙元年（1190）进士	
郑域	1155—?	三山（今福建福州）人	淳熙十一年（1184）进士	有《燕谷剽闻》，不传。赵万里辑有其《松窗词》

吴申	不详	闽县（今福建福州）人	淳熙十四年（1187）进士	
陈宓	1171—1230	莆田（今属福建）人	恩荫入仕	
邹应龙	1172—1244	泰宁（今属福建）人	宁宗庆元二年（1196）进士第一	
方信孺	1177—1222	兴化军（今福建莆田）人	以父荫补番禺尉	有词集《好庵游戏》，不传
邹应博	不详	泰宁（今属福建）人	应龙从弟。宁宗开禧元年（1205）进士	
李仲虺	不详	汀州连城（今属福建）		
黄简	不详	建安（今福建建瓯）人	隐居吴郡光福山	
真德秀	1178—1235	浦城（今属福建）人	庆元五年（1199）进士	有《西山先生真文忠公文集》等，未见词集
熊节	不详	建阳（今属福建）人	宁宗庆元五年（1199）进士	
刘学箕	1178—?	崇安（今福建武夷山市）人	刘子翚之孙，年未五十，即隐居	著有《方是闲居小稿》，词存集中
留元刚	1179—?	永春（今属福建）人	开禧元年（1205）中博学宏词科，赐同进士出身	有《云麓集》，不传
卓田	不详	建阳（今属福建）人	开禧元年（1205）进士	
李仲光	不详	建安（今福建建瓯）人	开禧元年（1205）进士	
彭止	不详	崇安（今福建武夷山市）人		有《刻鹄集》，不传
陈韡	1180—1261	侯官（今福建福州）人	开禧元年（1205）进士	
王大烈	不详	晋江（今福建）人	宁宗嘉定四年（1211）进士	
陈以庄	不详	建安（今福建建瓯）人	宝庆间（1225—1227）与刘子寰同游于刘克庄之门	
王迈	1184—1248	莆田（今福建）人	嘉定十年（1217）进士	有《臞轩集》，词存19首，赵万里辑为《臞轩词》
严羽	不详	邵武（今福建）人		有《沧浪诗话》《沧浪集》，词存2首，附集中
严仁	不详	邵武（今属福建）人	与严羽、严参齐名，并称"邵武三严"	有《欸乃集》八卷，不传
严参	不详	邵武（今属福建）人		
刘克庄	1187—1269	莆田（今属福建）人	以荫入仕	有《后村先生大全集》。词集名《后村长短句》，一作《后村别调》《后村居士诗余》
冯取洽	1188—?	延平（今福建南平）人		有《双溪词》一卷

刘克逊	1189—1246	莆田（今属福建）人	以父荫入仕，刘克庄弟	
赵以夫	1189—1256	长乐（今属福建）人	嘉定十年（1217）进士	有《易通》《虚斋乐府》
葛长庚	1194—1229？	闽清（今属福建）人	道人。隐于武夷山学道	
彭耜	不详	闽县（今福建福州）人	道人	
善珍	1194—1277	泉州（今属福建）人	僧人，曾主持杭州径山寺	有《藏叟摘稿》
杜东	不详	邵武（今属福建）人	宁宗嘉定七年（1214）进士	
包荣父	不详	连江（今属福建）人	嘉定十年（1217）进士	
尹焕	不详	福州长溪（今福建霞浦）人，寓山阴（今浙江绍兴）	宁宗嘉定十年（1217）进士	有《梅津集》，不传
祝穆	不详	建阳（今属福建）人	理宗宝祐四年（1256）进士	
阮秀实	不详	兴化军（今福建莆田）人		
刘子寰	不详	建阳（今属福建）人	嘉定十年（1217）进士	有词集《篁嵊词》，残缺不全
刘清夫	不详	建阳（今属福建）人	游贾似道门最久	
哀长吉	不详	崇安（今福建武夷山市）人	宁宗嘉定十三（1220）进士	有《鸡肋集》，不传
黄师参	不详	福州闽清（今属福建）人	嘉定十三年（1220）进士	
戴翼	不详	闽县（今福建福州）人	嘉定十六年（1223）进士	
翁定	不详	崇安（今福建武夷山市）人	江湖游士。与刘克庄交游三十年	有《瓜圃集》，不传
妙崧	不详	建州浦城（今属福建）人	僧人	
留元崇	不详	泉州（今属福建）人	曾知建州	
陈垲	？—1268	本三山（今福建福州）人，寓居嘉兴		
黄孝迈	不详	福州闽清（今属福建）人	黄师参之子	
萧廷芝	不详	福州（今属福建）人	道人	有《金丹大成集》，词存集中
祖吴	不详	建安（今福建建瓯）人	理宗宝庆二年（1226）进士	
周申	不详	建安（今福建建瓯）人	宝庆二年（1226）进士	
赵汝腾	？—1260	居福州（今属福建）	宝庆二年（1226）进士。宗室子	
赵崇霄	不详	剑浦（今福建南平）人	宝庆二年（1226）进士。宗室子	
陈选	不详	闽（今福建）人	以"文举特奏"登科	
潘牥	1205—1246	闽县（今福建福州）人	理宗端平二年（1235）进士	有《紫岩集》，不传。赵万里辑有《紫岩词》

翁合	不详	崇安（今福建武夷山市）人	嘉熙二年（1238）进士	有《丹山集》，不传
黄铸	不详	邵武（今属福建）人	理宗朝官柳州守	
李振祖	1211—？	闽县（今福建福州）人	年四十六登宝祐四年（1256）进士	
王庚	不详	温岭（今福建泉州）人	官教授	
张任国	不详	永福（今福建永泰）人	嘉熙元年（1237）进士	
吴势卿	不详	建安（今福建建瓯）人	淳祐元年（1241）进士	
陈合	不详	长乐（今属福建）人	淳祐四年（1244）进士	
李芸子	不详	邵武（今福建邵武）人		
游子西	不详	龙溪（今福建漳州）人		
黄昇	不详	建安（今福建建瓯）人	早弃科举，雅意读书	有《散花庵词》（一作《玉林词》）一卷
冯伟寿	不详	延平（今福建南平）人	取洽子	
林洪	不详	泉州（今属福建）人		有《山家清供》，其中存词
陈人杰	1218—1243	长乐（今福建福州）人	数次应举不第	有《龟峰词》一卷
胡仲弓	不详	清源（今属福建）人，寓杭州	进士，曾官县令	
吴季子	不详	邵武（今属福建）人	宝祐四年（1256）进士	
郑楷	不详	三山（今福建福州）人		
林式之	不详	福清（今属福建）人	林希逸门人	
蒲寿宬	不详	西域人，家泉州（今属福建）	曾知梅州，后降元	有《心泉学诗稿》，内存词
廖莹中	？—1275	邵武（今属福建）人	少有隽才，文章古雅，登进士	
黄公绍	不详	邵武（今属福建）人	咸淳元年（1265）进士	有《古今韵会》《在轩集》。《彊村丛书》辑有《在轩词》一卷
东冈	不详	三山（今福建福州）人		
郑思肖	1241—1318	连江（今属福建）	遗民	
熊禾	1247—1312	建阳（今属福建）人	咸淳十年（1274）进士	有《勿轩先生文集》，其中存词
刘应李	？—1311	建阳（今属福建）人	度宗咸淳十年（1274）进士	
陈德武	不详	三山（今福建福州）人	曾仕宦而遭贬谪。遗民	有词集《白雪遗音》传世
韩信同	1251—1332	福宁（今福建霞浦）人	主持建安云庄书院	
福建士子	不详	名里无考		
连静之女	不详	延平（今福建南平）人	嫁儒生陈彦臣	

| 楚娘 | 不详 | 三山（今福建福州）人 | 原为妓女，适三山林茂叔 | |
| 危昂霄 | 不详 | 光泽（今属福建）人 | 耽经史，不仕进 | |

由上表可知以下几点：

从历史时段分布来看，北宋时期，闽籍文人杨亿、柳永、蔡襄、章楶、黄裳、蔡京、陈瓘、苏庠等都有词作流传，但词人数量相对较少，有词集者极少。幸有柳三变傲视词坛，"凡有井水处，即能歌柳词"，成为著名的"奉旨填词"词人。南渡时期，闽籍词人异军突起。此时名家较多，李纲、李弥逊、邓肃、张元幹等人政治立场相似，主张抗金，关系友善，互相唱和往来，以词抒发心中的情意。他们的词具有强烈的爱国精神，豪气弥满，为"辛派的前驱"[1]。南宋时期，福建词坛大致形成两个词人群体，一个以闽中福州、莆田为中心，聚集刘学箕、刘克庄、陈人杰等词人，他们为辛派后劲，词作切近时事、昂扬豪迈、沉郁悲凉。另一群体为闽北词人群，陈庆元先生称其为"词中江湖派"[2]。闽北词人群又可细分为两个小群体，一为建阳、建安、延平一线的黄昇、冯取洽、冯伟寿、刘清夫、刘子寰等；另一为邵武的"三严"，即严羽、严仁、严参。[3]他们的词较为婉约，偶有雄迈之作。此外，大儒朱熹、真德秀等皆有词作传世，虽然词作数量少，但是身为大儒而为词，也可观见当时闽地填词风气之盛。蔡伸、赵以夫、卢炳、葛长庚、黄公绍、陈德武等人存词较多，词作亦各有特色，词艺亦有可观之处。

而之所以南渡时期闽籍词人异军突起，南宋时期福建词坛词人聚集成群体，这离不开宋室南迁、文化南移这一历史进程。靖康之难后，宋室赵构在南京（今河南商丘）即位，称为宋高宗，南宋王朝建立。为了躲避金兵的追击，高宗随即南渡。随高宗一起南渡的，不仅有皇亲贵戚，众多百姓和武装流民，还有大量文人、士家大族。避难人群先后逃往南方各地，有江淮地区、湖湘地区、四川地区，还有岭南地区。闽中地区也是中原人南渡后聚居之地。据记载："中原士民，扶携南渡，不知其几千万人。"[4]朱熹认为"靖康之乱，中原涂炭，衣冠人物，萃于东南。"大批移民的到来，促进了福建地区经济社会的迅速发展同时，文化生态也随之发生了改变。他们给福建地区带来了文化血脉，福建文学迎来了首个繁荣期。

从地域分布来看，考察宋代福建词人的籍贯，最多者为建州，有46人，包括建安10人，建阳16人，浦城7人，崇安13人；归籍福州者43人，包括福州、三山11人，闽县5人，侯官3人，福清3人，永福4人，长溪4人，长乐5人，罗源1人，闽清3人，怀安1人，连江3人；兴化军者17人，其中莆田9人，仙游4人，兴化4人；邵武者16人，其中邵

1　陈庆元：《福建文学发展史》，福州：福建教育出版社1996年版，第169页。

2　陈庆元：《词中的江湖派——南宋后期闽北词人群述评》，《词学》，2000年第1期（总第12辑）。

3　参考陈庆元：《福建文学发展史》，福州：福建教育出版社1996年版，第197页。

4　（宋）李心传：《建炎以来系年要录》卷八十六，四库全书本。

武 11 人，光泽 2 人，泰宁 2 人，建宁 1 人；泉州者 13 人，其中清源 1 人，晋江 8 人，同安 1 人，永春 3 人；南剑州者 5 人，其中沙县 2 人，剑浦 1 人，将乐 1 人，顺昌 1 人；漳州者 4 人，其中龙溪 2 人，漳浦 1 人；汀州仅连城 1 人。由此可见，宋代福建词人的中心在闽北和闽中一带，闽南、闽西、闽东地区词家较少。之所以分布如斯，从地理上而言，闽北与政治文化中心浙江、文化强省江西交界，临近福建省会福州，又拥有独特的地理环境而成为沟通福建与中原的文化走廊。从文教传统而言，魏晋时期衣冠南渡，中原人士逐渐移民闽北、闽中一带，促进其经济开发和文教发展。而由于长期的开发和移民迁入，导致人多地少的矛盾日益突出。故隋唐以后，随着文化教育事业的兴起，闽北、闽中人便开始从发展生产转向注重文教、读书求仕，于天下之先创立州学，兴办学院，培养文人学子。清陈盛韶任建阳、邵武等地知县时，就曾极力称赞闽北重教之风，"祖父分产之始，留田若干亩，为子孙读书之需，后有入学者收其租，捐纳者不得与其租。……故建阳极贫……而延师资金从厚"[1]。

从身份类别来看，此时福建词人绝大部分为士人，考中进士及赐同进士出身或其他方式登科的约有 90 人，占比 55.56%。有一些虽未中进士，但也得以步入仕途，如曾慥等数十人。还有一些虽未仕进，但雅意读书，如黄昇、严羽、严参等数人。此外，还有僧道十几人。此时一些妇女亦擅辞藻，同安苏颂之妹苏氏，建安知县黄云轩室孙道绚，建阳阮逸之女阮氏，神宗时的妇女张璧娘，陆藻侍儿美奴等均留下词作，其中孙道绚词名最大。之所以进士人数占比比较大，而一些未执意科举者、僧道，甚至妇女亦擅藻汇，这一则是因为闽北、闽中一代重学重教，儒家文化传统熏染较深。这二则也与闽北、闽中一带的经济发展有关，"仓廪实而知礼节，衣食足而知荣辱"，这一带的经济条件让更多的人能够安心读书。闽北地处闽江上游，福州地处闽江下游，建溪、富屯溪等支流贯穿其中，形成众多串珠状的河谷盆地和山间盆地。虽平地面积十分有限，田小地偏。但山地范围大，山势较缓，不仅山产较多，还可开发山垄田和山排田，而且水源充足，引山泉自流灌溉，种植成本较低。正如《宋会要辑稿》所载："泉流接续，自上而下，耕垦灌溉，虽不得雨，岁亦倍收。"《古今图书集成·艺术典》也以为："虽土浅水寒，山岚蔽日，而人力所致，雨露所养，无不少获。"加上植被丰富，自然环境良好，又远离战乱，因而能"水旱无虞"，为人们的安居提供了极好的处所，故朱熹评说："天下大乱，此地无忧，天下大旱，此地丰收。"

1　（清）陈盛韶：《问俗录·建阳县》卷一，北京：书目文献出版社 1983 年版。

第二节 "词源""词体""词史"：
词坛的词学思想

宋代福建词坛留下的词学理论方面的资料无多，朱熹、刘克庄等人文集中有评词论词的零星材料，其中序跋题记资料仅数十条，如黄裳有 2 篇，曾慥有 2 篇，胡寅有 1 篇，朱熹有 2 篇，真德秀有 1 篇，刘克庄有 9 篇，黄昇有 2 篇等。另有两部词选能见出词人的词学思想，这两部词选（宋人词选今存总共七部）为曾慥的《乐府雅词》，黄昇的《花庵词选》。其中《花庵词选》共二十卷，分两部分，前十卷为《唐宋诸贤绝妙词选》，选唐和北宋词人词作；后十卷为《中兴以来绝妙词选》，除少数几人为北南宋之际的词人外，其余全为南宋人。

一、词源乐府

词的起源问题始于五代，至宋有多家之说。论者主要从音乐与文体的角度出发，分为新声变曲说、起于燕乐说、声诗之变说、乐府之变说、源于敦煌词说[1]、唐诗余脉、诗经余裔等。其中乐府之变说由于同时具体音乐与文体方面的优势，而为一些论者所青睐。

宋代福建词坛对词起源文体的体认，大多也不离乐府，胡德方序黄昇《花庵词选》言："古乐府不作，而后长短句出焉。"[2] 这也可以从词集、词选的命名中可见一斑，如《乐府雅词》《虚斋乐府》等。一般论者言词体与乐府的相通，在于二者都是音乐文学，诗乐合一，而且都是先声后词，倚声填词。"宋人对于词起源于乐府的阐发，主要有和声、虚声、泛声三种假说"[3]。如沈括提出"和声"说，即在歌曲每句或某几句末尾附和"贺贺贺""何何何"之类，这些声音并无意义，然可以丰富歌曲的主次层次，增加其婉转缠绵之美。胡仔又提出"杂以虚声"的"虚声"说，即在每句末端加入"举棹""年少"一类虚声，这些声音也并无意义，然可以合曲趁拍，增强音乐性。朱熹亦认为词源于乐府，只是关于乐府如何演变成词，他在前人的基础上提出了"泛声"说。其言："古乐府只是诗。中间却添了许

---

1 钱志熙：《古今词体起源说的评述与思考》，《北京大学学报（哲学社会科学版）》，2017 年第 4 期。

2 （宋）胡德方：《花庵词选序》，金启华：《唐宋词集序跋汇编》，南京：江苏教育出版社 1990 年版，第 359 页。

3 汪超、徐安琪：《朱熹词学思想初探》，《天中学刊》，2006 年第 3 期。

多泛声，后来怕失了那泛声，逐一添个实字，遂成长短句，今曲子便是。"[1] 乐府诗亦有长短之句，只是因其原本为歌诗，在歌唱之时会添加许多泛声，记谱之人怕丢失了泛声，于是用"大字表辞，小字表声"的形式记录下来，后人不明其理，逐渐将泛声变成实字，于是形成词体那般丰富、错落的长短之句。朱熹的说法凸显了词"先声后词""依声填词""由乐以定词，非选词以配乐"（元稹《乐府古题序》）的特点。同时，他说"中间却添了许多泛声"，说明添加的泛声并非只局限于句末，也可以处于句中、句首，这就比沈括、胡仔等人的说法更加灵活，也更加符合实际情况。但是，词与乐府诗所依的音乐分属不同的音乐系统，词的产生既有文人加工改造的情形，亦有民间劳动者应声而歌的情况，若单纯从词体与乐府音乐形式或文本形式上的相似来探寻其"母子"关系，有其偏颇之处。

与朱熹从音乐与文本的形式长短方面论证词源于乐府不同，另一些福建词人却能独出机杼，直指词体源于乐府的根本在于言情，言哀怨之情，哀怨地言情。这种观点其实就已将词视为一种文学体裁了，从而从文学的情感意蕴及艺术表达上来证明词与乐府的关系。胡寅曰："词曲者，古乐府之末造也。古乐府者，诗之旁行也。诗出于离骚楚辞，而骚词者，变风变雅之怨而迫、哀而伤者也。其发乎情则同，而止乎礼义则异。名曰曲，以其曲尽人情耳。方之曲艺，犹不逮焉。其去曲礼，则益远矣。"[2] 他以为词曲源于古乐府，诗词同是"发乎情"，但诗更多"止乎礼义"，较为克制端正，具有"乐而不淫，哀而不伤"的中和之美；而词则有离骚、变风变雅的影子，其"曲尽人情"，情感更加悲怨，"怨而迫、哀而伤"，情感表达更加痛快淋漓。

胡寅所言的"曲尽人情"，一方面能达乎心中至真至性之情。正如晚清况周颐所言："至真之情，由性灵肺腑中流出，不妨说尽而愈无尽。"[3] 至真至性之情不妨"曲尽"，"曲尽"才能凸显、表达至真至性之情。况且，弗洛伊德心理学有本我、自我、超我之说，"本我"（完全潜意识）代表欲望，受意识遏抑，"自我"（大部分有意识）负责处理现实世界的事情，"超我"（部分有意识）是良知或内在的道德判断。人处于社会之中，不得不理性、克制，做一个"自我""超我"的"我"，然而，一些时候，一些情绪、感受、情感需要释放，需要尽情地宣泄，需要偶尔做一个"本我"的"我"。另一方面，胡寅所谓的"曲尽人情"其实还有另外的意图，那就是"变风变雅"。《诗大序》言："至于王道衰，礼义废，政教失，国异政，家殊俗，而变风变雅作矣。"词与变风变雅一样"曲尽人情"，以落寞无奈、哀怨感伤为主题的情感抒发，其根本旨归在于观政，在于厚人伦、美教化、移风俗。

与胡寅的观点相似，黄裳亦以为词源于乐府，其言："采诗之官收之于乐府，荐之于

1　（宋）朱熹：《朱子全书》，上海：上海古籍出版社 2002 年版，第 4331 页。

2　（宋）胡寅：《酒边词序》，金启华：《唐宋词集序跋汇编》，南京：江苏教育出版社 1990 年版，第 117 页。

3　（清）况周颐：《蕙风词话》卷二，唐圭璋编：《词话丛编》，北京：中华书局 2012 年版，第 4428 页。

郊庙，其诚可以动天地、感鬼神；其理可以经夫妇、移风俗。"[1] 而词体与乐府的相通之处一则在于"其诚"，情感深厚可以"动天地、感鬼神"，二则在于"其理"，伦理道德上可以实现"经夫妇、移风俗"。黄裳十分重视以词抒发情感，以为填词应"志趣之所向，情理之所感，有诸中以为德，见于外以为风"，自言其填词时的情状为"演山居士闲居无事，多逸思，自适于诗酒间，或为长短篇及五七言，或协以声而歌之，吟咏以舒其情，舞蹈以致其乐。因言，风雅颂诗之体，赋比兴诗之用，古之诗人，志趣之所向，情理之所感，含思则有赋，触类则有比，对景则有兴，以言乎德则有风，以言乎政则有雅，以言乎功则有颂。"[2]

二、词体雅正

自词体成熟后，以"雅"论词便不绝于耳。北宋文人作词已经开始有意识地倾向于"雅"，但各家对"雅"的认识有所不同。词在唐五代时地位较低，被视为艳科。苏轼打破词为艳科的传统，开始"以诗为词"，使得文人之词突破狭隘的男女相思，将个人的志趣和家国抱负写进词中，扩大了词境，高尊了词体，雅化了词格。到南宋之时，"雅词"俨然成为一种时尚追求，"雅"有清雅、风雅、骚雅等各种表现形式，正如张炎《词源》所言："古之乐章、乐府、乐歌、乐曲，皆出于雅正。"[3]

福建词坛大体也以雅正为词体要求，词人们所推崇者多为苏轼、辛弃疾、姜夔、欧阳修等雅派词人，并大加鞭挞侧艳之词和滑稽戏谑之词。朱熹作为理学家，追求"和平粹美"的雅正思想，他对欧阳修的艳词颇有微词，"朱晦翁示黄铢以欧阳永叔子词，盖所以讽之也……"[4] "亟称"李清照清婉雅洁的《漱玉词》，以及陆游晚年"和平粹美，有中原承平时气象"之作[5]。在他看来"道者，文之根不文者，道之枝叶"，文是载道的工具，词亦不能偏离道统。朱熹较少作词，说明他并不看好词的载道功能，但是他又在辛弃疾等人的词中见识到了词弘道的功用，于是他亦偶尔填词，但是他提倡严肃为词，反对浮媚和华艳。他评论黄庭坚："黄山谷慈祥之意甚佳，然殊不严重。书简皆及其婢妮，艳词小诗，先已定以悦人，忠信孝悌之言不入矣。"[6] 从这里可以看出，他反对为"婢妮"作词写诗，也反对取悦于人的"艳词小诗"，要求以"忠信孝悌"的内容充实作品。这都表现出他以文学严肃性的要求来填词，反对艳科。不过，朱熹所要求的"雅"是自然平和的，他反对

1　（宋）黄裳：《演山居士新词序》，《演山集》卷二十，四库全书本。

2　（宋）黄裳：《演山居士新词序》，《演山集》卷二十，四库全书本。

3　（宋）张炎著，蔡嵩云疏证：《词源疏证》卷下，北京：中国书店 1985 年版，第 1 页。

4　（宋）朱熹：《答巩仲至》，《晦庵集》卷六十四，四库全书本。

5　（清）冯金伯：《词苑萃编》卷五·品藻三，《词话丛编》，第 1874 页。

6　（宋）朱熹：《朱子语类》，（宋）黎靖德编，杨绳其、周君校点：《朱子语类》（第 4 册）卷130，长沙：岳麓书社 1997 年版，第 2814 页。

雕琢弄巧。他在论作文之道时曾批评欧阳修、王安石、曾巩等"一向求巧，反累正气"，也不满于"太细腻，流于委靡"的文章。这与一般文人所要求的精雕细琢之雅有所区别。

与朱熹承认并批评欧阳修的艳词不同，曾慥则极力为欧阳修的艳词辩护，以为欧公如此雅正之人不可能作出如此露骨刻削之词，定为小人所诬陷，"欧公一代儒宗，风流自命，词章幼眇，世所矜式。当时小人或作艳曲，谬为公词，今悉删除。"[1] 曾慥还将其词选命名为《乐府雅词》，"涉谐谑则去之"。学者肖鹏认为，《乐府雅词》主要排斥的是俚俗滑稽之词，其次才是淫艳之词。[2] 可见，曾慥所谓的"雅词"与滑稽、艳俗之词相对，《四库全书总目提要》称《乐府雅词》"命曰雅词，具有风旨，非靡靡之音可比"[3]，可谓知言。

在《乐府雅词》的选词中，亦体现出曾慥的雅词观念。他将《转踏》《大曲》列于《雅词》之前，这固有追溯词源的意味，也可见出其重视词体乐章的用心，依然"拖着一条选歌型词选的退化尾巴"[4]。《雅词》部分共选三十一家词人，将欧阳修、周邦彦和陈与义分别列为各卷第一家，这既表明各卷的时代顺序，同时这三人之词一定程度上展现出选者"雅词"标准。尤其欧阳修词，是曾慥雅词的典范之作。《乐府雅词》共选欧词83首，而周美成词仅29首，陈与义词18首。所选皆为温婉敦厚，具有深远之致之词。这些词多写情爱、闺怨，并未完全突破题材限制，但可贵的是词人将身世之感打入并入艳词，强调词中书写词人真实处境中的真挚沉至感情，从而超越闺情而含有更深远的人生意味，艳词艳而有骨，雅郑在神不在貌。如所选欧词第一首为《蝶恋花》"面旋落花风荡漾。柳重烟深，雪絮飞来往。雨后轻寒犹未放。春愁酒病成惆怅。　枕畔屏山围碧浪。翠被华灯，夜夜空相向。寂寞起来褰绣幌。月明正在梨花上。"[5] 上片言春愁加酒病，室外景色为落花、风吹、柳烟、飞絮、雨后清寒，又愁上加愁；下片言深夜寂寞难眠，空对室内的枕畔屏山、翠被华灯，最后起来掀起窗纱，看见月华正在花丛上缓缓移动。这虽是写闺中女子寂寞难熬，然"春愁酒病成惆怅"又何尝不是词人的愁闷惆怅，"月明正在梨花上"又何尝不是词人深深的失意落寞呢？此类词确如论家所评"与元献同出南唐，而深致则过之"（冯煦《蒿庵论词》），"于豪放之中有沉着之致"（王国维《人间词话》）。

黄昇《花庵词选》亦以雅为选词标准，而他所谓的"雅"更多为白石词般的骚雅。他选辛弃疾、刘克庄词最多，均为42首，选姜夔词34首，位居第三。选辛刘最多，是因为辛弃疾、刘克庄等人在南宋词坛及在福建词坛影响较大，黄昇本人也推崇辛派之词。而从

1　（宋）曾慥：《乐府雅词引》，金启华：《唐宋词集序跋汇编》，南京：江苏教育出版社1990年版，第352页。

2　肖鹏：《群体的选择——唐宋人词选与词人群通论》，南京：凤凰出版社2009年版，第239页。

3　（清）永瑢等撰：《四库全书总目提要》，北京：中华书局1965年版，第1824页。

4　肖鹏：《群体的选择——唐宋人词选与词人群通论》，南京：凤凰出版社2009年版，第236页。

5　（宋）曾慥：《乐府雅词》卷上，四部丛刊初编本。

选词比例而言，姜夔词入选率更高[1]。可见，黄昇对于白石词亦十分钟情。黄昇本人的词也"上逼少游，近摹白石"。他之所以如此钟情于白石，定然有着艺术审美的相似，但也离不开生平的相仿。黄昇"早弃科举，雅意读书，间从吟咏自适"，其诗为"晴空冰柱"，姜夔本人也未曾出仕，其清客的江湖生活，幽韵冷香式的品性皆为黄昇所理解、所同情。他盛赞姜夔乃"中兴诗家名流。词极精妙，不减清真乐府。其间高处，有美成所不能及"[2]。而姜夔词以清空骚雅闻名，"姜白石词如野云孤飞，去留无迹"，佳篇如《暗香》《疏影》《扬州慢》等"不惟清空，又且骚雅，读之使人神观飞越"[3]。

骚雅不仅只是一种风格，也体现于音律、辞句的锻造之中。白石是"词中之仙"，他不仅"清劲知音"，亦善于炼字造句，"词中之有白石，犹诗中之有渊明也。琢句炼字，归于纯雅。不独冠绝南宋，直欲度越千古。清真集后，首推白石"[4]。黄昇也认为"雅"应如白石词一般，须合乎音律，又须富巧思，要做到"和而雅"。他在《花庵绝妙词选序》中对"雅"的形式作出要求："雅言之词，词之圣者也。发妙音于吕律之中，运巧思于斧凿之外，平而工，和而雅，比诸刻琢句意而求精者远矣。"[5]

三、词史之用

"词史"观念来源于"诗史"理论。作为诗学概念，"诗史"是杜诗学的一个重要内涵。"诗史"的内涵一般有三："诗史"之"史"是时代的历史，是政治史、社会史、经济史等社会形态的历史。"诗史"之"史"也应是时代潮流之中的个人的历史，是民族情感、文化心态等精神形态的历史。以诗歌表现当时史的方式有很多种，有奋笔直书、直陈其事，有婉转美刺，还有寓意褒贬、春秋笔法等。与"诗史"相比对，"词史"的内涵也应有三：记时事历史，表现心灵之史，表现"史"的方式有显有隐。

词为诗余，历代词人也不断攀附诗体以尊词体。早在李煜之时，便"变伶工之词为士大夫之词"（王国维《人间词话》），词开始摆脱绮情艳语，成为士人言志的工具。到了北宋初期，柳永《乐章集》"能道嘉祐中太平气象，如观杜甫诗，典雅文华，无所不有"[6]，也有杜甫诗史表现时代的一面。北宋中期苏轼更是进一步扩大词的意涵，无事不可言，无意不可入，向上指出一路，将词进一步诗化，词开始展现文人士大夫在时代旋涡中的真实心灵。此时词虽然不断靠近诗歌，创作中也会体现"诗史"的某一侧面，但其时的词人还没有明确的"词史"观念。直到靖康之难后，南渡词人才开始用词来记录时代的乱离之殇，

---

1 姜夔存词仅八十余首，而被入选三十四首，高于辛弃疾六百二十多首入选四十二首。

2 （宋）黄昇：《中兴以来绝妙词选》卷六，四部丛刊初编本。

3 （宋）张炎著，蔡嵩云疏证：《词源疏证》卷下，北京：中国书店1985年版，第27页。

4 （清）陈廷焯：《词坛丛话》，《词话丛编》，第3723页。

5 （宋）黄昇：《花庵绝妙词选序》，《花庵绝妙词选》，四部丛刊初编本。

6 （宋）黄裳：《书乐章集后》，金启华：《唐宋词集序跋汇编》，第15页。

个人的流离之苦，此时词史意识才自觉显现。其后，辛弃疾以及南宋末年词人也用词来表现政治风云、时代风雨以及个人在时代巨轮中的苦闷无奈，词史意识进一步加强。

福建词坛的"词史"意识囊括宋代词坛中的三种词史形态。其一为耆卿"太平气象"式的词史。黄裳将柳词比作杜诗，在《书乐章集后》言："予观柳氏乐章，喜其能道嘉祐中太平气象，如观杜甫诗，典雅文华，无所不有。是时予方为儿，犹想见其风俗，欢声和气，洋溢道路之间，动植咸若。令人歌柳词，闻其声、听其词，如丁斯时，使人慨然所感。呜呼！太平气象，柳能一写于乐章，所谓词人盛世之黼藻，岂可废耶？"[1] 在传统中国，人们认为音乐、文学与国运息息相通，"声音之道与政通"，治世之音应"安以乐"。统治者更以为"自古一代之兴，必有博学鸿儒，振起文运，阐发经史，润色词章，以备顾问著作之选。"[2] 润色词章振起文运，又何尝不是期待振起、润色"一代之兴"的国运呢？柳永生当宋初承平年代，其《望海潮》等词铺叙嘉祐年间东南等地的繁荣、壮丽景象，"承平气象，形容曲尽"（陈振孙《直斋书录解题》），因而如杜甫早年之诗，充当词史，传载盛唐之音。朱熹称赏陆游晚年"和平粹美，有中原承平时气象"之作[3]，也是持此种词史观念。

刘克庄生当南宋后期，内忧外患频发，朝廷内部政治更加黑暗，国势江河日下，而金人占领的淮河以北地区始终不曾收复，且又逐渐受到崛起漠北的蒙古的威胁。作为一个关心国家命运而又在政治上屡受打击的文人，他只有"夜窗和泪看舆图"（《感昔二首》），感慨"书生空抱闻鸡志"（《瓜洲城》）。那么，"宴嬉逸乐，以歌咏太平"的词自然不入其法眼，因而，他对柳永词流连光景不甚满意，在《辛稼轩集序》中批评道："以前辈谓有井水处皆唱柳词，余谓耆卿只留连光景歌咏太平尔。"[4] 然而，他又着实歆羡向往嘉祐盛世，又不得不承认柳永歌咏太平气象自有其价值，他在跋《汤野孙长短句》时借范镇之口吐露自我真实心声，"半山借耆卿谬用其心，而范蜀公晚喜柳词，客至辄歌之。……蜀公感熙宁、元丰多事，思至和、嘉祐太平者也。今诸公贵人，怜才者少，卫道者多，二君词虽工，如世不好何？然二君皆约而在下世，故忧患不入其心，姑以流连光景、歌咏太平为乐，安知他日无蜀公辈人击节赏音乎！"[5]

其二为东坡"指出向上一路"式的词史。苏轼以诗为词，突破闺情词的限制，以词抒写自己的抱负志意，写自己的生活感受、仕途遭际等。他虽只是"在有限的程度上把诗体的题材走向与风格倾向导入词体"[6]，但是他对词体的革新，不仅开拓了词境，也极大地

---

1 （宋）黄裳：《书乐章集后》，金启华：《唐宋词集序跋汇编》，第15页。

2 （清）玄烨：《圣祖仁皇帝实录》卷七十一，《清实录》第四册，北京：中华书局1985年版，第910页。

3 （清）冯金伯：《词苑萃编》卷五·品藻三，《词话丛编》，第1874页。

4 （宋）刘克庄：《辛稼轩集序》，金启华：《唐宋词集序跋汇编》，第173页。

5 （宋）刘克庄：《汤野孙长短句跋》，金启华：《唐宋词集序跋汇编》，第253页。

6 莫砺锋：《从苏词苏诗之异同看苏轼"以诗为词"》，《中国文化研究》，2002年夏之卷。

丰富了词体的功能，这就使得词能够更加贴近词人心灵，更加贴近时代人生，为词成为"史"奠定了基础。在这一点上东坡词与子美诗有其相似点，晚清刘熙载就指出："东坡词颇似老杜诗，以其无意不可入，无事不可言也。"[1] 福建词坛亦推崇东坡，胡寅、刘克庄是其中的代表人物。胡寅将东坡词置于无以复加的高度，其《酒边词序》言："柳耆卿后出，掩众制而尽其妙，好之者以为不可复加。及眉山苏氏，一洗绮罗香泽之态，摆脱绸缪宛转之度，使人登高望远，举首高歌，而逸怀豪气，超然乎尘垢之外。于是《花间》为皂隶而柳氏为舆台矣。"[2] 这段话将东坡词摆脱闺情，"以诗为词"，抒写士人"逸怀豪气"的特点精准概括。

曾慥《乐府雅词》并未选苏轼词，这是因为曾氏另刻有《东坡词》二卷，拾遗一卷，因而不再录[3]。曾慥还在《东坡词拾遗跋语》称赞东坡词"江山秀丽之句，樽俎戏剧之词""传之无穷，想象豪放风流之不可及也"。而惟其"豪放风流"，才能包罗万象、超脱尘垢，以致"不可及也"[4]，显然也是叹赏东坡"向上一路"的词风的。

其三为稼轩式的词史。南宋时期，宦闽词人辛弃疾对闽地词风的影响较大。辛弃疾宦闽前后三年，绍熙三年（1192）春赴福建提点刑狱任，始入闽。绍熙五年（1194）八月罢闽帅，随后回上饶。[5] 前文已言黄昇《花庵词选》选辛弃疾、刘克庄词数量最多，显示出黄昇对豪放词的偏向，以及豪放词对福建词坛的影响力。理学家朱熹与辛弃疾亦有来往，甚至朱熹卒后，其学说禁严，辛弃疾冒着伪学乱党的风险"为文往哭之"。朱熹对稼轩词亦持肯定的态度，因为他在辛派词中看到了廉顽立懦、奋勇杀敌的精神与勇气。其《书张伯和诗词后》云："右紫薇舍人张伯和父所书父子诗词，以见属者，读之使人奋然有擒灭仇虏，扫清中原之意。淳熙庚子知置南康军之武观，以示文武吏士。"[6] 他在张氏父子的词中读出了"擒灭仇寇，扫清中原"的思想内容，还将其"知置南康军之武观，以示文武吏士"，希望通过这些豪放爱国词篇，来鼓舞朝野志士奋发图强、恢复中原。

而受辛弃疾词影响最大的为辛派后劲，尤其是刘克庄。辛弃疾能文能武，"英伟磊落"，仕途又极为波折。刘克庄十分慕其雄才，仰其文墨，叹公之不遇，在《辛稼轩集序》中誉

1 （清）刘熙载：《艺概》卷四《词曲概》，《刘熙载集》，上海：华东师范大学出版社1993年版，第134页。

2 （宋）胡寅：《酒边词序》，金启华：《唐宋词集序跋汇编》，第117页。

3 关于曾慥《乐府雅词》未选苏轼词有两种观点，一种以为东坡词不符合曾慥"雅词"标准，另一种以为曾慥另刻有东坡词，因此《乐府雅词》不再选录。持第二种观点的人较为普遍，如吴熊和、夏承焘、王兆鹏等。本文赞同第二种观点。

4 （宋）曾慥：《东坡词拾遗跋语》，金启华：《唐宋词集序跋汇编》，第30页。

5 参考邓广铭：《辛弃疾传 辛稼轩年谱 新版》，北京：生活·读书·新知三联书店2017年版，第223、235页。

6 （宋）朱熹：《书张伯和诗词后》，《晦庵先生朱文公文集》卷八十四，见朱杰人等编《朱子全书》，上海：上海古籍出版社2002年版，第3981页。

美之情溢于词外。他以为辛弃疾"所作大声鞺鞳，小声铿鍧，横绝六合，扫空万古，自有苍生以来所无"[1]，稼轩所作慷慨激昂、壮怀激烈，绝非小儿女情态、文人士大夫流连光景所能比拟，词中之"史"有个人的悲壮情感，时代的"卸片帆沙岸，系斜阳缆"气象，更有"横绝六合，扫空万古"的永恒的爱国精神。而刘克庄本人所作之词亦不屑于剪红刻翠，"粗识国风《关雎》乱，羞学流莺百转，总不涉闺情春怨"（刘熙载《艺概》），或悲痛"长安不见"，或慨叹"功名未立"，爱国情深，沉郁苍凉，确乎"壮语亦可起懦"。

第三节 "豪放风""理学气"：词坛的创作

一、辛派词人的爱国情与豪迈风

晚清民国诏安人林竹宾《策士溪怀古》言"季宋君臣多气节，中原人物重科名。"梳理宋代闽地词坛可发现，宋代福建地区的确涌现出一批爱国文士，表现出浓厚的家国情怀及崇高气节。两宋之际国事日非、世事多艰，靖康之耻、汴京失守、北宋灭亡、迁都临安、绍兴和议等历史事件，激发出福建士人强烈的精忠爱国之情。是时辛派前驱李纲、张元幹、李弥逊、邓肃等人交游唱和、以词抒怀，创作大量期盼民族统一、积极抗金、反对降和的词作。南宋时期爱国词人辛弃疾宦闽，又激发起闽地词人的爱国热情，并影响辛派后劲词人，刘克庄、陈人杰、刘学箕等也以词感慨时事、爱国悲时。

宋代福建词人的爱国热情表现在积极主张抗金，力主收复失地。李纲是其中的典型代表。李纲[2]（1083—1140），字伯纪，邵武（今福建邵武）人。宋钦宗即位，李纲受命为亲征行营使，指挥汴京保卫战，击退金兵。后因为专主战议而遭贬谪。高宗即位，诏为宰相，但旋即而罢。绍兴十年卒，谥忠定。李纲身历三朝，以忠义名闻天下，"公资父事君，以孝为忠，一心不忘所以为天下国家者，诚意所至，是非利害，焕然明白，直道而行，无毫发自为心，所为所言，合于往古，验于方来，天下之人，信之如蓍龟，仰之如太山、北斗，名动夷，况于华夏。受知三朝，以身之用舍，为社稷民生安危，其所论列，无非天下大计，勤勤恳恳，古人所谓恸哭流涕长太息者，其事未足道也。"[3] 又比如：张元幹（1091—

1　（宋）刘克庄：《辛稼轩集序》，金启华：《唐宋词集序跋汇编》，第 173 页。

2　李纲自其祖始居无锡（今属江苏），但他占籍福建，且多自诩为闽人，故也应归属福建词人。

3　（宋）李纲著，王瑞明点校：《李纲全集下》，长沙：岳麓书社 2004 年版，第 1751 页。

1161），字仲宗，号芦川，又号真隐山人，永福（今福建永泰）人。靖康元年（1126），李纲为亲征行营使，张元幹入其幕府为属官。金兵围攻汴京之时，他曾亲临城上协助李纲指挥杀敌。因力主抗战，与李纲一起遭贬。李弥逊（1089—1153），字似之，号筠溪，原为吴县（今属江苏）人，晚年归隐其祖籍连江（今福建连江）。绍兴年间因为争和议，外出为官。弥逊平生与李纲、张元幹友善，政治立场、词学观点与李张二人相似。邓肃（1091—1132），字志宏，号栟榈居士，沙县（今福建沙县）人，与李纲为忘年交。徽宗宣和年间入太学，作诗讽花石纲扰民，被逐出学。钦宗时曾被命赴敌营，留五十日而还。

宋代福建词人的崇高气节表现在刚直不阿，不攀附新贵，忤逆秦桧。比如：胡寅（1098—1156），字明仲，号致堂，崇安（今福建武夷山）人。绍兴年间曾因忤秦桧而被贬新州。高登（？—1148），字彦先，号东溪，漳浦（今福建漳浦）人。金兵犯京师之时，曾上书乞诛蔡京、童贯等六贼。绍兴时，高登坚持不为秦桧父立祠。因忤逆秦桧心意而被削去官职。又如黄公度（1109—1156），字师宪，号知稼翁，莆田（今福建莆田）人。也因以忤秦桧，落职闲居数年。陈知柔（？—1184），字体仁，号休斋，永春（今福建永春）人。与秦桧子秦熺同榜，秦桧当权，知柔独不阿附，以故龃龉而辞官。

宋代福建词人士气高昂、锐意进取。因为爱国热情愈是强烈，气节愈是崇高，就愈有志于世，经世致用之心、精忠报国之情就愈强烈，愈希望英雄有用武之地。比如：游九言（1142—1206），字诚之，建阳（今福建南平）人。十岁时便为文诋秦桧，其后组织抗金，锐志当世。刘克庄（1187—1269），字潜夫，号后村，莆田（今属福建）人，自小便有志于天下，冯煦以为："其生丁南渡，拳拳君国，似放翁。志在有为，不欲以词人自域，似稼轩。"[1] 陈人杰 (1218—1243)，号龟峰，长乐（今福建福州）人。人杰又名经国，可见其经世之心。他曾寓居临安，又游历两淮湖湘等地，最后回到临安。数次应举不第，一生潦倒，有经世抱负而报国无门。他自述生平后道："因诵友人'东南妩媚，雌了男儿'之句，叹息久之。"[2] 虽不见用于世，他仍以杜甫遭遇自励，"杜子美平生困踬不偶，而叹老羞卑之言少，爱君忧国之意多，可谓知所愁矣。若于着衣吃饭，一一未能忘情，此为不知命者。"[3]

所谓言为心声、文如其人，这些爱国爱民、刚直不阿的辛派词人作词自然也多充满慨然之气。事实上也是如此。李纲今存词 50 余首，其词期望能为南宋抗金大业建立功勋，大气磅礴、深沉热烈。咏史词有七首，形象鲜明生动、风格沉雄遒劲，充满慷慨激昂的爱国热情。如《喜迁莺·晋师胜淝上》一词，写淝水之战，借古喻今，"天险难逾，人谋克壮，索虏岂能吞噬"，表达词人抗金报国的远大理想。张元幹今存词 180 余首，其词风格

---

1 （清）冯煦：《蒿庵论词》，唐圭璋编：《词话丛编》，北京：中华书局 2012 年版，第 3595 页。
2 （宋）陈人杰：《龟峰词》，刘荣平编：《全闽词》，扬州：广陵书社 2016 年版，第 432 页。
3 （宋）陈人杰：《龟峰词》，刘荣平编：《全闽词》，扬州：广陵书社 2016 年版，第 436 页。

与李纲相近，豪气冲天、慷慨悲壮，"慷慨悲凉，数百年后，尚想其抑塞磊落之气。"[1]其中赠答之词写得尤为出色，如赠送给李纲的《贺新郎·寄李伯纪丞相》，此词的背景为求和派当权，李纲反对议和，被罢回福建长乐。词人为此填写此词，上片抒发志同道合的朋友天各一方的孤寂，"谁伴我，醉中舞"。下片表明对屈膝议和派的强烈不满，并表达对李纲的敬仰之情，"风浩荡，欲飞举"。另一首《贺新郎·送胡邦衡待制》也为名作，词为赠送被贬出京的胡铨而作。绍兴十二年（1142），胡铨因反对"和议"、请斩秦桧而贬为福州签判，后又被除名编管新州（今广东新兴）。张元幹作此词，极为悲愤激昂。末两句"目尽青天怀今古，肯儿曹、恩怨相尔汝。举大白，听金缕"，饮杯大醉，且听笙歌，以豪迈之言借以抒发心头之痛。李弥逊今存词90余首，与李纲、张元幹酬唱词较多，如《沁园春·寄张仲宗》"痴儿。莫蹈危机。悟四十九年都尽非"，《水调歌头·次李伯纪春日韵》"命驾何妨千里，只恐行云碍辙，直礙插崔嵬"等，也是横空盘硬语，不过气势稍逊于李纲、张元幹，四库馆臣"其长调多学苏轼，与柳、周纤秾别为一派，而力稍不足以举之，不及轼之操纵自如"[2]的评论也谓知言。邓肃今存词40余首，其《瑞鹧鸪·北书一纸惨天容》是最早反映靖康之难的词作之一。词为"北书一纸惨天容，花柳春风不敢秾。未学宣尼歌凤德，姑从阮籍哭途穷。此身已落千山外，旧事回思一梦中。何日中兴烦吉甫，洗开阴翳放晴空"，写得也十分沉痛悲慨。邓肃词还有一个特点，就是多写联章体词，往往写完一首，数首随之，如《临江仙·登泗州岭九首》《浣溪沙》（八首）、《菩萨蛮》（十首）、《南歌子》（四首）、《诉衷情·送李状元三首》《西江月》（二首）等，因而虽然其词多为中短调，但数首连接扩展了词的意境空间，也使得词气得以贯穿与延展。

具有崇高气节的胡寅、高登、黄公度、陈知柔等人的词不一定归属于豪放词派，不过，他们有些词仍带有一定的豪迈之气。胡寅只存词2首，未可窥全貌。然而，仅存的两首，《水调歌头·不见严夫子》"独委狂奴心事，未羡痴儿鼎足，放去任疏顽"，《水龙吟·玉梅冲腊传香》"多少襟怀未试，暂超然、壶中游戏。行看献策，归瞻旒藻，常勋旂记"，也流露出一股郁勃之气。胡寅的词论则明确以豪放词人苏轼为宗，其《酒边词序》言苏轼词"一洗绮罗香泽之态，摆脱绸缪宛转之度，使人登高望远，举首高歌，而逸怀豪气超乎尘埃之外"，自此"《花间》为皂隶而柳氏为舆台矣"[3]。高登今存词12首，其词清疏旷达，与苏轼疏放之词较为相似。如《多丽》"人间世，偶然攘臂来游。何须恁、乾坤角抵，又成冷笑俳优。且宽心、待他天命，谩鼓舌、夸吾人谋。李广不侯，刘蕡未第，千年公论合谁羞"，自是达者、放者之言。黄公度今存词15首，其词颇有特色。晚清陈廷焯对其词推崇备至，

1　（清）纪昀等：《四库全书总目提要》，石家庄：河北人民出版社2000年版，第5465页。

2　（清）纪昀等：《四库全书总目提要》，石家庄：河北人民出版社2000年版，第5460页。

3　（宋）胡寅：《酒边词序》，金启华等辑：《唐宋词集序跋汇编》，南京：江苏教育出版社1990年版，第117页。

称道："气和音雅，得味外味，人品既高，词理亦胜。《宋六十一家词选》中载其小令数篇，洵风雅之正声，温、韦之真脉也。"[1] 所谓"风雅正声"，是指善用比兴寄托；所谓"温、韦真脉"，是指词情婉约含蓄。公度词一般有词题、词序以交代词创作的背景，并隐寓其词的深层寄托。如《青玉案》词序明言此词是在离开泉州幕府，召赴临安时所作。当时在主战派赵鼎和主和派秦桧的斗争中，词人站在赵鼎一边，受到秦桧的忌恨。他本不愿在政治斗争中偷生，但因"迫于君命，不敢俟驾"，不得已到临安这个是非之地去。可是内心仍然充满矛盾，因此在词的一开头就写道："邻鸡不管离怀苦，又还是、催人去。"其词大多使用这种比兴寄托的方法，深婉幽怨。陈知柔存词仅1首，从《人月圆》"鬓缘心事随时改，依旧在天涯。多情惟有，篱边黄菊，到处能华"等句来看，词风也较为疏旷。

南宋时期，宦闽词人辛弃疾对闽地词风的影响较大。辛弃疾的精神在闽地赓续，其词在闽地流传较广，辛派后劲精神仰仗稼轩，词也学稼轩，他们的词亦壮怀激烈。刘克庄今存词269首，其词喜用《沁园春》《水调歌头》《满江红》《念奴娇》《摸鱼儿》等豪放词调，一调常连续创作十几首，风格豪迈奔放、雄健疏宕。其《满江红》十二首甚为人称颂，如"金甲雕戈，记当日、辕门初立。磨盾鼻、一挥千纸，龙蛇犹湿"，"老子年来，颇自许、心肠铁石。尚一点、消磨未尽，爱花成癖"等句声壮如钟，后人以为："悲壮激烈，有敲碎唾壶、旁若无人之意。南渡后诸贤皆不及。升庵称其壮语足以立懦，信然。自名《别调》，不辜也。"[2] 陈廷焯也以为"刘后村则感激豪宕，其词与安国相伯仲。去稼轩虽远，正不必让刘、蒋"[3]。陈人杰也是辛派词人，有《龟峰词》一卷，今存31首，均用《沁园春》调填之。其词笔力雄健，挥洒自如，于慷慨激昂中流露悲凉的情调，风格与辛弃疾相近。又有刘学箕，生卒年不详，字习之，号种春子，又号方是闲居士，崇安（今福建武夷山）人，刘子翚之孙。有《方是闲居小稿》，词存集中。其词也慷慨悲烈，如"杜陵老，向年时也自，井冻衣寒"，"扶起仲谋，唤回玄德，笑杀景升豚犬儿。归来也，对西湖叹息，是梦耶非"，正如四库馆臣所评："今观集中诸词，魄力虽少逊辛弃疾，然如其《和辛弃疾金缕词韵述怀》一首，悲壮激烈，忠孝之气，奕奕纸上，不愧为靴之子孙。虽置之稼轩集中，殆不能辨。准所论者不诬。"[4]

二、理学词人的"理学气"与"隐逸风"

学者缪钺曾说："如果研究一下理学家与词的关系，他们对词是如何理解与评论的，

1　（清）陈廷焯：《白雨斋词话》，孙克强等辑：《白雨斋词话全编》，北京：中华书局2013年版，第1177—1178页。

2　（清）李调元：《雨村词话》卷三，唐圭璋编：《词话丛编》，北京：中华书局2012年版，第1421页。

3　（清）陈廷焯：《白雨斋词话》卷一，《白雨斋词话全编》，第1177页。

4　（清）纪昀等：《方是闲居小稿提要》，《四库全书总目提要》卷一六二，第4168页。

他们作词的态度如何，他们中间也有富于才情能作好诗的，但是为什么不能作出好词来，这是一个很值得研究的文化史课题。"[1] 宋代福建理学家作词也是如此情形，他们富于才情能作诗，却不善为词。虽如此，他们的词亦稍有可观之处。

《宋史·道学传》为宋代二十四位理学家立传，其中闽籍理学家有七人，即游酢、杨时、罗从彦、李侗、黄榦、陈淳、李子方，约占《道学传》人数的 30%，外加朱熹、真德秀等理学大家，福建可谓理学兴盛之地。理学家对于词体是矛盾的，一方面他们作为卫道士，以为艳词害道，另一方面他们宴会又离不开燕乐新声，其内心也是欣赏佳作的，正如程颐一边指责秦观小词亵渎，一边又叹赏晏几道小词为"鬼语"。然而，随着词体的雅化，到南宋时，理学家们逐渐认识到词体的功用，对待小词的态度更加通脱，偶尔也涉笔填词。正如学者崔海正所说，"宋代理学家的词学观大抵是：排抑而又接受既定的事实，要求以理学的观念来指导歌词创作，加重词作的理念性，词体以'雅正'为归。"[2]

宋代福建词人接触、学习理学者较多。朱熹在崇安、建阳居住多年，受其威望与学识的影响，这两地的词人如黄铢、欧阳光祖、吕胜己、刘珙、刘学箕等与朱熹多有交往。这些人或是理学家，或是崇尚理学者，在他们的创作中，会不时透露出理学气息，故而有人将这批词人称为"理学家词人群体"[3]。另外，算得上理学家且有词传世者还有"胡氏五贤"之一的胡寅，理学大师真德秀等。这些理学词人存词情况及词人生平简介如下：

胡寅存词 2 首。胡寅（1098—1156），字明仲，号致堂，人称致堂先生。建州崇安（今福建武夷山）人。胡寅幼年遭弃，堂祖母将其收为堂叔胡安国长子。于宣和三年（1121）中举，任西京国子监教授。高宗即位后，胡寅上万言书。后知永州，因反对和议而辞，隐居南岳。绍兴间因忤秦桧，被流放广东新州，直至绍兴二十五年（1155）秦桧死后，方得北归。于次年逝世。

刘子翚存词 4 首。刘子翚（1101—1147），字彦冲、文平，号屏山病翁，崇安（今属福建武夷山市）人。以父任补承务郎，辟真定幕府。南渡后，通判兴化军，秩满，诏留任，以疾辞。筑室屏山，专事讲学。与胡宪、刘勉之为道义交，朱熹曾从之授业。

刘珙存词 1 首。刘珙（1122—1178），字共父，崇安（今福建武夷山市）人。子羽长子，从季父子翚学。登进乙科。官资政殿大学士。

朱熹有《晦庵词》，存词 18 首[4]。朱熹（1130—1200），字元晦，一字仲晦，号晦庵，又号紫阳，世称晦庵先生、朱文公。徽州婺源（今属江西）人，生于剑州尤溪（今属福建）。少时曾从刘子翚学，绍兴十八年（1148）朱熹中王佐榜第五甲第九十名，准敕赐同进士出

1 缪钺、叶嘉莹：《词学古今谈》，长沙：岳麓书社出版 1993 年版，第 29 页。

2 崔海正：《中国词学研究体系建构摘》，济南：齐鲁书社 2007 年版，第 108 页。

3 如薛砺若：《宋词通论》，上海：上海书店 1985 年版，第 219 页。

4 《水调歌头》（不见严夫子）归为胡寅所作，从陈霆《渚山堂词话》卷一。

身，授左迪功郎、泉州同安县主簿。归自同安后，不求仕进，主要进行教育和著述活动。他长期从事讲学活动，整顿县学、州学，创办同安县学、武夷精舍、考亭书院，重建白鹿洞书院和岳麓书院，并且制定学规，编撰了教材，培养了大批知识分子，终成教育大家，也使得其理学思想得以发扬和传承。

黄铢存词 3 首。黄铢（1131—1199），字子厚，号谷城，建安（今福建建瓯）人。徙居崇安。其母为孙道绚，少师事刘子翚，与朱熹为同门友。因科举失意，遂隐居不仕。

吕胜己有《渭川居士词》，存词 89 首。吕胜己，字季克，建阳人，移居邵武。约宋孝宗乾道末前后在世。从张栻、朱熹讲学。仕湖南干官，任江州通判，知沅州，官至朝请大夫[1]。

欧阳光祖存词 2 首。欧阳光祖，崇安人，字庆嗣。从刘子翚、朱熹讲学。孝宗乾道八年进士。赵汝愚、张栻荐于朝，以汝愚罢相而未召用。后为江西运干，致仕卒。

真德秀存词 1 首。真德秀（1178—1235），字景元，后改希元，号西山，世称西山先生。建州浦城人。庆元五年（1199）进士，入仕任南剑州（今南平）判官。开禧元年（1205）又中博学宏词科，为福州知州、福建路安抚使萧逵的幕僚，次年入朝任太学正，嘉定元年（1208）升太学博士。历秘书省正字、校书郎、兼沂王府教授、学士院权直、秘书郎、著作佐郎等。

理学家的词充满理学气息、仙道气味，这种风貌的形成不仅得益于其词的两大主题：爱国与隐逸（其中第二个主题占据主要地位），也得益于其词独特的内涵意蕴、审美风格与艺术表达。

其一，理学提倡修养心性，坚持气节，维护民族尊严，国家统一，因为爱国是义理的内在要求。宋代福建理学词人，不论在朝为官，抑或隐居不仕，都具有民族气节，怀有爱国深情。胡寅因反对和议而被贬，忤秦桧而被流放。刘珙身为礼官，"秦桧欲追谥其父，召礼官会问。珙不至，桧怒，风言者逐之"[2]。朱熹与当时的主和派汤思退、洪适等人不和，而与爱国词人张孝祥、辛弃疾、陆游等人友善。他坚决反对和议，主张抗战，在《壬午应诏封事》中曾力陈："金虏于我有不共戴天之仇，则其不可和也义理明矣。"[3]真德秀也秉持气节，对奸臣史弥远的降金政策十分不满。他们为数不多的词中表现出对国家存亡的关切，对英雄人物的追寻。

理学家的正心诚意、心性气节致使他们在词中也会表现出对国家存亡、国势盛衰的关注。胡寅虽仕途波折，也曾萌生归隐之思，但他人在朝局，心存魏阙，"中兴主，功业就，鬓毛斑。驱驰一世人物，相与济时艰"（《水调歌头》），意欲建功立业、收复失地、实

---

1 参王可喜、王兆鹏：《南宋词人沈端节吕胜己赵磻老生平考略》，《中国文化研究》，2006 年春之卷。

2 （元）脱脱等：《宋史》卷三八六《刘珙传》，北京：中华书局 1977 年版，第 11849 页。

3 （宋）朱熹：《壬午应诏封事》，见朱杰人等编《朱子全书》，上海：上海古籍出版社 2002 年版。

现中兴。刘子翚大半生专事讲学，学渊明归隐武夷山川，他的词隐逸之气甚浓，然从"平台戏马，无处问英雄"（《暮山溪》）可见出其心中志气。朱熹的词虽无陆游"中原北望气如山"（《书愤》）的气魄，缺乏李纲"燕然即须平扫"（《苏武令》）的壮志，也缺少张元幹"欲挽天河，一洗中原膏血"（《石州慢》）的勇气。然而，他亦渴望统一中原，只是他所希望的方式是向朝廷进言献策，治内攘外，即便遭受打击而退居山林，此志依然。其《西江月》云："身老心闲益壮，形臞道胜还肥。软轮加璧未应迟，莫道前非今是"，谓己虽身老形臞，而心气益壮，修养益增，不以从前直言进谏为非，而等待朝廷"软轮加璧"征诏任用，以便施展报国才志。他歆羡鸱夷子范蠡，"何似鸱夷子，散发弄扁舟"，而范蠡的归隐并非消极退避，而是"鸱夷子，成霸业，有余谋。收身千乘卿相，归把钓鱼钩"（《水调歌头》），是功成名就之后的超然隐退。又如《好事近》：

春色欲来时，先散满天风雪。坐使七闽松竹，变珠幢玉节。　　中原佳气郁葱葱，河山壮宫阙。丞相功成千载，映黄流清澈。

此词为主战派赵汝愚而写。绍熙五年（1194）冬，朱熹因忤韩侂胄，立朝仅四十六天即被罢归，次年（1195）春宰相赵汝愚亦因党禁之祸被罢黜知永州，朱熹在这首词中表达了对同仁的鼓励与期盼。词人以为宰相赵汝愚为松竹，坚贞有大节，坚信"春色欲来"，民族统一大业势不可挡。

其二，理学家大多勘破或厌倦仕途，隐逸山林，崇道求仙，向往孤标傲世、自然闲适的隐逸生活，他们的词自然也就"仙气飘飘"。胡寅向往"仙楼侍宴"的美好生活，他在词中并不讳言"歌畔巫云，舞回邹管，金钗扶醉"的快乐。朱熹《晦庵词》中除了以上少数几首忧心国事的词外，表现隐逸避世的词占了绝大多数，如"青鸟外，白鸥前，几生香火旧因缘"（《鹧鸪天·江槛》），"看成鼎内真龙虎，管什人间闲是非"（《鹧鸪天·叔怀尝梦飞仙》），"何处车尘不到，有个江天如许，怎肯换浮名？"（《水调歌头·次袁仲机韵》）等。吕胜己更是直言"平日乐归田。不恋荣华不慕仙。得个容身栖隐处，宽闲"（《南乡子》），对官场宦海失望至极，向往自在闲适的生活，"要良辰、把酒倩佳宾，嘲风月"（《满江红·题博见楼》）。

当然，作为具有民族气节的儒士，生活在偏安半壁江山的南宋，福建理学词人并非一开始就立志退避山林，"道不行，乘桴浮于海"（《论语·公冶长》），隐逸山林只是其不得已之举，这从他们的词中可以找到些答案。朱熹《鹧鸪天》词起首便言："已分江湖寄此生。长蓑短笠任阴晴。"《浣溪沙·次秀野酴醾韵》又言："却恐阴晴无定度，从教红白一时开。"可知他寄身江湖是由于"阴晴无定"，联系其生平与当时的时政背景可知，"阴晴"所指当为统治阶层抗金决心与政策的反复无常，正如陆游所言"恨君心，似危栏，难久倚"（《夜游宫·宫词》）。高宗朝议和派占据高位，残害抗金人士。绍兴三十二年

（1162），孝宗即位，有北上之意，诏求臣民意见。朱熹应诏上封事，力陈反和主战、反佛崇儒的主张，详陈讲学明理、定计恢复、任贤修政的意见。隆兴元年（1163）十月，朱熹应诏入对垂拱殿，向宋孝宗面奏三札：一札论正心诚意、格物致知之学，反对老、佛异端之学，二札论外攘夷狄之复仇大义，反对和议，三札论内修政事之道，反对宠信佞臣。但当时汤思退为相，主张和议。朱熹的抗金主张没有被采纳。十一月，朝廷任朱熹为国子监武学博士。朱熹辞职不就，请祠归崇安。如此的"阴晴无定"使得朱熹心灰意冷，于是辞不就，请归，也就只能"江湖寄此生"，冷眼"任阴晴"了。

吕胜己自乾道五年（1169）为湖南干官，到淳熙十二年（1185）放罢退居邵武，辗转官场十余年，宦海沉浮，漂泊颠簸，被人"修私怨，攘微功，阴加中伤，不遗余力"[1]，自称"宦拙"，"当年客里。荆棘途中，幸陪欢笑"，如今"那青红、浪蕊浮花，尽锄去了"（《瑞鹤仙·栽梅》）。他也曾有兼济天下的理想，"安得四方寒俊彦，归吾广厦千间里"，"但今生、此愿得从心，心休矣"（《满江红·观雪述怀》），"壮岁心情，平生志气，可笑徒劳"（《木兰花慢·思旧事有作》），如今只能僻隐山林了。

为表明自身的冰心玉洁，不愿同流合污，福建理学词人在隐逸之词中往往选择高洁的物象作为其人格的象征。朱熹尤喜雪和梅，晦庵词集中几乎有半数词作写及梅和雪。他热爱梅雪，将其引为知己，将梅比作"姑射山头仙客"，渺渺宇宙中，似乎只有梅花才是他的知己，其他万物都如同桃李般尘俗，"应笑俗李尘桃，无言翻引得，狂蜂轻蝶"（《念奴娇·用傅安道和朱希真梅词韵》）。《水调歌头·次袁机仲韵》中词人约知己友人"寻梅去，疏竹外，一枝横"。《忆秦娥·雪梅二阕怀张敬夫》二首写词人驻马梅前，欲折一枝遥寄远方的故人，他所赠又岂止是那一剪雪梅，更有"千林琼玖，一空鸾鹤"式的高洁志趣，以及"寒梢挂著瑶台月""和羹心事，履霜时节"式的幽独情绪。

其他词人对梅和雪的喜爱也甚为狂热，有的甚至传为一时佳话。如真德秀现存唯一的一首词便是咏红梅之作，词中写道"红透肌香，暗把游人误"，"不知迷人江南去"（《蝶恋花》），后人评道："作大学衍义人，又有此等词笔。"[2]吕胜己亦喜梅，词集中有近一半的词作写及梅和雪。他"为爱孤高"，"墙角栽梅分两下"（《蝶恋花》），深夜探梅折枝，"出疏篱。手同携。踏月随香清夜归"（《长相思·探梅摘归》）。他亦爱雪，将雪比作"姑射真仙蓬海会"，"白玉装成全世界"（《蝶恋花·观雪作》），"琼花玉蕊""望迷千里"的雪景更是"把江南图画展开看，都难比"（《满江红·观雪述怀》），特别是"梅蕾破香时，雪月交光夜"（《卜算子》），实乃人生胜迹。

理学家词的"理学气""隐逸风"除以词表现气节、书写隐逸生活外，还表现在其内

---

1 （宋）吕胜己：《渭川居士词》，见《全闽词》，第220页。

2 见（清）冯金伯：《词苑萃编》卷五·品藻三，《词话丛编》，第1873页。

涵意蕴、审美偏好与艺术表达上。

朱熹等理学家以理为太极，理是天地万物之理的总体，理是先于自然现象和社会现象的形而上者。他们以"理"为终极追寻，对于宇宙、历史、人生、自我，他们亦能参透其中之"理"，把握住人之为人的"真谛"，而他们自我期待的亦是懂"理"之世外高人。同时，他们对万物之"理"采取静观自得的方式，"清静界中观物化"（吕胜己《蝶恋花》），因而他们的词异常清静理智。试看朱熹《鹧鸪天·叔怀尝梦飞仙，为之赋此。归日以呈茂献侍郎，当发一笑》一词：

> 脱却儒冠著羽衣，青山绿水浩然归。看成鼎内真龙虎，管甚人间闲是非。　生羽翼，上烟霏。回头只见冢累累。未寻跨凤吹箫侣，且伴孤云独鹤飞。

此词中词人"看破红尘"，他非为一介儒生，而是一位羽化成仙，遗世独立的高人。"且伴孤云独鹤飞"，"管甚人间闲是非"，他超脱尘俗，参透宇宙，站在云端俯瞰人间，所见所感只是"冢累累"。朱熹在诗作中也多次表现这种人生终归尘土的人生观，如《春日言怀》"眷言羽衣子，俯仰曰婆娑。不学飞仙术，累累丘冢多"。人生终归尘土，人世所剩也只是空明，"无尽今来古往，多少春花秋月"（《水调歌头·隐括杜牧之弃山诗》），都只是"一笑俯空明"（《水调歌头·次袁机仲韵》），那么人间是非也只是闲是非，人间忧喜也就不足挂心。吕胜己也在词中表达对人事的了悟，如"识破古今如旦暮，肯将物我刚分别"（《满江红》），"算何须、抵死要荣华"（《满江红·中秋日》）。

北宋中期以来，引诗文入词逐步成为一种趋势。先是苏轼以诗为词，扩大了词的意境。之后辛弃疾以文为词，借鉴作文的手法作词，词作呈现出议论化、叙事化的倾向。福建理学词人既以"理"为追求，诗词便也由理而始，又以理而终。朱熹从来都反对"乏理"之作，他批评当世文人"至说义理处，又不肯分晓"的弊病，也多次批评过苏轼文"乏理"。这虽是文论，亦可见其文学创作思想，于词亦然。因而朱熹等理学家的词中"跳跃性""想象性"的文字较少，更多为"连续性""现实性"的文字，他们在词中展现具有逻辑性的议论。这一则与他们作为理学家的思维惯性相关，二则也离不开他们作为讲学者、好为人师的身份，三则也离不开宋人、宋诗理智化、议论化的倾向。朱熹在论及作诗之法时，曾讲过"作诗间以数句适怀亦不妨"，其词亦然。他在词中亦喜议论"适怀"，如其《水调歌头·联句问讯罗汉同张敬夫》中横发议论"若向乾坤识易，便信行藏无闷，处处总圆成"。而且，这种议论往往借鉴诗文卒章显志的手法，出现于词末。朱熹的词便常常于篇末发议论，在词末凸显全篇的主旨。如《西江月》一词上片末句为"不说人间忧喜"，下片末句为"莫道前非今是"，《水调歌头·联句问讯罗汉同张敬夫》一词结句为"记取渊冰语，莫错定盘星"，《水调歌头·隐括杜牧之弃山诗》一词尾句"与问牛山客，何必独沾衣"等等。福建理学词人使用长调的频率较之北宋词人明显增加，他们常用《水调歌头》《满江红》《念奴娇》等长调来叙事，而他们的叙事往往思路连贯、逻辑清晰，喜欢平铺直叙。朱熹的《水调歌头·次袁机仲韵》便是其中的典型。词为次韵之作，必定少不了记叙二人的交情，而朱熹此词一路顺势下来，如同一篇平叙的记叙小文，特别是上片"长记""归来""今夕"等词语将二人交往之事概括得清晰明了。

福建理学词人的这种议论化、叙事化的词有其正面意义，他们纵横议论，气势夺人，感情充沛，不故作扭捏之态，不作妇人之语，充满阳刚之气，智慧之光，是为诗人之词、文人之词。正如论者以为朱熹词"气骨豪迈，则俯视辛苏，音韵谐和，则仆命秦柳，洗尽千古头巾俗态"[1]。然而，这样的词因过于直露而缺少韵味，过于理性而缺少动人的、细腻婉转的情感，也就少了词体那种要眇宜修、婉转蕴藉的魅力。

三、宦闽词人辛弃疾、陆游

辛弃疾（1140—1207），字坦夫，改字幼安，号稼轩，齐州历城（今山东济南）人。辛弃疾宦闽前后三年，绍熙三年（1192）春赴福建提点刑狱任，始入闽。不久知福州，兼安抚使。绍熙五年（1194）八月罢闽帅，随后回上饶。[2]辛弃疾入闽所作词，据邓广铭《稼轩词编年笺注》卷三统计"七闽之什"有32首。再加上卷七补遗《好近事·春日郊游》3首[3]，共计35首。细味这三十多首词，可以感受到辛弃疾此时感时忧国又思归思隐，词情豪放之中隐含浓郁的愤懑忧郁，更加深沉悲慨。这是由于词人到福建时已五十三岁，年老不得志，报国无门；也由于词人已闲居上饶十余年，而国事日益艰难，词人由此更加忧心忡忡、愤愤不平。学者刘扬忠在《辛弃疾词心探微》中概括辛弃疾此时的心态，"七闽之什的风格情调大有别于带湖时期的积极入世的牢骚感慨，而近似乎于此后瓢泉之什的沉吟愤懑、悲痛而近衰飒的基调。它实际上是瓢泉之什的一个前奏或序曲"[4]，"这种失望思归的思想，贯串整个七闽任职期"[5]。

如果说，闲居之时所感受到的国事日艰只是一种听闻或感觉，那么，宦闽之后所见所历的民生政事则更加真切。据《道光福建通志》记载，辛弃疾到闽之后，"每叹曰：福州前枕大海，贼渊薮也，且四郡据上游，俗悍易乱。无积贮，奈何为政期年，积余镪五十万缗，榜曰：备安库。谓闽中土狭人稠，岁俭借籴于邻省，比岁连稔，俟秋价贱出备安钱籴二万石以备荒。又欲造万铠，招丁壮，补军额，训练以防盗贼。事未悉行，为台臣王蔺所劾，乞归。"[6]辛弃疾根据福州的地形、民俗，担忧福州的海患、贼乱、财政空虚。欲保

---

1 见（清）冯金伯：《词苑萃编》卷五·品藻，《词话丛编》，第1865页。

2 参考邓广铭：《辛弃疾传 辛稼轩年谱 新版》，北京：生活·读书·新知三联书店2017年版，第223、235页。

3 其三有"已约醉骑双凤，玩三山风月"句，当也作于福州。

4 刘扬忠：《辛弃疾词心探微》，济南：齐鲁书社1990年版，第151页。

5 刘扬忠：《辛弃疾词心探微》，济南：齐鲁书社1990年版，第187页。

6 （清）魏敬中续纂：《[道光]重纂福建通志》卷一百二二，清同治十年（1871）正谊书院刻本。

一方安定，他积累财政成备安库，采用期货的方式囤粮备荒。又积极备军，造铠甲、招丁壮、补军额、强训练。这些本是保稳防乱的积极措施，但却引起政敌猜忌，"台臣王蔺劾其用钱如泥沙，杀人如草芥，且夕望端坐闽王殿"[1]。一心为公，却多遭猜忌；欲有作为，却屡遭掣肘。更何况作为一位归正之人，猜疑更多，身在朝廷，万般无奈，"乞归"也就成了他唯一归宿了。可是，英雄之人若归去，国将如何？民将如何？这时期的词便更好地表达了他的这种无奈与悲壮，试看《水龙吟·过南剑双溪楼》：

举头西北浮云，倚天万里须长剑。人言此地，夜深长见，斗牛光焰。我觉山高，潭空水冷，月明星淡。待燃犀下看，凭栏却怕，风雷怒，鱼龙惨。　峡束苍江对起，过危楼，欲飞还敛。元龙老矣！不妨高卧，冰壶凉簟。千古兴亡，百年悲笑，一时登览。问何人又卸，片帆沙岸，系斜阳缆？

此词为稼轩名作，自来论者无数，然解析者多，感同身受者较少。我们若代入词人的心境，此词似乎更感人心魄：不管是壮志南归，还是重起任闽帅，我都无任何私心妄意，都欲倚剑收复西北失地。当时亦有人言，出山危险万分，但我毅然决然。事实上，我初来此地便感惊恐，年岁渐久，更感悚然。我"欲飞还敛"，欲有所为而不能为，时事的艰难，君王的猜忌，政敌的打击，都令我失望至极。我有心学陈登，但身体精神都已苍老，不妨高卧家园，冷眼旁观这千古兴亡，这百年悲笑。可是，我若归去，谁又来卸帆、系缆，挽救这奄奄一息的家国。至此，我们似乎真正碰触到了这位矢志不渝、忠贞爱国的伟大官员。

陆游（1125—1210），字务观，越州山阴（今浙江绍兴）人。他自幼怀抱爱国之心，终身以匡复为志事。绍兴二十四年（1154），陆游二十九岁，赴锁厅应试，"锁厅荐送第一，秦桧孙埙适居其次，桧怒，至罪主司。明年，试礼部，主司复置游前列，桧显黜之，由是为所嫉。"[2]至绍兴二十八年（1158），秦桧死，才出仕，除右迪功郎福州宁德县主簿。是时，处州朱孝闻（字景参，绍兴二十四年甲戌科张孝祥榜进士）为县尉，二人情好甚笃。次年，陆游调任福州决曹，秋晚，与朱孝闻会于福州北岭岭下僧舍，赠以《青玉案·与朱景参会北岭》一词。后年，正月别福州北归。是为陆游第一次入闽，持续时间近两年，留存下来的词作仅一首，《青玉案·与朱景参会北岭》云：

西风挟雨声翻浪。恰洗尽、黄茅瘴。老惯人间齐得丧。千岩高卧，五湖归棹，替却凌烟像。故人小驻平戎帐。白羽腰间气何壮。我老渔樵君将相。小槽红酒，晚香丹荔，记取蛮江上。

陆游始出仕便来福建，他在宁德任主簿，为县令属官，掌出纳财物，注销簿书等工作，

1　（元）脱脱等：《宋史》卷四百一《辛弃疾传》，北京：中华书局1977年版，第12164页。

2　（元）脱脱等：《宋史》卷三百九十五《陆游传》，北京：中华书局1977年版，第12057页。

职级为九品。宁德期间"有善政"[1]，"百姓爱戴"[2]，并写有《宁德县重修城隍庙记》。陆游在宁德的仕宦生活，是较为舒适的，"昔仕闽江日，民淳簿领闲"（《绍兴中，予初仕为宁德主簿与同官饮酒，食蛎房甚乐，后五十年有饷此味者，感叹有赋酒海者大劝杯容一升，当时所尚也》），在宁德吃海蛎子，折荔枝，又登山访支提寺，较为享受南国海边的生活。而最令他难忘的是与朱孝闻成为知己，一同饮酒吃荔枝，以致几十年之后他仍怀念友人，"白鹤峰前试吏时，尉曹诗酒乐新知。伤心忽入西窗梦，同在埔村折荔枝"（《予初仕为宁德县主簿，而朱孝闻景参作尉，情好甚笃。后十余年景参下世，今又几四十年，忽梦见之若平生，觉而感叹不已》）。

这首词便是陆游调任福州，于"荔子独晚红"的时节，与朱孝闻相约会于福州北岭时所写。词的上片是对报国无门的慨叹，"西风挟雨"洗尽"黄茅"的瘴气，却洗不去人间的乌烟，多少你我这样的仁人志士报国无门，不能施展满腹才华。多少像我父亲那样的志士，只能隐居山林之中，像范蠡那样的将相之材，也只能"乘轻舟以浮于五湖"。明明可以建功立业进入凌烟阁，却生不逢时，只能归隐山川。词的下片是对朱孝闻的赞美，称赞他有英雄气概，将相之才，却只落得一个小县尉。尽管如此，陆游相信，这晚闽江之畔，同为天涯沦落人的相聚，共饮"小槽红酒"，品尝"晚香丹荔"的情景，必将让他们终生难忘。

陆游第二次宦闽是淳熙五年（1178），他离蜀东归，除提举福建常平茶盐公事，冬赴建安（今福建建瓯）任。次年暮秋，改除朝请郎，提举江南西路常平茶盐公事，十二月到江西任。陆游在建安任职近一年，期间游览了建安的山水名胜，有开元寺、凤凰山、复庵、南塔院、双清堂、绿净亭。现存其此一时期之词仅两首，即《好事近·登梅仙山绝顶望海》二首：

> 挥袖上西峰，孤绝去天无尺。拄杖下临鲸海，数烟帆历历。　贪看云气舞青鸾，归路已将夕。多谢半山松吹，解殷勤留客。

> 小倦带余酲，澹澹数棵斜日。驱退睡魔十万，有双龙苍壁。　少年莫笑老人衰，风味似平昔。扶杖冻云深处，探溪梅消息。

夏承焘先生认为这两词作于淳熙八年至十二年（1181—1185）居家期间[3]，而实际应作于淳熙五年第二次宦闽之时，因为梅仙山在建安境内[4]，具体位置可参下图。陆游此时

1　《[嘉靖]宁德县志》卷四，明嘉靖十七年（1538）刻本。

2　《[乾隆]宁德县志》卷三，清乾隆四十六年重修版。

3　（宋）陆游撰，夏承焘、吴熊和笺注：《放翁词编年笺注》，上海：上海古籍出版社1981年版，第85页。

4　梅仙山，又名梅君山，在建安（今福建建瓯）南二里。《寰宇记》卷101建州建安县：梅君山"在郡东南，云梅福炼药于此山上升，因名之"。《清一统志·建宁府》引《新志》："又名梅仙山。山顶丹井、坛灶犹存。"另有宋建州知县陈阐《题梅仙山》，宋末建安人刘边《梅仙山》等诗为证。

已五十四岁，此次从抗金前线蜀中东归，出仕闽中，心情自然是失落的。然其并未"颓放"，二词闲淡飘逸，"飘逸高妙者，与陈简斋、朱希真相颉颃"[1]。第一首词人挥袖登孤绝之山，拄杖下临渊之海，看云气青鸾，谢半山松吹，何其萧闲散淡。第二首词人喝小酒，游梅仙山，品佳茗，"扶杖冻云深处，探溪梅消息"，精神志气仍似少年时，何其洒脱自在。

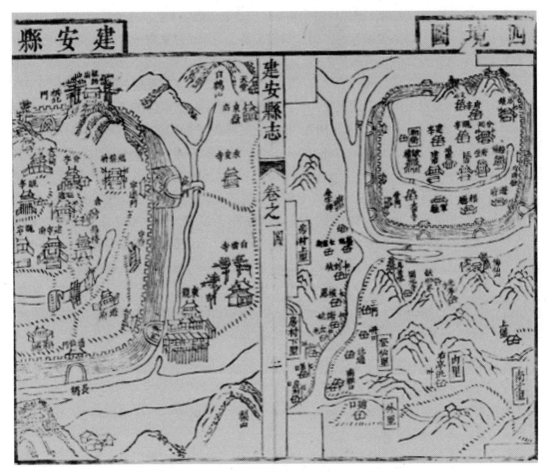

注：图来自《乾隆建安县志》卷一

1 刘克庄：《后村诗话续集》卷四，《后村先生大全集》，成都：四川大学出版社 2008 年版，第 4567 页。

第四节 其他类型词人的创作

在豪放派词人与理学家词人这一"主流"词人群体之外，福建地区还零星散布着其他一些类型的词人，比如本色词人卢炳，方外词人葛长庚。这些"次流"词人也丰富着福建词坛。

一、"词中有画"的卢炳词

卢炳，字叔阳，自号丑斋，龙溪人。徽宗政和二年进士，宁宗嘉定七年知融州（今属广西），以凶狠奸贪放罢。仕州县时多与同官唱和之词，但其同官者无一名士。有《哄堂词》一卷，今存词六十三首。

毛晋谓卢炳词"词中有画"，这主要着眼于其主要的两类词。其一为写景咏物词。词人写景咏物细腻熨帖，如一幅幅优美的风景画卷。如"晚天清楚，扫太虚纤翳，凉生江曲"（《念奴娇》），"猎猎霜风，濛濛晓雾"（《踏莎行》），"过眼溪山，向来都是经行处"（《点绛唇》）等句，雅淡清丽，为晚清况周颐所激赏"气格雅近沉着，句意不涉纤佻"[1]。

卢炳不仅刻画山水在行，写作农村农耕之词也是信笔拈来。如《减字木兰花》一词：

莎衫筠笠，正是村村农务急。绿水千畦，惭愧秧针出得齐。　　风斜雨细，麦欲黄时寒又至。馌妇耕夫，画作今年稔岁图。

此词化用杜甫《春日江村》："农务村村急"，苏轼《浣溪沙》"惭愧今年二麦丰，千畦细浪舞晴空"，张志和《渔歌子》"斜风细雨不须归"等句，描绘了一幅初春时节，农夫耕作，秧针嫩绿，麦浪欲黄的春忙图。写得清新自然，富有生活气息。

其二为闺情词。词人"男子作闺音"，假托女性的身份、口吻摹写佳人的情思，如一幅幅生动的美人图。卢炳自言"惜花心性谩风流"，年轻时曾在京城浪游，"常记京华昔浪游。青罗买笑万金酬"，度过一段风流自在的生活。他直到老年仍自豪于这段经历，念念不忘于歌楼楚馆里的美人，大胆写作男欢女爱之词。如《贺新郎》"问天公底事教幽独，待拉向锦屏曲"，《玉团儿》"把不定红生脸肉"，《蓦山溪》"鞭宝马，闹竿随，簇著

1　（清）况周颐：《历代词人考略》卷二十九，孙克强辑：《蕙风词话 广蕙风词话》，郑州：中州古籍出版社 2003 年版，第 333 页。

花藤轿"等，被四库馆臣批评为"皆鄙俚不文，有乖雅调。"[1]有一些词作虽无露骨的描写，但也只专注女性形貌的描绘，也并无甚意味，如"兰蕙心情，海棠韵度，杨柳腰肢。步稳金莲，手纤春笋，肤似凝脂。 歌声舞态都宜。拼着个，坚心共伊。无奈相思，带围宽尽，说与教知"（《柳梢青》）。卢炳写作美人词，除了时代氛围、个人心性等方面的因素之外，也受其师法对象的影响。卢炳集中有三首用周邦彦韵的词作，其一些侧艳之词学习美成词"失之软媚，而无所取"，从而靡曼而失其雅正之音。以上所举《玉团儿》便是用周邦彦韵写成。又如《少年游·用周美成韵》"倩俏精神，风流情态，只有粉郎知"，亦是此类。

然而，卢炳也有一些闺情词写得较为生动，描绘出美人相思之图。《谒金门》三首写春闺女子的相思贴切形象，"楼上卷帘双燕入。断魂愁似织"，"门外雨余风急。满地落英红湿。好梦惊回无处觅。天涯芳草碧"，"风卷绣帘飞絮入。柳丝萦似织"，"回首旧游何处觅。远山空伫碧"，"尺素待凭鱼雁觅。远烟凝处碧"等刻画出春来春去中，闺中女子望眼欲穿的惆怅。

卢炳的一些词能做到"词中有画"，离不开其遣词造句的功力，正如清许昂霄所说："《哄堂词》下语用字，亦复楚楚有致。"[2]然而，尤其离不开其娴熟地运用生僻字的功力。卢炳好用僻字已成为后世评论家的不刊之论，明毛晋就指出："词中喜用僻字，如祥溽、皴皵、褛子之类。"[3]李调元也明言："喜用僻字。"[4]词中运用生僻字，某种程度上会造成生硬、怪癖之感，但若运用恰当亦可产生亲切之感或生新的效果。如"短发萧萧襟袖冷，便觉都无祥溽。曳杖归来，夜深人悄，月照鳞鳞屋"（《念奴娇》），"祥溽"即闷热溽暑，用之此处虽被毛晋诟病，但作为日常用语而入之词反而显得亲切；"鳞鳞"多用之形容水波，此处用之描写水光，更能显出月色的皎洁。集中其他较为生僻的字还有：醮（醮溪宫柳摇金）、犇（犇走红尘）、骈阗（巷陌骈阗）、甃（把玻璃甃就）、斸（素蕴从来斸洁）、化洽（鸣琴化洽人欢怿）、皴皵（皴皵寒枝。未必生绡画得宜）、荄（压尽寒荄）、褛子（绣罗褛子间金丝）、觑（觑破只同儿戏）等。还有一些字词较为常见，但卢炳能焕然一新，如：挂（闲愁不挂肠）、翻（明河翻雪）、碾（碾破秋云）、涌（涌成银阙）、欺（光欺南斗）等。翻旧能让人耳目一新，以《浣溪沙》词为例，词为：

水阁无尘午昼长。薰风十里藕花香。一番疏雨酿微凉。 旋点新茶消睡思，不将醽醁恼诗肠。阑干倚遍挹湖光。

上词中"酿""挹"本为常见之词，用之此处却能生新。"酿"原意为糅合、逐渐生

---

1 （清）纪昀总纂：《四库全书总目提要》，石家庄：河北人民出版社2000年版，第5509页。
2 （清）许昂霄《词综偶评》，《词话丛编》，第1577页。
3 （明）毛晋：《烘堂词跋》，《宋六十名家词》，上海：上海古籍出版社1989年版，第609页。
4 （清）李调元：《雨村词话》卷二，《词话丛编》，第1417页。

成，这里指"疏雨"中夹杂着、并慢慢生成"微凉"，写出了夏天雨后凉风习习的细腻感受。"挹"本义指舀、引出，用之此处是指倚靠阑干时间过长，目力所及，似乎要将湖光引出，写出思念之深。

由此可见，卢炳词作风貌在雅俗生熟之间，一方面"气格雅近沉着，句意不涉纤佻"，"下语用字，亦复楚楚有致"；另一方面集中有"鄙俚不文，有乖雅调"之句，而且"好用僻字"，如此词作雅致又尘俗，古旧又生新。

二、"语带仙气"的葛长庚词

葛长庚（1194—？[1]），又名白玉蟾，字白叟，又字如晦，号蠙庵，又号海蟾、海琼子，是道教内丹南宗第五代祖师。他自言"今已九旬来地"，故入元之后仍在世。他祖籍福建闽清，因祖父宦游海南而诞生于琼州。父亡后，母亲改嫁，故改姓白。遇见陈楠，经其指点后，葛长庚专心修道，隐于武夷山、罗浮山等地学道，对内丹南宗的发展做出贡献，成一代宗师。宋嘉定中诏征赴阙，馆太一宫，封紫清明道真人。有《玉蟾先生诗余》，又名《海琼词》，今存词160首。

葛长庚以道士兼文人的身份登上词坛，他的词兼具道人的"飘飘仙举"和文人的"感慨淋漓"，在词史上独具一格。

作为一名内丹派道人，葛长庚不可避免地会以词写道、传道。然其道词较一般道士的词艺术性更强，即使劝道词也能用语文雅、浑成天然。这既源于他过人的才华，也得益于其良好的儒学教育。他幼时受过良好的家庭教育，在文学、艺术上极有造诣，七岁能诗赋，真草篆隶，琴棋书画，无一不通，"博洽群书，究竟禅理，出言成章，文不加点；随身无片纸，落笔满四方。大字草书，视之若龙蛇飞动；兼善篆隶，尤妙梅竹而不轻作"[2]。又"三教之书靡所不观，每与客语，觉其典故若泉涌然，当世饱学者未能也"。[3]他在词中亦注入仙道要素，"仙""药""丹""道"等道家意象，"天真""太姥""上皇"等道家人物，以及"石女跨泥牛""玉女金钟"等道家典故重复出现，构成烟雾缥缈的仙家意境。而且，他会在词中不时透露出其求仙慕道，甚至劝道传道的心理。作为内丹南宗宗师，他以为人以气息为立命之根本，而众人往往为功名利禄、荣华富贵而耗尽精力气血，循环受苦，无有穷已。解脱之道在于修道炼丹，与道合一，逍遥自在，永脱苦恼。所谓"仙家好，这许多快活，做甚时官"（《沁园春·题罗浮山》），"终日无思量，便是活神仙"（《水

1　刘亮《白玉蟾生卒年新证》认为其生卒年为1153？—1243？，见《文学遗产》，2013年第3期。

2　（元）赵道一：《历世真仙体道通鉴》卷四九，《白玉蟾传》，见《道藏精华 第10集之一 历世真仙体道通鉴下》，自由出版社1989年版。

3　（宋）留元长：《海琼问道集序》，白玉蟾撰，留元长编集：《海琼问道集》，《道藏 第1册》，天津：天津古籍出版社1988年版。

调歌头·其三》）。试看下词：

　　堪笑廛中客，都总是迷流。冤家缠缚，算来不是你风流。不解去寻活路，只是担枷负锁，不肯放教休。三万六千日，受尽百年忧。　得人身，休蹉过，急须修。乌飞兔走，刹那又是死临头。只这眼前快乐，难免无常两字，何似出尘囚。炼就金丹去，万劫自逍遥。（《水调歌头》）

　　此词先笑"廛中客"世俗众人"生年不满百，常怀千岁忧"，人生被名利迷误，被尘缘缠缚，忧心劳神，气竭人亡，"不解去寻活路，只是担枷负锁"。最后给出解脱之法：修道炼丹，"炼就金丹去，万劫自逍遥"。词人"三教之书靡所不观"，词中"得人身""刹那""无常""出尘"等皆是世人熟知的佛教轮回、人世无常、修身正果的思想，在此基础上提出道家的修身炼丹，归一于道的解脱之道，如此更易于常人接受。

　　葛长庚不仅是内丹派道师，更是神霄派弟子。神霄派创始于北宋末江西南丰道士王文卿，其后经张继先、林灵素、萨守坚等的传扬，再加上当时统治者的迷信支持，一时盛行天下。内丹南宗至四祖陈楠开始兼传神霄雷法，葛长庚的雷法即是得受于陈楠。相传葛长庚雷法尤为灵验，他会以道教符箓之术来进行行雷祈雨。而不管是炼丹还是作法，都不离游仙，其词也便涉及游仙题材。

　　在道教盛行的年代，不仅道门中人，普通文士亦好游仙。如魏晋时期的游仙诗，或表达对于长生成仙的企盼，对神仙世界的向往，或逃避现实的残酷，寄寓对现实的不满。葛长庚的游仙词不同于传统的游仙诗词，他的叙事模式、思想主题都有其独特性：他自号"神府雷霆吏""上清大洞宝箓弟子"，"误蒙天谪"，因触犯天规被贬凡间。因此他的游仙诗是被贬仙人追忆往昔仙境景象，"昔在丘皇府，啸咏紫云中"（《水调歌头·和爛翁》），感慨如今在尘世遭受流离之苦，从而"欲归仙去"，渴望重返天庭、求得解脱。《水调歌头》（误触紫清帝）一词便是这位"谪仙"的自述：

　　误触紫清帝，谪下汉山川。既来尘世，奇奇怪怪被人嫌。懒去蓬莱三岛，且看江南风月，一住数千年。天风自霄汉，吹到剑峰前。　做些诗，吃些酒，放些颠。木精石怪，时时唤作地行仙。朝隐四山猿鹤，夜枕一天星斗，纸被裹云眠。梦为蝴蝶去，依约在三天。

　　此词以平常口吻叙述词人因触犯紫清帝君，被贬凡间的经历。在凡间"一住数千年"，通过修道也逍遥自在，但仍期盼可以"梦为蝴蝶去，依约在三天"，重返仙界。词人一再强调自己本仙人，叙写游仙经历，一方面是因修道的虔诚与向往，另一方面也是劝道、传道的需要。

　　葛长庚这类"语带仙气"的词，能"出乎其外"，有其高致之处。然而，缺乏动人的力量，与苏轼《水调歌头》等"似不食人间烟火"相比起来，缺乏"入乎其内"的生气。

因此刘熙载《词概》评论道："东坡词具神仙出世之姿，方外白玉蟾诸家，惜未诣此。"[1]
虽如此，葛长庚有些词虽达不到东坡词的高度，但也能"入乎其内"，又"出乎其外"。
摆脱了方外词"芜累与空疏"的弊病，能"寓意言外，一如寻常，不别立门户，斯为入情"[2]。

葛长庚才华横溢，但其一生穷困潦倒，备经坎坷，据传曾因"任侠杀人"而"亡命武夷"[3]。
他一生浪迹天涯，居无定所，历经人生种种苦难。而且，他少时曾应童子试，受过良好的
儒学教育，因而其为人有其"天仙"的一面，但也有其"文人才子"的一面。他自言"道
人于世，已忘情、尚更区区钱别"，但"人非草木孰能无情"，更何况"世事空花，人情
风絮"，因而"烟水空阔"之际，词人又怎能无感，也就生出"流落江南，朝朝还暮暮，
千愁万结"（《酹江月·送周舜美》）。

葛长庚对人生空幻的感慨，也并非只是传道的噱头，有的也是他人生真切体验的总结。
他自述生平"一个奇男子，万象落心胸。学书学剑，两般都没个成功。要去披缁学佛，首
下一拳轻快，打破太虚空。末后生华发，再拜玉清翁。 二十年，空挫过，只飘蓬。这回归去，
武夷山下第三峰。住我旧时庵子，碗水把柴升米，活火煮教浓。笑指归时路，弱水海之东。"
（《水调歌头·其二》）世人只见他的潇洒超脱，熟知他也是"苦苦谁知苦，难难也是难。
寻思访道，不知行过几重山。吃尽风僝雨僽，那见霜凝雪冻，饥了又添寒。满眼无人问，
何处扣玄关。"（《水调歌头·其三》）满腹愁苦无人问，他只能"好因缘，传口诀，炼
金丹。街头巷尾，无言暗地自生欢。"满腹愁思无人诉，他只能诉诸诗词了。这或许就是
陈廷焯所言的"脱尽方外气"吧[4]。又如极为陈廷焯称赞，认为"可以步武稼轩"的《贺
新郎》词：

且尽杯中酒。平生、湖海心期，更如君否。渭树江云多少恨，离合古今非偶。更风雨、
十常八九。长铗歌弹明月堕，对萧萧、客鬓闲携手。还怕折，渡头柳。 小楼夜久微凉透。
倚危栏、一池倒影，半空星斗。此会明年知何处，蘋末秋风未久。漫输与、鹭朋鸥友。已
办扁舟松江去，与鲈鱼、莼菜论交旧。应念此，重回首。

此词乃送别之作，上片起句便破空而入，"且尽杯中酒"，一杯酒中融入了多少世间
情愫，正如辛弃疾所言"天下事，可无酒"（《贺新郎·题传岩叟悠然阁》）。接着言平
生漂泊，"渭树江云多少恨，离合古今非偶"，并将这"动如参与商"的离别放置于历史
之中，渭树江云见证了多少古今离合，由此感慨遂深。"更风雨、十常八九"句化用辛弃
疾《满江红·中秋寄远》"叹十常八九，欲磨还缺"句，分别已属不易，而彼此处境艰难，

---

1 （清）刘熙载：《词概》，《词话丛编》，第3691页。

2 （清）沈雄：《古今词话 词话上卷》，《词话丛编》，第763页。

3 （清）刘坤一修，刘绎、赵之谦等撰：[光绪]《江西通志》卷一八零，清刻本。

4 （清）陈廷焯：《白雨斋词话》卷八，《白雨斋词话全编》，第1285页。

事事不如意。下片"倚危栏、一池倒影，半空星斗"，水中倒影如梦似幻，空中星斗可望不可即，此去一别，"会面安可知"。只得"与鲈鱼、莼菜论交旧"，"努力加餐饭"了。词人在离别的悲情之中融入个人的生命感喟，并抒发人生无常的感慨，深沉苍凉。正如陈廷焯所评"葛长庚词，一片热肠，不作闲散语，转见其高。其《贺新郎》诸阕，意极缠绵，语极俊爽，可以步武稼轩，远出竹山之右。"[1]

葛长庚从自身的生命体验出发，并用历史的眼光观照种种人世情谊。这种写作惯性不仅存在于赠别词中，也体现在怀古词中。事实上，他的咏史怀古词数量甚少，但《酹江月·武昌怀古》一词得到历代评论家的好评，杨慎以为"此调雄壮，有意效坡仙乎"[2]，黄奕清《历代词话》中亦载此词，潘飞声称赞道："怀古词须感慨淋漓，读之令人神往，斯称杰作。"[3]词为：

汉江北泻，下长淮、洗尽胸中今古。楼橹横波征雁远，谁见鱼龙夜舞。鹦鹉洲云，凤凰池月，付与沙头鹭。功名何处，年年惟见春絮。　　非不豪似周瑜，壮如黄祖，亦随秋风度。野草闲花无限数，渺在西山南浦。黄鹤楼人，赤乌年事，江汉庭前路。浮萍无据，水天几度朝暮。

历史是一个民族对于它本身的时间存在的集体意识的记录，中国古代文人对于历史的感觉方式与写作方式很特别的一点是：将历史的兴衰与自然景物进行对比，历史转瞬即逝而山水却永恒存在，永远无情地看沧海变桑田。葛长庚此词便是此种写作思路，"汉江""楼橹""鹦鹉洲云""凤凰池月""春絮""野草闲花""水天"等仍在，而在武昌建功立业者却早已灰飞烟灭。"洗尽""谁见""付与""惟见""亦随""渺在""几度"等词语，无不在透露功名的空虚、人世的空幻，可谓摆脱方外习气，"感慨淋漓"。然而，与苏轼《念奴娇·赤壁怀古》、辛弃疾《永遇乐·京口北固亭怀古》等怀古词相比，缺乏豪壮悲凉、义重情深的厚重，正如陈廷焯所评"毕竟不及诸贤之深厚，终是托根浅也"[4]。

1　（清）陈廷焯：《白雨斋词话》卷二，《白雨斋词话全编》，第 1195 页。

2　（明）杨慎：《词品》卷二，岳淑珍校注：《杨慎词品校注》，郑州：中州古籍出版社 2013 年版，第 101 页。

3　潘飞声：《粤词雅》，唐圭璋编：《词话丛编》，第 4893 页。

4　（清）陈廷焯《白雨斋词话》卷八，《白雨斋词话全编》，第 1285 页。

第三章 元明福建词坛的中衰

宋代以后，元明两代词坛较为沉寂。查《全闽词》可知，元明两代的闽籍词人只有80余家，而且极少名震词坛的名家。元代存词最多者为洪希文，莆田人，但其存词也仅30余首。明代闽籍词人较为著名者当属明末余怀，祖籍莆田，有《玉琴斋词》不分卷。其时较为著名者还有闽中十才子之一林鸿，福清人，有《鸣盛集》，词存其中，风格雅整疏俊。又有王慎中，晋江人，有《遵岩集》，赵尊岳《明词汇刊》辑有《遵岩先生词》。又有徐㷼，闽县人，著有《幔亭集》十五卷，最后一卷为词，赵尊岳《明词汇刊》辑有《幔亭词》。

第一节 "吊古""幽叹"：元代福建词坛

对于福建词坛的发展历程，谢章铤曾概括道："吾闽词家，宋元极盛，要以柳屯田、刘后村为眉目。明代作者虽少，然如张志道、王道思、林初文，亦复流风未泯。又继以余澹心怀、许有介友、林西仲云铭、丁雁水炜、韬汝。雁水与竹垞、电发友善，其名尤著。近叶小庚太守申芗亦擅此学，著《词存》《词谱》等书。"[1]此论大致不错，但是笼统地说元代也"极盛"，则并不符合实际，今日可知的元代福建词人仅5家，除洪希文存词稍多之外，其余词人存词仅数首。可见，元代闽中词学也呈衰颓之势，不可谓繁盛。

一、在朝词人的兴亡之叹

元代福建有词传世者仅五人，除洪希文外，其他四人或出仕或为宋室之裔，与朝堂时

---

[1] （清）谢章铤：《赌棋山庄词话》卷一，刘荣平校注：《赌棋山庄词话校注》，第4页。

局的关系较为紧密。由于元代为外族统治中原，汉人尤其是包括福建在内的这些南人，处境十分艰难。汉族的读书人也较之其他朝代，入仕的机会甚少。即使出仕，由于元朝的戒备与歧视，他们也并不能发挥才能，得以重用。因而，这些词人大多官位较低，沉沦下僚是其常态。更为不幸的是，这些词人刚从宋末元初的战乱中硬挺过来，元末明初的动乱又开始了，朝代的更迭，民族之间的冲突，使得这些词人无不思考历史兴亡问题，词中充满盛衰兴废的感慨。

杨载（1271—1323），字仲弘，浦城（今福建浦城县）人，元代中期著名诗人，"元诗四大家"之一。存词仅1首。杨载诗语健劲，雄浑横放，富腾挪变化之势。其仅存的词也感慨苍凉，如"半壁酸风，两淮寒月，古今兴废"，"眇乌江满眼，惊涛卷雪，分明总是，英雄泪"（《水龙吟》）等句，无不充满历史苍茫、功业未成的伤痛。

张以宁（1301—1370），字志道，因家居翠屏峰下，自号翠屏山人，福州路古田（今福建宁德古田县）人，有《学士集》，内含词2首。张以宁元泰定四年（1327）登进士第，之后辗转南北多地，人生感悟较深刻，其词感慨深沉。《明月生南浦》一词作于广州省治南汉主刘𬬮故宫。南汉（917—971）是五代十国之一，初立国号"大越"，后改为"汉"，史称南汉。都城在广州，各宫殿奢华至极，"皆极瑰丽"[1]，而其金玉珠宝以武力抢掠、鱼肉百姓而来。《宋史》载："宫城左右离宫数十，𬬮游幸常至月余或旬日。以豪民为课户，供宴犒之费。"[2] 张以宁行经此处时，铁铸四柱犹存，不免周览叹息："海角亭前秋草路。榕叶风清，吹散蛮烟雾。一笑英雄曾割据。痴儿却被潘郎误。宝气销沉无觅处。藓晕犹残，铁铸遗宫柱。千古兴亡知几度。海门依旧潮来去。"南汉覆灭已近四百年，奢华宫殿已消亡，只剩铁柱四根。词人凭吊历史，感慨兴亡，对穷奢极侈、压榨黎民的南汉及元朝统治者颇为不满，唤其为"痴儿"。此词也被学者称为"意境高迥，气象浑成"的"佳构"[3]。

林弼，一名唐臣，字元凯，漳州路龙溪（今福建漳州龙海区）人。有《登州集》三卷，词附。赵尊岳《明词汇刊》辑有《登州词》，不过仅3首。林弼现存之词两首为赠送之作，词写离别不舍之情；一首为寿词，词写祝寿之愿。然其词中也能见到些许的历史流逝之感，如"旧业都荒，茅屋稻田瓜圃"（《万年欢·赠别陈都事》），"羡千年泗水，流圣泽，尚淙淙"（《木兰花慢·送孔子远少府归东瓯》）。

赵迪，字景哲，号鸣秋，又号白湖小隐，福州路怀安（今福建福州市晋安区）人。有《鸣秋集》不分卷，词2首。赵迪虽未出仕元朝，但其系出宋室林尚默，活动于元末明初。他以皇室之裔而以布衣终，更能体味出历史兴废的无常与无奈。其《念奴娇·书青莲精舍》下片言："遥想翠华南渡，三百载相传，衣冠不绝。江山非旧，龙管声沉，烟草空余陵阙。

1　（清）梁鼎芬等修，丁仁长等纂：《番禺县续志》卷四十，民国二十年版。

2　（元）脱脱等：《宋史》卷四八一《世家四·南汉刘氏》，北京：中华书局1977年版，第13920页

3　张仲谋：《明词史》，北京：人民文学出版社2002年版，第70页。

倚遍危阑，此情无尽，谁解心如铁。玉问当年，画梁归燕能说。"宋室衣冠显然将绝，词人所悲伤的不仅是"夜鹊惊魂，穷途有泪"式的个人困苦，也不仅是一般文人"烟草空余陵阙"般的历史苍茫之感，更在于宋室的衰败，赵宋后裔的散落，以及赵氏历史中断的忧虑。

二、在野词人的幽居之闲——以洪希文为例

洪希文(1282—1366)，字汝质，号去华山人，兴化路莆田（今福建莆田市荔城区）人，成长于兴化县广业里，皇庆中以荐授兴化训导。有《续轩渠集》十卷，其中第九卷为长短句，有词33首。

洪希文出生于书香之家，父洪德章。德章（1239—1306），字岩虎，号吾圃，宋末贡士，曾为兴化教谕，有《轩渠集》。宋元迭代之际，元兵曾占领兴化，大肆屠杀民众，实行残酷的民族压迫政策。洪德章举家迁徙到兴化县广业里山区（今莆田涵江区庄边镇），不与元朝合作。在其父的影响下，洪希文对元朝存有戒心，隐居山林，生活清贫。然他却刻苦读书，博学多才，是兴化路"地瘦栽松柏，家贫子读书"的代表性人物之一。作为山野之民，洪希文词的内容题材与情感内核都离朝堂、政治较远，而是自然英旨，朴素大方地勾勒其幽居生活。因而"村舍学堂中语"[1]，却充满乡土清新的气息，"山泽之臞，出山泽之语。譬诸夏彝商鼎，华采虽若不足，而浑厚朴素之质，使望之者知为古器，而自泯其雕巧之心也。"[2]

"宁可百日无肉，不可一日无茶"，茶是福建人生活的必备品。洪希文的幽居之闲，在于茗茶之时。希文性嗜茶，其家乡莆田即为产茶区。他常吸井水，啜自煮的土茶，以为美于登仙，"临风一吸心自省，此意莫与他人传"。他的词中有三首以茶为主题，《阮郎归·焙茶》一词写焙茶，"养茶火候不须忙，温温深盖藏。不寒不暖要如常。酒醒闻箬香。 除冷湿，煦春阳。茶家方法良。斯言所可得而详。前头道路长。"这首词真乃一首茶歌，以平静的语气，素朴的语言，描述了茶农精细优良的焙制茶叶技艺，焙茶如养茶，技在火候中。《浣溪沙·试茶》《品令·试茶》二词则写试茶，"独坐书斋日正中。平生三昧试茶功。起看水火自争雄。 势挟怒涛翻急雪，韵胜甘露送香风。晚凉月色照青松。""旋碾龙团试。要着盏无留腻。霭云献瑞，乳花斗巧，松风飘沸。为致中情，多谢故人千里。 泉香品异。迥休把寻常比。啜过唯有，自知不带，人间火气。心许云谁，太尉党家有妓。"龙团茶福建特产一种贡茶，小巧精致，价格昂贵。配合龙团的烹茶方式称为点茶，向盛有茶末的茶盏注水，不断搅动茶汤，使得茶汤呈白色。"茶色贵白"，纯白才是"上真"。这就是词人所品出的茶"势挟怒涛翻急雪，韵胜甘露送香风"之妙。点茶好坏与否要看茶汤在盏壁上是否留下水痕，"要着盏无留腻"，点茶技巧高超，盏中的茶水充分融合，产生较强的

---

1 （元）洪希文：《续轩渠集自序》，《续轩渠集》卷首，钦定四库全书本。

2 （明）蔡宗尧：《续轩渠集序》，洪希文：《续轩渠集》卷首，钦定四库全书本。

内聚力，从而"着盏无水痕"，茶色不会沾染到茶盏上。品着如此色"胜雪"、味"甘露"、气"香风"的茶，已经清新脱尘、成为高洁之士了，"自知不带，人间火气"。

然而，洪希文的幽居生活真的只是喝喝茶、下下棋、吃吃酒、与人祝祝寿、给生徒上上课这样悠闲自在吗？从其诗词中可以见出词人表面上自满自足，实际上是不得已而求其次的自慰自嘲，内心并不平静。正如《青门引·棋》中写道："英雄到底谁是，劝君动也如何静"。又如《酹江月·酒边》中写道："烈士壮心仍在，唾壶敲碎，此恨何时足。"他另有一首词写幽居，词为《满江红·幽居》：

筑室云屏，连翠、断崖如白。任红尘飞到，借风为帘。谈笑从容无俗客，山花风竹皆吾友。做姬公事业竟明农，终田亩。　闲又却，经纶手。紧闭了，谋谟口。看高车公相，寒途仆走。是有命焉那幸致，万钟于我大何有。但卿车我笠勿相忘，须回首。

洪希文生当蒙古族入主中原，词人作为南人，是最卑下的一等，在科举、仕进诸方面备受压制。加之，元兵屠杀同邑，及其父亲对元朝态度的影响，他对元朝统治者是愤慨的。一则，他一生并无功名，大部分时间在兴化县寿峰方氏课徒，只做过郡庠的训导，心中定有感慨和不平，其《雪髭》诗言："功名不建头颅老，日月如驰髀肉生。"《官筑城垣起众坟石》诗又言："凄其死者无归路，羞与仇人共戴天。"二则，他生年八十五岁，见证了元朝从开国到即将灭亡的种种恶行，亦十分恼怒。如其《禁马》诗写道："羁靮岂徒设，舟车有不通。负乘时所忌，得失理难穷。前辈骑牛好，吾将立下风"，控诉元朝禁马的荒唐。从这样的背景来理解此词，也就可以见出词人口称安闲，内心怒气难遏的情绪。词人满腹才能，却只能隐居山林，在悬崖上筑房，虽能谈笑无俗客，赏山花风竹，却只能以农为业，终老田亩。"闲又却，经纶手。紧闭了，谋谟口"，有经纶之手，也只能闲置；有谋策之口，也只能禁闭，这辈子没有"高车公相"之命。此词感情含蓄而强烈，平静中蕴含着愤愤不平，悠闲中凝聚着无声的抗议。这种愤慨之情激荡胸中，不吐不快，却又不便于明言，只能含蓄出之。

第二节 明代福建词坛概况

明代福建文化与文学在两宋文化的基础上得到长足发展，与江西、浙江等地一道占领全国文学与文化的先机，承继宋代海滨邹鲁的美誉。万历《福州府志·文苑传论》称："明兴二百年来，列圣作人，文风遐邈，闽士蒸蒸，建旗鼓，属橐鞬，与海内抗衡。"[1]闽地地狭土薄，农业发展困难重重，闽人转向从文化与科举中求得生存，叶向高《学使泰垣沈公报满序》言闽人对文化的重视："八闽于宇内，裔藩也。惟有宋诸儒实式灵之，入明而文章经术愈益彬彬，闽土重矣。"[2]然而，明代闽词却不继宋代的辉煌，呈衰落之势。其中的原因既有明代整体词学不振的背景，亦有明代福建地域文化、时代文化的影响。福建自宋代以来，一直是理学重镇，尤其是朱子学影响深远。明代又推重理学，以儒学取士。两者相叠加，形成福建士子的价值观念与学术惯性。词为艳科、小道，有"以文害道"之说，因而也就难以成为福建士人的"心头好"。

千年词史，鼎盛于宋，中衰于明，中兴于清。千年福建词史中明代福建词坛亦上不如宋，下不如清，呈"中衰"之势。从词人数量来看，笔者根据《全明词》《全明词补辑》《全闽词》《明词综》等统计可考的明代闽籍词人共有80人（见下表），不到宋代闽籍词人（162人）数量的一半。据《全明词》《全明词补编》统计明代全国词人共1770余人（其中《全明词》1300余人，《全明词补编》470余人），闽籍词人占比4.52%。这比例远低于宋代闽籍词人12.18%的占比，也与明代福建10%左右的进士名额不相称。从词学大家来看，明代闽籍词人著名者寥寥，虽有余怀、林鸿、王慎中、徐𤊺等人作词较多，其中林鸿、王慎中等在《明词史》（张仲谋著，人民文学出版社2002年版）中论及，但他们的知名程度、词学成就、词学影响远不足以与江浙名家媲美，明代福建词坛也就无法与江浙等词学渊薮之地抗衡。

然而，正如明词虽衰落，"然三百年间，能词者为数仍多"[3]，福建词坛能词者为数也不少，有词集（包括诗文集中内附词）传世者有35人，词集所占比例，较之宋代有过

---

1 （明）喻政：《福州府志》卷六十二，春风出版社2001年版，第589页。

2 （明）叶向高：《苍霞草》卷七，明万历刻本。

3 饶宗颐：《全清词·顺康卷序》，南京大学中国语言文学系《全清词》编纂委员会编：《全清词·顺康卷》，北京：中华书局2002年版。

之而无不及。

表 3.2.1：明代福建词人一览表

姓名	生卒年	籍贯	身份	词集	备注
林鸿	约 1338—？	福清	以人才荐	《鸣盛集》四卷，词存其中	赵尊岳辑《虚舟词》
张红桥[1]		闽县			女，归林鸿，《赌棋山庄词话》录其与林唱和之词
王偁		三山（今福建福州）	领乡荐	《虚舟集》五卷，词存其中	赵尊岳辑《鸣盛词》
陈山		沙县	领乡荐		
林大同		长乐	洪武四年进士	《笆轩集》十二卷，词存其中	寿词和赠送之词
杨荣	1371—1440	建安	建文二年进士	《杨文敏集》二五卷，词存其中	元宵词
罗泰	1373—1439	福清		《觉非先生集》五卷，词存其中	
周玄		闽县	以文学征	《宜秋集》八卷，词存其中	
徐奇		浦城	举人		
周瑛	1430—1518	莆田	成化五年进士	《翠渠摘稿》七卷、补遗一卷，词存其中	赵尊岳辑《翠渠词》
章志宗		松溪	道士		
林瀚	1434—1519	闽县	成化二年进士	《重刊林文安公诗集》，词存其中	
黄潜	1435—1508	莆田	成化二年进士	《未轩集》十二卷，词存其中	赵尊岳辑《未轩词》
林廷玉		侯官	成化二十年进士	《南涧先生文集》	
林俊	1447—1523	莆田	成化十四年进士	《见素文集》二十八卷，词存其中	赵尊岳辑《见素词》
杨旦		建安	弘治中进士	《偲庵集》二十卷，词存其中	
王森芝		永泰	诸生		
林弥宣		莆田			
范嵩		瓯宁（今福建建瓯）	弘治十五年进士	《衢村集》	
林魁		龙溪	弘治十五年进士	《归田杂录》，词存其中	
陈良贵		长乐	贡生		

1　蔡一鹏：《林鸿、张红桥事迹考》（《中州学刊》1997年第6期）一文认为张红桥乃由原型虚构的一个人物。

王琬		永泰		《蠖宦词钞》	
林希元		同安	正德十二年进士		
李默	？—1556	瓯宁（今福建建瓯）	正德十六年进士	《群玉楼集》七卷，《困亨别稿》一卷附录一卷，词存其中	赵尊岳辑《群玉楼诗余》
陈仲溱		侯官	庠生	《柳湄诗集》	
杨观		闽县	诸生		
傅汝舟	1476—？	侯官			好佛学仙
薛廷宠		福清	嘉靖十一年进士	《皇华录》五卷，词附其中	
周宣		莆田	弘治十八年进士		
蔡经		侯官	正德十二年进士		
韩梦云		福清			
林大辂	1488—1560	莆田	正德九年进士		
杨逢春	1498—1553	同安	嘉靖八年进士		
龚用卿	1500—1563	怀安	嘉靖五年进士第一	《云冈选稿》二十卷，词附其中	
李恺	1502—1582	惠安	嘉靖十一年进士	《抑斋介山集》，词附其中	
张经	？—1555	侯官	正德十二年进士	《毛襄懋先生文集》	
郑守愚	？—1556	莆田	嘉靖五年进士	《俟知堂集》十四卷	
叶邦荣		闽县	举人	《朴斋先生集》十二卷	
林庭机	1506—1581	闽县	嘉靖十四年进士	《世翰堂稿》十卷，词附其中	
王慎中	1509—1559	晋江	嘉靖五年进士	《遵岩集》四十一卷，词附其中	赵尊岳辑《遵岩先生词》
江一鲤		泉州			
庄履丰	1547—1589	晋江	万历五年进士	《梅谷庄先生文集》十六卷，词附其中	
林章	1551—1599	福清	举人	《林初文诗文全集》不分卷，词附其中	
卢维桢		漳浦	隆庆二年进士	《醒后集》五卷、《续集》一卷，词存其中	赵尊岳辑《瑞峰诗余》
李廷机	？—1616	晋江	万历十一年进士		
陈荐夫	1560—1611	闽县	举人		
徐熥	1561—1599	闽县	举人	《幔亭集》十五卷，词附其中	赵尊岳辑《幔亭词》

黄居中	1562—1644	晋江，迁金陵	举人		
戴以让		龙溪	万历二十年进士		
谢肇淛	1567—1624	长乐	万历二十年进士	《小草斋集》六十卷，词附其中	
徐𤊹	1507—1642	闽县	庠生	《鳌峰集》，词附其中	徐熥弟，布衣终
张燮	1573—1640	龙溪	举人		
宋珏	1576—1632	莆田，流寓金陵	国子监生		
王虞凤		闽县			
黄幼藻		莆田			女
张璧娘					女
秦瞬藩			国子监生		
李灿箕		仙游	举人		
罗明祖		永安，一作延平	天启元年进士	《纹山先生集》三十卷，词附其中	
陈元纶		福州			
杨士美		瓯宁（今福建建瓯）			
许瑛		侯官			
林沅		闽县			
谢超宗		瓯宁（今福建建瓯）			
黄道周	1585—1646	漳州镇海（今福建漳浦）		《黄忠端公集》，词附其中	赵尊岳辑《黄忠端公词》
陈衎	约1568—？	闽县	诸生		
邵捷春	1588—1641	侯官	万历四十七年进士	《剑津集》，词附其中	
曾异撰	1591—1644	晋江人，家侯官	举人	《纺授堂集》二十七卷，词附其中	
胡莲		天台人		《涉草集》一卷	女，闽妓
林绿		莆田			
张士昌		莆田			
王仕焜		温陵（今福建晋江）			
翁吉爆		永春	贡生	《石佛洞榷侻小品》十六卷，词附其中	
邱四可		崇安	诸生		
高兆		闽县			
林景清		连江	庠生		
蔡道宪	1615—1643	晋江	崇祯十年进士	《蔡忠烈公遗集》，词附其中	赵尊岳辑《蔡忠烈公词》

许友	1615—1663	侯官	廪生	《米友堂诗集》，词附其中	
余怀	1616—1696	莆田人，移居金陵		《秋雪词》《玉琴斋词》	遗民自居
薛敬孟	约1625—？	福唐（今福建福清）	贡生	《击铁集》十卷，词附其中	

由上表可知以下几点：

从历史时段分布来看，考察明代福建词人的出生与登第时间，明代前中后各个时期基本都有词人，词人时段分布上较为均衡，正德、嘉靖年间则词人稍多，词人兼为进士者也稍多，这离不开明代中叶福建人才"喷涌式"的发展。

从地域分布来看，考察明代福建词人的籍贯，以县域为划分标准，出现词人最多者为闽县13人，莆田12人；其次是侯官8人，晋江7人，福清6人，瓯宁4人，龙溪3人，长乐3人；出现2人的有建安、同安、永泰、漳浦；出现1人的有怀安、惠安、连江、浦城、仙游、泉州、三山、沙县、松溪、永春、永安、崇安、福州某地（具体不详）；其余县域未出现词人。以州府为划分标准，出现词人最多者为福州府，有36人；其次是兴化府，有13人；泉州府，有12人；建宁府，有9人；漳州府，有5人；延平府，有2人；邵武府、汀州府、福宁州等未出现词人。由此可知，明代福建词人主要集中在福州府，尤其是闽县与侯官。其次是兴化府，尤其是莆田。泉州府则主要分布在晋江，建宁府主要分布在瓯宁，漳州府主要分布在龙溪。明代福建词人集中地在闽中地区，福州府与兴化府傲视群雄，闽南地区词人数量逐渐兴起，闽北地区的词人较之宋代大幅减少，闽东、闽西地区则仍是词学荒漠。

从身份类别来看，明代福建词人绝大部分为士人，考中进士约有31人，乡荐或文征4人，举人9人，占比55.69%。贡生3人，国子监生2人，诸生4人，庠生3人，廪生1人。此外，还有僧道2人，妇女4人。由此可知，明代福建词人的身份类别较单一，词人基本都为读书人，进士及第者较多，底层文人较少。

既然福建词人的身份进士及第者居多，那么词人的地域分布与科举文化的发展密切相关。福建内部八府一州之间的科举力量并不均衡，明代福建西部与北部的科举逐渐萎缩，东部沿海四府（福州、兴化、泉州、漳州）的科举实力逐渐增强。兴化府莆田县更是"以一县的士子占据了乡试的高第，在明代前中期历科乡试、会试均取得与其人口、版籍不相符的佳绩"[1]。因而福建文人主要集中在福州、兴化、泉州、漳州四府，建宁、延平二府保留有一定的文化底蕴，仍有一些政治人物和作家的出现，而汀州、邵武、福宁三地几乎没落，"文物不殊，科第如缩"[2]。

1　郑礼炬著：《明代福建文学结聚与文化研究》，北京：人民文学出版社2016年版，前言第5页。
2　（明）林俊：《龙岩儒学改立记》，《见素集》卷十一，文渊阁四库全书本。

第三节 升平气象，典雅为词：
明代前期福建词人的"馆阁体"

　　明代统治者赶走了残暴无道的元蒙统治者，使得国家政权重回汉族人手中。朱元璋即位后，采取轻徭薄赋的政策，恢复社会生产，自此出现了洪武之治、永乐盛世、仁宣之治。明朝以儒治国，确立了以儒家五经取士的制度，"国朝按先臣朱熹之议，而折中之经义，以端其本，论策以宣其用。学非是弗教，士非是弗习，主司非是弗取，朝廷非是弗以用。百五十年，士无不治之，经无不猎之。"[1] 在这样的时代背景下，福建地区出仕者增多，官位显要者亦是不少，词中歌咏升平，典雅为词者亦是屡见。

　　洪武、永乐年间，福建地区的主要文士为"闽中十才子"，他们盘踞在福州、长乐一带，高倡盛唐之体。但十人中仅有林鸿、王偁存词，未像形成"闽中诗派"一样形成词派。林鸿（约1338—？），字子羽，福清人，洪武初以人才被推荐，授将乐县儒学训导。七年后，任礼部精膳司员外郎。太祖临轩考试，林鸿名动京师。后年未满四十岁，辞官归乡。有诗文集《鸣盛集》，一为鸣盛唐，一为鸣国家气运之盛。林鸿的词一如其诗，雅正清拔，气骨高劲，展现出盛世之气象。其八首《苏武慢》词俯仰宇宙人生，格局气度较大。"大块初分，胚胎既孕，万物自然生露"（其一），"万古凭高，一声长啸，勘破古人公案"（其八）。

　　林鸿之后，"三杨"杨士奇、杨荣、杨溥相继走上台阁，"鸣国家之盛"，颂扬太平盛世，作品典雅雍容、平正纡徐，史称"台阁体"。"三杨"中只有杨荣存词，亦是典型的"台阁体"词。杨荣（1371－1440），原名子荣，字勉仁，建安县（今建瓯市）人。建文二年进士及第，授翰林编修。明成祖即位后，受赏识，入直内阁，赐今名，累迁至文渊阁大学士、翰林侍读，任首辅。历成祖、仁宗、宣宗、英宗四朝，加少傅，进少师，卒谥文敏。杨荣存词10首，其中五首为端午词、五首为元宵词，词富贵宏丽，一派太平气象。如《瑞鹤仙·元宵词》："三山浮海上。忽六鳌移来，高耸万丈。祥云护仙掌。看峰峦几叠，洞天相向。烟霞溟漾。势凌空、奇姿异状。见丹霄、翠色崔嵬，特起十分雄壮。凝望。琼装万树，绣簇千花，倚天屏障。　群仙庆会。三岛上，共欢赏。有飙轮鸾鹤，飘飘天际，羽盖缤纷缤仗。向金门、宴乐良宵，太平气象。"此词不管是用词、用韵，还是意象，都是一片祥瑞。又如《满庭

　　1　（明）林俊：《小录前序》，《见素集》卷六，文渊阁四库全书本。

芳·元宵词》:"玉殿传宣,金吾弛禁,皇都春意争妍。暝烟初敛,华月吐婵娟。紫陌香尘冉冉,六街上、车马骈阗。争来看,鳌山灯火,混漾九重天。圣皇端拱处,千官鹄立,玉笋班联。有歌喉,宛转舞袖蹁跹。清漏迟迟夜永,不妨对、绮席琼筵。嵩呼愿,齐天万寿,同乐太平年。"此词亦是春和景明、歌舞升平的景象。

明代前期,除了直接歌咏升平的词作,还有许多盛世之下的祝寿之酬、颂赠之唱。这些词颇具交际属性,应酬的成分较浓,抒情的成分则较淡,亦是盛世之下的一种特殊产物。

以词祝寿盛行于宋。"此礼(生日礼)起于齐梁之间。逮唐宋以后,自天子至于庶人,无不崇饰。"[1] 先秦以至汉代受祭祀文化的影响,人们更为重视的是卒日、忌日,个人的生日并未得到普遍关注。唐代封建经济发展,统治者主体享乐意识增强,同时又崇奉道教,宫廷祝寿之风代兴,祝寿歌曲如《圣寿乐》《千秋乐》《万年欢》《万岁乐》等流行开来。与此同时,也出现配合祝寿而演唱的歌词,如敦煌词中《感皇恩》其二就记载了祝"当今圣寿比南山"的场景,词牌《献天寿》《长寿乐》《千秋岁》等最初都应与祝寿相关。不过由于唐五代词体初兴,填词者较少,祝寿之词并不十分发达,数量较少,《花间集》《尊前集》几乎不见寿词。至宋代,朝廷优待士大夫,社会享乐意识更加强烈,而且儒释道三教都获得较大的发展,宫廷、官员祝寿之风兴盛,尤其是南宋君臣庆贺寿诞蔚然成风。而文学作品与庆生风气也结合得愈来愈密切,于是从北宋开始寿词逐渐兴起,宋代的全部寿词估计总数在二千首以上,占全部宋词的比重则高达十分之一[2]。然而,宋代寿词以为帝王祝寿为主。"国朝故事,天子诞节,则宰臣率文武百僚班紫宸殿下,拜舞称庆。"[3] 南渡初为皇上寿诞庆贺已成为一种制度,上行下效,致使南宋上至宫廷庆典,下至文人日常酒宴都盛行祝寿之词。

福建词人的寿词写作相当常见。早在宋代,福建词人如张元幹、魏了翁、刘克庄等人都热衷于寿词创作,魏了翁寿词占词作总数的54%,刘克庄寿词占词作总数的37%等。[4] 元代时,洪希文课馆于寿峰方氏,为主人及一些同僚、友人创作了多首寿词。希文甚至还写有代寿之词,如他代洋尾李氏寿柯竹圃。到了明代,个体生命意识的不断增强,寿宴的不断增多,寿词也成为了一种社交文体。只是此时的寿词主要用于友人、同僚以及长辈之间,特别是寿他人之母的寿词尤多,帝王诞辰寿词则甚为少见。

林大同,字逢吉,其先长乐人,官常熟,遂为常熟人,洪武四年进士。其词存40余首,几乎全是祝寿之作。可贵的是,其大多数寿词读来亲切真实、雅正端方,让这种世俗情态活现于词中,以词书写盛世之下民间的期盼。林大同寿词会描绘寿宴的喜庆,或高朋满座,

1 顾炎武撰,黄汝成集释:《日知录集释》卷十三,长沙:岳麓书社 1994 年版,第 506 页。

2 莫砺锋:《从词坛背景看稼轩寿词的独特性》,《中国文学研究》,2018 年第 1 期。

3 (宋)蔡絛:《铁围山丛谈》卷二,北京:中华书局 1991 年版,第 20 页。

4 莫砺锋:《从词坛背景看稼轩寿词的独特性》,《中国文学研究》,2018 年第 1 期。

或歌舞笙箫，或金杯寿酒，"寿旦重逢开宴席，谁似谪仙襟度。胜友如云，高朋满座，表表皆亲故。风箫吹彻，余音不绝如缕"（《百字令·戊午再韵，答李伯润》），"欲进金杯寿酒，隔蓬莱、弱水东流"（《满庭芳·戊午八月二十九日，寿叶孟贞，和李伯润》）。在这样喜庆的寿宴中，词人会根据寿星的期盼，祝愿寿星或儿孙满堂，或长寿健康，或金玉富贵，所谓"孙甥采戏华堂。老粟身世安康。美景良辰乐事，尊前酣醉何妨"（《清平乐·戊午八月八日，寿夏一泉》），"便稳步亨衢，高跻寿域，安乐康庄"（《木兰花慢·己未三月初口，寿叶妈妈》）。而祝愿功名畅达的词语反而较少，市隐优游则更值得祝贺。如林大同祝贺龚志行挣脱名缰利锁，"市隐优游，缩首逃名利"（《醉蓬莱·寿龚志行，七月二十一日》）。贺完祝愿之辞，词人一般会在词尾期盼明年此日，求的是"岁岁有今朝"，"且待明年初度，卖花载酒同来"（《清平乐·代人和韵，寿祥坦翁》），"明年华旦，高堂重会簪组"（《无俗念·寿李伯润，戊午七月二十一日》）。

然而，"难莫难于寿词"，寿词本身充满世俗性，其内容意旨以喜庆、祝愿为主，"倘尽言富贵则尘俗，尽言功名则谀佞，尽言神仙则迂阔虚诞"[1]。林大同的寿词亦不例外，"驾鹤与同游"，"五福俱全"，"玉井"，"瑶池"等也都是陈词滥调。其他福建词人的寿词亦是如此，雅辞较多，真意则不足；祝愿过多，"共情"则甚少。如范嵩、罗明祖、卢维桢等，大多亦是如此。

词作为社交工具，除了用来贺寿，还作用于颂赠之中。福建词人身份多为出仕之人，免不了迎来送往，宴席交酬，祝颂、赠答、唱和也就成为了词中的重要主题。杨旦的帐词是颂赠之词的代表。

杨旦，字晋叔，号偲庵，建安（今建瓯市）人，明弘治中进士，累擢南京吏部尚书。杨旦今存词10余首，几乎全是帐词。帐词，即幛词，写在贺幛上的颂词。作为写在贺幛上，赠送给同僚官员的贺词，杨旦的帐词写作颇为精心，十分典雅端庄。

杨旦帐词的典雅首先表现在其词调的选择上。杨旦帐词会选择与词题高度相关、寓意美好且文辞典雅的词调，如用《意难忘》调写作"送谢知府阶朝觐"，表达对谢知府仙舟渐远、别思转深的不舍之情，用此调颇为妥帖。又比如用《千秋岁》给八十岁的叶先生祝寿，祝愿寿星千秋长寿；《感皇恩》送别杨教授文升陞掌讲授之职正八品的纪善，意为感念皇恩；《归朝欢》送别李推官行取入京，表达回到政治中心的欢欣。

其次表现在四六长序的写作上。四六文在形式上十分典雅，声调抑扬顿挫，字句平稳对称，文辞瑰丽，对仗工整巧妙，利于堆叠铺排，呈现一种从容端庄的气度。而且，四六文多用典故，华辞藻句，构思精巧，使人"见古人巧思浚发，妙义环生，揽各体之精华，

1　（宋）张炎，蔡嵩云疏证：《词源疏证》，北京：中国书店1985年版，第57页。

存一朝之典故"[1]。正因如此，"庙堂之制，奏进之篇"多用四六骈文写就。杨旦帐词的四六序根据赠送对象的身份而写作，文辞雅致。如对谢知府先称其才华"拜大行而节操愈励，擢柱史而风裁独持"，美其善政则言"处官事如家事，以民心为己心"。对杨教授赞其追求真理、教书育人之功，"奥义穷探，究先天于蠹简；芳声远播，魁多士于乡闱"。对八十岁叶先生，先称其才德"才由天赋，德与日新"，再言其科第，接着梳理其为官履历，"政声旁达"，最后言其大寿，祝其长生，"世泽绵绵"。这些四六文长序均写得妥帖典正，文字典丽，是一篇篇美文。

最后表现在词作的创作上。杨旦帐词的词作是词题、词序的补充，三者融为一体，词序后常言"莫罄此情，载歌新调"或"敬述芜词，聊申芹意"之类的词语，以连接词序与词作正文。而词作本身用语、意象都过于板正，"功名""官""政令"等生硬之语横亘于词中，使用意象较少，且所用意象多为云、冰、琴、书一类通用意象，这使得其词儒学气息过浓。而且，词中时会出现文之语，如"经济才高推老手"，"政令修明奸宄服"，"射策金门推老手"等。至于诗之语则更多，如"行李萧萧书一束"，"疏枝聊折长亭柳"，并会穿插一些写景优美如画、类似律诗的句子，如"霜染枫林酿晓寒"，"一棹空江春雨后"，"骀荡晴光春满目"等。此外，杨旦的帐词主要目的在于祝贺，因而叙述、议论成为词之要务，描写与抒情则沦为陪衬。"喜财阜于民，政平如水"，"欣戴君恩，料理旧事趋浙"，"膝下儿孙星聚，看他日、青云平步"等句，叙述清晰，议论横生，用之于文则可，用之于词雅则雅矣，却失去了词之韵味。

---

1 （清）曹振镛：《宋四六话序》，（清）彭元瑞：《宋四六话》，清道光二十六年刻本。

第四节 有花草之绮，无柳七之俗：
明代中后期福建词坛的"花草风"

　　明代中后期商品经济快速发展，普通人的爱恨情欲得以正视。思想领域心学流行开来，强调"心即是理"，即道不需外求，而从心里即可得到。如此，人欲与天理不再对立，可以被正面接受。由此明人重视个人情欲，爱欲从属于情，情从属于心，而心即是理。而在文学领域则出现雅俗文学的分向发展，并最终被俗文学所影响。雅文学中复古主义抬头，高呼"文必秦汉，诗必盛唐"；俗文学中小说、戏曲一路高歌，并影响诗文走向通俗自然一路。明代的重情、尚俗思潮亦波及词坛。明人论词首重言情，尤其是真挚的艳情，词语浅近俗切，词风婉艳绮靡。他们"宁为风雅罪人"，也要"婉娈而近情""柔靡而近俗"[1]。在明代文坛复古成风、嗜俗成趣的影响之下，明人对唐宋词集与唐宋词人有着相当的偏向性。《花间集》《草堂诗余》等词选备受重视，词坛刮起一股"花草之风"。《草堂诗余》一编在明代被广泛接受，书商刻者竞相刊刻，仅今传明版《草堂诗余》就多达二十余种。《草堂诗余》有各种分调重编本、分类重编本、分类本、分调本、缩编本等，《花间集》的评注、校笺、作序、题跋者也层出不穷。

　　这股"花草之风"也以迅猛之势吹到福建词坛，其所到之处无不"花开草长"，"年年呈艳""岁岁吹青"。这一方面离不开"花草之风"本身的强劲，另一方面福建亦有"花开草长"的土壤。成化年间，福建词人周瑛、黄仲昭等与广东新会陈献章交游、向其求学，初步接受心学的影响。嘉靖、万历年间，福建更有大批士大夫与王守仁、陈献章门下各学派的学者交游，接受心学的熏陶，蔚然成风。[2]

　　短调中调的迅速增多是"花草之风"盛行的外在表现。而之所以以中短调为主，是因为这些词人追求的是"一语之艳，令人魂绝，一字之工，令人色飞"[3]，旨趣不在于篇章结构的开合动荡，也不在于情感的铺排层染。在明代前期福建词人填词较多选用长调慢词，如《苏武慢》《满庭芳》《木兰花慢》《念奴娇》《水调歌头》等。然正德年间之后，中

1　（明）王世贞《艺苑卮言》，《词话丛编》，第385页。

2　参郑礼炬：《明代福建文学结聚与文化研究 下》，北京：人民文学出版社2015年版，第750页。

3　（明）王世贞《艺苑卮言》，《词话丛编》，第385页。

短调如《清平乐》《浣溪沙》《蝶恋花》等开始统治词坛。这种词体形式的变化极为明显地传递出词风的迁移变化。

"花草之风"既有"风"含"草",自然少不了景物的描写,写景咏物应是词的重要内容,并应做到独到而精妙,能巧妙地传情与达志。明代后期福建词坛对景物的兴趣亦显著增加,尤其是咏物词大量出现。这可以庄履丰、林章为代表。庄履丰(1547—1589),字中熙,晋江人,万历五年进士,选翰林院庶吉士,散馆后留任翰林院编修。因疾早卒。庄氏今存词27首,全为咏物词。其所咏之物有日、月、风、雪、霜、山、水等自然景物,也有春、夏、秋、冬等季节景色,还有琴、棋、书、画、笔、砚、墨等风雅器具,甚至还有孝、悌、忠、信、仁、义、礼、智等道德伦理,呈现出来的仍是一位端方儒士的咏物癖好。他的咏物词以赋摹物,其咏物目的在于玩赏物件、展现高雅情趣。如《应天长·琴》"钟山美玉,嵩表鸿梧,清角名流上古。调领宫商微缥,彩彩黄金缕。繁弦歇,祕弄鼓。顿写出、清幽无数。大雅发、流水高山,鹄翔鹤舞。   喜云飞日午。一曲南风,岂春波艳谱。阜财解愠淑气,旁敷洽四宇。焚兰麝,挥瑶尘。谐情性、满腔和煦。当此际,绝域咸宾,越裳堪扑。"此词上阕着重摹写琴的出产,琴的声音,下阕则重点强调琴的功用,不仅解愠气,还能谐情性。

林章(1551—1599),原名春元,字初文,福清人。万历元年举人,坐事除名。后上书言兵事,瘐死狱中。林氏今存词16首,咏物词几乎占一半。较之庄履丰,林氏所咏之物女性化色彩更加浓厚,除了咏剑之外,其余歌咏之物有啼、妆、花、梦、柳等。他的咏物词物中有人,其咏物目的在于抒写女性的情态。如《更漏子·咏啼》"春山愁,秋水怨。斗下两行珠串。桃花雨,蓼花霜。长亭十里妆。   和月说。因风咽。一一莺喉燕舌。帕上点,枕边声。声声点点情。"此词写女子对情郎的思念,眼下两行珠,帕上点点泪。

"花草之风"大多以景物为背景,凸显女性的闺情,展现闺中女子的春思秋愁、离情别恨。福建词坛的闺情词虽以《花间集》《草堂诗余》为宗,但并未摹习柳永、黄庭坚等词集中的艳俗词,闺情词较为文雅,艳而不俗,内容上多表现男女爱恋,语言较为浓艳、浅近,表述上较为含蓄,大多是类型化的伤春叹别,少数能于闺情中寄寓词人一定的身世之感。这可以谢肇淛、徐熥、徐𤊸等为代表。

谢肇淛(1567—1624),字在杭,号武林、小草斋主人,长乐人。万历二十年进士,入仕后,历游川、陕、两湖、两广、江、浙各地名山大川。官至广西右布政使。徐𤊸(1570—1642),字惟起,又字兴公,闽县人,徐熥弟。邑庠生,厌弃功名,以布衣终。谢肇淛、徐𤊸的闺情词大多高雅清朗,他们填词以《花间集》、南唐、北宋中后期及南宋中后期文人雅词为典范,词中往往呈现出美丽、文雅、忧愁的佳人形象。词中所言之情虽隐含自我情感,但一般较为朦胧隐约。如谢肇淛《鹧鸪天·春闺》"金屋沉沉宿霭收。石池春水绿波流。梨花带雨啼残月,柳絮因风过小楼。   香带结,鬓云浮。女儿浑未识春愁。罗衣才下秋千架，手卷珠帘上玉钩。"此词无论是意象、造句，还是意境、情意都十分雅致。又如徐𤊹《玉楼春·春思》上阕"杜鹃声老春光暮。九十韶华容易度。金钱暗掷卜归期，白云深锁天台路。"杜鹃声老、春光日暮、白云深锁等意境朦胧优美。

徐𤊹（1561—1599），字惟和，别字调侯，号幔亭，闽县人。万历十六年举人，万历二十七年卒，仅三十九岁。徐𤊹的闺情词也较为文雅，有些刻画女子情态如生，如"青衣报道，才郎到也，忙步上妆楼"（《少年游·青楼曲》），"可怜空带同心结。同心结。灯前偷看，存心都折"（《忆秦娥·闺思》），"笑语叮咛，此意休忘了。无那邻鸡声太早。顾影仓皇，莫待纱窗晓"（《苏幕遮·春情》）一类。虽只是男子作闺音，以女性姿态、口吻叙说男女艳情，语言浅显通俗，却也能毕肖声口，使读者如见其人。更为可贵的是，徐𤊹少数的闺情词中隐含个人科举失利、人生失意的隐痛。徐𤊹出生于一个贡士家庭，父亲徐棁只是一位儒学教谕，家境较为贫寒。𤊹本是荆山徐氏十数代人的第一位举人，但奈何三上春官皆不第，心理压力可想而知。而且，他的家境比较贫寒，父亲的微薄积蓄，供给他四上京城，当属不易，这也难怪他在诗中多次提到"囊空"。此外，闽中地处边陲，赴京路途十分遥远，往返路程加上考试，赴京一次约要半年的时间，路途的艰辛非常人所能经受。因而"十年三弃置""中情空自哀"，致使他贫病交加、郁郁而终。试看《卖花声·闺情》一词：

> 远信阻青禽。幽怨难禁。寒更孤枕半边衾。铁马声残金鸭冷，月在花阴。　双屧泪痕深。湿透罗襟。当初谁信有于今。衣带渐宽腰渐减，空结同心。

词的上阕刻画远信难传、幽怨难禁、寒更孤枕、声残月冷的景象，这既是留守空闺的女子的孤寂，也是在外赴考的词人的幽怨。下阕直绘女子的流泪，埋怨男人的负心，然而这又何尝不是"湿透罗襟"的词人，早岁中举却屡滞科场的困苦呢？"当初谁信有于今""空结同心"等句将科场失意的怨气表露无遗。

第四章 清代前中期福建词坛的沉寂

清代前中期，词坛一扫明代词风的不振，文人墨客纷纷寓声填词，词坛迅速兴盛。以陈维崧为首的阳羡词派和以朱彝尊为首的浙西词派先后主盟词坛，词人、词作的数量远超前代，词学创作蔚为大观。然而，此时的福建词坛并未与清代词坛主要阵地京畿和江浙地区的中兴之势同步兴起。当时的词人数量并不多，词学名家更是寥寥无几。统计《全闽词》可知，清初至清代中叶（指叶申芗之前）的闽籍词人只有 70 家。而《全清词·顺康卷》收词人近 2100 家，《全清词·顺康卷补编》补得词人 455 家，《全清词·雍乾卷》收词人 955 家，清代前中期全国词人数量共计 3510 家。闽籍词人占比 1.99%，这占全国词坛词人数量的比例是极小的，与宋代 12.18% 的比例相距甚大，甚至不如明代的 4.52%。

清代前中期福建词坛不仅词人数量较少，而且也缺乏在全国具有一定影响力的词家。此时期福建词坛最为出名者当属丁炜（1634—1696），晋江人，有《紫云词》不分卷，朱彝尊、徐釚、陈维岳、丁澎等词学名家为之作序品评。林云铭词名也较显，云铭（1628—1697），闽县人，著有《挹奎楼选稿》，删定版收词 35 首。另外词名较大者有余兰硕，祖籍莆田，余怀子，著有《团扇词》；陈轼（1671—1694），侯官人，作为遗民词人，其词隐含遗民的一些痛楚，亦有其价值；郑方坤（1693—？），建安人，著有《蔗尾诗集》十五卷，卷十为《青衫词》。然而，这些词人无一入选陈乃乾所辑《清名家词》，也较少见称于其他词论家之口，可见在全国的词名不甚显著。

第一节 闽籍词人统计及分布

表 4.1.1：清代前中期词人一览表

姓名	生卒年	籍贯	身份	词集	备注
余兰硕		莆田		《团扇词》	余怀幼子
林韫		莆田			女，适宛陵王氏
罗观恒		闽人			
邓氏		闽县			女
张文举		沙县			
佘仪曾		莆田	明诸生		
魏宪		福清	诸生		《枕江堂集》未收词
蔡衍鎤	1601—？	漳浦		《操斋集》，词存其中	
陈轼	1617—1694	侯官	崇祯十三年进士	《道山堂集》，词存其中	遗民自居
孙学稼	1621—1682	侯官	明诸生	《兰雪轩集》不分卷，词存其中	
叶鸣鸾		侯官	副贡		
林鼎复		长乐			
吴任臣	1628—1689	莆田，随父徙浙江仁和	博学鸿词科，列二等		
林云铭	1628—1697	闽县	顺治十五年进士	《吴山鷇音》，词存其中	
黄虞稷	1629—1691	晋江	诸生		
吴晋		莆田			
丁炜	1634—1696	晋江	府试第一	《紫云词》	
蔡捷	1635—1682	闽县			林云铭妻
丁焯		晋江	副车	《沧霞词》，未见	丁炜从弟
王九微		侯官			
郑郏		闽县	诸生		林云铭婿
陈迁鹤	1636—1711	龙江（福清）	康熙二十四年进士		
黄若庸		闽县			

何龙文	1642—1691	晋江	康熙二十七年会魁		
徐林鸿		莆田			
林麟焻	1646—?	莆田	康熙九年进士		
张远	1649—1723	侯官	举人		
陈梦雷	1650—1741	侯官	康熙九年进士	《松鹤山房诗余集》，词存其中	
赵炎		莆田	布衣		
杨在浦		漳浦		《碧江诗余》	
龚锡瑗		晋江	顺治十八年进士		
萧正模	1653—?	将乐	贡生	《后知堂文集》，词存其中	
刘坊	1658—1713	上杭		《天潮阁集》，词存其中	
施世纶	1659—1722	晋江	以父功授，后入旗籍	《倚红词》	
林瑛珮	1661—1867前	侯官		林云铭女，郑郊室	
方迈	1666—1723后	闽县	康熙三十三年进士	《方日斯先生诗稿》，词存其中	
李恒先		上杭	庠生		
杨植纶		将乐	庠生		
廖培龄		将乐	太学生		
邱恢德		将乐	庠生		
廖其乂		将乐	庠生		
童能灵	1683—1745	连城	贡生	《冠豸山堂全集》，词存其中	
许琰	1688—1755	金门	雍正五年进士	《宁我草堂诗钞》，词存其中	
谢道承	1691—1741	闽县	康熙六十年进士	《小兰陔诗集》，词存其中	
郑方坤	1693—?	建安	雍正元年进士	《青衫词》	
李馨	1693—1764	福安	举人	《莲舫诗余钞》	
林兆鲲		莆田	乾隆三十一年进士	《林太史集》，词存其中	
黄卧窗		沙县		《觉非草杂著》，词存其中	
丁铸		长乐		《葆经阁词》	
张趾如	1711—?	闽县		《趾轩集》，词存其中	
叶观国	1719—1790	闽县	乾隆十六年进士	闽县	

孙振豪		浦城	诸生		
孟超然	1731—1797	闽县	乾隆二十五年进士		
倪邦良		晋江	举人		
张锡麟		龙溪	贡生		
陈登龙	1745—1818	闽县	举人		
郑咏谢		建安		《簪花轩诗钞》，词存其中	郑方坤女
陈长焕		尤溪			
罗鸣盛		尤溪			
林焕		侯官		《蚓吹词》	
梁蓉函		长乐			
黄畹		晋江			
李威		龙溪	乾隆四十三年进士		
刘逢升		同安	举人		
马廷萱	？—1763	长汀	以大挑出宰		
朱锡穀		侯官	嘉庆六年进士		
施邦镇	约 1750—1835	侯官			画家
林一鸣		福鼎			
李家瑞	1765—1845	闽县		《小芙蓉幕诗余》	
林开轩	1771—1825	闽侯	嘉庆七年进士	《拾穗山房诗文钞》，词存其中	

由上表可知以下几点：

从历史时段分布来看，考察清代前中期福建词人的出生与登第时间，清代前中期的词人较多分布于康熙年间，其次是乾隆年间，嘉庆、雍正与顺治年间词人较少。这一方面是因为康熙、乾隆统治年份长，政治较为清明，社会稳定，经济发展，出现康乾盛世。另一方面也是康乾二帝重视文教的结果。康熙帝早在康熙九年（1670）颁布"以教化为先"的"圣谕十六条"，开始大兴儒术、大施文教，以文教佐太平，盛世初具规模。乾隆帝宣扬"崇正学""正人心""厚风俗"的教化政策，以"稽古右文"自期。

从地域分布来看，考察明代福建词人的籍贯，以县域为划分标准，出现词人最多者为闽县 13 人，侯官 10 人；其次是莆田 9 人，晋江 8 人，将乐 5 人，长乐 3 人；出现 2 人的有福清、建安、龙溪、沙县、上杭、尤溪、漳浦；出现 1 人的有福安、福鼎、金门、同安、连城、长汀、浦城；其余县域未出现词人。以州府为划分标准，出现词人最多者为福州府，有 28 人；其次是泉州府，有 10 人；兴化府，有 9 人；延平府，有 9 人；漳州府，有 4 人；汀州府，有 4 人；建宁府，有 3 人；福宁府，有 2 人；邵武府、永春州、龙岩州未出现词人。由此可知，明代福建词人主要集中在福州府，尤其是闽县与侯官。其次是泉州府，主要分布在晋江；兴化府，主要分布在莆田。延平府主要分布在将乐，漳州府主要分布在龙溪，汀州府、福宁府开始出现词人，邵武与龙岩则无词人。清代福建词人集中地在闽中地区，福州府傲视群雄，闽南地区词人数量逐渐兴起，闽北地区词人稍有增加，闽东、闽西地区词人仍较少。

从身份类别来看，清代福建词人大部分为士人，考中进士包括博学鸿词科者约有 18 人，举人 5 人，其他方式出仕者约 4 人，总共出仕者约 27 人，占比 38.57%。这个比例较之明代的 55.69%，下降了较多。而且，这些出仕者很少官位显赫者。贡生 4 人，太学生 1 人，诸生 6 人，庠生 4 人，中下层读书人 15 人，占 21.42%。此外，还有妇女 3 人，布衣约 20 余人，占比 28.57%。由此可知，清代福建词人进士及第者较少，中下层文人增多。

对于清代前中期读书人而言，满清入关、以夷代华是最大的政治主题。而读书人出处行藏的选择，使得他们的身份划分为两类：遗民和出仕者，由此形成遗民词人和出仕词人。此外，一些读书人屡试不中第，只能以课徒、入幕、卖文以及从商等为生，此为第三类词人，即中下层文人。

第二节 遗民词人的故国之思

一、遗民词人简介

中国古代历史上，王朝鼎革之后，依然尊奉前朝正朔，不与新朝合作的士人群体，被称为遗民[1]。明屋既社，明遗民遍布江南大地。福建词坛算得上遗民词人者，亦不乏其人。据学者[2] 考辨有：陈轼（1617—1694），字静机，福建侯官人，明崇祯十三年进士，授官南海知县。入清后归隐山川，以遗民自居；孙学稼（1621—1682），字君实，又字秋圃，号圣湖渔者，福建侯官人。祖父、父亲均为明朝进士，学稼本人为明诸生，入清后放浪远游，有今世谢翱、郑思肖之称；刘坊（1658—1713），原名琅，字季英，号鳌石，上杭人。坊父抗清不屈而死，坊将其书房取名"天潮阁"，文集为"天潮阁集"，"天潮"隐含"大明"二字，以示对明故国的眷恋。他还四处漫游，与抗清志士广为交往，"家国之感，种族之

---

1 罗惠缙著：《民初"文化遗民"研究》，武汉：武汉大学出版社 2011 年版，第 8 页。

2 黄立一：《论清前期闽词》，《华侨大学学报（哲学社会科学版）》，2021 年第 5 期。

悲，郁积于中，若鲠在喉而不能去，天荒地老而此恨无穷期，海枯石烂而此情不磨灭。"[1] 除此之外，余怀也应算作遗民词人。余怀（1616—1696），字澹心，一字无怀，号曼翁，晚号曼持老人。三十岁时，清军占领南京，余怀家产遭劫，妻子惊吓而死。入清后，余怀以遗民自居，终老布衣。这些遗民坚持气节，不与清廷合作，并有较深沉的历史意识，在词中咏史怀古、追忆前朝。

"遗民不只是一种身份，也是一种状态、心态"[2]，明清之际的遗民往往有着强烈的"时间焦虑"，在历史的追忆中来"记忆"，来"恢复期待"，来对抗"节操"在时间流逝中的剥蚀、消磨。在古代中国，史学长期托付着天下的政治意识，而鼎革之际由于"宗社之安危"与"民情之利病"等问题愈发突出，士人的历史情绪往往更为浓烈。明清易代之际战乱频发、朝政更替、社会动荡，以及随之而来的文人身份与民族、文化认同的矛盾，政治立场与价值观念的冲突，更易激发士人的历史意识与历史情绪。在政权、民情、民族、文化的危亡之中，文人学者从不同的角度保存史实、反思历史、抒发思古幽情。如果说，史学家注重史学的致用，反思"何三代而下之有乱无治也"[3]，文献学家整理、编选明代及当代的诗文，欲借诗文以存史，"庶几成一代之书，窃取国史之义，俾览者可以明夫得失之故矣"[4]。文学家则咏古史、纪时事、抒易代之悲恨，正如杨凤苞所说："明社既屋，士之憔悴失职、高蹈而能文者，相率结为诗社，以抒写其旧国旧君之感。"[5] 清初福建遗民词人亦以词咏史怀古，其中历史感最浓的当属余怀之词。

二、余怀词的怀古咏史

余怀为福建莆田人，六岁起寓居南京。他熟悉金陵等江南城市的风物历史，目睹了金陵、姑苏、钱塘、广陵的盛衰，以及明朝的兴亡。加之，清军占领南京时，余怀家突遭变故，不仅家产惨遭劫掠，其妻也因惊吓而死。故而，他对易代丧乱感慨颇大。方文《寄怀余澹心》回忆余怀"回首蒋山即今紫金山云物变，青袍无数泪痕新。"[6] 吴绮《砚山草堂歌》言其"慷慨长怀吊古心，颠狂不改凌云气。"[7] 在他的词里饱含着浓郁的故国之思，词中的怀古感旧成分甚浓。余怀的怀古咏史之词大致有三种类型。

1　（清）丘复：《刘鳌石先生传》，（清）刘坊：《天潮阁集》，龙岩：福建省上杭县委员会文史资料编辑室1988年版，第5页。

2　赵园：《明清之际的思想与言说》，香港：三联书店（香港）有限公司2008年版，第30页。

3　（清）黄宗羲：《明夷待访录》，北京：中华书局1985年版，第1页。

4　（清）朱彝尊：《明诗综序》，《明诗综》，北京：中华书局2006年版。

5　（清）杨凤苞：《书南山草堂遗集》，《秋室集》卷一，《清代诗文集汇编》448册，第408页。

6　（清）方文：《市山集》《续修四库全书》第1400册，上海：上海古籍出版社1995年版，第82页。

7　（清）吴绮：《林惠堂全集》卷十《续修四库全书》第1314册，上海：上海古籍出版社1995年版，第465页。

其一，吟咏六朝而怀古，有阳羡词派之风。余怀的故国之思大多通过咏史、怀古、感遇这类题材来表达，他尤其喜爱追忆六朝的人事物，其自言"追想生平，六朝如梦"（《四十九岁感遇词六首并序言》）。词人通过对六朝等历史古迹或者历史事件的叙述、反思，甚至怀念，表达现实处境中的亡国伤感。

余怀精文史，素有史识，富有史才，史实、典事信手写来。他在词中反复地追古抚今，一遍遍咀嚼明朝覆灭的伤痛。这尤其表现在其以《望海潮》调分题"金陵怀古""钱塘怀古""吴门怀古""广陵怀古"词中。试看《望海潮·金陵怀古》：

长江天堑，龙盘虎踞，千秋铁锁金陵。结绮楼中，瓦棺阁外，空留吊客青蝇。钟打六朝僧。看莫愁湖水，鹭起沙汀。搔首城隅，降幡一片晚烟凝。 伤心往事无凭。恨獝儿不见，鼠子纵横。花发后庭，草深废井，何人泪洒新亭。聊欲记吾曾。闻旧时王谢，燕子巢倾。只有淡烟斜日，缥缈露孤灯。

作为六朝古都，以及明朝的陪都，金陵本是帝王之州。因而，"金陵"不单是一个地理概念，而是一个带有怀古咏史意味的意象。余怀此词上片起首便言南京地势险峻，易守难攻。然而，如此形胜，也屡被攻破。陈朝结绮楼、南唐瓦棺阁都随王朝覆灭而毁，徒留后人凭吊。六朝钟声、莫愁湖水仍在，然物是人已非，无情之物见证着历史的沧桑。回首降幡下，只见晚烟凝。下片引用孙策、陈后主、王谢等六朝典故，抒写词人恨无孙策般的英雄人物平定江南，只能目见国破家亡而无可奈何。任是"伤心往事""泪洒新亭"，也只能空留亡国之恨、故国之思。

其二，以艳情词怀古，有云间词人之调。唐宋以后，城市商品经济发展，宫廷与市井中的宫女、商女、妓女等风情女子一度成为预测与见证历史兴衰的人物。这些女子既是权贵享乐、不图进取的代表，又是商业繁荣、国家昌盛的标志。而一旦战乱，男性要么战死，要么投降，女性却沦落成一种战利品，凭借色艺继续服务于新朝。这些女性无论色衰与否、知亡国恨与否，都成为了代表兴亡的符号，极易勾起文人的旧朝之情、兴衰之感，这也是明清易代之际各种记录歌儿舞女艳事的笔记、小文流行的原因。明末商品经济更为发达，江南温软之地，歌儿舞女遍地，甚至出现不少集才华、美貌以及德行于一身的名妓。受限于传统"词为艳科"观念的影响，一些词人便将女子与历史相勾连，以女性的命运来象喻国家的命运，以女子式的沉吟来以词咏史。

余怀自诩为风流"杜书记"，又生活于江南佳丽地。对于艳词，有其独到见解，他以为"狭邪之游，君子所戒。然谢安石东山携妓，白香山眷恋温柔，一则称江左风流，一则称广大教化，因偶适其性情，亦何害为君子哉？"[1] 特别是"前尘昔梦，不复记忆"之时，

---

1 （明）余怀：《板桥杂记》后跋，《板桥杂录》，扬州：广陵书社 2005 年版，第 530 页。

便"我心写兮"。写下美人、艳情的目的不是狭邪、艳冶，而是为了寄托黍离之悲、沧桑之感，抒发"一代之兴衰，千秋之感慨"。余怀的词中美人的因素十分多，或寄赠美人，如《更漏子·赠美人》《山花子·寄小珠》《沁园春·古香馆梦归白下寄梦珠》等一类词比比皆是；或写闺愁春怨，词中亦是美女形象，如《青玉案·春感》《望江南·秦淮好》一类；一些感怀、自寿的词中亦频频出现美女的意象或形象，如《沁园春·五十一岁自寿》中自比"班姬憔悴"，《青玉案·思乡》想念故乡的"美人歌扇"。其中第一种寄赠美人之词将美人引为知己，尽情诉说着其盛衰感慨。如《沁园春·古香馆梦归白下寄梦珠》言"天下伤心，惟余与尔"，而如今"真如梦，似钱塘江上，潮去潮来"，于是不得不感叹"香销南国，美人愁病，鸟啼东府，客子徘徊。醉里斜阳，齐梁故垒，衰草茫茫后骑催"，最后"披衣起，但踟蹰四顾，斫地悲哀"。

其三，追和宋人而怀古。余怀的唱和词亦充满怀古、念旧的气息。"明清易代之际，更以说宋为自我述说"[1]，清初士人对宋代人文的追忆则是对以夷代华的自哀与无奈。余怀对于宋代风流亦有着特别的情感，"浑身是宋朝"（《阮郎归》），其词集开篇就和韵宋代王安石、苏轼、陆游、辛弃疾、刘过等爱国词人。这组和词共六首，作于余怀四十九岁时，是年是甲申之变二十周年。余怀自言："余今年四十九，身既老矣，穷犹未死。追想生平，六朝如梦，每爱宋诸公词，倚而和之，聊进一杯。"[2]虽然余怀引用白居易、苏轼四十九岁叹老的诗句，但作于明朝灭亡二十周年之时，其词就不仅是叹老嗟卑、身世之感，而寓含着家国情思。试看组词的第一首《桂枝香·和王介甫》：

江山依旧。怪卷地西风，忽然吹透。只有上阳白发，江南红豆。繁华往事空流水，最飘零、酒狂诗瘦。六朝花鸟，五湖烟月，几人消受。 问千古、英雄谁又。况伯业销沉，故园倾覆。四十余年收拾，舞衫歌袖。莫愁艇子桓伊笛，正落叶、乌啼时候。草堂人倦，画屏斜倚，盈盈清昼。

此词是词人和王安石《桂枝香·金陵怀古》而作，王安石在词中感慨历史，吊古感今，居安思危。而余怀身历鼎革之事，目睹故国沦亡，因而词中的身世之痛、故国之哀更加沉痛。此词开头即言江山仍在，而前明王朝却被西风卷地而去，只剩下上阳宫女和江南红豆。"怪"字透漏出词人怨恨清朝的态度。往日繁华似水流逝，词人沦落江南，只赢得李白酒狂贾岛诗瘦之名。"最"字体现出词人飘零之苦。那六朝花鸟、五湖烟月，更有几人消受呢？反问句极言词人无法正视曾经的繁华古都。下片以问句言英雄不再，霸业消亡，引起故国沦亡之痛。末句则是词人的自慰之词：不如回到钟山草堂，倦倚画屏，消磨漫漫白昼。

1　赵园：《明清之际士大夫研究》，北京：北京大学出版社1999年版，第274页。

2　（明）余怀：《玉琴斋词》，《全闽词》，第613页。

这也是清朝文化高压之下，不愿屈服的江南文人所能作出的唯一选择。此词确如张宏生先生所评："兴叹之中，每见卓识，怅惋之外，时有郁勃。"[1]

余怀的怀古咏史之词占据其词集的较大篇幅，这是其"心中藏之，何日忘之"的民族情感的文本再现。而这些词作中不仅饱含了词人览物之余、忆古之时怆然以感、悄然以悲的故国之思、兴废之叹、身世之伤，也能体现其不屈的遗民之节，以及其作为遗民的某种文化抗争。因为忆旧虽然不免伤感，但回忆本身也是一种不屈不挠的抗争，唯有记住才能不忘故国故人，唯有反复忆起才能不忘民族之耻、汉人之责以及爱国之情。

三、陈轼词的"隐痛"

陈轼（1617—1694），字静机，侯官人。在明朝即取得功名，崇祯十三年（1640）中进士，年仅 24 岁。崇祯十七年（1644）年任广东番禺县令。同年，发生甲申国变，标志着大明王朝的覆灭。此时北方大地已为清廷所统治，南方士人则仍在负隅顽抗。1645 年，郑芝龙、黄道周等在福州拥立唐王朱聿键，改元隆武。作为"不降其志，不辱其身"的遗民，陈轼在南明隆武朝擢御史，欲投身复明的大业之中。然而，不久郑芝龙降清，隆武政权局势恶化，隆武帝被俘绝食而死。遗民士人在危机重重的险境中，逃往西南边陲，拥立朱由榔。1646 年，朱由榔在广东肇庆成立永历政权。陈轼在永历时官苍梧道，率部反正，反清归明。可是清军势如破竹南下，南明政权内部矛盾加剧，加之 1661 年吴三桂降清，永历帝于次年在昆明被处决，永历政权灭亡。陈轼在永历政权完全灭亡前夕（1651）即归隐山林，先是归居福建，后又流离江浙，晚年隐居福州道山。其《道山堂集》有诗余一卷，今存词 145 首。

陈轼词作数量较丰，但其词文学成就一般。这一则在于其词艺术形式上的某些欠缺，正如谢章铤所指出"其文殊平庸不足观，词尤多失调"[2]。其词平仄格律并不严谨，少有声情兼美之作。如《满江红》（双调九十三字，前段八句四仄韵，后段十句五仄韵）下阕第七句格律应为"中仄中平平仄仄"，而陈轼作"孤琴调涌海峰尖"，节奏点上的平仄全相反。又如《沁园春》（双调一百十四字，前段十三句四平韵，后段十二句五平韵）下阕第九句格律应为"中仄平平中仄平"，而陈轼作"何时飞镜大刀头"，节奏点上的平仄几乎相反。这也难怪谢章铤不禁批评道："平仄全非。填词不下百阕，乖错尚如是。"[3] 而且，陈轼喜用一些生僻的词调，形成一种生疏之感。像《鱼游春水》《过涧歇》《锦缠道》《一

---

1 张宏生：《清代词学的建构》南京：江苏古籍出版社 1998 年版，第 6 页。

2 谢章铤著：《赌棋山庄词话续编》卷一，刘荣平编：《赌棋山庄词话校注》，厦门：厦门大学出版社 2013 年版，第 275 页。

3 谢章铤著：《赌棋山庄词话续编》卷一，刘荣平编：《赌棋山庄词话校注》，厦门：厦门大学出版社 2013 年版，第 275 页。

枝花》等词调均较为少见，词调本身的声情较之名调缺少一些韵味。还有一些词调虽较为常见，但陈轼喜用其别名，如不取《采桑子慢》《丑奴儿慢》《水龙吟》，而取《愁春未醒》《庄椿岁》，也易造成一种生僻之感。

虽如此，作为福建地区典型的遗民，陈轼词作在福建词史上仍有一定的价值，正如刘荣平《福建词史》所说"他的词蕴含的处世态度和褒贬的取向，是一个特定时代的反映，确有值得关注的地方"[1]。这种价值在于其词中透漏出的一种遗民文人的"隐痛"。其《柳初新·庚申元旦》一词写出他对亡国以及颠簸的态度——"忍"，词如下：

世事相填惟是忍。不待更、央詹尹。花畦药白，鸡封豚栅，兼有宝书玉轸。且任春来嘲韄。须却避、一堆蝼蚓。　早识浔阳遗隐。久忘怀、楚辞天问。抽梢竹种，斗香梅影，全向东君索韵。此日椒盘花酝。一般儿、繁华芳讯。

此词作于庚申（1680）元旦，离陈轼归隐已近30年，其间词人被冤入狱约5年，流寓江浙一带14年，回到福州安定下来也才几年。此时的词人对于人间世事直言只靠忍耐，而非卜筮问卦；只学渊明隐居田园，而非屈原上下求索。通过村居生活，隐忍世事的无奈、山河的不再、小人的戕害。

除了"忍"，陈轼还采取"逃"的方式来处理自身的隐痛。中国传统文人常因兼济天下不成而逃禅，通过遁世而参禅来"消化"理想的幻灭、内心的失望以及生活的苦楚等。福建地区宗教气息甚浓，福州地区更是三步一寺，五步一庙。陈轼生长于福州，自小便接触佛教。他回闽后即隐居于道山，参禅悟道。希望主持鼓山寺，振兴寺庙宗风。然而，他参禅侍佛并非清心寡欲或优游林下，而是蕴含其逃禅的隐痛，这从其词中可见一斑。

陈轼以一组组词写作禅宗十大禅师，按照时间与派系，分别隐括中国禅宗初祖菩提达摩尊者（少室）、六祖慧能大师（曹溪）、百丈怀海禅师、南泉普愿禅师、黄檗希运禅师、赵州从谂禅师、临济义玄禅师、德山宣鉴禅师、雪峰义存禅师、云门文偃禅师等的事迹、典故与机锋，涉及祖师禅、曹溪禅以及临济宗、云门宗等派别。这些词在隐括禅师故事、传递禅宗思想的同时，也加入了词人自身的人生体验。如写达摩祖师在嵩山少林寺面壁九年，"嵩山寂俏长坐，壁上摩挲镇日闲。把文章藤葛，凡名圣号，一概平删。五叶花开九年功，就葱岭、翩翩只履还。归何处，这头头啐啄，只剩空棺"（《大圣乐·少室》）。很显然，此处"镇日闲"并非实指达摩清闲，而是隐含词人空有才华抱负、空中进士而只能赋闲在山野；"一概平删"亦是反语，借用禅宗的解脱之道，词人欲把功名、文章等牵扯统统剔除；"只剩空棺"句引用偈语"处处释迦，头头弥勒。啐啄同时，无劳外觅"（释道宁《偈六十三首》），借用佛家的诸法皆空，词人领悟到人生如梦，人世一场虚空。

1　刘荣平：《福建词史》，北京：社会科学文献出版社2023年版，第205页。

陈轼的词集中闺情词占据相当的比例，这类词因袭了明代中后期的词风，轻清巧艳，并无任何特别之处。尤其是咏本意的词，更多是因题起意，所写景物、美人也都较为平庸。但不可否认的是，其少数几首闺情词隐含有词人的身世之感，有些许的寄托，这较之明代花间、草堂之词有其进步之处。如《天仙子·闺情》"城头画角数声哀，神似醉。肠如刺。借取灯光焚锦字"，"依然独自倚空床，最不分，伤心处。兀地闪人残梦里"，虽是写闺中妇女思远人，却也隐含故国无法挽回的悲情。另一首《感皇恩·本意》亦有寄寓，词牌名为"感皇恩"似有所指，词中末句"望宫门日曙、肝肠绕"，宫门渐开，天色刚亮，词人却肝肠寸断，故国之情难以忘怀。

此外，陈轼的祝寿词、赠贺词等词数量众多，这类社交性的词作文学性、艺术性都较弱，但写作这些词本身是具有意义的。陈轼所唱和往来的友人，如黄处安、黄周星等，均是与陈轼志趣相投、志同道合的遗民。与他们结交来往一来可满足社交、切磋的需要，二来也是遗民们砥砺气节、安慰情感的需要，"陈轼与朋友的交游书写，充分体现了他们在遗民身份建构过程中产生的身份焦虑意识与遗民身份归属的诉求。"[1]

第三节 仕宦词人的安雅之声

"出处"即使在太平盛世也是士人的重大抉择、人生大事，更何况易代之际。然而，"处未必尽是"，因为不排除有沽名钓誉者，有"情伪"似真者。而"出未必尽非"（陈确语），因为有"阳奉阴违"者，有万不得已者。

本文所言出仕者指清初出仕清朝之人，这主要是在清初中科举、为官者。出仕词人范围稍微扩大，则为仕宦词人，即指除清初的出仕词人之外，还包括清代中叶的一些中科举、为官者。福建出仕词人或仕宦词人主要有：吴任臣（1628—1689），字志伊，一字尔器，号托园，莆田人，随父徙浙江仁和。康熙十八年以诸生荐举博学鸿词科，列二等，授检讨；林云铭（1628—1697），字西仲，号损斋，闽县人。顺治十五年进士，官徽州府通判；丁炜 (1634—1696)，字瞻汝，又作澹汝，号雁水。以人才举而出仕，官至湖广按察使；陈迁鹤（1639—1714），字声士，一字介石，龙江人。康熙二十四年进士，由庶吉士授编修。历官至左春坊左庶子，入值南书房；何龙文 (1642—1691)，字信周，号凤庵，晋江人。康

---

1 张小琴：《陈轼研究》，北京：社会科学文献出版社 2021 年版。

熙八年省解，官长泰教谕，迁汀州府教授。中康熙二十七年会魁，丁内艰服阕，补殿试，授翰林院庶吉士，旋以疾卒；林麟焻（1646—?），字石来，号玉岩，莆田人。康熙九年进士，授内阁中书，曾偕检讨汪楫奉使琉球，官至贵州提学佥事；陈梦雷（1650—1741），字则震，又字省斋，号松鹤老人，闽县人。康熙九年成进士，选庶吉士，散馆后授编修；方迈（1666—1723后），闽县人，康熙三十三年进士；许琰（1688—1755），金门人，雍正五年进士；谢道承（1691—1741），字又绍，号古梅、种芋山人，闽县人，康熙六十年进士，官至内阁学士兼礼部侍郎；郑方坤（1693—?），字则厚，号荔乡，建安人。雍正元年进士，官武定知府，以足病自免；林兆鲲，莆田人。乾隆三十一年进士；叶观国（1719—1790），闽县人。乾隆十六年进士；孟超然（1731—1797），闽县人，乾隆二十五年进士；李威，龙溪人。乾隆四十三年进士；朱锡穀，侯官人。嘉庆六年进士；林开轩（1771—1825），闽侯人。嘉庆七年进士。其中，丁炜词"开八闽风气"[1]，入选清初大型词选《瑶华集》和大型词总集《百名家词钞》，得到"清初名家"的赞誉。

一、润色太平的丁炜词

丁炜出生于晋江陈埭丁氏家族，虽是回族家庭，但其家族早已汉化，重视儒学教育、鼓励积极应举，是一个耕读传家的书香门第。据庄景辉先生统计，该家族中明清两代共有进士 12 人，举人 21 人，贡生 26 人，秀才 105 人。[2] 丁炜为明尚书孙启浚孙，按照宗法社会"继志述事"的子孙要求，他本应对明朝有着特殊情感。然而，清人入主华夏时，丁炜年龄尚小，而其本人在明代也并无功名。顺治八年（1651），他补上县学生，顺治十二年（1655），"定远大将军济度统师取漳州，诏便宜置郡县吏，得试士幕下，拔炜第一。授漳平教谕。"[3] 于是顺理成章地出仕清廷。出仕后一直到康熙二十七年（1688），这三十多年里丁炜的仕途较为顺遂。授漳平教谕次年便改鲁山丞，六年铨满之后迁献县令。约两年时间，于康熙五年（1666）擢户部主事，颇有经济之才。后转户部主事员外郎，康熙十三年（1674）迁兵部武选清吏司郎中。康熙十五年（1676）六月，奉命出都，督理通惠河（即潞河）。康熙十九年（1680）春，出任赣南分巡道、虔南监郡。公务之余造访贤士，开辟园，移花木，集四方游客觞咏其中，风雅之声，流播南北。因颇有政声，康熙二十五年（1686），升湖北按察使，察冤案，释放被冤盗贼二十余人。越两年，因张汧贪腐案左迁云南姚安。康熙三十五年（1696）年复职湖北按察使，赴京道中道得目疾，寓金陵就医。寻归，越七年卒。丁炜诗文词俱佳，今存有《问山诗集》十卷，《问山文集》八卷，《紫

---

1 （清）吴绮评语，见（清）聂先、曾王孙编：《百名家词钞 4 函 16 册》，北京：书目文献出版社 2011 年版。
2 庄景辉：《陈埭丁氏宗祠》，厦门：厦门大学出版社 2003 年版，第 29 页。
3 《清史稿》卷四百八十四，列传二百七十一，文苑一，赵尔巽等：《清史稿》，北京：中华书局 1977 年版，第 13356 页。

云词》一卷。

丁炜正好赶上清初"海内外诗人多寓声为词"[1] 的风潮，得以结交词坛主盟，从而词名广播。他少时在习诗之余亦作填词数曲，但由于"家处滨海温陵，宫羽倚声鲜有讲肄"[2]，未深知词旨，词亦不存。其填词始于京华为官时期，康熙五年（1666）丁炜由直隶献县令迁户部山东清吏司主事，晋升为一名京官。一直到康熙十八年（1679）的十四年里，丁炜一直在京城任职，得以结交词学大家汪琬、朱彝尊、梁清标、宋征舆、宋荦、王士祯、宋琬、陈维崧等。其中，陈维崧、朱彝尊对其步入填词之道影响甚大。丁炜回忆："戊午于燕亭交陈子其年，其年曰：'吾见子之诗矣！迩者将梓海内佳词为一集，子之词未有闻。宁可无以益吾集？'余乃退而肆力谱图。"[3] "戊午"即康熙十七年（1678），在陈维崧的规促下，他开始致力于词，"尤致专心"。其后，得朱彝尊"相为磨劘，辨缘讹证离似，始存一二焉"[4]，词风向浙西词派靠拢。康熙十九年（1680）丁炜出任赣南分巡道、虔南监郡。第二年，便在使院附近修建房屋，种植花木，取名为"甓园"。以此园为据点，迎宾送客，觞筹交映，开始大量填词。如此"引商刻羽，宠柳眠花"[5] 的风雅园林催生了《紫云词》中的大部分词作，"所成《紫云词》流播南北"[6]。

处于康熙盛世这样太平的时代，仕途又较为平顺，又在京华为官十余年，得以结交国朝新贵、著名词人。外出为官后，又能有风雅悠闲的创作环境。丁炜的《紫云词》自然脱离明清之际乱世天崩地裂的"哀以思"，而趋向康熙中期盛世的"安以乐"，远离陈其年的飞扬跋扈，而走向以朱竹垞为代表的浙西词派的清丽雅正。

丁炜词的雅正是全方位的，既有内在词情的中和安淡，又有声律、字句等形式上的文雅精丽。丁炜主张诗词应以中和典雅为美，反对轻薄之文，率意为文，其论诗语云："清而不已，间入于薄；真而不已，或至于率。率与薄相乘，渐且为俚为野。"[7] 对于诗词中的情感，他认为"诗贵合法，然法胜则离；贵近情，然情胜则俚。"[8] 其词中的情感亦趋

1　（清）徐釚：《紫云词序》，（清）丁炜：《紫云词》，康熙希邺堂藏板，见张宏生编：《清词珍本丛刊》第6册，南京：凤凰出版社2007年版，第753页。

2　（清）丁炜：《紫云词自序》，（清）丁炜：《紫云词》，康熙希邺堂藏板，见张宏生编：《清词珍本丛刊》第6册，南京：凤凰出版社2007年版，第742页。

3　（清）丁炜：《紫云词自序》，（清）丁炜：《紫云词》，康熙希邺堂藏板，见张宏生编：《清词珍本丛刊》第6册，南京：凤凰出版社2007年版，第743页。

4　（清）丁炜：《紫云词自序》，（清）丁炜：《紫云词》，《清词珍本丛刊》第6册，第743页。

5　（清）谢章铤著，刘荣平校：《赌棋山庄词话校注》，厦门：厦门大学出版社2013年版，第28页。

6　（清）朱彝尊：《紫云词序》，（清）丁炜：《紫云词》，《清词珍本丛刊》第6册，第751页。

7　（清）陈康祺：《丁炜传》引，（清）钱吉仪辑：《碑传集》卷八十一，光绪十九年江苏书局刊本。

8　《清史稿》卷四百八十四，列传二百七十一，文苑一，赵尔巽等：《清史稿》，北京：中华书局1977年版，第13356页。

于平静安和，符合盛世的声情要求。朱彝尊序丁炜《紫云词》道"词则宜于宴嬉逸乐，以歌咏太平"，并谓"曩时兵戈未息"时的"幽忧凄戾之音"已成过往，"今则兵戈尽偃，又得君抚循而煦育之，诵其乐章，有歌咏太平之乐，孰谓词之可偏废与？"[1] 徐釚序《紫云词》也先强调当今之世的盛明、皇帝的英明，"今天子首重乐章，凡于郊庙燕飨诸大典，其奏乐有声之可倚者，必命词臣豫为厘定"[2]，而《紫云词》的价值即在于"间采《紫云》一曲，播诸管弦，含宫咀商，陈于清庙明堂之上，使天下知润色太平之有助也"[3]。丁炜康熙十七年（1678）才开始大力作词，其词集于康熙二十三年（1684）刊刻，是时三藩之乱已平、天下已定，康熙帝征博学鸿儒谕吏部："自古一代之兴，必有博学鸿儒，振起文运，阐发经史，润色词章，以备顾问著作之选。"[4] 润色词章振起文运，又何尝不是期待振起、润色"一代之兴"的国运呢？当此之际，时风渐移，盛世之情得到追逐。丁炜之词正应此而生。

丁炜词的题材内容较为丰富，其中咏物词、咏史怀古词、酬唱词占据一定的比例，风格特色并靠近浙西一派。丁炜咏物词由明清之际的"凄然言外"、寄托遥深转向"形似于题中"，风格与浙西词派接近，极力摹物赋形，堆砌典故，缺少寄托，轻情思而贵事实。如《玉蝴蝶·玉蝶梅》《百媚娘·茉莉》《瑶花·鹤》《八宝妆·孔雀》《丹凤吟·鹦鹉》《五彩结同心·鸳鸯》以及追和《乐府补题》的《天香·龙涎香》《水龙吟·白莲》《摸鱼儿·莼》《齐天乐·蝉》《桂枝香·蟹》等。这些词采用朱彝尊等人《乐府补题》唱和词中的咏物技法，主要是以赋摹物、大量用典、情感淡漠，满足个人展露才学的创作心理，以及崇古尚史的文化心理。如《玉蝴蝶·玉蝶梅》，先描绘梅花的萼、枝，再描写梅花的香味，下片将梅花比作美人，写其忧愁的样子，全篇旨在刻画梅的冰雪之姿，而忽略梅的精神与品格。又如《摸鱼儿·莼》引用了"骊龙夺珠""陆机莼""张翰思莼""阮籍嗜酒""苏结同心"等五个与莼有关的事典，"用事不用意"，读来索然无味。这迥异于《乐府补题》中元初遗民"孤怀暗老"（王沂孙《摸鱼儿·莼》）、"夜影照凄楚""鲈香菰冷斜阳里，多少天涯意绪"（王易简《摸鱼儿·莼》）的"骚人橘颂之遗音"[5]。

丁炜的咏史怀古词也由清初遗民的故国悲情转变为思古之幽情，情感的表露较少，情感的强度较轻。新朝建立之初，谈论前朝历史是十分忌讳的，而刚历经换代的文人又不免

1　（清）朱彝尊：《紫云词序》，（清）丁炜：《紫云词》，《清词珍本丛刊》第6册，第751页。

2　（清）徐釚：《紫云词序》，（清）丁炜：《紫云词》，康熙希邺堂藏板，见张宏生编：《清词珍本丛刊》第6册，南京：凤凰出版社2007年版，第753页。

3　（清）徐釚：《紫云词序》，（清）丁炜：《紫云词》，张宏生编《清词珍本丛刊》第6册，第753页。

4　（清）玄烨：《圣祖仁皇帝实录》卷七十一，《清实录》第四册，北京：中华书局1985年版，第910页。

5　（清）朱彝尊：《乐府补题序》，《曝书亭集》卷三十六，《曝书亭全集》，长春：吉林文史出版社2009年版，第421页。

有着割舍不断的历史情结。此时的一些词人欲以史怀古,往往须采用极为隐蔽的方式。丁炜的咏史怀古词主要学习浙西词人"空中传恨",但与浙西词人以清远的景物描写冲淡历史感怀,空灵的情感表达模糊历史情绪不同,丁炜的这类词直接书写历史的成分较多,表意也更明确,不过历史叙述却较为平静,历史情感的表达甚为平淡。如《东风齐着力·邯郸怀古》:

> 马首西风,邯郸古道,落日寒鸦。摩挲倦眼,战垒认烟遮。主父荒宫鹿走,废兴事、从古堪嗟。丛台上,兔葵燕麦,烂熳横斜。 公子最堪夸。当年客、犀簪玉剑千家。名倡挟瑟,十日醉流霞。便自平原丝绣,也难买、昔日豪华。何须问,黄粱路近,美酒应赊。

此词作于词人从京城去往虔南,途经邯郸时。邯郸作为战国时赵国的都城,拥有厚重的历史文化。此词上片写战垒、主父宫、丛台,均在嗟叹盛衰兴废。下片叙写战国"中国第一雄主"赵武灵王的事迹,重点也在感慨"昔日豪华"。词作重在叙述战国的遗迹和战国人物故事,并抒发盛衰感慨,但词人并未在叙述中融入个人深沉的体验、深切的身世之感,因而词作并无悲痛沉重的情感力量,只是"登临凭吊,永叹长言"的平常之语。

丁炜其他的咏史怀古词大多也是如此,缺乏动人的个人情感,因而也就难以摄人心魄。又如《念奴娇·赤壁怀古,用坡公韵》:"扁舟西上,纵览遍、吴国山川云物。巉石崩崖,是昔日,鏖战燔余赤壁。废垒鸦啼,惊涛鲸吼,喷薄翻层雪。抗衡强魏,至今犹想英杰。当日破郢长驱,旌旗蔽日,戈舰乘流发。试问东风未便时,割据谁分存灭。公瑾雄姿,阿瞒老手,胜负分毫发。高歌凭吊,飞磷夜泣江月。"此词和苏轼《念奴娇·赤壁怀古》韵而成,但与苏词相比,此词只是客观叙述史事,对战争的刻画、对英雄的描绘均较平淡,不仅缺乏坡公与古人共情的情怀,也缺乏坡公"早生华发"的真切感受,以及"人生如梦"的人生感悟。

丁炜与清初词人交往较为密切,唱和往来较多,风雅酬唱必不可少。尤其在任职赣南期间,常往来于南昌和虔州之间,与江南文人交游良多。其罴园"遍中庭、名葩杂植,海棠与、梅桃称最","更在海柚双株下,结成亭子。绕以栏杆,荫将樱李。径铺锦石,篱牵芳荔。墙阴修竹摇寒翠",置身其中,词人"赢得身闲,客至传觞","乐在其中矣"(《添字莺啼序·使院新构罴园纪事》)。此时与其"宴嬉逸乐"者有:吴绮、陈维岳、鲍黻生、吴观庄、钱日天、吴肜本、龚卫公、黄用锡,以及其弟丁焯等。除集结于罴园之外,还宴集于赣州古迹八镜台,吴绮灵山道院、曾波阁,鲍黻生莲社庵,以及江楼等地。众人诗酒相从,度过一段文雅快活的时光。而丁炜每次酬唱的主题几乎都关涉风雅,歌咏太平,如以下二首:

> 开遍葵榴苔院静。有客来芳径。挥尘话山游,好语蝉联,忘却花缸冷。 薄雾浓云秋

未醒。做雨催诗兴。卷幔且留连，声在桐飚，叶叶都堪听。（《醉花阴·初秋，菌次、纬云、目天、彤本、卫公、韬汝集瞖园同赋》）

榕阴覆水弄新晴。凉飚苹末生。殷勤劝客换犀觥。蟾华今夜明。　珠箔卷，漱纹平。龟鱼藻影横。一分秋作十分清。人如月有情。（《醉桃源·秋日，菌次、观庄招诸同人集曾波阁，待月》）

情感是个人遭际的累积反馈，然情感也有其社会性、时代性、文化性，"情感也是根植于社会、历史、文化的背景网络之中，在一定程度上，情感是社会结构的产物或者效应"[1]。丁炜酬唱词的安乐真实描绘了其当时的心境，同时也体现其践行朱彝尊"词则宜于宴嬉逸乐，以歌咏太平"的词学观点，并以"安以乐"的词作表现治世的"政和"。

雅正不仅体现于词中情感的安和，也表现于艺术形式的典雅精巧。丁炜词重视声律，严格按谱填词。词谱原是指唐宋两代具有音乐性质的曲调谱，乐谱失传之后，确定文辞格律的文字谱才应运而生。明代中后期专门的格律谱纷至而来，到了清初，在明代词谱"谬妄错杂"的基础上，重新开始了整理图谱、重视词律的势头，出现了《填词图谱》《填词名解》《词律》《钦定词谱》等书。丁炜亦承续浙西朱彝尊"审音于南北清浊之辨""持格律甚严"的创作态度，也将词谱"奉作章程"、依谱而填。钱澄之序其集时言："今先生审音叶律，妙合宫商，以致所撰诗余柔情壮采，宛转合拍。声律之精无或逾之。"[2] 赞赏其制词严于声律、词情婉转。丁炜本人也谈及对声律的态度："词非小道与也。雅声不作，协律无传，赤雁黄华，世能举其词而不能歌其调。隋唐而降，欲审音知乐者，惟填词可窥遗意乎？盖其字有定数，韵有定声。其节奏之自然一本于上生下生之法，而非可意为损益。学之者，非上浸温韦，下涵姜史，接节调声，不失分寸，终无当于古作者之意。故不为则已，为则必端，端则工，工则传。凡学皆然。词亦犹是焉尔。"[3] 这种"字有定数，韵有定声"的认知，以及"非可意为损益""接节调声，不失分寸"的态度，使得他严遵词律。

丁炜在选词调时也会标明第几体，如《虞美人》第一体，《满江红》第二体，《浣溪沙》第一体，《水晶帘》第一体，《临江仙》第三体等。选完调式体式之后，他几乎是按谱填词。如《水晶帘》第一体："海棠香里卷珠帘。雨纤纤。思恹恹。唤到菱花愁重嬾开奁。嗔道侍儿细问，藏不过，有眉尖。"此词平仄为：仄平平仄仄平平　仄平平　仄平平仄仄平平平仄仄平平　平仄仄平平仄仄　平仄仄　仄平平。对比《填词图谱》中《水晶帘》第一体格律：七句，三十五字，五韵。θ-θ｜｜－－（七字，平韵起）｜－－（三字，叶）｜－－（三字，叶）ΦΘΘΦΘ｜｜－－（九字，叶）｜－－｜｜（七字）－｜｜｜（三字）

1　成伯清：《情感、叙事与修辞——社会理论的探索》，北京：中国社会科学出版社 2012 年版，第 58 页。

2　（清）钱澄之：《〈问山诗集〉序》，丁炜著，粘良图点校：《问山集三种》，北京：商务印书馆 2017 年版。

3　（清）丁炜：《沧霞词序》，（清）丁炜：《问山文集》，晋江景义藏板咸丰甲寅重刊版。

｜－－（三字，叶）[1]，除可平可仄之外，丁炜此词与词谱格律完全一致。丁炜守律之严，由此可见一斑。

除严遵词谱外，丁炜还在选调上甚为考究。他尽量选用声情优美，并与词旨相应的词调。如咏物词，用《玉蝴蝶》调咏玉蝶梅，《丹凤吟》调咏鹦鹉，《醉红妆》调咏绯桃，《红窗睡》调咏海棠，正好应了苏轼《海棠》"只恐夜深花睡去"诗句之意。游览登临词，用《探春慢》调写西山春游，《醉花阴》调写送春。咏史怀古词，用《如此江山》调写浔阳怀古，用《酹江月》调而不是《念奴娇》调写赤壁怀古，这也主要是因为前者更有意境。抒怀词，用《定风波》调写武昌兵乱平定后与友人大轮上人重见情形，用《塞翁吟》调则宽慰乱后泛舟返鄂的自己这次乱离或为失马塞翁。

丁炜为雅正之美所作的精雕细琢，更表现在字句上。浙西词人追步南宋典雅词人，但脱离了音乐环境，他们已将关注点从语音逐渐转移到字面，十分在意书面文字的"句酌字斟，务归典雅"[2]。典雅除了融化诗句、典故，也务求字句工雅、雕琢。丁炜填词亦是字雕句琢，特别是写景之句锤炼甚多。如"春色枝头深造次。剪雪裁霞，占得名花二"（《蝶恋花·折梨杏入瓶》），"造次""剪""裁"等字将春色活化。又如"碾月窥花醉，催冰冻梦云。酒痕衣上间钗痕"（《巫山一段云·忆旧》），"晚照拖红，遥山浸碧，兰船初范兰州"（《如鱼水·月夜舟行书所见》），"岩桂摇烟，池荷贮月，锦席平临水阁"（《金明池·癸亥仲秋…》）等，颇得梅溪真传。然而，"过炼则伤气"，专于辞句有伤气格，导致词之格调卑下，缺乏自然生气。

二、典雅为词的郑方坤词

郑方坤（1693—1755 或 1756）[3]，字则厚，号荔乡。祖籍福州长乐，父辈迁至建安（今建瓯）。雍正元年（1723）进士。知直隶邯郸县，依律究办贪吏，修复乐毅墓，修建"三忠祠""四贤祠"。举卓异，擢知景州，秉公守法，赈灾爱民。不久任登州知府，奏请解禁海禁，深孚民望。后调沂州，又调任武定、兖州，赈灾有功，稳定民心，均有政声。后以足病自免。郑方坤"绝艳惊才"[4]，博学有才藻，与兄郑方城齐名。勤于著述，主要著作有《经稗》《五代诗话》《全闽诗话》《国朝诗人小传》《岭海丛编》等。著有《蔗尾诗集》，卷十为《青衫词》，今存词 70 首。

郑方坤博览词学要籍，谙熟词史，其《论词绝句三十六首》梳理了词史发展的脉络，

1 （清）赖以邠：《填词图谱》卷一，（清）毛先舒等编，查继超辑、吴熊和点校：《词学全书》，北京：书目文献出版社 1986 年版，第 139 页。

2 （清）查慎行：《曝书亭集序》，朱彝尊：《曝书亭全集》，长春：吉林文史出版社 2009 年版，第 38 页。

3 吴可文：《清代福建文人生卒年丛考》，《宁德师范学院学报（哲学社会科学版）》，2021 年第 2 期。

4 （清）孙勷序：《蔗尾诗集序》，（清）郑方坤：《蔗尾诗集》，《清代诗文集汇编》第 275 册，上海：上海古籍出版社 2010 年版，第 1 页。

并从词体、词派的角度将词史分为：婉丽、豪放、清雅三派。对于婉丽派，他好雅黜俗，批评黄庭坚、柳永一类艳俗之词"风雅扫地，又多阑入俚词"，也不喜《草堂诗余》，以为"《草堂》词最劣最传"。而李清照、周邦彦一类的雅词则为其所青睐。对于豪放派，他大力赞扬，以为苏轼词"摆脱秾华笔有神。浪笔教坊雷大使，那知渠是谪仙人"。辛弃疾词"醉墨淋浪侧帽檐。伏枥心情横槊气，肯随儿女斗秾纤"，稼轩本人"长才，遭斯末运，具《离骚》之忠愤，有越石之清刚，如金筑成器，自擅商声，枥马悲鸣，不忘千里"。然而，整体而言，郑方坤更钟情于清雅一派。他以为婉丽、豪放二派在词史上各擅胜场，也各有弊端，姜夔清雅词风于两派之外独树一帜，"黄金留待铸姜郎"，"姜尧章所著石帚词，戛玉敲金，得未曾有"[1]。

郑方坤这样的审美偏好，有其时代因素。郑方坤生当康雍乾三朝盛世，处于国朝正声崇雅兴儒的浪潮以及词坛诗化雅化的潮流之中，自然也以典雅为旨归。就当时的文坛而言，由于词"音节婉转，较诗易于言情"（《四库全书总目提要》），而且远离诗教、政治，"有诗所难言者"（朱彝尊《陈纬云红盐词序》），于是词体也成为清代前中期文人"诗肠鼓吹"的一种体裁，"一切诗人皆变词客"。词体也在音乐性失去、声律性得到整理后不断诗化，同时也在国朝的正雅过程中不断雅化。就当时的词坛而言，康熙年间浙西词派顺应王朝的审美要求迅速崛起，康雍乾词坛为"家白石而户玉田"的浙西词派所笼罩。郑方坤的词学观、填词创作都受到当时浙派风气的影响。正因如此，他不仅嗜好姜夔清雅派词人词作，而且对能一洗明末俗艳之风的朱彝尊词及其《词综》评价极高，"竹垞词矜秀芊绵，直造白石佳境，所辑《词综》一书，尤大有功于倚声家，说者谓可一洗《草堂》之陋云。"[2]

郑方坤的词虽也有一些较为清豪的作品，然整体而言属浙西词派清雅一路。其词抒发的是文人士大夫的情怀，词心是清雅的。其词记雅事、写雅人、描雅景、绘雅物，词作题材内容以雅为主。

词至清代中期，不仅成为文人抒情写意的工具，也已融入文人的日常生活，成为文人悠闲生活、高雅品性的"载记"与"证据"。郑方坤词书写其日常生活中的韵事，有欣赏美景之闲，如踏月、闻雨、倚树、荡舟；有读书之趣，如读书、集句、题赠；有雅集之乐，如联吟、分韵；有声色之娱，如歌舞、饮酒、写真等。其中，题画（包括题小影）词有十余首，在其词集中占据一定的比例。清代画学发达，题咏画册是文人常有之韵事，郑方坤所题多为闺情图、风景图与读书。欣赏美景与读书本为文人雅事，而即使题写闺情图，郑氏也写得十分雅洁。如《浣溪沙·题春闺晓起图》"娇怯应呼睡海棠。小垂罗帐试罗裳。

1　（清）郑方坤：《论词绝句三十六首》，《蔗尾诗集》卷四，《清代诗文集汇编》第275册，上海：上海古籍出版社2010年版，第34页。

2　（清）郑方坤：《论词绝句三十六首》，《蔗尾诗集》卷四，《清代诗文集汇编》第275册，上海：上海古籍出版社2010年版，第35页。

卖花声里促梳妆。 气味略如醮卵酒，心情真比结丁香。愁眉倦眼日初长"，刻画出一位娇美的淑女形象。

郑方坤词的典雅还体现于其词不断诗化，具有唐诗般的韵致。其集句词便是这种"诗化"倾向的最直接、最典型的代表。其集句词只集唐人诗句，所集之句能浑然如天成。如《浣溪沙·寺楼月夜送别，集唐人句》"却听钟声连翠微（綦毋潜）。菱歌一曲泪沾衣（武元衡）。况当秋雁正斜飞（陆龟蒙）。 明月自来还自去（崔橹），暂时相赏莫相违（杜甫）。登山临水送将归（武昌妓）。"此词写送别而能写景如画，写情真挚，集句而能情韵饱满。

郑方坤词的典雅不仅在于摹习姜夔、朱彝尊的婉约清雅，也在于学习苏辛的真气弥满，创作清豪雄雅之词。这类词题材主要为感赋、怀古，词调多用《念奴娇》《沁园春》《金缕曲》《满江红》等。试看《沁园春》一词：

落拓青衫，策马桑乾，路何坦迤。是栾公遗社，春秋勿替，岘山断碣，童叟争磨。雉满荒郊，鹤归华表，尘劫真惊一刹那。伤心处，看连丝泪迸，易水添波。 官斋日倚吟窝。更盘马调弓踏碧莎。叹人原前度山桃历乱，物犹如此，官柳婆娑。为问堂前，旧时燕子，王谢诸郎认得么。徘徊久，又夕阳冉冉，未得挥戈。

此词作于康熙六十年辛丑年（1721），是年郑方坤二十九岁，进京科考落地。出都时经过易水，此地为燕赵之地，又为其父旧日为官之地，由此"歌以言情"[1]。上片写落拓的心伤，归隐的渴望；下片写物是人非，历史沧桑。全词一气流转，感怀甚大，虽不十分工致，却也清豪深沉。郑方坤这类"百感孤踪"的词又如《金缕曲·寒漏》云："海水添银箭。听天街、蓥蓥不绝，千门尽掩。无数啼蛄争吊月，迸出悲丝急管。更隔膊、翰音相乱。驿柝村舂齐唱和，一声声、打入愁心坎。梦不到，华胥馆。 此情此夜谁能遣。最怜渠、孤灯逆旅，深闺小胆。坐拥绣衾寒似铁，一串珠着脸。捱不过、五更三点。惟有玉钗冠上挂，揭流苏、软玉笼香暖。喃喃语，尚嫌短。"此词正如蒋士铨所言"唱遍《青衫词》一卷，太守清豪如许"[2]，谢章铤所谓"大抵佳处却有后村别调风味"[3]。

1 （清）郑方坤：《蔗尾诗集》卷十，《清代诗文集汇编》第275册，上海：上海古籍出版社2010年版，第106页。

2 （清）蒋士铨：《金缕曲·春夜曲阜使院读郑荔乡太守〈青衫词〉书卷尾》，《铜弦词》卷上，（清）蒋士铨著，邵海清校，李梦生笺：《忠雅堂集校笺》，上海：上海古籍出版社1993年版，第1830页。

3 （清）谢章铤：《赌棋山庄词话》卷六，刘荣平校注：《赌棋山庄词话校注》，第138页。

第五章 晚清民国福建词坛的复兴

晚清民国福建词坛再次迎来繁盛期，不仅词人辈出，词集较多，而且名家较多，出现叶申芗、谢章铤、林葆恒这样深谙词学者。此时福建词坛词人的地域分布仍以福州为主，以闽县、侯官为中心，向周边辐射。此时词人乡邦意识浓郁，爱国热情、经世致用思想、结社唱酬意识都十分强烈，而且不管是词作风格、题材内容上，词作带有一定的"海洋性"特征。

第一节 晚清民国福建词人及词集

晚清民国福建词人层出不穷，本文以 1780 年出生的叶申芗为此期词人的开端，以 1919 年出生的词人为终止。此次统计尽量搜集福建相关文献，其中收集《全闽词》（起于叶申芗，终于梁璆）共得词人共计 288 家，其中晚清词人 147 家，民国词人 141 家。在此基础上，增加台湾内渡词人如林朝崧等，并另从各类地方文献增补闽地词人，如从《百年闽诗（1901—2000）》《福州文史资料选辑》等地方文献中增补词人近 40 家，具体如下表。因此，晚清民国福建词人共计 330 余家[1]，占晚清民国全国词人（2200 余家）的比例约为 15%，占比较大。多于宋代福建词人数量（162 家），占比也高于宋代福建词人的比例（12.18%）。由此可以说，晚清民国福建词坛在全国词坛的地位较为重要，是全国词坛的重要组成部分。

---

1 具体数据请见笔者博士论文《晚清民国福建词坛研究》。

表 5.1.1：增补晚清民国福建词人情况

词人	生卒年	词集	备注
黄钺			光绪邑庠生
黄步云	1882—1962	《词解》《无庵词存》	
黄仲良	1887—1970,	《亦经词》	
邵寄慈	1889—?	《慈园诗词稿》	
谢庆仓	1889—1944	《擎天室诗词》	
王冷斋	1892—1960		
严叔夏	1897—1962	《严叔夏诗词》	严复三子
陈声聪	1897—1987	《兼于阁诗词》	
陈子奋	1898—1976		
刘孝浚	1900—?	《聊复尔斋诗词》	
谢冰心	1900—1999		
郑超麟	1901—1998		
郭学群	1902—1989		郭则沄长子
林寄华	1903—?		林则徐四世孙女
唐慰平	1903—1991		
林镗	1903—1995		
郭化若	1904—1997	《郭化若诗词选》	
顾晚枫	1905—1990	《晚枫诗词稿》	
王远甫	1906—1996	《求是斋诗词存稿》	
黄松鹤	1907—1988	《煮梦庐词草》	
李元贞	1907—1991		
陈鸿铿	1907—1997		
董岳如	1908—1988		
陈鹤	1908—1992	《陈鹤诗词集》	
傅玉良	1909—1949	《碎玉集》存词	女
郑振麟	1909—1996	《振麟诗词选》	

陈燕琼	1911—1994		
邓拓	1912—1966	《邓拓诗词选》	
黄寿祺	1912—1990	《蕉窗词》	
郑丽生	1912—1999		福州中山诗社社长
黄墨谷	1913—1998	《谷音诗词集》	女
黄典诚	1914—1993		
齐东野	1914—1995		
方晋乘	1915—1976	《拾鳞诗词集》	
涂大楷	1915—1993		
吴作人	1915—1994		
罗冠群	1915—1995		
魏兆炘	1916—1996		

本文统计的晚清民国福建词人绝大部分为闽籍词人，外地流寓或出嫁到福建的词人颇少[1]，所得仅8人，如聚红榭社员王廷瀛为浙江山阴人，聚红榭社发起人之一高思齐（？—1864）浙江钱塘人，民国女词人金章（1884—1939）浙江吴兴人，俞陛云女儿俞珊（？—1955前），嫁给闽籍词人郭则沄为妻，为浙江德清人，湖南清泉人沈琇莹（1870—1844）流寓厦门三十余年，闽县董敬箴室杨蕴辉（1875—1909）为江苏无锡人，徐蕴华（1884—1962）嫁给林寒碧为妻，为浙江石门人，刘明水为王伯秋妻，在福州期间由王真介绍入何振岱之门，为上海人。也有一些台湾词人，如李乔为台湾嘉义人，许南英（1855—1917）为台湾台南人，施士洁（1856—1922）为台湾台南人，洪绣（1867—1929）为台湾鹿港人。

统计所得的福建词人有些仅留词一首或几首，真正有词集（包括诗词合集、已经散佚等情况）的有131人，占比39.69%，这说明晚清民国福建词人接近四成有词集传世，作词结集现象较为普遍。具体词人词集情况见下表：

表 5.1.2：晚清民国福建词人词集情况

词人	生卒年	籍贯	词集
叶申芗	1780—1844	闽县	《小庚词存》四卷

---

1 旅居闽地的词人，若旅居时间较长，作词较多，则暂算作闽地词人，否则不算。如：沈轶刘（1898—1993）曾旅闽十余年，但他是上海人，一般算作上海词人，本文不计为闽地词人。郁达夫（1896—1945）亦曾活动于闽地，亦有词传世，但他籍贯为浙江，一般算作浙江文人。

梁云镶		长乐	著有《洗心书屋词》，已佚
梁云镛		长乐	著有《兰笙词》，已佚
陈文翊		长乐	《弦外词》
刘存仁	1805—1880	闽县	《影春园词》
黄宗彝	1812—1861	侯官	《婆梭词》二卷
刘家谋	1814—1853	侯官	《斫剑词》
许赓皞	1815—1842	瓯宁（今建瓯）	《萝月词》二卷
邱瑶姿		闽县	著有《绮兰阁诗词》，已佚
谢章铤	1820—1903	长乐	《酒边词》八卷
郑守廉	1821—1876	闽县	《考功词》不分卷
叶滋沅	1821—1896	闽县	著有《我闻室词》，已佚
林其年	1824—1864	武平	《团扇词》一卷
杨炳勋	1825—？	古南剑州（今南平）	《闻鹏山馆词钞》一卷
梁鸣谦	1826—1877	闽县	著有《静远堂词存》，已佚
郭篯龄	1827—？	莆田	《吉雨山房词钞》
宋谦	1827—？	侯官	《灯昏镜晓词》四卷，词266首
黄经	1830—1860	永福（今永泰）	著有《瑶鹤山房词草》，已佚
陈通祺	1830—1869	闽县	著有《双邻词钞》，已佚
马凌霄	1830—？	闽县	《墨潘词》
杨浚	1831—1891	晋江人。侯官籍	《冠悔堂词稿》二卷
何嵩祺		侯官	《鬓丝词》
梁履将	？—1865	长乐	《木兰山馆词》不分卷
龚易图	1835—1893	侯官	《餐霞仙馆诗词外集》
刘勋	1836—1904	闽县	《效颦词》《非半室词存》
刘绍纲		侯官	著有《屏绿山房诗词集》，已佚
陈书	1838—1905	侯官	《桐愔阁词钞》
卓云祥		侯官	著有《抱琴室韵语》，已佚
卓鸿中		侯官	著有《宝香山房词》，已佚

刘荃	1841—1902	闽县	著有《茗尹词》，已佚
叶大庄	1844—1898	闽县	《小玲珑阁词》一卷
陈与冏	1847—1891	侯官	《缄斋词》
陈宝琛	1848—1935	闽侯人	《听水斋词》一卷
曾福谦	1851—1922	闽县	《梅月龛词》一卷
刘大受	1852—1887	侯官	《樊香词》
曾淞	1852—？	闽县	《纫荼词》一卷
林纾	1852—1924	闽县	《冷红斋词剩》门人辑
陈谦淑		侯官	《闻妙香室诗钞》卷下诗余
严复	1854—1922	福州南台苍霞洲	《杨崎词稿》
萧道管	1855—1907	侯官	《戴花平安室遗词》一卷
郭传昌	1855—1916	侯官	《惜斋词草》一卷
许南英	1855—1917	台湾台南人	《窥园词》
卓孝复	1855—1930	闽侯人	著有《双翠轩词稿》，已佚
陈衍	1856—1937	侯官	《朱丝词》二卷
陈仲容	？—1884	侯官	《闻妙香室遗稿》词一卷
陈宗遹		闽县	《补眠庵词》二卷
李宗祎	1860—1895	闽县	《双辛夷楼词》
黄宗宪		永福	《映庵词》（一名《仲存词》）
黄燊		永福	《梦潭词》（一名《辛生词》）
沈次畹		侯官	著有《季兰词》，已佚
黄梓庠	1862—1900	永安	有词一卷，已佚
王允晳	1863—1930	闽县亭头乡（今属连江）	《碧栖诗词》
薛绍徽	1866—1911	侯官	《黛韵楼词集》
洪	1867—1929	台湾鹿港人	《寄鹤斋诗集·诗余》
李景骧	1868—1926	侯官	《复斋词钞》
曾念圣		闽县	《竹外词》《桃叶词》《桃叶词别集》
陈懋鼎	1870—1940	闽县	《槐栖词》

沈鹊应	1878—1900	侯官	《崦楼词》
李慎溶	1878—1903	闽县	《花影吹笙室词》
何振岱	1867—1952	闽县	《我春室集》收词一卷
郑元昭	1870—1943	侯官	《天香室词集》
林黻桢	1872—1942	侯官	《感秋集》附词
郑祖荫	1872—1944	闽县	《种竹山房诗钞·词钞》
林葆恒	1872—1950	闽县	《瀼溪渔唱》不分卷
黄展云	1876—1938	永福	《展云词稿》
李宣龚	1876—1952	闽县	《墨巢词》一卷,《墨巢词续》一卷
郑翘松	1876—1955	永春	《卧云山房诗草》附词
吴钟善	1879—1935	晋江	《荷华生词》
张清扬	1880—1921	侯官	《清安室词》《双星室主人词稿》
郑傥	1881—1966	福州	《容楼诗集·容楼词》
黄步云	1882—1962	福州	《无庵词存》
郭则沄	1882—1947	侯官	《龙顾山房诗余》《龙顾山房诗赘集·诗余续集、诗余补录》
郭则寿	1883—1943	侯官	《卧虎阁词》
刘放园	1883—1958	福州	《放园吟草》
俞玭	?—1955 前	浙江德清	《临漪馆诗词稿》
黄仲良	1887—1970	莆田	《亦经词》
李宣倜	1888—1961	闽县	《苏堂诗拾·词附》
何遂	1888—1968	闽侯	《叙圃词》
邵寄慈	1889—?	福州	《慈园诗词稿》
谢庆仓	1889—1944	周宁	《擎天室诗词》
邵振绥	1890—?	福州	《慈园词稿》
黄濬	1891—1937	不详	《聆风簃词》
施宗灏	1891—1983	长乐	《自怡悦斋诗词选》
刘明水		上海	著有《香雪楼诗词》,已佚
王德愔	1894—1976	长乐	《琴寄室词》

何维刚	1895—1970	闽县	《薏珠词》
刘蘅	1895—1998	长乐	《蕙愔阁词》
高茶禅	1896—1976	闽县	《茶禅遗稿》
林庚白	1897—1941	闽侯	《丽白楼遗集》
何曦	1897—1982	闽县	《赏晴楼词》
陈守治	1897—1990	南平	《陈瘦愚词选》
严叔夏	1897—1962	闽侯	《严叔夏诗词》
陈声聪	1897—1987	福州	《兼于阁诗词》
陈国柱	1898—1969	莆田	《碧血丹心集·延安词存》
范问照	？—1975	福州	《考槃室诗集·诗余》
黄孝纾	1900—1964	闽侯	《匑厂词乙稿》
包树棠	1900—1981	上杭	《笠山倚声初稿》
刘孝浚	1900—？	福州	《聊复尔斋诗词》
陈懋恒	1901—1969	福州	《陈懋恒诗文集》
薛念娟	1901—1972	福州	《小嬾真室词》（《今如楼诗词》）
张苏铮	1901—1985	福州	《浣桐书室词》
黄兰波	1901—1987	福州	《兰波诗词胜稿》
何维澧	1901—1995	闽县	《养源室诗词稿》
叶可羲	1902—1985	福州	《竹韵轩词》
施秉庄	1902—1986	福州	《延晖楼词》
王真	1904—1971	闽县	《道真室词》
郭化若	1904—1997	福州	《郭化若诗词选》
黄公孟	1905—1950	福州	著有《藕孔烟语词》，已佚
顾晚枫	1905—1990	原籍浙江绍兴，寄籍福州	《晚枫诗词稿》
黄孝先		闽县	著有《甖天室词存》，已佚
洪璞	1906—1993	福州	《璞园诗词》
王闲	1906—1999	福州	《王闲诗词书画集》
王远甫	1906—1996	古田	《求是斋诗词存稿》

黄松鹤	1907—1988	厦门	《煮梦庐词草》
陈鹤	1908—1992	莆田	《陈鹤诗词集》
郑振麟	1909—1996	福州	《振麟诗词选》
杜琨	1910—?	福鼎	《北游吟草》
林岩	1911—1977	福州	《松峰词稿》不分卷
潘受	1911—1999	南安	《海外庐诗余偶录》
邓拓	1912—1966	闽侯	《邓拓诗词选》
黄寿祺	1912—1990	霞浦	《蕉窗词》
林华		侯官	《一灯楼词钞》一卷，《联句词》一卷
何适		螺阳（今惠安）	《官梅阁诗余》
黄为宪		闽县	著有《琴湄词》，已佚
林~殷		侯官	著有《倚篷词草》，已佚
洪祖迈	1913—?	尤溪	著有《壬癸诗集·诗余》，已佚，另有《聿欹词稿》
梁璆	1913—2005	闽侯	著有《颂筀诗词集》，不见
黄墨谷	1913—1998	同安	《谷音诗词集》
方晋乘	1915—1976	诏安	《拾鳞诗词集》

若以所统计的词人总数为基础，考察福建词人的籍贯分布，可发现：晚清民国闽籍词人主要来自闽县，有 81 人（晚清时期 57 人，民国时期 24 人）。其次是侯官，有 69 人（晚清时期 44 人，民国时期 25 人）。另外有闽侯人 22 人，也当属于闽县、侯官二县[1]。因此闽县、侯官二县籍的词人大约有 172 人，占福建词人的比例为 52.12%，占据了闽词的大半江山，正所谓"晚清风流出侯官"。除二县之外，直接隶属于福州城（包括晋安、台江等）的有 40（其中晚清时期 4 人，民国时期 36 人），福州长乐县也有 27 人（其中晚清时期 10 人，民国时期 17 人），福州永福县（今永泰）8 人（其中晚清时期 6 人，民国时期 2 人），福州闽清县 2 人（晚清时期），福州的连江县 1 人，古田县 1 人，平潭 1 人，福州的屏南县、福清县（不含平潭）、罗源县等三县则基本没有词人出现。由此可知，福州地区的词人有 252 人，占据了全部闽籍词人的 76.36%。由此可以说，闽词的中心在福州，主要在闽县与侯官二县。

---

1 民国元年（1912），闽县、侯官县裁撤归并，称闽侯府。民国二年（1913）废府，闽县、侯官县合并为闽侯县。

其他出现词人的区域有：莆田8人，宁德（包括周墩区）5人，晋江3人，南平（包括古南剑州）3人，上杭3人，尤溪2人，诏安2人，同安2人，霞浦2人，连城2人，诏安2人，厦门2人，建安（今建瓯）、瓯宁、建宁、宁化、汀州、武平、永定、福安、福鼎、海澄（今龙海）、螺阳（今惠安）、南安、永安、永春、清流、泰宁、漳平、漳州等各1人，其余24位词人为籍贯不详的词人以及外地籍贯但长期居于闽地的词人。如果按照晚清民国福建的府治来统计，九府二直隶州的词人分布情况如下：福州府252人，汀州府11人，泉州府9，福宁府9人，兴化府8人，延平府6人，漳州府4人，建宁府2人，邵武府2人，龙岩直隶州2人，永春直隶州1人。各府占比如下图：

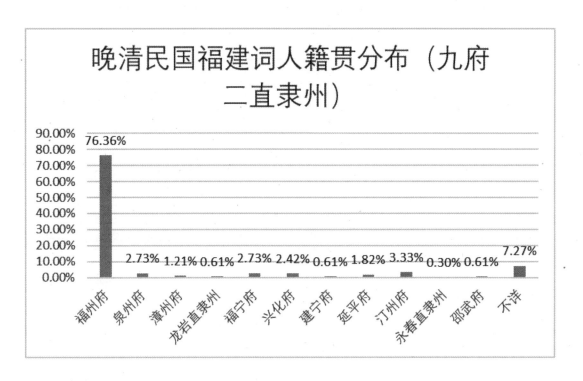

由上图可知，晚清民国福建词坛主要以福州为中心，其余各府词人数量极少。宋代时，福建词坛大致有两个中心，一个以闽中福州、莆田为中心，一个以闽北为中心，包括建阳、建安、延平、邵武、崇安等地[1]。这说明，晚清民国时期福州仍保持宋代的词统，而闽北地区词学衰落比较严重。

---

1 具体数据见王敏：《宋代福建词坛论析》，《福建史志》，2023年第2期。

第二节 晚清民国福建词坛特点

总览晚清民国福建词坛，发现其与福建宋代词坛以及晚清民国其他地域词坛相比，具有以下特点：

其一，浓郁的乡邦意识，强烈的爱国之情。杨柏岭说："地域词派及其论词主张的形成、传播和延续，乡贤词作的汇总整理，词人词作以及乡邦词学传统的认定和评价等，无不渗透着词家以乡邦词学为基础的区域观念。"[1]进入晚清时期，福建词坛开始兴起，叶申芗、谢章铤等人都怀着深厚的乡邦之情，著书立说，结社唱和，为福建词坛的兴盛而不懈努力。晚清民国时期，福建由于临海而成为较早接受西方文明影响的地区，文人的重乡爱国意识也被很大程度地激发出来，林则徐、林觉民、严复、林纾等均试图为国家民族寻找出路。聚红榭词人唱和其中一题为射虎，"那得故时爱臂，能与子同仇。左射鹰鹯坠翅，右射财狼蹶足，虎自扼其喉"[2]，与子同仇共射欧美鹰虎。林昌彝将自己的诗话题为《射鹰楼诗话》，意在指"射英"，即抵抗英国，诗话也多收入当时的爱国作品。抗日战争时期福建词人，如郑翘松、林庚白、陈国柱、黄兰波等人的词作，亦多体现闽人重乡爱国的精神内涵。

其二，经世致用思想浓厚，重视性情与"词史"的抒写，词学苏辛，"稼轩风"盛极一时。福建是朱子理学的发源地，本身就具有强烈的经世精神。清代中晚期福建的儒者注重弘扬儒学实践理性精神，把理学引向经世致用。这种经世致用思想影响及词体，便是重视词对性情的书写，对社会历史的反映、批判，以期词体具有"词教"之用。秉持这种词学思想，福建词人面对词史，选择的师法对象为苏轼、辛弃疾等爱国词人，学习他们的爱国思想、直面现实的勇气，学习其词忠君爱国的思想内涵、抒写现实的题材内容，以及沉郁悲慨、激昂壮大的豪放词风。虽然各个时期的福建词人对豪放词的接受不尽相同，但毫无疑问，"稼轩风"始终存续于晚清民国福建词史的各个阶段。

其三，结社唱酬之风盛行，涌现出许多具有一定规模的词社，如聚红榭词社、梅崖词社、瓠社、寿香社、须社等。有的闽地词人虽未结社，但经常聚集结群来往唱和，词作结集出版，如刘荃、曾淞、刘大受等常聚于刘荃家，他们的词作结集成《影事词存》。有的闽籍词人积极参与全国的词社，比如民国闽籍词人刘子达、廖琇崑、陈应群、王冷斋、林

---

1 杨柏岭：《晚清民国词学思想建构》，合肥：安徽大学出版社2004年版，第19页。

2 （清）刘三才：《水调歌头·射虎》，《全闽词》，第1261页。

仪一、黄畲等参加北京的咫社，并结集有《咫社词钞》。林昧苏、林端仁等参与江苏海滨吟社进行海滨酬唱，并结集有《海滨酬唱词》。结社唱和促进了词人间的思想交流，推动了晚清民国福建词风的形成和词坛的发展。其中值得注意的是，谢章铤主导的聚红榭词社和何振岱主导的寿香社。聚红榭词社历时久、参与者多、作品丰富，是晚清词坛上重要的文人雅集。它的问世、成就和影响，不仅在福建词史上是值得重点关注的部分，在整个中国的近代词史上也是浓墨重彩的一笔。寿香社成立于1935年，成员有女性词人十余人，均以何振岱为师，是晚清民国发源于福建地区的第一个女性词社。该社词风颇具性灵，堪称福建词坛的一股清流。它的成立和发展体现了近代女性整体文化水平的提高，从思想与写法上丰富了词学创作内容，展示了女性在国破家亡、世风动荡时代中的宁静与觉醒，在文学史上有其不容忽视的意义。

其四，闽人词作具有一定的"海洋性"，可视为海洋文学的一部分。这种"海洋性"表现在词中不仅为海洋文化精神的植入，也不仅只是内容上、情感上增加了词人的渡海生活，以及侨民、海外游子等的情感体验，而且艺术上也受海洋因素影响。一为较多使用与江海相关的意象，如江、海、帆、鲸、潮、蜃、波等。如菽庄吟社组建的碧山词社社集课题为"帆影"，所征之词为《帆影词》。刘家谋诗有《海音诗》一百首，词中与海相关意象也甚多，如《沁园春》"腥臊涤，听欢声动处，万顷春潮"，《贺新凉·赠内》中的意象更具海洋性特征，如"沧海外、孤帆扬。挛鲸驱鳄吾犹壮"，意象更为雄奇壮大。二为词的意境空阔、沉郁苍凉。比如薛绍徽作于《马关条约》签署之后的《海天阔处·闻绎如话台湾事》，此词首句"碧天莽莽浮云，云烟变灭沧桑里"，尾句"对春潮夜涨，深惭漆室，为天忧杞"，整首词亦如其词调"海天阔处"一般壮阔辽远，感怀激愤。又如林则徐《月华清·和邓嶰筠尚书沙角眺月原韵》起首便是"穴底龙眠，沙头鸥静，镜奁开出云际。万里晴同，独喜素娥来此"，何等的壮阔。就算是题词，林则徐也能写得意境空阔、气象万千，诸如"江天空阔，看江波万顷明月千里"（《壶中天·题伊小沂江阁展书图》）之类。三为词的风格较为豪迈雄壮。一方面福建有"豪放词"的传统，另一方面海洋的雄阔自由也影响着人们的审美、词作的风格。晚清从叶申芗、林则徐开始，闽人便鼓荡起一股爱国豪放词风，一直到民国时期的参与革命抗战的词人，"稼轩风"延续不绝，成为此时期闽词的一大特色。至于为何能形成此种海洋特色？正如刘家谋所道："海上三年住。看海门、潮生潮落，匆匆朝暮。"（《贺新凉·寄蔡笏山明绅明经》）常住海滨，常观海景，常乘船舶，意象、意境近取诸身，远取诸物，自然也就形成了海洋特性。

最后，晚清民国福建词坛与台湾词坛的联系也是值得注意的一部分。闽台一衣带水，语言相通，有"五缘"之联系，台湾同胞有百分之八十祖籍福建。这样的亲缘关系表现在词坛上，出现了两地词坛在一定程度上相通相联的现象。例如，刘家谋曾任台湾县学教谕、台湾府学训导，黄宗彝在台湾时，曾与台湾嘉义人李乔一同赋词，郭则沄生于台湾，许南英为台湾人，曾在福建漳州定居。其他如徐一鹗官台湾某县学教授，并主某书院讲席半载，林天龄曾应台湾海东书院讲席之聘。又如张秉铨，清光绪间赴台湾，为抚垦总局记室，光绪二十一年（1895）留滞津门，闻割台湾，悲痛欲绝，作《哀台湾》四首。两地词坛的交融现象在之前的研究中多被忽视。

综上所述，晚清民国福建词坛虽然未能形成有全国影响力的、声势浩大的词学流派，也未出现能执全国词坛牛耳的领军人物，但其受地域文化影响深、带有鲜明的时代特色、词学活动较为频繁而丰富，在词作创作、词风词艺、词学理论、词集整理等方面均有较为突出的成就。

第六章 苏辛豪语：嘉道之际的福建词坛

晚清福建词坛的初兴开始于嘉庆、道光之际，叶申芗有感于闽地词学的不振，开始整理搜集宋元闽词，提出自己的词学主张、进行词之创作。其后，林则徐填词十余首，书写鸦片战争之际的历史与心灵史，并与邓廷桢进行唱和，影响较大。许赓皞年岁较叶申芗、林则徐小二十余岁，但其作词较早，酷爱填词，上承叶氏，下启谢章铤，使得闽中词脉得以一贯延续。而他们三人的创作无一都离不开宋代闽地的词学传统，即以稼轩词为宗。

第一节 叶申芗：高尊词体，疏旷词风

叶申芗（1780—1842），字维郁，或维彧，号萁园、培根，又号小庚、小庚子，晚号瀛壖词叟，福建闽县（今福州闽侯）人。嘉庆十四年（1809）进士，选翰林院庶吉士。在云南为官近二十年，在浙江为官三年，在河南为官六年，卒于位。最高官职为河南府知府、代理河陕汝道。有《小庚诗存》两卷，有词学著作七种，即《小庚词存》四卷，《天籁轩词谱》四卷、《补遗》一卷、《天籁轩词韵》一卷，《闽词钞》四卷，《本事词》两卷，《天籁轩词选》六卷。

一、通脱豁达的性情

叶申芗出生于一个书香世家，父叶观国。叶观国，字家光，号毅庵，晚年又号存吾，生于康熙五十九年（1720），卒于乾隆五十七年（1792），享年七十三岁。叶观国于乾隆十六年（1751）年即中进士，入翰林院，接着出任云南、广西学政，后家居故乡，并主讲清源书院，之后再度入京为官，任安徽学政时期，晚年假归，致仕居家教子读书。观国七

子，其中五人登科，可见其良好的家庭教育。叶申芗为观国季子，从小跟在父亲身边受教，亲谙教诲，因此他的童年是较为幸福的。

叶申芗的科举之路也较为顺遂，嘉庆六年（1801）拔优贡生，九年（1804）举人，十四年（1809）成进士，选翰林院庶吉士，十六年（1811）散馆。三十岁出头就已中进士，科考之路可以说春风得意。散馆之后的一段时间，叶申芗比较失意。嘉庆十六年秋，出任南昌府武宁县知县，后改知云南富民县。云南属于偏远落后地区，而且叶氏所任官职只是县令，属七品芝麻官，其时其心理落差较大。道光元年（1821），叶氏四十二岁，云南任满，入京后归家。道光二年（1822），抵京后再授云南之职，不过此次官职有所升迁，任职可能为广南府知府[1]。道光十年（1830），叶氏五十一岁，丁母忧家居。道光十二年（1832）秋末，授浙江绍兴府知府，后改宁波府知府。道光十六年（1836）离开浙江，改官河南府知府，至洛阳。道光二十二年（1842），六十三岁，卒于洛阳任上。纵观叶氏的仕途生涯，除去最初任云南县令的那十年，其整体的仕途之路较为顺利。人的性情的形成自有天生的一方面，也有后天的因素。与同时代那些久滞科场、屡不中第的寒士，或那些仕途坎坷、颠沛流离的大夫，或那些家贫多病、孤苦伶仃的苦命人相比，叶申芗的一生整体来说比较顺意。这多少会影响其心态与性情，形成其通达、豁达的人生观。

如果说，性格、家庭、阅历是叶申芗达观心态的直接影响因素，那么，时代这个因素有时也具有某种催化作用，毕竟时代的一粒尘埃，落在具体个人身上，便是无法承受之大山。叶氏主要活动于嘉庆年间及道光初年，此时的清朝开始由盛世走向衰败，但康乾盛世的余光仍"映照"人间，不管是清朝统治者腐败无能引发的政治危机，还是其后接连爆发的咸同兵乱、列强入侵、甲午海战等民族危机，都只是"殆将有变"，仍未暴露出来，整个朝廷与社会仍处于"暴风雨前的宁静"之中，不过这"宁静"一方面麻痹着士人，另一方面又隐忧着士人。叶申芗处于这样的"宁静"中，他虽也会不时透露出某种黯然神伤，但整体性情较为达观，以较为乐观的心态生活、为官、作词。

从叶申芗的自述、著作或他人的评价中也可以看出，他不是一个一味地悲天悯人的人，而是一个比较通透、达观、豪爽的人。他"幼即倜傥"（《墓志铭》），"豪情轶辈侪"（梁章钜《叶其园庶常》）。同年友人张岳崧评价叶申芗道："叶君小庚负豪爽不羁之才。"[2]桐城徐镛《小庚词存题辞》言其："羡煞清狂浑不减，那让耆卿。"福建同乡柳永疏隽清狂，据说曾写词道"忍把浮名，换了浅斟低唱""才子词人，自是白衣卿相"（《鹤冲天·黄金榜上》），语气狂妄，词作香艳，从而得罪宋仁宗而落榜。这里徐镛认为叶申芗不让柳永，当是指叶氏本人也较为清狂，且擅长填词。叶申芗本人也自言其清狂如许，"清狂。留几

1　阮娟：《三山叶氏家族及其文学研究》，福建师范大学博士学位论文，2010年，第227页。

2　（清）张岳崧：《天籁轩词谱序》，《天籁轩词谱》，民国三年扫叶山房版。

许，零笺剩墨，结习难忘"（《满庭芳·自题词存》）。他的人生偶像也多为苏轼、辛弃疾一类人物，其《念奴娇·东坡先生生日集何氏红园》称赞苏轼"本是神仙中物。七百余年仍不死，笠屐图来满壁"，羡慕东坡"名垂身后犹杰"并举杯为东坡贺寿"祝公千古明月"，对苏轼的尊崇之情溢于言表。

这种达观的性情使他在面对挫折、困境时，表现出一种自我安慰的情绪，并以及时行乐、人生命运、人世道理来消解愁绪。故而他十分热爱酒和诗歌，以酒浇愁、以书消忧。如他在《五禽言》中写道"得过且过，非书不坐，非酒不卧"，"古来达者多酒徒，醉乡日月良可娱"（《小庚诗存》），沉迷于醉乡之中。正因如此他被友人吴俊民称为"酒国词人"（《小庚词存题辞》）。他也会喋喋不休地谈论一些人世的大道理，以及人生无可奈何的宿命思想，试图将个人的忧愁烦闷溶解于茫茫无边的宇宙大化之中。如其《拟放言五首》言："人生适意须行乐，身后虚名那复论"，"塞翁失马焉非福，海客鸥猜解避机。旷达伯伦惟颂酒，诙谐曼倩欲总饥"，"穷通富贵皆前定，算谓无田便不归"，"休将夭寿较彭殇，莫把升沉定圣狂。世界从来多缺陷，人情随分变炎凉，无心遇合梦中鹿，有意推求畴昔羊。但使一时夸善宦，老韩同传亦何妨"等，对万物生灭、人事变迁、世态炎凉都有一些自我的体悟。他先是以适意行乐来自我宽慰，以为人活一世，快乐幸福地活着就足够了，名声虽可流传千古，但那都是身后之事，不值得挂念于心。而后又以塞翁失马来进一步宽慰，接着又以一切命定、人事无常来解释。这些思想虽然多少有些消极、世俗，但也从侧面说明他思想的通达。

二、尊体重情的词学思想

以上我们论述了叶申芗豁达的性情与通达的人生观，这虽然不能完全决定其词学思想与词作的思想情感，但对其词仍有不小的影响，形成了他开明的词学观，既重视词体，将诗词等同，又充分尊重词之情感，不以"志"害"情"，不以"理"节"情"，还在偏赏旷达豪放的苏辛之词外，兼容多种词风。

曲子词最初是不登大雅之堂的燕乐的产物，又多流行于秦楼楚馆之中，因此词产生之初便托体不尊，词体向来卑下，一直被视为"诗之余"。如何理解"诗之余"是关系着如何把握词体的重要问题。叶申芗尊重词体，通过重新解释"诗之余"，将诗词并提并举。

叶申芗对于词体及词相关问题的理解，多以诗为参考，以为"诗如此，词亦然"。明清流行研究律诗的谱韵，诗有谱韵，词更应有谱有韵，于是叶氏编撰了《天籁轩词谱》《天籁轩词韵》。他又参考诗歌本事体例，搜罗丰富而成《本事词》。他在《本事词自序》中说："诗既应尔，词亦宜然，此本事词所由辑也。"[1] 诗歌本事是指记载诗歌创作缘起，并能由此推原诗歌本意的一类故事。诗歌本事起源于古代的解经、解诗之风，在中晚唐时

---

1 （清）叶申芗：《本事词自序》，唐圭璋编：《词话丛编》，北京：中华书局 2012 年版，第 2295 页。

十分流行，孟棨《本事诗》是最著名之作。而诗歌的本事不少关涉香艳之事，这是因为古代有风人比兴的传统，于是香草美人寓意大矣，一些诗歌本事也欣欣乐道于男女之事。正如《玉台新咏》《香奁集》等多征故实，《本事诗》也"叙破镜轮袍以纪丽"。词为艳体，也多言男女艳情，从这一点来说，词体与言情的诗是相通的，叶申芗也有足够的理由根据本事诗创本事词之名，并搜罗而成《本事词》二卷。叶申芗又参考地方诗选而成《闽词钞》。他之所以编《闽词钞》，原因之一是汇选闽诗者较多，《四库全书》中就有《闽中十子诗》《晋安风雅》《闽南唐雅》诸编，闽诗选"咸有纂述"，而"词为诗之余，编辑者何独阙欤？"[1]这里叶申芗以为词是诗余，闽地诗有选集，词应该也有其选集。而且，明代闽地诗歌兴盛，有《全闽明诗抄》等书，而宋代闽地词学盛行，故应编选宋元闽词成《闽词钞》。很显然，他将词与诗并提、并举，地方诗人的诗作值得被编选，地方词人的词作也应值得被编选、被宣扬，词不应甘居诗下。

正因叶申芗将词与诗等而视之，故而能重视词体及词的创作，将词作为表情达意甚至言志载道的载体。他多次表示少时即好倚声，《天籁轩词谱·发凡》说："素不谙音律，而酷好填词。自束发受书即窃相摹拟。"[2]不仅少时喜读词、填词，而且"老而弥笃"。如果说"少好倚声"是因为词体要眇宜修，音律潺湲优缓，善写缠绵悱恻的男女之情，以及莫可名状的少年愁绪。那么，"老而弥笃"则不同于清代一些文人悔其少作、老而不沾染倚声的心绪，他反而更愿意用词来书写中年深切的哀乐、老年深沉的感慨。正是由于叶申芗对词体的重视与喜爱，因此在唱和的时候，他常常以词代诗。梁章钜《天籁轩词谱序》记载："叶君小庚工吟咏，而尤好倚声。曩与余酬唱，往往以词代诗。"[3]叶氏与梁章钜、林则徐等人书信往来时竟以词代书，如《高阳台·连得梁茝林廉使林少穆礁院手书感赋，茝林书有"安得好风吹近一方"语，故及之》《汉宫春·茝林来书，以汉双瓦砚拓本缘始索诗，赋此以代，砚为纪文达公所贻》等。朋友唱和交往，叶氏不作诗而作词，用词来交游、交心，这也难怪今存的《小庚诗存》才一卷，而《小庚词存》几经删减、修订而成四卷。

叶申芗将词与诗相提并论，肯定了词的抒情、达意甚至言志、载道的功能，这显然已认识到词体除了缘情之外的作用，也是试图改变人们鄙薄词体，并努力提高词体地位的表现。而他自少至老坚持不懈地填词，也确实践行了他的词学理论，其填词实践更好地证明了他确实高尊词体。叶申芗为何如此推崇词体？这当然是因为叶氏内心真心偏爱词体，性与词相近，然而感性的爱往往也来自理性的支撑，这或许也是因为叶申芗明白只有肯定词体的言志载道功能，推崇词体，并身体力行地填词，才能破除人们鄙视词体而不作词的观念，才能复兴闽地词学。而若问叶申芗居于清代中叶词学不振的闽地，为何能如此尊重词

1　（清）叶申芗：《闽词钞序》，《闽词钞闽词征》，福州：福建人民出版社2014年版，第6页。

2　（清）叶申芗：《天籁轩词谱》，民国三年扫叶山房版。

3　（清）梁章钜：《天籁轩词谱序》，《天籁轩词谱》，民国三年扫叶山房版。

体？这一方面是因为叶申芗本人对词体的热爱，对填词的浓厚兴趣，另一方面也是闽地词学传统的深远影响与异代传承。闽人柳永拓展词之题材，其词"不减唐人高处"，珍视词体自不必说；李纲、张元幹等以词表达抗金的理想、忠君爱国的拳拳之情，也是高尊词体；胡寅也认为词能"曲尽人情"；而刘克庄批评理学家轻视词的态度，"为洛学者皆宗性理而抑艺文，词尤艺文之下者也"（《〈黄孝迈长短句〉跋》），充分肯定词在"艺文"中的地位，以为词也能"感时伤物""行役吊古""忧时愤世"（《〈翁应星乐府〉序》），只不过词的表现形式与诗歌不同，它是"借花卉以发骚人墨客之豪，托闺怨以寓放臣逐子之感"（《跋刘叔安感秋八词》）。此外，清代前中期词人中尊词体的观念越来越流行，也越来越强烈，这为叶氏高尊词体提供了较为成熟的舆论环境。

叶申芗尊重词体，也十分重视词体的抒情功能，以为词体深于言情。这也是他热爱填词、尊重词体的根本原因。他写给周之琦的一首词即表明了他以词言情的观点，词为《金缕曲·谢周稚圭抚军寄示词稿》：

笔墨供游戏。笑年来、词颇私署，新声偷倚。岂较红牙和铁板，按谱填腔而已。窃自念、谁将迷指。顾误周郎词坛帅，忽一编、远惠珠盈纸。盥藏读，握兰比。　壮夫休哂雕虫技。想佳章、吟就几费，含宫调徵。况复钟情惟我辈，怀梦言情尤旨。空怅望、蓬山伊迩。徒藉双鳞通尺素，愿毋忘、咳唾随风致。癖虽在，语非绮。

词虽小道，然而"壮夫休哂雕虫技"，因为这个"小道"之词"宫调易分明。深在言情"（《浪淘沙·再题词存》）。宫调格律这些只是词的形式问题，词更深层的问题是在言情。只要把握住词是"钟情"之人用以"言情"之旨，我们就能理解叶申芗的整个词学思想。

首先，在叶申芗看来，只要能以词写人情、言深情，即使是游戏之辞也自有其价值。其实不管是游戏笔墨还是端方之辞，都不重要，因为情深文至。他常说"笔墨供游戏"，看似是漫不经心的游戏之作，其实他本身的创作态度是极为审慎谨严的，"向偷声减字，仔细评量。纵未尽谐音律。半生也曾费吟肠"（《满庭芳·自题词存》），而且"费吟肠"本身也说明即使所谓的游戏之作也是含有真挚情感与审慎态度的。即使是少有的游戏之辞，也并不是那种玩世不恭、敷衍乏情的"感物指事，理不外乎酬应，虽既雅而不艳，斯有句而无章"的"游词"。比如他自称"戏填两阕示之"的《蓦山溪》词，第一首："名工铸就，出入卿怀袖。镂盖巧玲珑，炽红鳞、葭灰煨透。晓妆未竟，常置镜台旁，呵额翠，注唇朱，时熨纤纤手。　冬寒罢绣。暖阁闲相守。并坐绿熊茵，握春葱、帕罗交覆檀郎贪耍，当作博山看，爇沉水，袅双烟，图得氤氲久。（手炉）"第二首："小怜雅制，凫藻传名古。随意范方圆，爱温磨、冬闺仿取。绣茵坐倦，小立斗身轻，双弓稳，俨承莲，奚异盘中舞。严宵雪骤，何计寒威御。妙用代香球，被儿烘、暖春留住。羡伊得地，常许卧狸奴，裙褶覆，袜罗亲，占断风流处。（脚炉）"这两首词的创作是十分用心的，声律上十分严谨，查词谱发现基本都是合律的，第一首首句还入韵。内容上，这两首词无非就是两首普通的咏物词，写手炉、脚炉的外形、遭遇及用途。但是其中也流露出一些重要的信息：这个手炉是"名工铸就"，脚炉是"小怜雅制，凫藻传名古"，它们都是十分名贵的，象征着满腹经纶的才人。手炉得到玉人的喜爱、檀郎的欣赏，脚炉得到美人的垂怜、狸奴的青睐，这不就是象征着人才得到君王的重视，才华得到重用、才能得以施展吗？考察这两首词的创作背景我们更可以发现，这两首词中含有希望抱负能酬的愿望，以及"羡伊得地"羡慕他人的心理。这两首词大概创作于道光十六年（1836），词人五十七岁，此时正在任浙江宁波知府，这年夏天离开浙江，改官河南府知府，仕途上升。而他的同乡兼好友梁章钜、林则徐此时分别官至广西巡抚、江苏巡抚，都位居高位，甚至成为封疆大吏，仕途比较得意。出于同乡之意，好友之谊，叶申芗自然而然也会生出歆羡之情，也希望有朝一日能得到重用，实现治国平天下的夙愿。

其次，不管是红牙婉约风还是铁板豪放风，"岂较红牙和铁板，按谱填腔而已"，婉约与豪放是词的两种基本风格，都应以情为主。两种风格孰优孰劣的争论，其实自宋代陈师道批评苏轼词"退之以文为诗，子瞻以诗为词，如教坊雷大使之舞，虽极天下之工，要非本色"[1]就已开始，而作为一种词学风格范畴则滥觞于明代张綖《诗余图谱》，张綖本人认为"大约词体以婉约为正"，豪放词"虽极天下之工，要非本色。"[2]自此以后，婉约与豪放之争论便不休不止。主婉约者大有人在，如明人徐师曾，清人戈载等。然而，对"婉约为正"不满者也不乏其人，他们虽主张"豪放、婉约不可偏废"，但实际上是欲抑婉扬豪，如清代田同之云："填词亦各见其性情，性情豪放者，强作婉约语，毕竟豪气未除；性情婉约者，强作豪放语，不觉婉态自露。故婉约自是本色，豪放亦未尝非本色也。"[3]叶申芗的观点与田同之相似，他认为红牙和铁板不必计较，二者都是"按谱填腔而已"。他多次表示豪放、婉约可以并行不悖，"铁板高唱，红牙低按，佳话分擅词场"（《满庭芳·自题词存》），高唱大江东去，低吟晓风残月，都可以成为词坛佳话，两种风格不分高下。他也表示苏辛、秦柳均可为师，"且许作词颠，任学他、苏辛周柳"（《蓦山溪·自题庚午雅集新图》）。当然，如果情深意重，不学苏辛、不学秦柳也是可以的，《小庚词存题辞》说："不学苏辛不秦柳，成家何处问传新。"

甚至，只要把握住词言情之旨，是否为绮语也并不十分重要，因为"癖虽在，语非绮"，痴情所往，"语绮"也是"非绮"。虽然叶申芗主张尽量不作绮语，"且喜拈来无绮语，差慰平生"，但他也承认绮语并非完全不可作。其《蓦山溪》词小序云："前在虎林与石敦夫论词，以拙作学苏、辛，多豪语。仆谓苏辛亦有艳体，非不能也。时值冬令，戏填两

1　（宋）陈师道：《后山诗话》，《历代诗话》本，北京：中华书局1983年版，第309页。

2　（明）张綖：《诗余图谱序》，《诗余图谱》，明末毛氏汲古阁刻词苑英华本。

3　（清）田同之：《西圃词说》，唐圭璋编：《词话丛编》，北京：中华书局2012年版，第1455页。

阕示之，兹检得旧稿补录于此。"苏辛二人学际天人、忠君爱国，词作豪迈、悲壮，但是集中仍有一些香艳之作，如"冰肌玉骨，自清凉无汗。水殿风来暗香满。绣帘开、一点明月窥人，人未寝，欹枕钗横鬓乱"（苏轼《洞仙歌》），"涂香莫惜莲承步，长愁罗袜凌波去"（苏轼《菩萨蛮·咏足》），"小小华年才月半。罗幕春风，幸自无人见。刚道羞郎低粉面。傍人瞥见回娇盼"（辛弃疾《蝶恋花·席上赠杨济翁侍儿》）等。况且，叶氏所集词之本事也多为丽语，《本事词自序》言："凡兹丽制，问何事以干卿。偶辑艳闻，正钟情之在我。盥薇细读，雅宜当花天酒地之时。搦管亲裁，疑若在倚翠偎红之际。仆也颠比柘枝，痴同竹屋。辟既耽乎绮语，赋更慕乎闲情。"[1]可见，豪言壮语可作，香艳绮语也是可作的，只是他非不能也，而是不为也、不多为也。其实，叶申芗词集中也有少数绮语艳情之作，如其《临江仙》（十载江湖常载酒）一词"温润软款，又何尝不是'绮语'呢？"[2]正因如此，其同乡后辈词论家谢章铤言叶申芗作艳情词虽比不上彭孙遹，但也成就不小，"艳情当家，虽未比芳彭十，庾公南楼，亦兴复不浅矣。"又谓"然则小庾何尝不步韩偓之尘而作广平之赋乎？"[3]

绮语虽可作，但是作绮语也是有要求的，作绮语应当情意绵绵，绮语亦情语。正如叶申芗的友人张岳崧序其《天籁轩词谱》云："尝谓此事为诗人余绪，其粗似俚，其艳类俳，然言情最挚，托兴尤深。昔晏小山梦魂惯得无拘检，又踏杨花过谢桥，至为伊川子所赏，不虚也。"[4]晏几道的这两句出自其《鹧鸪天》（小令尊前见玉箫），词句何等艳丽，却又何等深情：夜色迷蒙，词人的梦魂穿过月色，踏着满地杨花，走过谢桥，去与意中人相会。这两句意味深长，缥缈迷离的梦境与歌酒相欢的现实相似，而梦魂的自由无拘与现实的迢遥无奈却了不相干。末句"又"字，用意尤深，赴宴时踏杨花过谢桥的是现实中的词人，再来却只是梦魂了。这两句词意生新，情韵绝佳。晏几道的痴情正是叶申芗和其志同道合的友人所欣赏的，叶申芗本人也十分重视情感之"痴"以及痴情的表达，"对酒醉花枝。此情痴未痴"（《菩萨蛮》好花开处原非易），一往情深，何其执着深沉。

最后，所言之"情"并不局限于哀情，乐情、怡情也是"情"之一端。因为"文非一致，绪亦多端"（《本事词自序》），情感也是复杂多样的。虽然"愁苦之言易好"，言愁写哀容易感人，容易深沉，容易写出好佳词妙语，但是喜乐是人生的一端，也应成为诗词表现的主旨。叶申芗的词情观中一个重要的特点是重视词的怡情之用。其实，词本是曲子，是市民大众和文人士大夫用以怡情之体，具有娱乐功能。只不过曲子词不断脱离市民阶层，日益成为官僚士大夫用以抒发自己的人生感悟与生命体验的工具，词也就成为词人

---

1 （清）叶申芗：《本事词自序》，《本事词》，唐圭璋编《词话丛编》，第 2295 页。

2 陈庆元：《诗词研究论集》，成都：巴蜀书社 1998 年版，第 253 页。

3 （清）谢章铤：《赌棋山庄词话》卷四，刘荣平校注：《赌棋山庄词话校注》，第 97 页。

4 （清）张岳崧：《天籁轩词谱序》，叶申芗《天籁轩词谱》，民国三年扫叶山房版。

自我抒情的载体。到清代时，词人或以词来追求审美理想，或以词来抒情言志，以词来怡情、自适的较少。叶申芗的这一词情观与诗歌中"愁苦之言易好"的观点不同，而与浙西词派"词则宜于宴嬉逸乐"的观点有相通之处。叶氏用词来记载自己的怡然生活、心态，自言："怡情处，花天酒好，随意谱宫商。"（《满庭芳·自题词存》）无聊寂寞、寒暑难捱之时，填词也成了其消遣的工具，"宦游倦，聊藉填词消遣。"（《摸鱼儿·和石敦夫司马见题词存》）"蓬窗兀坐、何为悦。检巾箱，重商旧稿、添编新阕。"（《金缕曲·桐江书怀》）"赔我三章金缕曲，快读藉消寒昼。"（《金缕曲·重葺寄巢初成适李梦韶观察寄新词，走笔和答》）他的朋友顾莼说他"琴堂多暇，恒以吟咏自适"（《天籁轩词谱序》），平时一咏词来自得其乐。他还自建怡园，玩物适情，寄之吟咏，创作了《寄园百咏》，"未能协律，以自怡尔。"（《寄园百咏·小序》）。这种自我怡情的观点颇有古代文人随性自适的特性。

三、清疏悲旷的创作风貌

叶申芗大概十五岁左右开始填词，可惜那时的词作并未保存下来。现存最早的词是集中第一首《念奴娇·东坡先生生日集何氏红园》，此时他二十六岁。自那以后，一直到晚年他都没有停止作词。纵观他的词作创作历程，大概可以分为三个阶段。第一阶段是中科举散馆之前，即从二十六岁到三十二岁，此时的作品主要内容包括两大方面：一为赶考途中的艰辛，包括三次春闱的经历，特别是前两次科考败北的失意。二为诗酒风流的生活，"与里中诸君子寻文酒之欢"（梁章钜《书重摹庚午雅集图后》）。第二个时期是为官云南十七年，家居三年，为官浙江四年时期，即从三十三岁到五十六岁。这一时期的主要内容是云南生活的百般体验，尤其充满了一种沦落之感，此外还有对自然山水的吟咏。第三个时期从道光十六年赴任河南府知府兼护河陕汝道开始，到他去世。这一时期词作的主要内容是心境的平和与悠闲的生活。以上是叶申芗人生的大致历程，也是其词的大致创作历程，但是整体来说，叶申芗词的情感内涵、艺术特色、风格特点都有其独特之处。

（一）沦落之感与旷达之性

细品叶申芗所有的词作，其中最动人的还是云南为官时期的词，而最突出的情感内涵是充满天涯沦落之感。"天涯沦落"来自白居易《琵琶行》诗句"同是天涯沦落人，相逢何必曾相识"，指遭遇不幸，流落在外。更具体来说，应是指政治仕途不得意，身世飘零凄苦。叶申芗科举之后为庶吉士，散馆后却改为知县，并且还是离京城十分偏远的云南小县，这对他是十分大的打击。心理上很容易产生与"江州司马"白居易被贬谪浔阳之时相似的沉沉流落之感。他的友人固始吴俊民也看出了叶词的这一情感倾向，说："滇海展云程，仙昌频赓，江州司马最多情。此去鉴湖山色好，酒国词人。"（《小庚词存题辞》）石同福也指出叶申芗"不为天涯感沦落，青衫一样泪阑干。"（《小庚词存题辞》）白居易被贬九江，见歌女而生漂泊孤零之感，叶申芗为官荒僻的云南小县，与白居易一样易生漂泊落魄之感、思乡悲戚之念，他自言"我亦青衫司马，重题处、也为魂销"（《满庭芳·浔阳琵琶图》），常常感叹"远宦万余里，落拓寄南荒"（《水调歌头·癸酉送同年戴春溪舍人差旋》）。又如其词《烛影摇红·戊子初度登黄鹤楼》：

> 辽鹤重来，驹阴瞬届知非岁。世人几辈得神仙，此语原游戏。百尺危栏遍倚。念蓬飘、谁时暂止？乡关何处，望极南天，万重烟水。　仙枣亭前，道人指说新栽是。浮生半百尚蹉跎，过眼云烟似。白发渐来镜里。笑头颅、依然如此。青衫虽旧，纵听琵琶，几曾湿泪。

此词作于道光八年，此时叶申芗四十九岁，词为滇铜京运途中所作。滇铜京运是清代极为重要的活动，朝廷每年会委任六员京铜官。道光七年，叶申芗以云南昭通府大关同知的身份，负责此次铜运。他当年春天从云南出发，经四川、湖北、江西、安徽、江苏、山东、直隶等省，一共历时两年，道光九年春才入京。叶申芗负责丁亥铜运，行进到湖北时，正值他的生日，于是他有感而发写了此词。上片感叹岁月飞逝，漂泊思乡，下片叹息岁月蹉跎，功业无成。末句"青衫虽旧，纵听琵琶，几曾湿泪"化用白居易《琵琶行》诗句"座中泣下谁最多？江州司马青衫湿"，总结词人的飘零失意之感。

叶申芗中年时期的词中常常出现这种沦落失意之感，比如同作于道光八年的《烛影摇红·由荆江入汉江南望洞庭作》首句便道："浪迹天涯，半生鸿爪纷纷似。"又比如《水龙吟·武昌留别李侪农太守》第一句为："半生落拓天涯，常将刺向怀中灭。"这种失意致使词人对仕途、宦途产生疲惫感、失望感，所以词人词中常言及"游宦""羁旅"等词，如《金缕曲·旅枕闻隔院琵琶》："倦游念我长羁旅。印鸿泥、天涯踏遍，几经辛苦。孤枕寒衾眠未稳，那惯更听弦语。十五载、青衫尘土。潦倒使君痴绝甚，枉替人、把衷情诉。"羁途辛苦、天涯飘零、身世凄迷之情涌上心头、跃然纸上。又比如他的《金缕曲·游宦成羁旅》，词为：

> 游宦成羁旅。问当时、谁人投笔，谁人誓墓？笑我频年牛马走，依旧头颅如许。休更忆、金闺故步。万里携家从薄禄，又那堪、千里抛家苦。离思积，向谁诉？　愁来难觅高阳侣。镇无聊、编篱穿沼，移花栽树。敢学鱼湖同鹿柴，运甓漫消闲绪。但可惜、流年虚度。曾道销魂缘赋别，恨而今、魂也无销处。空怅望，碧云暮。

此词作于道光六年（1826），此时叶申芗四十七岁，正值壮年，然而困顿于蛮荒之地，备尝生活的艰辛。既有万里携家之苦，生活之贫，又有身体之病，还有仕途之舛。由此种种很容易产生对仕宦的怀疑和厌倦。此词自嘲为官无趣，叹年华流逝，功业无成。首句破空而来，开篇明义，说明为官之不快。接着以问句说自己为游宦所羁累，既不能赴身以求仁（投笔），也不能遗世而独立（誓墓）。接下来以"笑"字自嘲为官途所累，如行尸走肉。

由对现状的不满，更后悔此前的种种抉择，万里携家只求得一份微薄的官禄。而不止薄禄之难堪，千里抛家，其苦更甚。上片以游宦羁旅生愁为起，以离思谁诉作结。下片则承上抒写愁思难诉、去愁无方之种种烦恼。起首这几句一气贯穿，将去愁之种种设想一一道来。先是寻觅酒友（高阳侣），借酒浇愁，但酒友难觅。无聊之间，"编篱穿沼，移花栽树"，欲以悠闲的田家生活解闷。又言自己不敢学王维的悠闲，而更愿像陶侃那样借"运甓"自励，聊以消解闲来情绪。"但可惜"虚度了年华。不仅前说种种"漫消闲绪"之不可得，在词人看来，甚至连黯然销魂之"赋别"也不可得。江淹《别赋》曾言："黯然销魂者，惟别而已矣！"但在叶申芗笔下，游宦生涯连魂也无处可销，真是无味之极，无聊之极。由官宦之无味无聊所生之种种愁绪既不可解、不能除，无奈之中，惟有"空怅望，碧云暮"而已。此词"词风疏朗真率，得稼轩之一体。"[1]

面对这种沉沦、羁宦之感，叶申芗也不是一味地自伤自哀，他生性通脱豁达，因此词中也常以旷达的态度面对人生的种种苦闷。如《南楼令·漫歌》："春水曲尘波。春声入棹歌。好光阴忍虚过。老去闲情频对酒，赢得是，醉颜酡。　往事说东坡。惊心春梦婆。问玉堂、茅舍如何。尘世但逢开口笑，荣与辱，尽由他。"此词作于道光十二年（1832），此时词人五十三岁。词中刻画出一位旷达乐观、荣辱不惊的达者形象。上片前两句写出了春光的明媚、灿烂，因此紧接着发出"好光阴、争忍虚过"的感想，表示不能辜负美好时光。那么，如何才能不辜负好光阴呢？末句即表明自己应乐天知命，闲情对酒，以酒释怀。下片首两句以东坡的典故自勉，"春梦婆"典出《侯鲭录》[2]，比喻好景不长、人生如梦。正因人生如梦如幻，因而"问玉堂、茅舍如何"，富贵与贫贱又如何呢？身处尘世，能做的就只有开怀大笑，荣辱都是一场空、都不重要，都不必戚戚于怀。显然这是一位参透荣辱、勘破人生的达者之言。

（二）清疏之气与率直之质

《续修四库全书总目提要》对叶申芗词不甚青睐，以为"其词浅薄，殊不足称"[3]。此论不免有苛求之嫌。诚然，叶申芗词词意不深，词味不厚，但其深于言情，长于白描，不为绮靡之语，尚真率之辞，求疏畅之句，谓之清疏可以，谓之浅薄则似不妥。

具体来说，叶申芗词的"清疏"首先表现在其词充斥着一股清气，意象清寂，意境清幽，心境清寒。叶申芗多采用"寒""冷"等字眼，"霜""烟"等意象。他笔下的自然景物不具有明媚生动清亮的色彩，而呈现一种寒冷寂静幽暗的色调。如"寒已敝裘侵透，

---

1 钱仲联撰写：《元明清词鉴赏辞典：新一版》，上海：上海辞书出版社 2017 年版，第 1048 页。

2 《侯鲭录》："东坡在昌化，负大瓢行歌田间。老姥绩谓曰：'内翰昔时富贵，一场春梦。'东坡然之。里人因呼为春梦婆。"赵令时：《侯鲭录》，北京：中华书局 1985 年版。

3 《小庚词存四卷提要》，傅璇琮主编：《续修四库全书总目提要 集部》，上海：上海古籍出版社 2014 年版。

难禁是、酒醒更阑"（《满庭芳·嘉兴遇雪迟同伴不至》），"冷月催砧，尖风侵牖，满庭都是秋声"（《声声慢·秋声》），"更深酒醒。愁紫梦惊。拥衾遥伴孤繁。更怕听雁声"（《醉太平》），"霜凝夜深。参横斗倾。车寒拥青绫。听鞭声铎声"（《醉太平·白沟晓发》）等，无不透出一股清冷之气。

即使明丽的景象也会蒙上一层幽暗的面纱，如其《祝英台近》："茜霞明，桃浪妒，寒艳竟如许。"霞、桃本是艳丽之极，但词人却加一"寒"字，自此艳丽之景充满清冷之气。又如《浪淘沙·山行》本来是写秋天的山林，"秋色满天涯。旅兴清佳。篮舆缓缓远山斜。隔岸爽林红不断。"多么明丽的秋色，但是紧接着上片末句"深处人家"，将明丽之景带入朦胧之境。下片的意境就更加幽眇了，"心紧路偏赊。转入幽遐。烟村错落半云遮。牧笛樵歌分队去，暝色归鸦。"心情郁闷偏偏路途又远，接着又转入幽深之路。烟村错落，云雾缭绕，牧笛声声，樵歌阵阵，黄昏夜色中乌鸦归巢。

其次，"清疏"表现在其词重视白描，而不重浓墨重彩的熏染。词人往往眼前所见即为景色，然后再用"粗线条"勾勒出景物的大致轮廓。如写桃源夜行之景"澄江冻月明如画。溯寒潮、稳趁苇帆风骤。樯影动栖鸟，傍几行岸柳。忽听棹歌烟外起，又暗把、旅情勾逗。"（《珍珠帘·桃源夜行》）前两句作面的刻画，但都是白描之笔，写江直言"澄江"，写月明言"冻月"，十分简练，正是大手笔勾勒之处。后两句是作点的描绘，江河月色中点缀"苇帆""樯影"等景色，"栖鸟"句化自王维《鸟鸣涧》诗句"月出惊山鸟"，以及张先《天仙子·水调数声持酒听》词句"云破月来花弄影"，不仅写景如画，而且还能将意境、画面化静为动，增加诗味、诗趣。接下来"傍几行岸柳"一句则是作线的描绘，自此点线面全面结合，构成了一幅清幽山水画。再接着"忽听棹歌烟外起，又暗把、旅情勾逗"，写及听觉，歌声缥缈，远起烟外，不仅使词句得清远之境，而且也由此勾起羁旅归思之情。

最后，"清疏"表现在词中表情达意往往直言其情，不遮遮掩掩、欲吐还休，充满率直之气。词人很喜欢用"寒拥青绫"的动作。"青绫"原是指青绫被，是官阶的象征，"寒拥青绫"这一动作本身就表明了词人对于仕途的态度。如"青绫被，红绫饼，更休提。脚靴手版，未卜何息尘机。"（《水调歌头辛巳初度题龄南驿壁》）"频搔首、青绫寒拥，强吟闷句。"（《永遇乐秋夜不寐》）"游宦更误。念孤负、香衾无数。"（《解语花晓行》）这些词句无一不表现游宦的苦与闷。

叶申芗词中不仅直言其情，而且直发议论，这更能表现出一种舒畅之气。如《摸鱼儿·东阿阻雪》：

最无端、昨宵风雨。偏将寒月吹去。轮蹄历碌刚过半，喜把来程暗数。翻又住。算难事、人生难莫如行路。问天不语。更费尽工夫，装成玉戏，六出舞飞絮。　男儿志，堪笑儒冠多误。

浮名肯把人妒。酒阑欲拟鹪鹩赋。多少壮怀谁诉。拌醉舞，从吾愿，此身愿化陶家土。休论甘苦。但块垒须浇，醉乡频到，此外少佳趣。

此词大约作于由翰林出为外县官，词人把仕途之难比作行路之难，感慨大志难酬，壮怀无处可诉，不得已以浇块垒于醉乡作结。词一起首就开始发议论，"最无端"三字直言风雨无端端地到来。接着叙事，言风雨遮月，岁月之轮驶过，本来还乡有望，却又被风雨阻挡。之后又开始议论感叹人生行路难，"算难事、人生难莫如行路"。接着开始叙事写景，写漫天飞雪飘舞，阻挡去路。下片第一句又开始大发议论，"男儿志，堪笑儒冠多误。浮名肯把人妒"，谓儒冠多耽误男儿志向，浮名多把人妒忌。之后开始叙事抒情，言酒后想写鹪鹩之赋，壮怀难言。"鹪鹩"语出《庄子·逍遥游》："鹪鹩巢于深林，不过一枝。"后以"鹪鹩"比喻欲望不高，悠然自足。之后几句又开始横发议论，"愿""休""但"等表明词人不论甘苦，只愿自得自在，饮酒作乐。

（三）"高度""重度"的欠缺——与苏辛词比较

虽然前文已经论述了叶申芗小庚词的情感内涵与艺术风貌，也肯定了其词的艺术成就，但是若将其词置于历史的长河之中，与同属豪放派的超一流的苏辛词比较，仍能见出其词艺术成就上的某些不足。

"豪放者欲其气象恢弘。"豪放词的一大基本要素是气势宏大，气象壮大，同时又具有高旷之气。叶申芗词具有"大"的特点，也具有"旷"之特性，但是与苏轼、辛弃疾词相比，其思想情感的高度显然不够。叶词也多有体悟人生之感，但生于封建社会晚期，面对几千年的历史文化积淀，他的人生之感似乎并无多少新意，出现人云亦云的话头，以及类型化的伤逝感叹。比如："男儿志，堪笔儒冠多误"（《摸鱼儿·东阿阻雪》），这其实就是古代士人常言及的"儒冠多误身"。他经常在词中念叨要及时行乐，及时饮酒，"人生行乐，及时宜自留意"（《念奴娇·狂歌》），"软红频踏，故态尚疏狂，杯在手。笑开口。莫负尊中酒"（《蓦山溪·自题庚午雅集新图》）等。他也时常感叹时光飞逝，并喜欢用"白驹过隙"一典，如"笑奔波。忽平头四十，历碌隙驹过"（《一萼红·己卯四十初度》），"聚与散，如萍迹。往复返，真驹昔"（《满江红·九日出都留别杨蓉峰前辈李兰卿舍人》），"辽鹤重来，驹阴瞬届知非岁"（《烛影摇红·戊子初度登黄鹤楼》）等，不免有些老生常谈。而苏轼词的人生体悟则十分深刻，包揽宇宙、洞悉世事。比如著名的《卜算子·缺月挂疏桐》，此词乃苏轼贬谪黄州寓居定惠院时所作。刻画一位孤寂的幽人形象，但是这位幽人"拣尽寒枝不肯栖，寂寞沙洲冷"。这首词通过鸿的孤独缥缈、惊起回头、怀抱幽恨和寻求宿处，表达了词人贬谪黄州时期的孤寂处境和高洁自许、不愿随波逐流的心境，词的境界"寓意高远"，诚如黄庭坚所说："语意高妙，似非吃烟火食人语，非胸中有万卷书，笔下无一点尘俗气，孰能至此！"[1] 这样的思想境界确是一般人所难以企及。

叶申芗词"高度"缺乏还表现在情感的质直，缺少情感理性的纠结、矛盾。直率虽可形成词之气势，但过于直率，则缺少浓厚的诗味，也缺乏对立统一带来的辩证性的高度。比如《永遇乐·秋夜不寐》："漫思量、酒徒狂态，而今鬓影如许。"《蓦山溪·自题庚午雅集新图》："头颅依旧。廿载重回首。着破此青衫，滞滇云、浮堪最久。软红频踏，故态尚疏狂。"基本都是平铺直叙、直抒其意。又如《念奴娇·狂歌》："曲生知己，笑凭伊、饶尽胸中块垒。云梦真堪吞八九，何物还能芥蒂。曼倩诙谐。幼舆任达，甚矣吾狂矣。人生行乐，及时宜自留意。 也解筵畔评花，尊前顾曲。学作逢场戏。但得百年开口笑，此外不知余事。白眼闲看，素心谁是，阅尽人间世。唾壶敲缺，短歌无复宫徵。"词名"狂歌"，词意甚狂，果然"甚矣吾狂矣"，"笑""真堪""宜""但得""此外"等字眼将狂态表露无遗。然而狂则狂矣，词的深意则不足。苏轼的词则有挣扎，有纠结，有困顿，也有透悟，层次性更强，思想高度更高。以其名篇《水调歌头·明月几时有》"我欲乘风归去，又恐琼楼玉宇，高处不胜寒"句为例，人世间有诸多的不称心、不如意，词人本想摆脱这烦恼人世，到琼楼玉宇中去过逍遥自在的神仙生活。旋即词人又有所顾虑，天上的"琼楼玉宇"虽然富丽堂皇，美好非凡，但那里高寒难耐，不可久居。这一正一反，一伸一缩，写出词人既留恋人间又向往天上的矛盾心理。这种矛盾更深刻地表明词人留恋人世、热爱生活，显示了他开阔的心胸与超远的志向。如果缺乏这种矛盾，词就无法深刻地表现出词人的情感、心胸与志向。

豪放词不仅豪迈阔大，具有高旷之气，而且悲慨雄壮，沉郁之情力透纸背。叶申芗词具有"悲"之特性，也具有"壮"之特征，但是与辛弃疾、苏轼词相比，他的词中的一些情感有消极的成分，有世俗化的成分，在他的词中几乎看不出词人一种独特的、伟岸的人格，感受不到其悲壮的人格力量，也就是说其词的"重度"不够。《解语花·晓行》下片："试问为何羁旅。被名缰利锁，勾引如许。不辞辛苦。奔波状、历碌那论寒暑。宦游更误。念孤负、香衾无数。算几人、暖阁黄绸，高卧听衙鼓。"词写羁旅之苦，但除此之外我们透过词作看不到词人的精神品质。而辛弃疾的词贯穿始终的是一种不得重用的气愤，涌现出的是忠君爱国的伟大情操。如其《八声甘州·夜读李广传，不能寐，因念晁楚老、杨民瞻约同居山间，戏用李广事，赋以寄之》"故将军饮罢夜归来，长亭解雕鞍。恨灞陵醉尉，匆匆未识，桃李无言。射虎山横一骑，裂石响惊弦。落魄封侯事，岁晚田园。 谁向桑麻杜曲，要短衣匹马，移住南山。看风流慷慨，谈笑过残年。汉开边，功名万里，甚当时健者也曾闲。纱窗外斜风细雨，一障轻寒。"辛弃疾二十三岁即起兵抗金，南归以后所到之处也多有建树。但因为人刚正不阿，不仅未能实现恢复中原的理想，而且还被诬以种种罪名，

---

1 （宋）黄庭坚：《跋东坡乐府》，金启华：《唐宋词集序跋汇编》，第29页。

在壮盛之年削除了官职。他的这种遭遇，极似汉时名将李广。这首词即借李广功高反黜的不平遭遇，抒发作者遭谗被废的悲愤心情。辛弃疾在词题中说"夜读《李广传》，不能寐"，可见他当时的情绪是非常激动的。后边说"戏用李广事"，则不过是寓庄于谐的说法罢了。本词上阕寥寥数语，约略叙述了李广的事迹。李广劳苦而不得功勋，英勇而反遭罢黜，着实令人气愤。词的下片转而专写词人自己的感慨。前三句化用杜甫《曲江》诗句，盛赞晁、杨不以穷达异交的高风，与开头所写霸陵呵夜事形成鲜明的对照。"看风流"一语，上应"落魄封侯事，岁晚田园"句，表现了作者宠辱不惊、无所悔恨的坚强自信。"汉开边"一句，借汉言宋，感慨极深沉，讽刺极强烈。同情李广的遭遇，实则是痛恨朝政腐败，进奸佞而逐贤良，深恐国势更趋衰弱。作者遭到罢黜，乃因群小谗毁所致，故用"纱窗外、斜风细雨，一阵轻寒"之景作结，隐喻此辈之阴险和卑劣。词中我们可以看到词人深沉的情感，不屈的人格，如此之词才具有深切的、感人的力量。苏轼的词中我们也可以看到词人的精神气质，看到他悲慨无奈之后的旷达。不管是"归去，也无风雨也无晴"（《定风波·莫听穿林打叶声》），还是"拣尽寒枝不肯栖，寂寞沙洲冷"（《卜算子·缺月挂疏桐》），抑或是"夜阑风静縠纹平。小舟从此逝，江海寄余生"（《临江仙·夜归临皋》），都有着一种令人肃然起敬的人格力量，而这正是叶申芗词所缺乏的。

第二节 林则徐：词学稼轩

闽籍词人叶申芗的词仍只关涉个人的天涯沦落之情，而稍后的闽籍词人林则徐则站位更高、眼界更广，他的词突破了个人的情绪，表现出鸦片战争的历史，以及词人对国家、民族、人民的深沉情感，有"词史"之称。林则徐本人可谓是嘉道年间最早践行"词史"观念的词人之一。而且，林则徐在叶申芗偏爱苏辛词的基础上，更加热爱稼轩词，词作风格更加豪放。林则徐本人可谓是嘉道年间积极宣扬"稼轩风"的词人之一。

一、鸦片战争的全景展现

林则徐的词目前仅见 12 首，数量极少，但作为晚清的钦差大臣，林则徐能作词便已起到引领、表率作用，无形之中抬高了词体。况且，他的词具有一定的词史意义，他是最早践履周济"词史"理论的词人之一。

从林则徐词的编年可以看出，他的词基本作于道光十年（1830）到道光二十三年（1843）

之间，而他具有"词史"性质的词基本都作于鸦片战争前后，也即道光二十年（1840）左右。此时浙西后裔郭麐、杨夔生等仍秉持袁枚的"性灵"之说，词笔极少涉及时事。另一些浙西词人则仍步朱彝尊、厉鹗的老路，字雕句琢，关涉词中文字技巧，发"空中语"。常州词派中期虽然"词史"理论已产生，也发出深沉的哀世之音，但不管是周济，还是董士锡、宋翔凤等，仍较多关涉自身多舛的命运，词史理论先行，词史创作并未完全跟上理论。而吴中词派的戈载等则热衷于声律，填词谨守谱律。究其原因，当时社会虽有不少骚乱，但几乎都在中国的边远之地，整个社会总体上仍比较安定。况且康乾盛世刚过去不久，这些词人未能深切经历动乱。尤其是富庶的东南地区，东南词人深处其中，一方面享受着较为殷实的物质生活，未受到任何变乱冲击；另一方面东南作为词学渊薮之地，这里的词人深受传统词学思想的束缚，或仍困于为小道的观念，或遵从词为"空中语"的思想，或醉心于词的音乐性、声律性，或完全拘束于"词缘情绮靡"的观点，只以词书写个人情意。因此，词人的笔下虽然多有风雨欲来的阴郁之感，却少有直接反映社会时事政治内涵的作品。直到咸同兵乱，东南之地战火纷飞之时，那些直面社会人生的词作才大量涌现。然而，与这些同时期东南之地的普通文士不同，林则徐、邓廷桢等作为封疆大吏，位高权重，视野宏阔，经世思想强烈，阅历丰富，又亲身经历虎门销烟、鸦片战争等标志性事件，因此能率先创作出具有真正意义上的"词史"之作。

林则徐的词感情充沛，基调激越，风格与豪放派词人相近。他的词总数虽少，与邓氏唱和之作就占了三分之一。其词大都与时事相关，以词记录重大史事。如作于道光十九年（1839）二月的《高阳台·和嶰筠前辈韵》：

玉粟收余罂粟一名苍玉粟，金丝种后吕宋烟草曰金丝醺，蕃航别有蛮烟。双管横陈，何人对拥无眠？不知呼吸成滋味，爱挑灯，夜永如年。最堪怜，是一丸泥，捐万缗钱。　春雷歘破零丁穴，笑蜃楼气尽，无复灰然。沙角台高，乱帆收向天边。浮槎漫许陪霓节，看澄波、似镜长圆。更应传、绝岛重洋，取次回舷。[1]

鸦片唐时传入中国，初为医家之方，并无人吸食鸦片烟。明时中国人开始抽鸦片烟，其时人数较少，朝廷也没有禁烟。清朝雍正年间开始禁食鸦片，但并没有真正禁止。道光年间，抽食鸦片的人越来越多，英帝国主义又大量将鸦片销往中国，于是朝廷开始明令禁止抽鸦片，先派林则徐去湖北烧毁过一次鸦片烟。其后道光帝命林则徐为钦差大臣，到广州查禁鸦片烟。这首词就反映了中国近代史上的重大事件——鸦片战争，表明词人查禁鸦片、抗英御侮、反对投降的政治态度和战斗决心，表现出词人强烈的民族意识和爱国精神。全词融叙事、抒情与议论于一炉，气势宏壮，风格沉雄悲壮。

1　林则徐全集编辑委员会编：《林则徐全集 第六册 诗词卷》，福州：海峡文艺出版社2002年版，第3161页。

词的上片写鸦片对个人和民族的危害，说明查禁鸦片的必要性。开头两句点出鸦片的来路，"玉粟""金丝"表明鸦片是由罂粟、烟草制成，"蕃航"表明鸦片烟是从外国贩运到我国，"蛮烟"表明词人对鸦片的一种厌弃，对英帝国主义者无视中国禁烟禁令，无视中国主权，通过航运输入鸦片的愤慨。接着词人便从百姓的身体和精神两个方面，写鸦片给中国人民带来的严重危害。"双管"二句形象地写出了抽吸鸦片时的情状。"何人"写明吸毒者人数不少，鸦片危害很广。"无眠"点出鸦片给吸毒者带来的身体上、精神上的危害。"不知"一句写吸食者不知不觉吸上瘾，深夜抽烟，以至日夜颠倒，浑浑噩噩，最终沦为废物。之后，词人从物质方面讲鸦片对国人、民族的戕害。吸食者如此沉迷烟毒，体质必然遽然衰弱，哪能富国强兵？不仅如此，"一丸泥"竟"捐万缗钱"，这"一"与"万"是多与少的数量对比，"泥"与"钱"是劣与优的质量对比。一经这强烈的对比，更加触目惊心！英帝国主义者的狠毒、卑劣，实在令人气愤。"词的上片，可以说句句饱含着无穷的悲愤与血泪，那种对敌人的激愤之情与雪耻消恨的急切之情亦跃然纸上，感情表达含蓄有致，深沉动人。"[1]

词的上片写鸦片烟的危害，下片就不得不写禁烟，写与英帝国主义的抗争。语气由气愤喟叹转为高亢雄壮，表现出词人抗敌御侮的昂扬斗志。"春雷欻破"指抗击英帝国主义的斗争如一声春雷般响亮，而英帝国主义其实外强中干，如海市蜃楼一般一捅就破，死灰难复燃。"笑"字表明词人的自信，以及对敌人的鄙视。正因如此，敌人收帆天边，纷纷投降。"沙角"二句写我军炮火猛烈轰击，英国战舰仓皇而逃。这次战斗给了词人绝对的信心，他相信只要可以守住海防，就可以让我国"似镜长圆"，金瓯无缺，也就不需要派使臣远渡重洋去和英国谈判。这表现出林则徐作为钦差大臣的见识与谋略。不过虽然我朝初战告捷，但仍不可掉以轻心，必须严阵以待，以防敌人"取次回舷"、卷土重来。这又显示出林则徐作为主帅的高瞻远瞩和雄才大略。全词十分昂扬，具有震撼人心、鼓舞斗志的力量，充满爱国主义的豪情壮志。

鸦片战争之后，林则徐还用词回忆了自己的战斗经过、心路历程，他的《买陂塘·癸卯闰七月》作于道光二十三年（1843）闰七月初七日，此时词人被发配伊犁，与同在伊犁的邓廷桢往来唱和。词为：

记前番、明河如练，一双星影才渡。去回真算天孙巧，不待隔年来聚。谁作主？任月帐云屏，再绾同心缕。乌尼解事，看两度殷勤，毛衣秃尽，填出旧时路。　含情处。脉脉一襟风露。天涯桄触离绪。追欢早把芳时误。此夕匏瓜如故。愁莫诉！怕再上、针楼又被黄姑妒。何时归去？盼白鹤重来，玉笙吹破，或与子乔遇。

1　钟振振主编：《金元明清词鉴赏辞典》，北京：商务印书馆 2019 年版，第 1331 页。

经过鸦片战争，道光帝惧于英帝国威势，轻信投降派贵族官僚的谗言，将积极禁烟、备战抗英的邓廷桢（嶰筠）充军伊犁，后来又将林则徐发配伊犁。邓、林二人在伊犁边疆相聚，两个品德高洁的"秀绝紫芝眉宇"，把酒言欢，酣畅淋漓，回忆当年一起为官，一起抗英，如今边塞相聚，感慨"如今的朝廷是什么朝代"？忘却前忧，不问时政，堪称"三百年来无此乐"（《百字令·吴门高会》）。但是词人真的会乘白鹤归去吗？显然不会，词人的凛然大义、民族责任感，致使他只要有机会，仍不会顾及个人恩怨，仍会怀抱报国之志，赴汤蹈火，在所不辞。

二、师法稼轩，情格兼重

从词史角度来说，且逢民族危亡之际，爱国词人辛弃疾的"稼轩风"必定会得以强势回归。"稼轩风"在清初就得以高扬，曹尔堪、王士禄等人的广陵唱和即模拟稼轩词风，陈维崧的阳羡词派也是词学豪放派，其后周在浚等人的秋水轩唱和更是将"稼轩风"推向高潮。而当清廷统治趋于稳定之时，"慷慨纵横，有不可一世之概"（《四库全书总目提要》）的辛弃疾词并不适合盛世，"稼轩风"由此沉寂下来。时至嘉道之际，国家出现种种危机，有识之士又拈出稼轩词以唤醒人们对家国、人生的关注。此时闽词代表叶申芗作词即偏爱苏辛之风，常州词派周济也高举稼轩词，"进之以稼轩，感慨时事，系怀君国，而后体尊"[1]。林则徐生长于嘉道年间，他以其酷似稼轩的词格、词风而闻名，顺应了"稼轩风"在嘉道年间的回归趋势。

虽然林则徐践行了晚清常州词派周济的"词史"理论，但是写法上不同于周济的"心史"寄托法。周济主张寄托，采取一种寄寓式的方式来表现当代之史。他所认可的对"史"的写法是建立在"低徊要眇以喻其致"的常州词学思想的基础之上的，强调感慨寄托，他要求"见事多"而"识理透"，"在词作中表达作者经历了盛衰后的由衷之言"[2]，这其实是更突出了"心史"功能。这样的词虽有豪壮之处，但更多是幽微深渺的。所以虽然周济推举辛弃疾为宋四家之一，但《宋四家词选》中所选的辛词较多是如《摸鱼儿·更能消几番风雨》一类有寓意之作。与周济相比，林则徐的"词史"之词更强调"纪事"功能，更注重借鉴杜甫"诗史"传统。从词史来看，其实这更近似于清初陈维崧、吴伟业等人的词，但由于清初酷烈的政治环境，清初词人词作中的"词史"是隐曲、婉转的，内容也较为空泛。而林则徐的词史则直言其事，风格上更接近辛弃疾那些直言其事之词。如作于道光十九年（1839）八月二十六日的《月华清·和邓嶰筠尚书沙角眺月原韵》一词：

穴底龙眠，沙头鸥静，镜奁开出云际。万里晴同，独喜素娥来此。认前身，金粟飘香。

1　（清）周济《宋四家词筏序》，（清）周济著，段晓华辑校：《周济词集辑校》，上海：华东师范大学出版社 2016 年版，第 154 页。

2　莫崇毅：《读者之心：论周济"词史"思想在清季的实现》，《文学遗产》，2021 年第 3 期。

拼今夕，羽衣扶醉。无事。更凭栏想望，谁家秋思。　忆逐承明队里。正烛撤玉堂，月明珠市。鞚掌星驰，争比软尘风细。问烟楼，撞破何时。怪灯影，照他无睡。宵霁。念高寒玉宇，在长安里。

这首词也与鸦片战争相关。林则徐到广州禁烟取得了很好的效果，但是英国人不肯妥协。道光十九年 (1839) 七月，英国水兵在九龙尖沙咀村醉酒闹事，打死村民林维喜。林则徐要求英国商务总监义律交出凶手，义律却轻判水兵，袒护英军，而且开了一大批军舰攻打九龙。当时林则徐、邓廷桢以及水师提督关天培，他们三人联合在九龙防守。第一次（七月份）军舰进攻的时候，他们打败了英舰获得胜利。到了八月中秋，邓廷桢写了一首词，林则徐和他写了这首词。

词的上片表现水师胜利的情形和心情。林则徐曾在广州附近的龙穴山和英军作过战，而如今战争已过，英国的军舰已退去，所以说"穴底龙眠"。接着词人登上沙角最高的望台，看到水面上很平静，月色正好。英国军舰已退，词人心情愉快，所以说"万里晴同，独喜素娥来此"。之后赞美邓廷桢，夸赞他的前身是金粟如来，因为水师的胜利有邓廷桢的功劳。今日胜利可喜应庆贺，所以更应"羽衣扶醉"大醉一场。词的下片则对鸦片战争、对国家的前途充满忧虑。写夜色渐晚，月色迷人，但"争比软尘风细"，却无人赏月，大家躲在家里吸食鸦片。见此情景，词人忧虑重重，我们虽然暂时销毁了鸦片，战胜了英国军舰一次，但是能否真正彻底消灭鸦片呢？躺在烟楼里抽鸦片烟的老百姓什么时候才能梦醒？今晚虽然万里无云，可是我们国家的未来在哪里？真正禁烟的结果又怎样呢？这不能指望我林则徐，也不能指望你邓廷桢，而要看整个朝廷的决心和能力啊。

林则徐正是以这样的大手笔来写鸦片战争，既表现战争胜利后的喜悦，又担心民族国家的未来，忧心国运、爱国为民，这与辛弃疾有相似之处。词以柔美为主，善于委曲以达情意，而林则徐与辛稼轩一样以卓越绝伦之笔写重大事件，难怪谢章铤誉林文公"其词则与嘉、道间诸大老可以并驾齐驱。"[1]

林则徐词数量虽少，但其独特的创作手法、风格，在词史星河中也应有其光芒。其十二首词中，《贺新郎》《念奴娇》《买陂塘》《百字令》《壶中天》《金缕曲》六首均为题画词。但与一般婉约清雅的题画词不同，林则徐的题画词仍带有豪放派的特点。

从使用的词牌来看，林则徐的题画词几乎全部使用的是豪放词人常用的词牌。比如《贺新郎》，此调多七言句，而"七言纵而畅"，适宜于叙事。辛弃疾十分喜用此调，集中运用此调多达二十四首，最有名的便是他的《贺新郎·别茂嘉十二弟》，后人高度赞扬道：

1　（清）谢章铤《赌棋山庄词话》续编卷二，刘荣平校注：《赌棋山庄词话校注》，厦门：厦门大学出版社 2013 年版，第 282 页。

"沉郁苍凉，跳跃动荡，古今无此笔力。"[1] 又比如《念奴娇》，此调本不限于咏古，自苏轼以之填赤壁怀古，后人遂多以之咏史怀古，声情慷慨激越。又比如林则徐最喜欢用的词调《金缕曲》（集中总共十二首词三用《金缕曲》调），此调始自苏轼，声情同《贺新郎》调。因叶梦得词有"唱金缕"句，名《金缕歌》，又名《金缕曲》，又名《金缕词》。因苏轼词有"乳燕飞华屋"句，名《乳燕飞》，有"晚凉新浴"句，名《贺新凉》，有"风敲竹"句，名《风敲竹》。又因张辑词有"把貂裘、换酒长安市"句，名《貂裘换酒》。此调向来多为豪放派词人所偏爱，清代词人顾贞观的《金缕曲·寄吴汉槎宁古塔，以词代书，时丙辰冬寓京师，千佛寺冰雪中作》慷慨悲壮，影响极大，此调越发受豪放派青睐。

从内容、情感来看，林则徐的题画词仍然属于豪放一派。他填画词的内涵不同于一般文人的风雅情趣，他擅以"微言"隐喻"大义"，以外物寓含深意，不仅写出物的特性、画的氛围，更展现出其个人的人格意志，以及为国为民的拳拳之情。与豪放派爱国词人一样为民族为人民"呐喊"。如其《贺新郎·题潘星斋画梅团扇顾南雅学士所作也》：

驿使曾来否？正江南小桥晴雪，一枝春透。谁向故国新折取，寄作相思红豆。休错怨丰姿清瘦。数点花疏绕冷韵，待宵阑独鹤来相守。香雪海，漫回首。　合欢扇在君怀袖。最多情团团月明，邀来梅友。不待巡檐频索笑，已共臞仙携手。且漫拟逃禅杨叟。但按醉花阴一阕，问几生修到能消受？纸帐底，梦回后。

此词作于道光十年（1830）夏天，是林则徐词集中现存最早的一首词。此词虽然也是以寒梅喻自己的铮铮傲骨，也写多情明月邀梅友。但是，其中又含有词人更高远的志向与理想：梅花的傲骨是词人的风骨，更应是国人的铁骨，而"邀来梅友"则表示要联合更多仁人志士。真正志同道合的有志之士无需檐前往来逗乐，而应联合起来"臞仙携手"、共挽时局，不仅打赢这场禁烟之战，而且彻底赶走帝国主义者，一起抵外敌、救民生、挽狂澜。这体现了作为政治家的林则徐的决心、勇气、见识，他禁烟之坚毅确如傲骨寒梅，不畏艰难险阻，"苟利国家生死以，岂因祸福避趋之"。

其实从艺术风貌来看，林则徐的题画词仍然属于豪迈疏放一派。他的题画词意境壮阔，景象明朗，语言简练有力，章句如滔滔江水，奔腾向前。如其《壶中天·题伊小沂江阁展书图》：

江天空阔，看江波万顷明月千里。高阁凭栏闲展卷，洗眼几重山水。排闼青山，打头落叶，都入狂吟里。风床独罢，钩帘宿鹭惊起。　最忆文选楼前，平山堂下，少日趋庭地。大块文章凭付与，交遍过江名士。手泽仍留，头衔旧换，仍恋青灯味。广陵官阁，更添多

1　（清）陈廷焯《白雨斋词话》卷一，孙克强主编：《白雨斋词话全编》，北京：中华书局 2013 年版，第 1175 页。

少吟思。

林则徐打破了词以"婉约"为宗的"小道"藩篱。此词作于道光十三年（1833）。词的上片第一句便破空而来，江天无边无际，江波万里、明月千里，多么的壮阔。接着词人高阁凭栏望尽祖国的山山水水。青山、落叶引起"狂吟"，词人孤寂忧虑，鸥鹭惊起，打破沉寂。下片词人想起了文选楼、平山堂的先贤们，追慕他们的文章、道德、功业、风骨以及他们交游的名士。先辈的存迹仍在，官衔也已换，但是仍然留恋清苦的生活。在广陵的官阁里，词人又增添了不少的吟思愁绪。词中展示了一幅月夜倚栏观江的壮观画面，词人要"洗眼"看遍祖国的大好河山，词人热爱祖国的山河，不容许外敌僭越，抒发其"交遍过江名士"，抵御外敌之决心意志。词中的用词也十分豪迈，"万顷""千里""排闼""打头"等具有"大""重""壮"等特点，"都""遍""仍""更"等连接语转折有力，力重千钧，将词人心中为国为民深重的忧思展露无遗。所以林则徐的题画词，表面上是题画描物写景，其实是正人魁士、民族英雄发出的时代救亡之声、民族忧思之吟。

第三节 许赓皞：由姜史而苏辛

许赓皞（1815—1842），字秋史，一字克孳，号萝月，福建瓯宁（今建瓯）人，有《萝月词》二卷。他是晚清闽中词学复兴的先行者，也是闽中词坛创作潮流的引导者，影响闽中词坛创作风气的领袖人物。正如丁绍仪所说："宋时闽中词人辈出，明以来几成绝响。近日始有人习之，省以外，仍寥寥也。独瓯宁许克孳明经（赓皞），酷嗜倚声，所著《萝月山馆词》……于声华歇绝时，独寻坠绪，可谓有志之士。"[1] 闽中词学自叶申芗起便有所发展，其后林则徐偶为之，但都未形成一定的规模，而谢章铤此时又未成名，闽中词学确实是"仍寥寥也""声华歇绝"。许赓皞酷爱填词，创梅崖词社，其词作本身艺术性较强，在振起闽中词学上的确有一定的贡献。可以说他是连接叶申芗与谢章铤的中间桥梁，使得闽中词学具有一定的延续性。

许赓皞不仅在闽中词统上有承上启下的功劳，而且在词风上也有承接过渡的作用。他原本词学浙西词派，作词以白石、玉田为宗，因而填词也十分注重格律，主张严格遵守词

---

1 （清）丁绍仪：《听秋声馆词话》卷十，《词话丛编》，第2695页。

律。填词崇尚炼字，讲究字斟句酌以归于醇雅。然而，他后来结识沈学澜（字梦塘）[1]之后，词作开始悲郁苍凉。细观其词集可知，他并非全然摹习姜张史等南宋清雅派词人，他有不少词作风格也较为豪放大气，多少带有苏辛等豪放词人的面目。

一、姜史继响

许赓皞词学浙西词派，作词以姜白石、张玉田、史梅溪为宗，填词崇尚审音，讲究声调格律。谢章铤回忆道："余二十一岁始学词，其时建宁许秋史赓皞方以词有名于世，秋史兄弟姊妹数人皆能度曲操管弦。……其于词也，盖能推而合之于音律。秋史之言曰'填词宜审音，审音宜认字，先讲反切，则字清。遍习乐器，则音熟。'"[2]其词整体来说是浙西词派一路，热衷写景，柔曼纤靡，"清思丽藻，镂月雕云，即景妍情，体物尽态，品高诣粹，瓣香在邦卿、白石间。"[3]那么，他的词具体是怎样学姜夔、张炎、史达祖的呢？我们通过具体的词作分析与比较来进行说明。

许赓皞词极意学习姜夔、张炎、史达祖等人的词的炼字、造句艺术。张炎、史达祖二人本是炼字炼句高手，史达祖词自来便被予予"梅溪句法"的称誉。张炎《词源·句法》中曾列举史达祖词句"临断岸、新绿生时，是落红、带愁流处"（《绮罗香·咏春雨》），"自怜诗酒瘦，难应接许多春色"（《喜迁莺·月波疑滴》）等，以为"平妥精粹"。而这两句之所以平妥中能精粹，原因就在于炼字，如"新""带""接"等。姜夔也是锤字炼句的高手，白石词便是"用笔精严，有镕锤而无痕迹，如良工刻玉，雕镂极精"[4]。张炎填词造句以磨炼妥当为工，清人曾批评其"专恃磨砻雕琢"[5]。张炎等人推崇梅溪警句，因而浙西词人也多摹习史达祖词，朱彝尊便自言"吾最爱姜史"（《水调歌头·送钮玉樵宰项城》），并重视字面的锤炼，以求"句酌字斟，务归典雅"[6]。如朱彝尊词句"寒雁横天远，江云拥树低"（《风蝶令》），"惯风生衣香，水溅裙褶"（《三姝媚》），前句"拥"既将江云拟人化，又描绘出江边云雾缭绕的风景；后句"惯"字似生拗，细想却有妙处：风吹、水溅也习以为常，可见相思日久日深。所以聂先以为朱彝尊词"句琢字炼，归于醇雅，深得白石、梅溪之精髓。"[7]

与玉田、梅溪等人以及浙西词派精于炼字造句相似，许赓皞也斤斤于词之字句。此处

1　（清）沈学澜"参吾闽志局，时以长短句与学人唱和。然所填不甚流传"，曾作《八美词》。

2　（清）谢章铤：《酒边词后自跋》，《赌棋山庄文集》卷三，陈庆元等编：《谢章铤集》，长春：吉林文史出版社2009年版，第25页。

3　（清）林昌彝：《海天琴思续录》卷四，上海：上海古籍出版社1988年版，第340页。

4　（清）汪森：《与周赞谷》，杨传庆编《词学书札萃编》，天津：南开大学出版社2015年版，第18页。

5　（清）周济：《宋四家词选目录序论》，《宋四家词选》，第3页。

6　（清）查慎行：《曝书亭集序》，朱彝尊《曝书亭全集》，第38页。

7　（清）朱彝尊：《江湖载酒集》，聂先《百名家词钞》，《续修四库全书》第1721册，第269页。

以他最有名的词《蝶恋花·拨闷》为例加以说明，词为：

闷掩兰窗消永昼。小小蛾弯，绿得愁痕皱。人在子规声里瘦。落花几点春寒骤。　　坐拥博山薰翠袖。燕姹莺娇，不管侬偻愁。拍断阑干吟未就。鹦哥惊醒将人咒。

词中子规、落花句最为时人所激赏，谢章铤回忆道："瓯宁许秋史……尝有'人在子规声里瘦。落花几点春寒愁'句，为陆莱庄我嵩、沈梦塘学渊、王友山埒所叹赏，呼为'许子规'。"[1] "许子规"之称号并不局限于友人之间，也流行于福建省内和省外的词人、词论家、学者之间，可以说在全国的词坛有一定的名声。闽侯林昌彝也称赏这两句，评论道："其集中'人在子规声里瘦。落花几点春寒骤'之什，当付小红低唱矣。"[2] 番禺张德瀛也听闻其大名："建安许赓皞子秋史，其词有'人在子规声里瘦'句，人呼为'许子规'。"[3] 这两句的确声律谐和动听，四声分明、抑扬顿挫，交给小红低唱不成问题。而且，此句集听觉、视觉、嗅觉、触觉为一体，内涵丰富、意境幽丽，不愧为名句。其实，不仅这两句，此词整体而言用词独到、用语妥帖、意象清丽、意境优美，是为当行本色之婉约词。尤其是词中妥溜中却有巧思，雕琢自然。上片言清雅的居室中闷绪难消，愁眉不展，子规声声人憔悴，落花几点春寒料峭。下片言室内香薰袅袅，莺莺燕燕只顾自我玩耍不顾及人的惆怅，歌儿未唱完阑干似将要拍断，歌声拍栏杆声将鹦鹉惊醒致使鹦鹉将人诅咒。自此，将人的愁绪表露无遗。其中"燕姹莺娇，不管侬偻愁"句"不管"二字属于无理却妙，莺燕只是鸟儿，本来不管人的偻愁，但燕姹莺娇更显得人的无端无涯的愁闷。"拍断阑干吟未就。鹦哥惊醒将人咒"句翻自唐金昌绪《春怨》诗，这里不是鹦鹉扰人，而是人惊鹦鹉。"咒"字则属于有理之妙，歌声拍栏杆声将鹦鹉惊醒，搅乱了鹦鹉的美梦，鹦鹉自是气愤难忍，骂人、诅咒人自是难免。然而能激起鹦鹉的咒骂更能表现人歌声的凄切、拍栏杆声的响亮，更能体现人内心的愤懑。这样精心经营的巧思精警之词与张炎、史达祖等人的词何其相似，又与奉张史为祖以致"家玉田而户梅溪"的浙西词派何其相似。由此可见，许赓皞也深得张炎、史达祖等人的精髓。

许赓皞摹习姜夔、张炎的另一点是写景优美清幽，抒情含蓄委婉，整个意境充满清寒之气。姜白石词"如野云孤飞，去留无迹"，清空且骚雅。而许赓皞《萝月词》中随处可见清寒之景象、清寒之心境，如"怅夜静、独鹤醒来，相对语凉月"（《雨零铃·铃声》），"日暮波遥，天空雪泠，遗恨十三弦底"，"脉脉无言，晚来寒似此"（《齐天乐·水仙》），"芳草庭前，夜半寒作"（《玉山枕·向晚楼阁》），"门掩空庭月。醮炉坐拥袖罗单。偏是鹧鸪声里有些寒"（《虞美人·苦吟损了眉间翠》）等等，不一而足。此处举许赓皞

1 （清）谢章铤：《赌棋山庄词话》卷一，刘荣平校注：《赌棋山庄词话校注》，第8页。
2 （清）林昌彝：《海天琴思续录》卷四，上海：上海古籍出版社1988年版，第340页。
3 （清）张德瀛：《词征》卷六，《词话丛编》，第4176页。

《疏影·栏影》与姜夔《疏影·苔枝缀玉》进行比较，词为：

楼台近远。写数重卍字，低亚阶畔。静锁帘衣，斜界苔茵，绮旭半奁偎暖。回环密印银塘翠，正点点、柳绵兜软。恰晚来、摇漾秋千，描出夕阳红板。　庭院黄昏寂寞，暮蟾又揭起，微晕深浅。隔住墙阴，扶起花阴，几折水痕铺满。模糊一缕凉云褭，恁独自、欲凭还懒。怕夜阑、悄闭闲门，檐角老梧遮断。（许赓皞《疏影·栏影》）

苔枝缀玉。有翠禽小小。枝上同宿。客里相逢，篱角黄昏，无言自倚修竹。昭君不惯胡沙远，但暗忆、江南江北。想佩环、月夜归来，化作此花幽独。　犹记深宫旧事，那人正睡里，飞近蛾绿。莫似春风，不管盈盈，早与安排金屋。还教一片随波去，又却怨、玉龙哀曲。等恁时、重觅幽香，已入小窗横幅。（姜夔《疏影·苔枝缀玉》）

两首词在环境描写上都是十分清幽的，姜词自是不必说，"翠禽""黄昏""修竹""玉龙曲""幽香"等无不色泽清淡、环境清凉静寂。许词"帘衣""苔茵""银塘翠""暮蟾""凉云褭""檐角老梧"等也是幽静、凄清。而两词在情感表达上也十分含蓄，主要通过景色描写婉转地表现出来，而具体所表达什么情感也并未言明，呈现出清空不质实之态。姜词只言"客里相逢，篱角黄昏，无言自倚修竹"，通过黄昏月夜之景表达情感，至于是什么情感，词人只言"无言""倚修竹"。许词只言"庭院黄昏寂寞，暮蟾又揭起，微晕深浅"，也是通过黄昏景色来暗示情绪，至于是什么情绪，词人只言"寂寞"。由此可见，许赓皞与姜夔词风格审美上都偏向于清寒清空、柔曼纤靡。因而林昌彝以为许赓皞词"瓣香在邦卿、白石间。"[1]友人谢章铤也评论许赓皞词道："用笔清秀，颇有姜、史遗风。"[2]

二、苏辛萌芽

许赓皞结识沈学澜之后，词作开始悲郁苍凉、议论横生，情感郁勃，已接近苏辛豪放之词。正如林昌彝所说："建安许克挚茂才赓皞，少好倚声，激赏于吴淞沈梦塘学渊。至是而词格一变，易其柔曼纤靡，而为悲壮苍凉。"[3]

从许赓皞《萝月词》所用词调来考察，许氏所用词调范围较广，95余首词用调达42余调，可见他的词艺水平是较高、较均衡的，能驾驭多种词调。这些词调的来源范围很广，他一方面偏爱南宋清雅派词人的词调，如《齐天乐》（7首）、《高阳台》（6首）、《疏影》（4首）等，一方面又常用豪放派词人的词调，如《满江红》（8首）、《买陂塘》（7首）、《百字令》（3首）等，其他派别词人的词调也会适时加以填写，如秦柳绮靡一派的《雨霖铃》（1首）、《满庭芳》（1首）等，如南唐词人的《虞美人》（5首）、《浪淘沙》

1　（清）林昌彝：《海天琴思续录》卷四，上海：上海古籍出版社1988年版，第340页。

2　（清）谢章铤《赌棋山庄词话》卷四，刘荣平校注：《赌棋山庄词话校注》，第75页。

3　（清）林昌彝：《海天琴思续录》卷四，上海：上海古籍出版社1988年版，第340页。

（1首）等。短调整体数量较少，喜用的词调为《菩萨蛮》（3首）、《蝶恋花》（1首）等。由此可知在使用词调方面，许赓皞既接续姜夔、张炎，又不断靠近苏轼、辛弃疾。

许赓皞后期的词与前期相比，明显情感更浓烈、郁勃，议论纵横，以气运笔。试举《金缕曲·哭肖远村先生》为例，词为：

> 急泪挥盈把。甚天公、才能招妒，命都难假。卅载诗名沦一尉，待诏空愁金马。怅真赏、而今已寡。诵赋未逢杨得意，只微官、老死终山野。狷鹤侣，共怜藉。　吟魂犹绕梅花下。忆游踪、芝山兰水，尚容宽暇。客燕相依客舍里，回首酒阑歌罢。叹从此、茫茫长夜。将母未能归客里，况重泉、谁是尸饔者。千古恨，独悲咤。

此词是挽友人之词。上片首句便毫不掩饰痛苦之情，直言泪眼婆娑。接着质问天公为何要妒忌友人才能致使他如此薄命。之后，言其三十年的诗名才华只能沦落得一介小小武官。紧接着怅恨友人离去，只剩自己老死终山野外。下片写友人的魂魄归来，词人回忆二人的点点滴滴，不胜唏嘘，千古之恨只能独自悲怆了。词中词中直抒悲悼之情，"甚天公"质问天公的无情，"只微官"感叹命运的不济，"千古恨"抒发天地永隔的痛恨。这些远远突破了婉约一派的含蓄蕴藉，而是气骨浓烈、直见性情。

许赓皞后期的词在意象、意境、审美风格上也更接近豪放一派，呈现出一种悲壮激烈、慷慨纵横之态。首先，其词的意象更加壮大，不是秾纤绵密之景，花草楼阁之物，而是天地苍茫、山河壮阔之景象。如其《满江红·题邮亭壁》"秋泠郊原，看一带、平林如画"，"万里关河长缥缈，千里尘土空悲咤"，"滚滚黄尘随马起，悠悠白鸟和烟下"，词中视野更壮大，景象更壮阔，情感更豪宕，与李白《忆秦娥》词句"乐游原上清秋节，咸阳古道音尘绝。音尘绝，西风残照，汉家陵阙"和《菩萨蛮》词句"平林漠漠烟如织，寒山一带伤心碧"二词有相似之处。这样的词在他后面的词作中并不少见，悲壮激烈，有敲碎唾壶之意。又如《满江红·题尤展成钧天乐传奇》："竖子成名，甚块垒、酒难浇下。问纨袴、五陵年少，几人金马。一第无缘归去易，万言有策知音寡。吊湘累，千古共神伤，长沙贾。乌江哭，胡为者。青山约，何时也。叹锦囊才尽，玉楼真假。碧落仙郎鸾鹤侣，白头词客渔樵社。只一腔、热血未曾消，歌边洒。"词中"竖子""块垒""纨袴""血热"等语词激荡豪迈，"甚""问""吊""叹""只"等连接词将浓郁的情感串联、凸显，似有一腔血气难消难揵，而"万言""千古""一腔"等量词也是气势磅礴，"五陵年少""湘累"等意象也是意气风发、沉郁悲怆。故而此词也是沉着拗怒，跌宕淋漓，将个体之"气"寓于长短句之中。

许赓皞后期的词在情感内涵上也有接近苏辛之词者。苏轼词"终是爱君"，辛弃疾词"挑灯看剑"欲北上中原，二人均是忠爱之人，表现出强烈的爱国忠君热情。而许赓皞生当乱世，亲眼目睹了近代中国、福建地区的诸多内乱、外辱，爱国之情也是油然而生的。

其词中兴亡之感、黍离之悲也是一重大情感内涵，如《满江红·题宋昭仪王清惠送汪水云南归诗序后》。词题中汪水云即南宋著名诗人汪元量（1241—1317，字大有，号水云，钱塘人），汪氏曾为宫廷琴师，宋末元兵侵入杭州，汪元量与三位宫女被俘北行，并滞留于燕地十二年。后以道人身份乞求南归，宋宫人在仙露庵为他饯行。此事在晚清见诸许多人的吟咏，这不仅是因为事迹本身可歌可泣、十分感人，也是因为它符合历史抒情主义的旨趣，即"通过一个人的遭遇表现乱世的灾难，撮合史料，构成逼真而感人的场面"[1]。许赓皥此词有感于汪元量南归一事，"卷地胡尘，又破碎、山河如此"，"白雁声中家国恨，青衣酒畔君臣耻"，"只黄冠、痛哭望南云，生还矣"，"倩玉琴、弦上说兴亡，悲风起"，山河破碎之痛、家国沦亡之恨、异地难归之悲、兴亡之感一起涌上心头，何其深沉，又何其感人。

　　许赓皥词中的兴亡之感是亲身经历国家动乱之后的真切之言，因此真诚、炙热，不同于一些文人故作兴亡之辞。他曾听到别人唱《雨霖铃》曲，由此引发的并不是"杨柳岸，晓风残月"的离别神伤、黯然销魂，而是"胡尘未灭""宫墙冷，又是凉州歌阕。唾壶空自敲缺"，"只家国、兴亡此恨何从说。临风自咽。怕醉后丁冬，梦魂惊醒，不见马嵬月"（《买陂塘·怪深宵》），作为一介布衣也深沉地感受到家破国灭之痛，也真是凄凄复凄凄了，晚清中国的文人又有几人能逃脱时代的悲哀呢？

　　许赓皥沉郁悲凉豪迈之词对谢章铤的词作与词学思想产生了一定的影响，可惜他青壮年之时便意外去世，享年不永，词作风格未得以继续发展成熟，这也难怪谢章铤一再感叹、惋惜，"天不假年，无由臻于大成，惜乎。"[2]天若假以时日，许赓皥或能成为闽中词坛一大巨星。

1　康正果：《风骚与艳情》，上海：上海文艺出版社2001年版，第117页。

2　（清）谢章铤：《赌棋山庄词话》卷一，刘荣平校注：《赌棋山庄词话校注》，第8页。

第七章 为辛刘传心法：聚红榭词人群

叶申芗开启晚清福建词学的先河，但是不管是他的词学思想还是词作创作，都处于"宗风未畅"的局面。其后的林则徐践行了周济的"词史"观念，创作出堪称词史之作，但是林则徐的词毕竟数量少，而且他本人意不在作词上，也极少发表个人的词学见解。其实，真正将福建词学推向兴盛的是谢章铤，他毅然接过叶申芗未竟的事业，深化发展了叶申芗的词学思想，他自身的词学理论也独具特色，而且，他本人的词作创作也取得了一定的成就。而更重要的是，谢章铤身边聚集了一批福建词人，以他的词学思想、词作风格为中心形成了一个影响较大的闽籍词人群体，标志着晚清福建词坛的中兴。

第一节 出入婉约豪放之间：
谢章铤词学渊源与词学交游

谢章铤（1820—1903），初字崇禄，后字枚如，号为江田生，又自称痴边人，晚号药阶退叟。祖籍浙江，祖谢星宋末时出知玉融州（今福建福清），遭乱不得归，遂寄居福建平潭。终元之世，谢家务农为业不出仕。明初有迁界令（沿海一线地区迁往内地），由是由平潭内迁长乐（今福州长乐区），遂为长乐人。十四世祖谢磐迁往省城福州，仍籍长乐。谢章铤也自称为长乐人。

谢章铤出身于书香门第，先祖为明代著名文学家谢肇淛，字在杭，万历壬辰进士，官广西布政使，有《小草斋集》三十四卷。《续集》三卷及《小草斋诗话》等。祖父为谢蕡，字阶平，号思庭，著有《蕉窗笔记》四卷。父谢鹏年，字尊翘，号息环，著有《四书居闲笺》

十四卷，《俟贤集》一卷。东岚谢氏"在前明多显宦，入国朝以盐笑起家，甲第连云，危楼蔽日，凿深极广，池馆皆有盛名，及余之初则已衰矣"，谢章铤出生之时家境已然中落。

谢章铤出生于一个传统知识分子家庭，谢家作为一个科举世家，早期家庭教育注重的是八股文与诗歌。不过谢章铤在少年时便已经接触词这一文学体裁，并流露出喜爱之情，"余十一岁始就外傅，越三年得羸疾几殆，督课尽废。偶检先世遗书，见吴园次《林蕙堂集》中，有《艺香词钞》，好之。彼时并不知何者为词，第见刊本所分句读，或长或短，异之，持问长老，方知世间有倚声之学。"[1] 吴园次即清初吴绮，他的《艺香词》巧于言情、风流浓艳、婉畅流利。谢章铤第一次所见之词便是如此香奁之词，可见他的词学启蒙为花间香艳一派。

谢章铤少年时便开始填词，但那时对词并未有深入了解，只是一个门外汉。他真正开始专业学词、填词源于结识许赓皞。道光二十一年（1841），谢章铤二十二岁，向许赓皞学填词。许赓皞词学浙西词派，作以白石、玉田为宗，因而填词也十分注重格律，主张严格遵守词律。填词崇尚审音，讲究声调格律。谢章铤回忆道："余二十一岁始学词，其时建宁许秋史赓皞方以词有名于世，秋史兄弟姊妹数人皆能度曲操管弦。家有池台，水木之胜，暇日，辄奉其两大人上觞称寿，各奏一技，以相娱乐。其于词也，盖能推而合之于音律。秋史之言曰'填词宜审音，审音宜认字，先讲反切，则字清。遍习乐器，则音熟。然其得心应手，出口合耳，神明要妙之致非可以言传，亦非可以人强也。'"[2] 这对初学填词的谢章铤影响很大。值得注意的是，许赓皞晚年结识沈学澜，他的一些词作中悲郁苍凉、议论横生的作品，已接近苏辛豪放之词。许赓皞沉郁悲凉豪迈之词对谢章铤的词作与词学思想也产生了一定的影响，可惜他二十八岁即意外去世，享年不永，词作风格未得以继续发展成熟，这也难怪谢章铤一再感叹、惋惜，"天不假年，无由臻于大成，惜乎。"[3]

学词之初，谢章铤填词没有突破许赓皞的束缚。虽然现在已不见谢章铤早期的词作，但可以猜测谢章铤那时词作较少，因为谢章铤困于许赓皞所要求的严格的词律，谢氏自言"余因是不敢为词者数年"。而且谢章铤为闽人，闽地远离中原，闽中方言"呕哑嘲哳难为听"，与中原官话差距极大，闽人在音韵上并不具有天然的优势，谢章铤也自知自己在音律上无法与中原人、江南人抗衡。

其后，随着学识的不断增长，谢章铤开始有自己的填词方法，也开始摆脱格律的束缚，从而十分重视"性情"。"其后多读古人词，觉时时有所疑，久之，乃慨然曰'秋史之说可从而不可泥也。'夫词辨四声，韵书俱在，言语虽不同而四声则有一定。……宋人之词

1　（清）谢章铤著，刘荣平校注：《赌棋山庄词话校注》卷九，第195页。

2　（清）谢章铤：《酒边词后自跋》，《赌棋山庄文集》卷三，陈庆元等编：《谢章铤集》，长春：吉林文史出版社2009年版，第25页。

3　（清）谢章铤：《赌棋山庄词话》卷四，刘荣平校注：《赌棋山庄词话校注》，第75页。

亦不尽可歌。……然《阳关》《清平》之调虽亡，后人未尝不为七言绝，歇拍、哨遍、鬲指声之法虽亡，后人未尝不为长短句。"[1]谢章铤认为其师许赓皞之言并非完全正确，因为词不协律入腔的现象常常存在，"宋人之词亦不尽可歌"，东坡之词"其句法连属处，按之律谱，率多参差"。宋人尤且不协律，清人又何必拘泥词律呢？他以为有的词本就不可歌唱，而且即使宋时可歌，但是清时词乐已经消亡，所以就不必执着于词之音律，而应该用比较开明的态度对待这种不协音律的现象。"宋人歌词，犹今人之歌曲，走腔落调，知者颇多。若论词于今人，则犹宋人论绝句，歌法虽极考究，终鲜周郎，而谓老伶俊唱能窃笑哉。声音既变，文字随之，正不得轩轾太甚。"他认为之所以出现这种现象是因为"词人笔兴所至，不能不变化"，出于作者"性情"所至。这为他后来总结词学理论，明确提出词"归于养性情，宅之以忠爱，出之以温厚"的主张作出了铺垫。

作为启蒙词学教师，许赓皞对谢章铤的词学思想影响是较大的，谢章铤晚年仍强调许氏所言，《词后自跋》曰"虽然秋史之说正道也，惜乎，秋史已殁，其所谓神明要眇者，终不得闻矣。磋乎，秋史不且笑余为无知妄作哉？"[2]但是真正影响他改弦更张，决定词学宗师由姜、张转到苏、辛，词学流派浙西转到阳羡，词学思想清雅转到性情，则是他本人见识、学识的增加以及词学交游活动的开展，尤其是与刘家谋的交游起了很大的作用。

道光二十四年（1844），谢章铤结识了侯官刘家谋，结为莫逆之交。此事谢章铤记之甚详，"余之识肖岩也，岁在甲辰。先数月，余识程君石夫、刘君筠川。其秋，例举乡试，余报罢，石夫乃邀余游鼓山，而筠川之兄芑川在焉，游甚乐。既归，芑川乃访余于嵩山草堂，而余与肖岩始亲。"[3]刘家谋好作词，对谢章铤的词学思想与创作风貌影响甚大。刘家谋生性豪爽，"是时意气方盛，踔厉奋发，虽旁观侧目不顾也，视天下事无不可为者。"而且他才气横溢，尤工诗词，为时人所重。道光二十四年，谢章铤和刘家谋相识相交。

道光二十六年，刘家谋以大挑二等选宁德教谕，谢章铤有诗《刘芑川司训宁德志别四首》赠别。道光二十七年，刘家谋邀章铤到宁德帮他课子，有词《贺新郎·余来春有宁德之行留别芑川》。道光二十八年应家谋之约，谢章铤前往宁德，临行之前有《临行杂诗三首》。道光二十九年，花朝，与刘家谋等设饮召客，并作《花朝雅集图》填《百字令》一阕。七年后，谢章铤作诗《花朝感旧》以纪之。同年，刘家谋由宁德教谕迁往台湾府学任训导。咸丰三年（1853），刘家谋在台湾教谕任上病故。家谋长章铤六岁，他是谢章铤感情最深厚的至交。家谋在台湾教谕任上病故之后，谢章铤悲恸欲绝，其后几十年仍心念故友："家

1　（清）谢章铤：《酒边词后自跋》，《赌棋山庄文集》卷三，陈庆元等编：《谢章铤集》，长春：吉林文史出版社2009年版，第25页。

2　（清）谢章铤：《酒边词后自跋》，《赌棋山庄文集》卷三，陈庆元等编：《谢章铤集》，长春：吉林文史出版社2009年版，第25页。

3　（清）谢章铤：《赌棋山庄文集》卷一《送黄肖岩之永安叙》，《谢章铤集》，第4页。

谋殁数十年，言及犹泪下。"刘家谋与谢章铤唱和颇多，常和一起谈论词学，切磋词艺。

刘家谋词多记时事，壮大奔放，《赌棋山庄词话》卷一云："苋川所填，感事作也。是时海氛方棘，彼族（按即《射鹰楼诗话》所指之英夷）逼处城内乌石山，居民义愤同仇，几如广东三元里。"[1]刘家谋之词可称得上词学上的史诗。早年的谢章铤词学思想和刘家谋比较一致，以为词未必是小道，作词最忌绮靡无力，作词要境界开阔，反映时事。并且在词话中对刘家谋的词多次品评，如他在报黄宗彝书中云"苋川前年曾于《词综》中选钞一卷，取读之当必有进。且苋川所录，豪宕多而工致少。"[2]刘家谋不仅在创作方面和谢章铤有相似之处，其人品、思想和谢章铤也是相通的。这种人品和思想消融在其词学创作中就表现为一种阔大的词境，奔放的气势。如其《沁园春·怒发冲冠》，其词多见贞介不平之气，忠愤雄壮之音，为"稼轩风"在晚清词坛嗣响。

刘家谋的词学思想对谢章铤影响较大，而谢章铤词学思想与创作真正成熟应是在聚红榭词社的创作实践之中。

咸丰二年（1852），谢章铤前往漳平，结识钱塘高思齐，并提议组织聚红词榭。当年秋，谢章铤邀李埙、董庆澜、叶鼎全、潘联禧与高思齐在漳平北门外的友仁书院话别，酒酣，众人以《满江红》联调题于壁。不久，高思齐归来，又以叠韵作《满江红》送谢章铤出行，谢亦和答。到了九月初九，高思齐设宴践行，在场友人除李埙、董庆澜、叶鼎全外，还有张承矩、计树谷、廖镜清、陈玉宇等列座。酒酣，众人复和数日前所作《满江红》。高思齐请廖镜清以《友仁精舍雅集图》遍录这些唱和之作，谢章铤题序叙其首，并誊副本，赞曰："真一时胜概也"[3]高与谢非常喜爱这种唱和行为和这个由唱和得来的"聚红"之名。

咸丰五年（1855）刘勤十九岁，招谢章铤授读其家，"宾主颇相得"。咸丰六年（1856），谢章铤将其与刘勤的闲谈杂论录成《藤阴客赘》，云："咸丰乙卯、丙辰间，刘赞轩招余读书于窥竹精舍。庭有藤花，一风至，缤纷如锦绣。与客列坐其下，抵掌纵谈，或同赞轩循步阶除，忽有感触，暇辄手录，遂成卷帙。"[4]刘勤在《非半室词存》卷首自序中说："余幼好诗，不知词之格调也。甫冠，见谢枚如《酒边词》，亦好之，遂事枚如。比邀高文樵、徐云汀、梁礼堂、林锡三辈在家结聚红社，月课诗词约八九年，类梓社诗四卷，余亦梓《效颦词》。"[5]谢章铤为刘勤《效颦词》作序中有"赞轩见余词，独欣喜，乃学词，而其词骎骎日上。适钱塘高文樵从惠安来，文樵固善词，余乃邀宋已舟、刘寿之及文樵，

1　（清）谢章铤：《赌棋山庄词话》卷一，刘荣平校注：《赌棋山庄词话校注》，第31页。

2　（清）谢章铤：《赌棋山庄词话》卷四，刘荣平校注：《赌棋山庄词话校注》，第75页。

3　（清）谢章铤著，刘荣平校注：《赌棋山庄词话校注》卷五，第119页。

4　（清）谢章铤：《藤阴客赘自序》，《赌棋山庄文辑佚》，陈庆元等编：《谢章铤集》，长春：吉林文史出版社2009年版，第173页。

5　（清）刘勤：《非半室词存自序》，《非半室词存》卷首，民国铅印本。

与赞轩填词。数日一聚，拈题分咏，今所传《聚红榭雅集词》者是"[1]。如此看来，词榭的最初活动始于咸丰六年，地点在刘勴家，由谢章铤主盟，最初参加者还包括有高思齐、宋谦、刘三才，创作形式为"拈题分咏"。

词榭开始只有钱塘高思齐、侯官宋谦、刘三才、闽县刘勴以及谢章铤五人。咸丰六年（1856），他们汇集成《聚红榭雅词集》刊于福州，后来又吸引了一批词人，比如魏秀仁等。聚红榭词社成员共二十人，参与唱和创作的有十六人，其余四人属客串性质。同治二年（1863）福州刻本《聚红榭雅词集》所列十六位"聚红榭中人"，只有谢章铤晚年官至内阁中书，林天龄官至江苏学政，其余既非权贵亦非显要，事迹并不被人熟悉。

第二节 "性情"与"词史"：谢章铤的词学理论

浙西词派推崇南宋"清空"的词风，倡导"醇雅"含蓄蕴藉的抒情方式，这种写作的方法极易使词流入浅滑空虚之中。在"乾嘉之治"时期，统治者加强对文坛的控制。在这种情况下文人写词范围狭小，甚至在庸俗无聊的内容和字句上下功夫，于是词坛上就出现了被后人批评的"三蔽"（淫词、鄙词和游词）现象。出于这样的背景，"常州"词派提出"寄托"的理论，主张词作要反映时代特色，强调"寄托""比兴"。但也局限于"贤人君子"即士大夫个人失意自我情感的抒发，忽略了广泛的社会生活。谢章铤与浙西词派、常州词派都有一定的渊源，但他能兼取二派的观点并融合形成自己的观点，他重视"性情"的词学思想弥补了浙西词派情感空疏的缺陷，而对"词史"理论的发展又将常州词派那种"贤人君子幽约怨悱不能自言之情"，扩展至广泛的社会生活，从而也在某种程度上弥补了常州词派理论与创作的某种不足。以下分论谢章铤的词学思想。

一、"宛转达情"之词体论

词本以"情"为主，但不同的词论家根据自身对性情的不同理解与偏嗜，产生不同的观点，有的以为私情害"性"，故而不作词；有的以为词也可言"性"，写词注重诗教与言志；有的则十分注重"情"，填词更在意绮靡私情；有的则均衡"性情"，认为也可以以词吟咏性情。

---

1 （清）谢章铤：《刘赞轩效颦词叙》，《赌棋山庄文集》卷一，陈庆元等编：《谢章铤集》，长春：吉林文史出版社 2009 年版，第 10 页。

　　叶申芗虽然从重新阐释"诗余"，并坚持填词等角度来推尊词体，肯定词的抒情、言志甚至载道的功能，但是，他并没有解释词是如何实现这种与诗不相上下的功能的，即词如何言情、言性、言道。闽中后学谢章铤则试图解答这一问题。

　　谢章铤本人十分注重"性"之书写。这一方面是由于他自幼崇尚气节，自言："予弱冠颇有趋向自念推排人海中，屡然一夫耳。道德功名茫然无据，未知从何处入手。儒者之道，危言危行，是当以气节为先务，既又念欲立气节，当先辨辞受，取于箪食豆羹见于色，则必贫贱富贵盅其心。惟淡然寡欲，内重而外轻，不矜气节而气节自见矣。"[1] 另一方面也根源于他的求学经历与经世致用思想。谢章铤的思想学术背景融经济、汉学、宋学与辞章为一体，但是都是以经世致用的经学思想为根柢。他自述生平为学经历："余生平为学凡数变，至于今四十年，泛滥无所成就。呜呼！后人之可弗戒哉？十一就傅，十二至十六羸疾，几殆。检故簏，得曾大父所为《蒙斋讲义四种》。读之，或解或不解，然胸中浩然若有所得。曾大父盖以理学名家者，自宋五子及诸儒先文集、语录，点勘不下数百种，余于是知有宋儒性理之学。十八九，读诸经注疏，旁及近人所著经说，于是知有汉儒考据之学。同学张君任如，……又以其暇习诗古文辞，于是知有词章之学。乃喜聚书，大人所赐益以卖文所得，岁购置或十数种，或二十种，展卷摩挲，欣欣而乐。二十五，张君以毁卒，余嗒然若丧手足，所业尽辍。而刘君芑川下第，归自京师，见余所作，以为可劝余舍诸业而归精于诗文。其后二年，余遂从刘君于宁德为之课子，日夕唱和，诗文颇进。于时英夷滋事，沿海多边患，中国苦兵单财匮，余慨然有建树之志，乃读《通鉴》、列史与古今时务诸书，于是知有经济之学。……嗟乎！是区区者固不足观，然而所谓性理、考据、词章、经济之学，未尝不留其端倪焉。"[2] 正因如此，他反对空疏之学风，追求经世致用，"嗟乎，兴言及此，不独铺张考据者为空谈，即剽窃性理者亦何关实用。"[3]

　　持这样的思想观念，谢章铤认为"词之于诗，不过体制稍殊，宗旨亦复何异？"[4] 词与诗虽然体制不一样，但是它们都抒写性情，"诗以道性情尚矣"，都能归于诗教，起着经世的作用。然而，词和诗毕竟体制形式不同，历史传统也有异，它们的表现力也就有所差别，诗"性"多于"情"，而词"情"多于"性"，"工诗者余于性，工词者余于情"，"顾余谓言情之作，诗不如词。"[5] 谢章铤进一步认为"情"通于"性"，也就是说一个人怀有深情，共情能力强，他必定品德高尚，必定热爱他的国家、民族、百姓，谢章铤坚

1　（清）谢章铤：《课余续录》卷三，光绪刊本。

2　谢章铤：《残书目录序》，《谢章铤文集》卷一，《谢章铤集》，长春：吉林文史出版社 2009 年版，第 11 页。

3　同上。

4　谢章铤著，刘荣平校注：《赌棋山庄词话校注》卷十二，第 253 页。

5　谢章铤：《眠琴小筑词序》，《谢章铤集》，第 92 页。

信："人必先有所不忍于其家，而后有所不忍于其国；今日之深情款款者，必异日之大节磊磊者也。"[1] 这句话就涉及到家和国、情和节之间的关系。古代中国数千年农耕文明、血亲联系形成了国家、社会、家庭三位一体、家国同构的宗法制度与政治结构，"家齐而后国治"（《大学》），"居家理，故治可移于君"（《孝经》），所以一个人若能够齐家，也应当能够治国平天下，若能够深爱自己的家人，也应当会深沉地热爱自己的君王和国家，这便是个人之情通于国家之性。谢章铤并以欧阳修、范仲淹为例来加以说明，二公"非一代名德哉？乃观其所为词，与张三影、柳三变未尝不异曲同工。"[2] 欧阳修官拜参知政事，谥文忠，为一代政治风云人物，而他的词多学南唐冯延巳，深情沉著，如"人间自是有情痴，此恨不关风与月"，"直须看尽洛城花，始与东风容易别"诸句，"于豪放之中有沉着之致"（王国维《人间词话》）。范仲淹官拜参知政事，谥文正，为人高风亮节，厉行变法，为政坛核心人物，然而他的词如"碧云天，黄叶地。秋色连波，波上寒烟翠。……明月楼高休独倚，酒入愁肠，化作相思泪"（《苏幕遮》），也写深挚的男女之情。欧、范二公这样的词与张先、柳永的词体制有差，风格有异，然而其中的情意却相近。因此，功业君子范文正公、文章太守欧阳文忠公"检其集，艳词不少"。

"情"与"性"之间并非泾渭分明，是可相通、相联系的，写"情"也可以直达"性"，"情"本身就具有教化的作用。若追溯"情"的来源，谢章铤认为"情"本身来源于"性"，"情"应归为性情，为"性"之一端。谢章铤说：

> 盖古来忠孝节义之事，大抵发于情，情本于性，未有无情而能自立于天地间者。此双莲雁丘，鸟兽草木，亦以情而并垂不朽也。昔京山郝氏论诗曰：诗多男女之咏，何也？曰：夫妇，人伦之始也。故情欲莫甚于男女，廉耻莫大于中闺，礼义养于闺门者最深，而声音发于男女者易感。故凡托兴男女者，和动之音，性情之始，非尽男女之事也。得此意以读词，则闺房琐屑之事，皆可作忠孝节义之事观。又岂特偎红倚翠，滴粉搓酥，供酒边花下之低唱也哉。《词林纪事序》是真不愧知言矣。虽然，吾窃见后世之说诗者，风雨怀人之作，子衿忧时之篇，尚以桑中濮上疑之，则谓填词为轻薄子，夫复何辞？而以意逆志，谁知以风人之旨，求之长短句哉？[3]

这里谢章铤从两方面来立论，第一方面即上文所论，人的忠孝节义本来是情感所发，有情的人才能推己及人，才会品德高尚。第二方面则是以夫妇比君臣。夫妇与君臣在伦理上有对应性，妇之坚贞与臣之忠诚性质相似，因而自来便有弃妇喻逐臣，美人喻君子的传统。而且，夫妇是人伦之始，也是教化之始。这是因为人世间有种种之爱，但夫妇之情最

---

1 谢章铤：《眠琴小筑词序》，《谢章铤集》，第92页。
2 谢章铤：《眠琴小筑词序》，《谢章铤集》，第92页。
3 谢章铤：《赌棋山庄词话》卷十一，刘荣平校注：《赌棋山庄词话校注》，第234页。

热情、最真挚、最具体，而越是这种具体真挚的感情越能感人，越适宜作为喻体进行比喻寄托，所以男女欢爱之词，与人臣忠爱、家国盛衰、政教之风有若干联系。

谢章铤不仅认识到词体思想内容上的特性，也深刻体悟到词体在结构形式上的独特性，即"宛转达情"，其论道：

> 诗以道性情，尚矣。顾余谓言情之诗，诗不如词，参差其句读，抑扬其音调，诗所不能达者，宛转而寄之于词，读者如幽香蜜味，沁人心脾焉。诗不宜尽，词虽不必务尽，亦不妨焉。诗不宜巧，词虽不在争巧，而巧亦无碍焉。其设辞愈近，其感人愈深。[1]

与诗相比，词为什么能更好地言情呢？因为词的句子长短不齐，伸缩自如，极富表现力。而且词的声调抑扬起伏，富于音乐性。再者，由于词以写深情为尚，所以词有时候不妨写尽。此外，词体介于文章与技艺之间，因而词不妨写巧。检阅词史，谢章铤的这一论断是有说服力的。其一，"词不妨尽"，词史上确实存在不少"决绝而妙"的词。正如贺裳所论："小词以含蓄为佳，亦有作决绝语而妙者。如韦庄'谁家年少足风流。妾拟将身嫁与，一生休。纵被无情弃，不能羞'之类是也。牛峤'须作一生拼，尽君今日欢'，抑亦其次。柳耆卿'衣带渐宽终不悔，为伊消得人憔悴'，亦即韦意，而气加婉矣。"[2]韦庄《思帝乡》"一生休""不能羞"等三字短句如匕首般锋利，且位于句末，口气十分坚决。"纵"字更体现出坚决却不悔之心，决断语正可表现出抒情主人翁性格的泼辣、直率、爱的深情执著。牛峤《菩萨蛮》"须"字也较为果决，然语气稍和婉，不如韦词决绝。柳永《蝶恋花》二句"终不悔"等字也较为坚决，但句子较长，语气语势较缓，而且以"衣带渐宽"来表现相思日瘦，以瘦弱憔悴来表现相思之苦，语意较为婉转。其二，"词不妨巧"。如韦庄《菩萨蛮》"此度见花枝，白头誓不归"句，"誓"表示其态度极为断然坚决，"誓不归"是因为已无家可回，无国可归了。此句语意十分沉痛，陈廷焯以为"决绝语，正自凄迷"[3]。由此可见，小词固须含蓄委婉，意在言外，但也可利用其句短、篇小的优势作决绝之语，因为句短方才有力度，篇小方能集中这种力度以便"精准表达"。而决绝语本身仿佛已说尽，却反而能以斩钉截铁的语气、利落迅捷的语势，表现出抒情主人翁性格的泼辣、直率，情感的深沉、无奈，因而语决绝而情意甚妙，真可谓"诗到真处，不嫌其直，不妨于尽也"[4]。由此可见，谢章铤所论是深谙艺术之道的自得之言。

更重要的是，谢章铤认为词体"其称物近而托兴远"，其言："呜呼！词虽小道，难

---

1 （清）谢章铤：《眠琴小筑词序》，《谢章铤集》，第 92 页。

2 （清）贺裳：《皱水轩词筌》，《词话丛编》，第 697 页。

3 （清）陈廷焯：《词则·大雅》卷一，孙克强等辑《白雨斋词话全编》，北京：中华书局 2013 年版，第 706 页。

4 （清）仇兆鳌：《杜诗详注》，北京：中华书局 1999 年版，第 426 页。

言矣。与诗同志，而竟诗焉，则亢；与曲同音，而竟曲焉，则狎。其文绮靡，其情柔曼，其称物近而托兴远，且微骤，聆之若惝恍缠绵不自持，而敦挚不得已之思隐焉。是则所谓意内言外者欤。"[1] 词大多写景物和美女，为何能寄托深远？从艺术规律而言，称物愈近，写情愈真，更能因真切而引人共鸣、引人深思，从而引人深远之境。从古代香草美人传统而言，事实上，晚清一些关注政治、现实的文人尤其是常州词派词人，一直都在试图证明艳词非徒作，艳情中有深层的寓托。他们从诗骚香草美人的传统中寻找根据，以为艳情词中的女子其实是诗人自身身份的象征。儒家以夫妇为五伦之首，且谓其兼具五伦之性。这意味着夫妇关系不是单纯的男女关系，而是五种伦理关系的缩影，女子事夫之道即男子为人之道。[2] 尤其是夫妇与君臣之间异体同构关系更为明显，这既缘于二者"相似的结构形态，也缘于古人对于此结构形态的认知以及理论上的阐发和凝定"[3]，所以词中女子的闺情艳语通于臣子的品性才华、理想抱负。

二、"深情真气"之性情论

叶申芗提倡深于言情，不过他所谓的"情"所指的范围比较广，能指的内涵仍偏向个人性的情感，而不是社会性、政治性的性情。谢章铤虽也强调深情，但其"情"更偏向"性"，所指人的性情，社会性、政治性更强。前文已言谢章铤主张填词以"情"达"性"，所以对于词体他十分强调性情。"不知诗词异其体调，不异其性情，诗无性情，不可谓诗。"[4] 在谢章铤看来，词与诗在宗旨上并无差异，亦即"性情"是作诗作文的根柢，性情对于诗和词有同等的重要性，而且词较之诗更有甚焉者，因为词更善于抒情，并以情达性。

为此，谢章铤开宗明义地指出词体应该以性情为本、声律为末。他说："窃谓诗者，性情事也，非声律事也。"[5] 在他看来，声律毕竟是词之末，性情才是词之本，讲究声律当以抒写性情为前提。这针对的便是浙西词派后期词人孜孜于声律而忽视性情的现象。浙西词派以擅长音乐且严于音律的南宋词人姜夔、张炎为宗，立派之初朱彝尊就"审音于南北清浊之辨"，"持格律甚严"。发展至晚清时期，戈载等吴中七子则专以声律为尚。戈载甚至以其《翠薇花馆词》以能辨四声、分宫调自负，特别是他题咏麟庆的《鸿雪因缘图》，前后达一百六十余阕，多至四卷，可谓煞费苦心。吴中其他词人如朱绶之词也是"精于律，

1　谢章铤：《叶辰溪我闻室词叙》，《谢章铤集》，第7页。

2　"平日继笄而相，则有君臣之严；沃盥馈食，则有父子之敬；报反而行，则有兄弟之道，规过成德，则有朋友之义；惟寝席之交，而后有夫妇之情。"见陈东原：《中国妇女生活史》，上海：上海书店出版社1990年版，第40—41页。

3　尚永亮：《弃逐与回归：上古弃逐文学的文化学考察》，上海：上海古籍出版社2017年版，第192页。

4　（清）谢章铤著，刘荣平校注：《赌棋山庄词话校注》卷五，第115页。

5　（清）谢章铤：《答颖叔书》，《谢章铤集》，第34页。

严于韵，亦如梦窗之一笔不苟。"[1] 谢章铤旗帜鲜明地反对吴中七子的观点，认为后期浙派只讲声律乃本末倒置之举："至今日，词学所误在局于姜、史。斤斤于字句气体之间，不敢拈大题目，出大意义，一若词之分量不得不如是者，其立意盖已卑矣，而奚暇论及声调哉？"[2] 既然连性情这一立意之本都丢掉了，还有什么必要去讲论声调呢？

谢章铤反对声律为先主要的原因是词应以性情为本，"作者不与古人共性情，徒与伶工竞工尺，遂令长短句一道，畏难若登天，不知皆自画之为病也。"[3] 当然，除了重视性情这一重要因素外，还有其他的原因。其一是因为词所依附之音乐已经消失，记载唐宋音乐的乐谱也不见在，今日之俗乐不同于唐宋时的古乐，时人并没有办法依照乐曲、乐谱填词，"且今之作词者，将协古乐乎，将协俗乐乎？若协古乐，则吾诚不敢知，若协俗乐，则今日乐部所演习者，大抵老伶伎师随口胡诌之言，何以抑扬顿挫皆可入听乎。"[4] 其二是因为唐宋人的词不都是可歌的，不可歌的词也具有很强的文学性，苏轼等人的词"性情一吐，便是至词"，"古人词不尽皆可歌，然当其兴至，敲案击缶，未尝不成天籁。东坡铁板铜琶，即是此境。"[5]

秉持词写性情之论，谢章铤不仅反对声律为先的观点，还反对专以词咏物的词人词作，对浙西词派的咏物词大加鞭挞。其言：

> 至今日浙派盛行，专以咏物为能事，胪列故实，铺张郐谚，词之真种子，殆将湮没。[6]

> 咏物词虽不作可也……今日则虽欲为刘、史奴隶，恐二公亦不屑也。彼演肤辞，此征僻典，夸富矜多，味同嚼蜡。……作之不已，多者百篇，少亦不下廿卅篇，此如咏梅花者，累代不能得数语。而逐臭之夫，或百咏，或五十咏，是徒使开府汗颜，逋仙冷齿矣。[7]

> 至国朝小长芦出，始创为征典之作，继之者樊榭山房。……然实一时游戏，不足为标准也，乃后人必群然效之。即如咏猫一事，自葆鹑、竹垞、太鸿、绣谷而外，和作不下十数家。予少日曾为集录，亡友张任如见之笑曰："弄月嘲风之笔，乃为有苗氏作世谱哉。"予失笑，投笔而起。是言虽虐，然实咏物家针砭也。……且今之为此者，动曰吾瓣香姜、史也。然《暗香》《疏影》之篇，'软语商量'之句，岂二公搜索枯肠，独无一二冷典，乃赋空而不为征实哉？盖词贵清空，宋贤名训也。"[8]

---

1 （清）戈载：《知止堂词录序》，冯乾编：《清词序跋汇编》，第 804 页。

2 （清）谢章铤著，刘荣平校注：《赌棋山庄词话校注》卷八，第 166 页。

3 （清）谢章铤：《赌棋山庄词话》卷五，刘荣平校注：《赌棋山庄词话校注》，第 115 页。

4 （清）谢章铤：《赌棋山庄词话》卷五，刘荣平校注：《赌棋山庄词话校注》，第 115—116 页。

5 （清）谢章铤：《赌棋山庄词话》卷五，刘荣平校注：《赌棋山庄词话校注》，第 116 页。

6 （清）谢章铤：《赌棋山庄词话》卷五，《赌棋山庄词话校注》，第 115 页。

7 （清）谢章铤：《赌棋山庄词话》卷二，《赌棋山庄词话校注》，第 47 页。

8 （清）谢章铤：《赌棋山庄词话》卷九，《赌棋山庄词话校注》，第 199—200 页。

浙西词派以咏物为长技，开启了清代的咏物词新热潮。朱彝尊的《茶烟阁体物集》更是充斥无甚思想情感的堆砌典故之作，《乐府补题》唱和又进一步将这种情感空虚、以赋摹物、大量用典的咏物词推而广之。其后的浙西词人更是大量典且喜用僻典，情感也更加空泛。对于浙西词派这样的咏物词，谢章铤极力反对。他认为为显示博学多才而堆砌僻典的咏物词味同嚼蜡，且陈陈相因、无所创新，"累代不能得数语"。而朱彝尊、厉鹗等征典的咏物之作是一时游戏，不足以成为模仿的标准。但是浙派后学却翕然宗之、纷纷效之，如咏猫之作就有十几家，可以为猫作世谱了。更为讽刺的是，浙西词人咏物张口闭口谈姜、史，而实际上姜史等人咏物并未使用冷僻典故，其词作清空而不质实。足见堆砌之病何其严重，谢章铤的批判又何其严厉。

其次，虽然词以写"情"来达"性"，但是词体所写之"情"只是性情之情，而非浮靡淫欲之情。于是，谢章铤又重点区分了情语与绮语的区别：

纯写闺襜，不独词格之卑，抑亦靡薄无味，可厌之甚也。然其中却有毫厘之辨。作情语勿作绮语，绮语设为淫思，坏人心术。情语则热血所钟，缠绵恻悱，而即近知远，即微知著，其人一生大节，可于此得其端倪。……是皆一代名德，慎勿谓曲子相公皆轻薄者。……绮语淫，情语不淫也。况词本于房中乐，所谓燕乐者，子夜、读曲等体，固与高文典册有间矣。近者或矫枉过正，稍涉香奁，一概芟薙，号于众曰："吾词极纯雅。"及受读之，则投赠肤词，咏物浮艳，轇轕满纸，何取乎尔？反不如靡靡者之尚有意绪可寻也。香草美人，离骚半多寄托。朝云暮雨，宋玉最善微言。识曲得真，是在逆志。因噎废食，宁复知音？故昔人谓天之风月，地之花柳，与人之歌舞，无此不成三才。杨用修以为虽戏语，有至理也。[1]

五伦非情不亲，情之用大矣，世徒以儿女之私当之，误矣。然君父之前，语有体裁，观情者要必自儿女之私始，故余于诸家著作，凡寄内及艳体，每喜观之。[2]

人常言七情六欲，"欲"一般是指人偏向动物生理本能的欲望，"性"是人偏向圣人标准的道德理性，而"情"处于中间，且可能与"欲"接近，因此其实最初"情"与"欲"并未分开，"欲"作为"情"的表现。但到荀子，"欲"则是在性恶论的基础上成为性恶的部分而被否定。后来，"情"在诗文中又多偏向"性"，二者常合用在一起为"性情"。此处，谢章铤立足于儒家的情欲理论，认为闺襜绮语是淫思，是"欲"的表现，作绮语会败坏人的心性、心术。然而，情语不同于绮语，情语虽然也热血所钟、缠绵悱恻，但是情语正可表现人的忠诚、仁爱等品行，从情语中可见出一人一生之大节。所以"绮语淫，情

---

1 （清）谢章铤：《赌棋山庄词话》卷四，《赌棋山庄词话校注》，第80—81页。

2 （清）谢章铤：《赌棋山庄词话》卷二，《赌棋山庄词话校注》，第33页。

语不淫也"，词中须作情语，但是不可作绮语。

再次，词情须得其深。古代的文论家、诗论家、词论家往往强调深情，因为诗文词中的情感越深沉，作者越缠绵沉痛，其人必定越重情，品行也就越高。而诗文词中的情感越深刻，则更能见出社会、事物的本质，诗文词也就更具有教化的作用。由于十分强调深情，谢章铤十分偏爱顾贞观、纳兰性德等一类深于情的词人，而严厉批评后期浙派词人只在字句声律或征事用典上求工巧，以为"至今日袭浙西之遗制，鼓秀水之余波，既鲜深情，又乏高格。"[1] 他对顾贞观、纳兰性德二人则赞不绝口：

> 顾梁汾短调隽永，长调委宛尽致，得周、柳精处。迹其生平，与吴汉槎兆骞最称莫逆，秋笳之诗，弹指之词，固是骚坛二妙。其寄汉槎宁古塔《贺新凉》云云，浓挚交情，艰难身世，苍茫离思，愈转愈深，一字一泪。吾想汉槎当日，得此词于冰天雪窖间，不知何以为情？后来效此体者极多，然平铺直叙，率觉嚼蜡，由无深情真气为之干，而漫云以词代书也。[2]

> 纳兰容若成德深于情者也。固不必刻划花间，俎豆兰畹，而一声河满，辄令人怅惘欲涕。情致与弹指最近，故两人遂成莫逆。读两家短调，觉阮亭脱胎温、李，犹费拟议。其中赠寄梁汾《贺新凉》《大酺》诸阕，念念以来生相订交，情至此，非金石所能比坚。[3]

最后，词情须得其真，性情要"真"。"真"就是自然真挚，自心灵肺腑而出。对于谢章铤而言，写词应写词人之独特的性情，以及独特性情形成的独特的遭遇。"夫词者，性情事也。劳人思妇，忽歌忽泣，方不自知其意之何属，其声调之为何体也，而岂以铺张靡丽为哉？"[4] 劳人思妇没有很高的知识文化水平，然而由于其"真"，故其出辞也"工"。生逢动乱之世，谢章铤像许多词论家一样，特别重视忧患之境对于词人情感的激发作用，强调作词之"发愤"。《诗经》三百篇"大抵贤圣发愤之所为作也"，友人刘存仁的词也是发愤而作，"读与端之词，拔剑看天，泣数行下，愈知炯甫之所为发愤也。"[5] 谢氏自作也是自忧愤而出，故而其又言："中多遭乱，告哀悲愤，溢于纸上。盖其时干戈满眼，若出于欢愉，匪独难工，抑亦非人情也。"[6]

词情的"真"还表现在创作的冲动上，只有那种情感深浓到不可遏制的词情才是最"真"的，因而谢章铤时常言及填词须"不得已为之"。诗人之所写乃不得已而为之，非为作诗而作之也，这是自《诗经》以来就已有的传统，诗三百便是"夫人苟非不得已，殆无文字，

1　（清）谢章铤：《赌棋山庄词话》卷九，《赌棋山庄词话校注》，第 183 页。

2　（清）谢章铤：《赌棋山庄词话》卷七，《赌棋山庄词话校注》，第 153 页。

3　（清）谢章铤：《赌棋山庄词话》卷七，《赌棋山庄词话校注》，第 155 页。

4　（清）谢章铤：《抱山楼词序》，《谢章铤集》，第 48 页。

5　（清）谢章铤：《赌棋山庄词话》卷十，《赌棋山庄词话校注》，第 205 页。

6　（清）谢章铤：《叶辰溪我闻室词序》，《谢章铤集》，第 7 页。

即填词何莫不然。"谢章铤又将不得已与性情相提并论，以为"不得已者，性情之正，有以迫之使出也"[1]，性情就是"不得已者"，不得不冲口而出者。他自己作词也是不得已为之，其言："仆平日论诗，必以精神固结、肝胆轮囷为主，而专言生新拗僻者无取焉。"如此境真情真的词才是词之正体，"词多发于临远送归，故不胜其缠绵恻悱。即当歌对酒，而乐极哀来，扪心渺渺，阁泪盈盈，其情最真，其体亦最正矣。"[2]

明乎词情之"真"的两大表现，我们不禁要问，那么，符合谢章铤标准的"真"词人又是谁呢？在中国千年的词史中，苏轼和辛弃疾因写真情实感而著称于世。因而谢章铤对二人之词青睐有加，尤其是辛弃疾那些壮怀激烈、直抒胸臆的真性情之词。他评价苏辛道："读苏、辛词，知词中有人，词中有品，不敢自为菲薄，然辛以毕生精力注之，比苏尤为横出。吴子律曰：'辛之于苏，犹诗中山谷之视东坡也，东坡之大，殆不可以学而至。'此论或不尽然。苏风格自高，而性情颇歉，辛却缠绵恻悱。且辛之造语俊于苏。若仅以大论也，则室之大不如堂，而以堂为室，可乎。"[3]而更为重要的是，谢章铤主张要学习辛弃疾的真性情、"真气"[4]。辛弃疾是词史上仗气使奇的词人典范，人们常称他的志向在于家国，不在作诗填词，"而其气之所充，蓄之所发，词自不能不尔也"。"辛稼轩当弱宋末造，负管、乐之才，不能尽展其用，一腔忠愤无处发泄。观其与陈同父抵掌谈论，是何等人物！故其悲歌慷慨，抑郁无聊之气，一寄之于词。"[5]在谢章铤看来，稼轩有真性情，更有真气奇气，学稼轩当有他一样的胸襟和气概。"稼轩是极有性情人，学稼轩者，胸中须先具一段真气奇气，否则虽纸上奔腾，其中俄空焉，亦萧萧索索如牖下风耳。"[6]但是，自浙派鼓吹姜张的醇雅词风，而常州一些词人也专以蕴藉、意内言外为旨归，对于稼轩词多以作风粗率轻视之。浙派甚至诟病"东坡诗论，稼轩词论"，武进陈聂恒还曾批评苏辛"千古风流归蕴藉，此中安用莽男儿"[7]。对此，谢章铤深感不满，他指出这些词人之词缺乏真实之气性，"则正病恹恹无气耳。意既凡近，笔复平实，复不能鼓荡以真气，而自谓似密而疏、似近而远，其信然乎？"[8]

三、"抑扬时局"之词史论

---

1 （清）谢章铤：《答颖叔书》，《谢章铤集》，第 34 页。

2 （清）谢章铤：《赌棋山庄词话》卷十，《赌棋山庄词话校注》，第 212 页。

3 （清）谢章铤：《赌棋山庄词话》卷九，《赌棋山庄词话校注》，第 201 页。

4 此概念采用陈水云先生的说法，见（陈水云：《谢章铤的词学主张及其创作追求》，《东方丛刊》，2018 年第 1 辑）

5 （清）徐釚著，王百里校：《词苑丛谈校笺》卷四引，北京：人民文学出版社 1988 年版，第 250 页。

6 （清）谢章铤：《赌棋山庄词话》卷一，《赌棋山庄词话校注》，第 25 页。

7 （清）谢章铤：《赌棋山庄词话》续编卷三，《赌棋山庄词话校注》，第 329 页。

8 （清）谢章铤：《赌棋山庄词话》续编卷三，《赌棋山庄词话校注》，第 329 页。

清代的词史意识发轫于明清动乱之际，其时陈维崧也倡导"存经存史""代有不平之事"等观念，但其"词史"只是一种意识，而且其词所写之史较为空泛，写法上也较为朦胧隐曲。清代"词史"理论的筑构者非周济莫属，他的词史强调盛衰之感，写法上注重寄托，词中之史是十分深晦的心灵史。而时至晚清，谢章铤在陈、周二人的基础上，完善了"词史"理论。

谢章铤词史理论的完善之处表现在他以词来抑扬时局。其词史思想直接来源于其诗词异体同源的观念。他认为词与诗异其体调，不异其性情。诗具有诗教、诗史，词也应可教化百姓、可存史资政。因此他要求词人深入现实生活、深入社会人生、深入人的心灵，如此才能反映时代主题，又能"拈大题目出大意义"，实现教化之用，实现词人的人生价值。他谈及写太平天国动乱的词作时云："予尝谓词与诗同体，粤乱以来，作诗者多，而词颇少见。是以当杜之《北征》《诸将》《陈陶斜》，白之《秦中吟》之法运入减偷，则诗史之外，谓为词史，不亦词场之大观欤？……谁谓长短句之中，不足以抑扬时局哉！"[1] 词有"词史"，亦有"抑扬时局"之功效，亦能记载、传播、评价社会时事、政治大事。他批评浙西词派只知学习姜夔、史达祖，只知追求词作字句形式之雅，只知流连光景，而不敢直面现实社会，无甚思想情感，"至今日词学所误，在局于姜、史也，斤斤字句气体之间，不敢拈大题目，出大意义。"[2] 其实，他以"敢拈大题目，出大意义"对"词史"的内容题材、思想立意以及词教作用都作出了更高的要求。在题材选择上，词可以选择大事、有意义的事，填词应感时事而作，那些专意描写闺襜的作品，"不独词格之卑"而且"靡薄无味"，读来"可厌之甚"[3]。在思想上，词应有"品"，应摒弃绮靡私欲，再现纳兰性德词那种个人的执著深情和辛弃疾词那种浓挚的爱国热情。在意义上，词应与诗歌一样具有风化教育之用，自有其人生价值与社会作用。这样的"词史"理论是谢章铤对陈维崧"代有不平之事"思想在内涵上的继承和发展。不过，由于谢氏生活的年代社会更加动乱，时局更加紧张，因此谢章铤比陈维崧更加强调词的时事性，比周济体会时事更加真切，也就更加强调"词史"与社会时局联系的紧密性。

谢章铤词史理论的完善之处还表现在他对社会史、政治史中人的心灵史的强调。历史的内涵既包括社会史、政治史、经济史等社会形态发展的历史，也应该包括民族情感发展史、文化心态史等精神文化层面的"心灵史"。而词在表现"心灵史"方面有着得天独厚的优势，因为词历来就被看作是表达内心的最佳文学体裁之一。"词史"所包含的范围不仅局限于对当时重大历史事件的真实再现，还包括在重大历史事件下、在衰败黑暗的社会中的人们的心灵、心态等这些人们精神文化史层面的历史表现。也就是说，词所反映的、表现的是

1　（清）谢章铤：《赌棋山庄词话》续编卷三，《赌棋山庄词话校注》，第 327 页。

2　（清）谢章铤：《赌棋山庄词话》卷八，刘荣平校注：《赌棋山庄词话校注》，第 166 页。

3　（清）谢章铤：《赌棋山庄词话》卷八，刘荣平校注：《赌棋山庄词话校注》，第 166 页。

一种心灵史、情感史。周济亦言"感慨所寄，不过盛衰"[1]，但是其心灵史所指较为狭窄，只强调一种盛衰感慨，而且这种盛衰感慨也较为朦胧。谢章铤强调的心灵史则更为丰富，也更为真切具体。他提出在"孤枕闻鸡，遥空唳鹤，兵气涨乎云霄，刀瘢留于草木"的境况中，词人"不得已而为词"，词人还必须要跳出侧艳传统，因为只有"慨叹时艰，本小雅怨诽之义"才能实现"人既有心，词乃不朽"的目标。在变风变雅的时局中产生怨诽之义，这种"怨诽之义"就不仅只是一种盛衰兴废之叹，更包括怨天怨地、怨人怨己之哀怨、忧怨，甚至一种忧愤、怨愤、悲愤。谢章铤在《赌棋山庄词话》中就记载了他见到生民涂炭之景象时的悲愤，"曩者逆夷肆乱，生民涂炭，而有心人感事愤时之作，更仆难终。有自京师归者，传海警散曲一套，不知出于谁何，然言者无罪，闻者足鉴，真减偷家庇史之篇也。"[2]

谢章铤对周济"词史"理论的完善还表现在，他不仅明确了"词史"的具体作法，还形成了一套较为系统的"词史"创作论。晚清在经历太平天国动乱之后，社会得以暂时安定，统治阶层也由乱思治，采取了一些自强求富的举措。词论家们在痛定思痛之余，也顺应这股思潮，以杜甫精神为宗，积极寻求词教之用，推崇"词史"之作。那么，创作怎样的"词史"，又该如何创作"词史"，这些问题无形之中横亘在词人、词论家的心中。此时谭献等人主张为词在情感上应偏重忧生念乱之感，形式上采取"折衷柔厚"的形式，但是这种做法仍是"衍张茗柯、周介存之学"[3]，仍不脱离常州词派固化的"意内言外"、兴寄等传统。谢章铤对此进行了批驳，他指出"意内言外"并非词之专属，词也并非只有"意内言外"这一种体式或作法，如若一味追求言外之意，容易形成一种固定的腔调而扼杀词体的生命力，"专求虚义，专讲余腔，若古乐府之'沦浮'、'妃呼豨'之类，令人不可解乎"[4]。对于追求"意内言外"而采取的兴寄作法，谢章铤也予以反驳。他反复强调诗词体虽有所差别，但内含的性情却是一致的，豪放之词亦为词之正途，因此，杜甫"诗史"的作法、白居易新乐府诗的作法可用于作词，奋笔直书之词亦可直面历史现实，亦能承载历史的厚重，发挥以史资政育人的作用。

当然，要作出优秀的"词史"之作，光学杜甫诗史之法是远远不够的，还应拥有伟大的人格。谢章铤不止一次提出了"人文合一"的理念，如"人文合一，理所固然"，"夫人文合一，词虽小道，亦当知绩学敦品耳"[5]，"读苏、辛词，知词中有人，词中有品，不敢自为菲薄"[6]。他还在讨论如何学习稼轩词时强调"学稼轩，要于豪迈中见精致。……

1　（清）周济：《介存斋论词杂著》，《词话丛编》，第 1630 页。

2　（清）谢章铤：《赌棋山庄词话》卷三，刘荣平校注：《赌棋山庄词话校注》，第 73 页。

3　（清）谭献著，范旭仑、牟晓朋整理：《复堂日记》，石家庄：河北教育出版社 2001 年版，第 72 页。

4　（清）谢章铤：《赌棋山庄词话》续编卷五，刘荣平校注：《赌棋山庄词话校注》，第 376 页。

5　（清）谢章铤：《赌棋山庄词话》卷九，《赌棋山庄词话校注》，第 201 页。

6　（清）谢章铤：《赌棋山庄词话》卷九，《赌棋山庄词话校注》，第 201 页。

试取辛词读之，岂一味叫嚣者所能望其顶踵……稼轩是极有性情人，学稼轩者，胸中须先有一段真气奇气，否则虽纸上奔腾，其中俄空焉……"[1] 词人胸中须有"真气奇气"，有伟大的品格、深沉的思想、真挚的情感，方能驾驭"大题目"，创作出"词史"之作。否则，只是叫嚣为词，词作空虚粗豪，无甚意味。

第三节 "离奇惝悦，缠绵恺恻"：谢章铤的词作

谢章铤存词约 520 余首，包括《酒边词》八卷，《聚红榭雅词集》所收词，以及《赌棋山庄余集》、稿本《赌棋山庄词》、稿本《赌棋山庄文集》《赌棋山庄词话》《赌棋山庄词话续编》《赌棋山庄遗稿》等所存词。谢章铤的词大致可以分为前后两个时期，时间大体上可以以咸丰末年为界，此时他四十多岁。前期的词作大约包括《酒边词》前六卷和《聚红榭雅词集》所收录的作品，后期为《酒边词》后两卷，《酒边词》所录可考者止于光绪八年（1882）。大致来说，谢章铤前期的词学稼轩，更加豪放，后期的词则不仅具有豪迈之气，而且具缠绵之情。不过，与豪放派的苏轼、辛弃疾以及阳羡词派的陈维崧等相比，谢章铤的词整体上更加离奇与缠绵。

谢章铤经历了中国近代史上从鸦片战争至辛丑条约签定为止的诸多历史事件，目睹了晚清政府的腐败和帝国主义的入侵，作为一个读书人，他为不能为国效力而深感痛苦。黄宗彝序其《酒边词》言："贾生云：天下事有可为长太息者，有可为痛哭者。苏子云：嬉笑怒骂皆成文章。"[2] 他认为太息、痛哭、怒骂、嬉笑都不足以发泄谢章铤胸中的愤懑，所以喷发而出成为词，"变为离奇惝悦，缠绵恺恻之语"[3]。这里有两点值得注意：一是谢词反映了鸦片战争以后诸多值得太息、痛哭的严重的社会现实，怒骂或嬉笑类的文章仍不足以表达他的情感；二是谢词的语言并非直抒其胸臆，而是"离奇惝悦，缠绵恺恻"的；也就是说，他的词所要表现的内容有时极为愤感，然而却故意使之"离奇惝悦"，或故意以"缠绵恺恻"之语出之。

一、嬉笑怒骂之时事词

谢章铤主张"拈大题目出大意义"，以长短句之词来"抑扬时局"。从这样的词学理

1　（清）谢章铤：《赌棋山庄词话》卷一，《赌棋山庄词话校注》，第 25 页。

2　（清）黄宗彝：《酒边词序》，谢章铤《谢章铤集》，第 515 页。

3　同上。

念出发，谢章铤在词作中不但像常州派词人那样感喟才士不遇，而且敢于抨击当政昏庸，十分关注民虞民瘼。这些词情感十分沉痛，心中的一腔愤恨似要喷薄而出，有强烈的感染力。

谢章铤抨击当政昏庸，矛头直接指向高层统治者，用笔更加犀利，批判十分辛辣。这以《百字令·书〈吊古战场文〉后》四首写得最为精彩。《吊古战场文》是唐代文学家李华创作的一篇文章，文章描述了历史上战争的残酷场面以及古战场的悲凉景象，揭示了战争的无情以及给人民和战士造成的深重苦难，希望统治者能够推行仁政，渴望和平。谢章铤的《百字令·书〈吊古战场文〉后》是读《吊古战场文》的感想，词人不但爱憎分明，以古刺今，批判有力，而且嬉笑怒骂之间将当政者的昏庸无能展现无遗，具有极强的感染力。第一首写统治者将战争当作儿戏，为自己的功名利禄轻易发动战争。其上片如下：

> 长城竟坏，把江山半壁，付之儿戏。宴坐焚香惟画诺，尚谓臣精凋敝。校尉摸金，相公伴食，一阕功名市。累人枉死，可怜埋骨何地。

边关失守，河山残破，那些文武官僚们却将战争当作儿戏，他们为了争名夺利，置国家安危、人民生死于不顾，读之令人发指。而词的下片手笔更加辛辣，"遇毒仓皇似鼠，双手扶头无气"，将临阵逃跑的将领比作胆小的老鼠，将将领们的仓皇狼狈刻画得入木三分。

第二首讽刺统治者只知自己享受行乐，无能无才无德，完全不顾百姓生死和国家利益，词如下：

> 晨歌暮舞，竟太平粉饰，及时行乐。奏凯声中万马过，狐兔酣嬉更恶。贼自黄巾，官方赤帻，民尽填沟壑。六州聚铁，殷勤累次铸错。 遂令地少坚城，兵无利矢，一卷风吹箨。此局全输犹未悟，孤注何堪屡博。拥彗须勤，听筝勿滥，致死人心作。不然休矣，诸公衮衮安托。

此词上片写朝廷歌舞升平，统治者只顾自己及时行乐，不顾人民死活，即便官军打了胜仗，"民尽填沟壑"人民反而要遭殃。下片言因不修军备，"地少坚城，兵无利矢"，所以军队毫无战斗力，一打即溃，不堪一击。"此局全输犹未悟"，即使这样还要作孤注一掷，结果是屡战屡败，以致"人心"已死。"诸公衮衮安托"一更是怒中带刺，对满朝文武官员失望殆尽。这真是"兴，百姓苦；亡，百姓苦"。

第三首写即使这些统治者打了败仗，还不自我反省，不思进取，仍旧行乐享福，鱼肉百姓。"不应弃甲归来，张灯行炙，日夜还拼酒"，"骨肉燕嬉，弓刀乌合，人在心先走。危城又失，凄凉金印如斗"，即使打了大败仗，逃命回来还要日夜纵酒作乐，只要能保住自己的性命和官印，其他切都可以抛弃，还管什么"危城"呢？

统治者不仅昏庸无能、贪生怕死、鱼肉百姓，更有甚者，他们还利用战争搜刮民脂民膏，在百姓的伤口上撒盐，将人民逼到绝地。第四首的上半阕：

度支便匮，但历年搜刮，销归何处？万姓膏脂供一饱，历历要津分据。续尾稗官，裹头赢帅，都餍金茎露。狼烟乍起，分肥又觑财赋。

他们不但平时搜刮尽"万姓膏脂"，还要利用战争，乘机再捞一把，这样趁火打劫，雪上加霜，老百姓还有活命吗？难怪"白骨衔冤，红尘说梦，难挽天心怒""哀音满纸"。面对如此惨状，连天公也感到不平为之震怒了。

以上四首联章体词从不同侧面揭示了清王朝高层将领的怯懦、贪婪，以及军队内部的腐败。清王朝就是靠着这样一群昏庸无能、好逸恶劳、贪生怕死、自私残忍的将领来指挥作战，抗击坚船利炮武装起来的帝国主义军队，怎能不打败仗呢？最终弄到丧权辱国割地赔款，自然也就难以避免了。晚清词学家冒广生对谢章铤词作推崇备至，赞其词"故其发声，天籁为多""舍人词豪放是本色"，这都是着眼于谢章铤词嬉笑怒骂的一面。

其实，谢章铤嬉笑怒骂的词数量不在少数，其他如《满江红·酒间感怀》《金缕曲·感遇》《满江红·叠韵答箫岩》《沁园春·述醉谵言》三阕、《沁园春·续述醉谵言》四阕、《满江红·闻官军收复金陵》等，或对当局不满，或为国事担忧，或代友人不幸鸣不平，或自伤身世，无不悲凉抑塞，愤恨无穷。另一首《暗香·台江感旧》则是对帝国主义入侵有感而发。词云：

艳云换尽。忽蛮烟蛋雨，吹来成阵。试看脂痕，骤染腥膻不堪认。何处琵琶细响，浓阴里情天也病。累蝴蝶无力高飞，一线瘦魂剩。　　双鬓北风劲。怪滚滚长江，乱潮无定。鬼声相引。空际楼台又嘘蜃。无数莺啼已老，赢一片、夕阳凄紧。春去矣，休再问花前月影。

"蛮烟蛋雨""腥膻""蜃"等指汉族以外的其他民族，带有鄙视的态度，这里是影射帝国主义侵略者。正是由于帝国主义者的大量入侵，"吹来成阵"，才使得中国的大好河山顿然失色、乌烟瘴气，"骤染腥膻不堪认"，最终使得"乱潮无定。鬼声相引"，清朝繁华已逝，"夕阳凄紧""春去矣"无不象征着衰世、乱世、末世的到来。

继鸦片战争"五口通商"之后，帝国主义接踵而至，强加给中国一系列不平等条约。随之而来的是他们在全国各地设领事馆，建教堂，办工厂，开矿山，好山好水任由占据。这必然要引起中国人民的不满与反抗。谢章铤生当其时，目睹不平的现象，有感而发，因此《酒边词》也留下了多首这类作品。如写于道光二十八年 (1848) 的《金缕曲·庭梅半开，独步花下，风过时坠一二片，韶华不居，零落可感》。此词后有按语："忠贞祠在福州乌石山，有梅一株，宋代物也。山近为英夷所踞。"宋代是汉族人统治天下，而梅花自古就是中国古代坚毅不屈的士人的象征。所以福州乌石山上的那一棵宋代梅花其实代表的是汉族士人，而"细雨忠贞祠下过，人对花齐滴伤心泪。要看花，将何地"，梅花的凋零无疑就是汉族的衰落，士人的无奈与哀伤。四年之后，即咸丰二年 (1852)，帝国主义者占领乌石山，想砍伐这株宋代的梅花，谁知这株宋梅“逆夷盘踞是山，欲纵寻斧，先数日竟憔悴死”。有感于这棵梅花的精神，谢章铤又作《满江红·为萧岩题吴清夫所藏汪稼门尚书梅花诗扇册》一词，借题发挥，寄托爱国情怀。词的下片为：

宜爱护，休摧摘。今忽憾，谁之责？冷相思无著，檐低月黑。梦断忠贞祠下路，埋香也化苌宏碧。嘱瘦魂莫向垅头消，招应得。

“谁之责”一语，愤怒地斥责“逆夷”。梅花本来是汉族的瑰宝，象征着中华民族，本来应该爱护有加，“宜爱护，休摧摘”，但最终却受刀砍斧斫。不过梅花“埋香化碧”，梅之品格是宁死不屈的，可见吊梅之“瘦魂”，旨在激扬忠贞的爱国精神。

二、沉痛缠绵之抒情词

谢章铤说：“学稼轩，要于豪迈中见精致。”[1] 稼轩词不仅具有豪迈之气，而且具有缠绵之情；不仅具备粗疏开阔之壮美，而且有精致细腻之柔美。谢章铤的抒情词尤其近似稼轩豪迈中见精致之词，兼具质直之质与婉转之姿。

谢章铤身世凄苦，三岁丧母，三十丧父，中间儿女又多夭亡，屡遭“文字厄”，直到赴山西前一年才中举，科名不能早达，从而导致生活贫苦，未能施展个人抱负。这样坎坷的经历，体现在词中便是不幸身世的深沉感慨。如《百字令·长夜不寐，百感骈生，挑灯拈填词调，拉杂凄凉。遂得八阕。读一过，不自知其泪之簌簌也》。这组词自述词人生平，写得相当沉痛动人。词人身世清明，曾大父期以文章显贵，三岁母亡六七岁弟死，寄养其姑，艰难地度过“零丁独苦”的凄凉岁月。十岁后又得重病，“四载倚床”，“医言不治”。之后恩师挚友相继离世，“天夺斯人，回车一痛，惨淡心先死”。其后，生活十分贫苦，“只欠吹箫常托钵”，而且“堂前债客，门外催租吏”，逼得走投无路。幸有少妇的关怀体贴，劝慰自己“忍死待时”，期望有日功成名就。但是科举也屡试不中，“那晓数奇侯未得，狙击依然失意”。谁知命运不好，科场失利，只好“依人又向千里”，“走险谋生计”，到处奔波流浪，过着“素冠乱发”的贫苦生活。这分明是一篇作者前半生悲惨境遇的自传体实录，确实是“尝尽飘零苦”“卅年辛苦，哀歌滴血成字”，也确实“一表陈情难卒读”，其凄惨情况与写《陈情表》“茕茕独立，形影相吊”的李密不相上下了。现举这八首中的最后一首如下：

严寒至此，看沉埋难了，壮夫意气。一枕九州龙虎梦，声价何关朱紫。结客忘身，对天有眼，手散千金矣。茫茫世路，付之一笑为是。 却叹腹转车轮，口啣石阙，丸纸充双耳。照镜头颅差不恶，时把须眉料理。红粉听歌，青衫说剑，尝尽飘零味。卅年辛苦，哀歌滴

1 （清）谢章铤：《赌棋山庄词话》卷一，《赌棋山庄词话校注》，第 25 页。

血成字。

"照镜头颇差不恶"，说明自己本不是天生贫贱。而他之所以一生穷愁潦倒，悲苦无端，完全是由于末代世路的险恶，政治气候的"严寒"将自己的"壮夫意气""沉埋"，以及社会现实的冷酷无情，"茫茫世路"也只能无奈地"付之一笑"了。词虽以冷峭之笔，故作超放旷达，但仍掩盖不住内心的煎熬苦痛。难怪后世词论家以为谢章铤"集中百字令八阕，神情激越，绝似趣陵《满江红》诸作。"此词虽十分沉痛质直，但我们也可以看到词中缠绵的一面。"龙虎梦""朱紫"等词色彩比较艳丽，"把须眉料理""红粉听歌，青衫说剑"等又具有一定的香艳气息。因此，整首词以粗豪为主，但粗犷中有细腻，豪迈中有婉媚。

谢章铤自我抒怀的词不少就兼具质直粗犷与婉媚细腻，情感深沉又呜咽，表达质直又婉转，语言质拙又精致。如《满江红·旅宿白鹤岭》言身如浮萍、飘零无依。词为"强捉扬花，使化作、浮萍飘去。况生质、如斯薄弱，风波难据。匹马骑云山不断，孤灯梦雨家何处。看浓阴、海漾带长天，迷乡树。 青青眼，将谁觑。铮铮骨，将伊妒。况茫茫尘土，销魂已屡。万古劳人宁有尽，老天离恨犹如许。唤王乔，控鹤共飞升，瑶京住。"其中"况生质、如斯薄弱，风波难据""青青眼，将谁觑。铮铮骨，将伊妒""万古劳人宁有尽，老天离恨犹如许"等句似为诗家语，庄重、端正、质朴，而"扬花""孤灯梦雨""瑶京"等又何等精细、轻艳，这或许就是谢章铤所谓的"豪迈中见精致"吧。

三、意内言外之咏物词

晚清词坛几乎被常州词派理论所笼罩，常州词派开创者张惠言"意内言外"的词学思想更是影响甚广。张惠言《词选序》："词者，盖出于唐之诗人，采乐府之音，以制新律，因系其词，故曰'词'。传曰：'意内而言外，谓之词'。"张惠言以《说文解字》释"语词"之"词"来释"诗词"之"词"，这是不对的，谢章铤也批评了这种望文生义的解释。但是张惠言借"意内言外"来倡导填词应该重视意格，针对浙派词人一味追求清空，空疏无物，意旨枯寂。这又得到了常州词派词人的拥护，于是他们虽然认识到张惠言解释的牵强附会，但是又接受了张惠言的说法，论词以深美闳约为主，醇厚沉着为归，注重寄托，注重阐发意内言外之旨。生当浙西词派衰落常州词派兴盛之际的谢章铤，也接受了常州词派"意内言外"的思想，填词注重寄托的言外之意，这尤其以咏物词为代表。

谢章铤的咏物词寄托深沉，托物抒愤，感慨深沉，常常言在此而意在彼，表面上在写物，实际上是在抒怀。聚红榭词人唱和中有"不倒翁"一题，谢章铤以《沁园春》词调填之，表达自己的遭际情感，表现自己品行道德，词如下：

一跌一醒，三眠三起，矍铄谁如。算颠不必扶，自能卓立，老当益壮，何患揶揄。偶尔低头，依然强项，莫怪铮铮小丈夫。瓤其腹，看此中空洞，容尽狂奴。　多年健甚顽躯。便作态、龙钟未有须。叹忽地登场，肯如傀儡，前身似梦，久辱泥涂。体段都全，脚根颇稳，俯仰随时且自娱。牢把握，更留心挫折，极力支吾。

古来吟咏"不倒翁"的诗文大多写不倒翁趋炎附势，立场不坚定。而谢章铤主要是赞美不倒翁脚跟稳健，老当益壮。词的上片写不倒翁像一个身体硬朗、精神矍铄的老翁，不仅能屈能伸，而且不畏艰难困苦、不怕误解嘲笑，真是铮铮大丈夫；下片写词人自己年近不惑，老态龙钟，但一事无成，未取功名，未登仕途，"久辱泥涂"不免满腹骚情。随后词人自我宽解，以为人生就像不倒翁一样，有俯有仰，有顺境也有逆境，最重要是要调整心态，积极向上，做到"俯仰随时且自娱"。这样的咏物词，虽是吟咏无情之物，但处处饱含人生的深沉体验，读之令人心酸、悲凉，词人郁郁不得志，心中有满腹怨言，却只能欲说还休，只能强作洒脱爽健，因为除了以洒脱来勉励自己，词人已无他法，除了精神的爽健，词人已一无所有了。

谢章铤还喜欢吟咏一些在传统审美看起来丑陋、病态的物体，如唾壶、铁佛、蠹鱼、秃笔、病虎、枯树、饥鹰等。中国古代士大夫由于受到儒家"三年不窥园"、十年寒窗苦读思想的影响，普遍身体瘦弱，逐渐形成了一种以病瘦为风雅的观念，反而身体强壮的赳赳武夫受到世人的嘲讽。久而久之，士人普遍形成一种病态的审美趣味。需要说明的是，谢章铤咏丑病之物并不是这种病态审美趣味的体现，反而是病丑之物寄托个人的骚怨，以及在病丑之物中寄寓个人、社会、民族强大的愿望。这些"丑"的物象既是词人形象的自喻，又是词人悲观心绪的再现，更是"万马齐喑究可哀"衰败时代的缩影。

谢章铤约在咸丰十年（1860）填写了《沁园春·枯树》一词。以"枯树"这个意象来暗指空有一身才能却无处施展的词人自身。词为："枝叶全删，英华始固，经几何年。算开落难凭，虚花何慕，槎枒勿露，老气自坚。不死名山，不支大厦，阅尽凄凉寂寞天。孤根畔，有葱葱郁郁，小草绵芊。　生机一例萧然。忍卓立、人间独自鲜。叹故国苍茫，寒鸦万点，江潭憔悴，落日无边。既老其才，定当有用，敢怨化工雨露偏。春风至，看支离之叟，变化如仙。"上片写这棵枯树历尽寒暑，阅尽沧桑，但仍能"老气自坚"；下片写这棵枯树即便无人欣赏，也要"人间独自鲜"，即便年老也坚定能老当益壮，只要春风到来便能老树开花。这其实是词人自我的隐喻，一方面言词人看尽沧桑，抒发人生短促，功业难成的感慨；另一方面言词人老且益坚，不坠青云之志，只要有伯乐定能发挥自我才干。

谢章铤不仅能以怜惜同情之眼发现这些丑病之物的价值，并赋予它们正面的形象，而且还能以自嘲的口吻、辛辣的手笔讽刺这些丑病之物，嗟叹它们的可悲。如《生查子·蠹鱼》一词，词为："嗟尔可怜虫，略解书中味。变化会有时，何必神仙字。　也要守名山，也要窥中秘。饱学亦艰难，穿穴当如是。"蠹鱼是一种蛀蚀书本的小虫，破坏书籍，毁坏文本，是极为可恶可憎之物。谢章铤却借助蠹鱼来自嘲像蠹鱼一样，虽"啃完"万卷书，却不过只是一只渺小、无能的小虫子，空有才华而无处施展。

谢章铤的咏物词注重寄托和意内言外之意，这与常州词派的咏物词相似，那么，谢章铤的咏物词是不是应该属于常州词派一路而毫无特色呢？回答是否定的。张惠言的咏物词善于感眼前习见之物而起兴，并赋予景物很强的主观情感，手法上不以细致刻画而见长，而重在借物抒情。如《水龙吟·瓶中桃花》以桃花言怀才不遇，"冷落天涯，凄凉情绪，与花憔悴"，《木兰花慢·杨花》以杨花言身世飘零，"尽飘零尽了，何人解，当花看"。不过，张惠言的咏物词抒个人之情有余，而深沉的时代寄托则不明显。周济的咏物词数量较多，他在咏物中寄寓个人身世的同时，还含有时代的忧伤。如其《齐天乐·蠹食册成蝶…》："绿茸不记寻春路，濛濛但留纤影。玳管轻捎，乌阑细写，生被银鱼惊醒。灯花焰冷。照一片愁痕，倩谁重省。欹枕商量，化伊还怯夜风紧。　　罗浮休便去也，有神仙恰待，圆月如镜。织就云衣，凋残露屑，争又前身虚并。芝田万顷。任竹榻蕉窗，个人消领。翦纸招来，费缃梅半饼。"上片言蝶蚀故纸而成，下片言成蝶的飘零。而蝶蠹书而成何尝不是暗示千千万万寒士的辛苦求学，蝴蝶"还怯夜风紧"何尝不是暗指周遭环境的严峻，蝴蝶"个人消领"暑寒又何尝不是代指自我消受炎凉。蒋敦复读出了此词中深含的比兴寄托，言："寓意深远，非浅人所能梦见。"并推及周济其他的咏物词："又有新竹、风竹、晴竹、雨竹四首，调倚长亭怨、疏影、南浦、高阳台。比兴无端，言有尽而意无穷，与时辈咏物，相去远矣。"其后，常州词派的咏物词进一步咏怀化。沈祥龙即认为咏物须寄托个人与家国的情感，云："咏物之作，在借物以寓性情。凡身世之感，君国之忧，隐然蕴于其内，斯寄托遥深，非沾沾焉咏一物矣。如王碧山咏新月之《眉妩》，咏梅之《高阳台》，咏榴之《庆清朝》，皆别有所指，故其词郁伊善感。"王沂孙这三首咏物词写"故山夜永""纵飘零，满院杨花，犹是春前""玉局歌残，金陵句绝，年年负却薰风"等，饱含着身世飘零之苦、今昔盛衰之叹、故国沦亡之痛，写物也是写自我个体、写时代国家。谢章铤不属于常州词派，但他也以为咏物词"题中有寄托，题外有感慨"，方能"无愧于六义焉"，也重视以咏物寄托深沉的情感内涵。因此，谢章铤与常州词人一样也重视寄托，强调"咏物即咏怀"，但是谢章铤与常州词派不同的是，他的咏物词寄托更加明白，手笔更加质直，情感更加强烈、明晰，而常州词派的咏物词寄托更加含蓄、幽微，手笔更加婉转，情感更加含蓄、深微。

道光、咸丰年间围绕在谢章铤周围，聚集有一批闽中词人。他们诗酒相从，唱和往来，彼此之间互吐情愫。他们生逢动乱之世，又多为贫寒之士，身世凄凉、情感郁勃，词多学苏辛。正如谭献所论："阅闽中聚红榭雅集诗词，倚声似扬辛、刘之波。"[1]他们中填词的佼佼者除谢章铤之外，还有刘家谋、黄宗彝、高思齐、刘存仁、林天龄、刘勷等人，此

1　（清）谭献：《复堂词话》，北京：人民文学出版社1959年版，第40页。

章挑选其中影响最大的词人刘家谋、黄宗彝加以研究。

第四节 侠士的呼号：刘家谋词

刘家谋（1814—1853），字苣川，一字仲为，号九十九峰散吏，别号外丁卯桥居士，福建侯官（今福州）人。他生于清嘉庆十九年（1814）花朝次日，即二月十六日。十三岁便出应童子试，十六岁丧父，道光十二年（1832）为举人，年仅十九岁，同榜中最为年少，玉树临风，才气横溢，他自道当时情景为："皎皎临风玉一枝。"（《海滨坐啸忽三年》）后来屡应礼部试不第，道光二十六年（1846）以大挑得宁德县（今属福建）教谕。家谋为人耿直，为上官不喜。二十九年（1849）调台湾府训导，寓居台湾第四年即咸丰三年（1853）夏以劳卒，是时海寇台匪倡乱，家谋忧心忡忡，加以肺病、劳累，力疾而终。家谋著有《外丁卯桥居士初稿》八卷、《东洋小草》四卷（内附《斫剑词》一卷）、《观海集》四卷、《海音诗》一卷、《鹤场漫志》二卷，以上五种合刻为《苣川先生合集》。家谋另有未刻书稿《开天宫词》一卷、《东洋纪程》一卷、《揽环集》十卷、《操风琐录》四卷、《怀藤吟馆随笔》一卷。

刘家谋现存词 62 首，其中《斫剑词》有词 57 首，《赌棋山庄词话》存词 5 首。刘家谋的时代正逢晚清闽中词学逐渐觉醒，刘家谋与张际亮、谢章铤、黄宗彝、李敬等闽中文人的交游唱和激发了他的词作创作，也影响到闽地词学的发展。《斫剑词》由道光二十九年（1849）东洋学署刻，创作时间为道光二十六年（1846）到道光二十九年（1849），当时刘家谋还在宁德县教谕任上，所以创作内容多与宁德相关。

一、以词为史——行侠仗义之"剑"

刘家谋早年就学福州鳌峰书院，而鳌峰书院以弘扬程朱理学为宗旨，因此刘家谋学缘上所承为经世致用之学。而且刘家谋深受闽中林则徐、张际亮等爱国志士的影响，自幼时起便胸怀宽阔、立澄清天下之志。如此种种在他的思想之中便种下了一颗爱国为民的热心，形成以诗文词为史的思想也就不足为怪了。至于其词的整体风貌则近似于其诗，姚莹评论刘家谋诗歌道："身世艰难百感多，刘琨何事击壶歌。"（姚莹《道光二十三年五月至福州苣川以诗见赠……四首》其三）这虽为刘家谋的诗而发，其实也可以评价他的词。家谋词多愤时感事之作，具有强烈的爱国热情与社会正义感。刘家谋词集名为《斫剑词》，他的词中"剑"意象也比比皆是，如："平生意，更有谁人识，取无端刺促自苦。欲抽长剑将愁斫，那斫许多愁绪。"（《摸雨儿·感赋》）"便是持杯还击剑，怎得淋漓尽致！"（《贺新凉·为谢枚如题＜酒边词＞》）"买得千丝孰绣，携将一剑徒看。"（《满庭芳·有感视枚如》）"倚醉拔长剑慷慨说髯苏。铜琶铁板能唱东去大江无。""哀歌斫地，顷刻快风疾雨俱。"（《水调歌头·酬枚如题拙集之作》）

在中国古代，佩剑的往往是侠客，侠的行为有时也被称作"使剑弄刀""舞刀弄剑"，因而侠、侠客又往往被称作"剑客""剑仙"，而侠客的正义品质也往往集中体现在剑意象上。在诗词中剑意象多用来象征以个体智慧和武力来建功立业、维护社会正义。如唐贾岛《剑客》诗："十年磨一剑，霜刃未曾试。今日把示君，谁有不平事？"又如明清侠义小说中成为驱邪锄妖、伸张正义的利器和神物象征。[1] 刘家谋本人十分钦羡侠士，他有一幅小照，作挂剑欲拔之状。个人小照可以说是个人人格的"写真"，拔剑图正可见出刘家谋本人就是一个"侠士"。他的友人也多以"侠士"视之。谢章艇《永遇乐》题家谋小照云："半世狂歌，几番醉舞，斫地皆成血。"韦廷芳也称刘家谋为人慷慨豪侠，刚正直率，毫无头巾气，凡见地方因革利弊及政治措施之失当，他都直言不讳，且见解独到。[2] 也正因为他能怜贫恤弱，加之勤政爱民而颇为时人所推重，成为为官一任、造福一方的好官。家谋诗词喜用剑、斫剑意象，欲拔长剑斫天地，说明他也希望自己能如"太阿光出匣"，一展其才，开天辟地，也希望自己像一位侠士一般能够行侠仗义，主持社会正义。其《自题拔剑图》写道："长剑绣涩，三年不磨。欲拔屡止，不拔奈何。我欲断黄河，黄河之水无回波。我欲剖虎豹，剿蛟鼍，蛟鼍虎豹纷何多，徒于灯前酒后无人处，自作王郎斫地歌，歌亦激厉不能和。天风飒飒吹庭柯，且把剑匣重摩挲。匣中秋霜，照人鬓皤。欲拔屡止，不拔奈何。吁嗟剑乎奈汝何，吁嗟剑乎奈汝何。"[3] 词人想拔剑剖虎豹，剿蛟鼍，可是蛟鼍虎豹何其多，词人欲拔屡止，不拔奈何，忧矣愁矣。

《斫剑词》作于刘家谋宁德任上，词作多反映宁德的民生疾苦，体现出一位持剑侠客式词人关切国家、关怀民瘼的济世之心。如《贺新凉》（万里凭高看）写登高望远，不仅"西北兵戈销未久，涌起江淮河汉"，"更处处，炊烟影断"，而且"有许多，城狐社鼠"，许多硕鼠作恶不断，如此种种如何不令词人"牢骚盱""几回痛哭"呢？"人作孽不可活"，天作孽更不可活。刘家谋在宁德除了目睹贪官污吏的暴行，也感受到天灾的无情，尤其是严重旱灾致使农民颗粒无收，百姓苦不堪言。《摸鱼儿》云："凭栏望，万里风烟飘瞥，蛟鼍腾掷谁掣。无禾无麦年年叹，盱几回心切。江淮决，更女哭男号，尽带涛声咽。"天地苍苍，是谁控制蛟鼍不降雨水？天干地旱，无禾无麦，宵衣盱食、急切如焚。江淮决

---

1 王立：《中国当代名家学术精品文库 王立卷》，沈阳：东北大学出版社 2019 年版，第 297 页。

2 韦廷芳：《海音诗序》，《校注海音诗全卷》，台北：台湾省文献委员会 1953 年版，第 1 页。

3 刘家谋：《自题拔剑图》，《东洋小草》卷 3，《清代诗文集汇编 655》，上海：上海古籍出版社 2010 年版。

堤，更是哭号惨怆。

中国古代有"乱世天教重侠游"之说。刘家谋所生活的晚清更是一个乱世、衰世，不仅有政治阶层的腐朽没落，下层百姓的艰难困苦，还有外来侵略者的剥削压榨，国内匪寇的盘剥抢掠，正如林则徐所言"家乡江河日下，人人穷不聊生"（《致苏廷玉》）。由此所激发的不仅有侠士的社会正义感，还有侠士的拳拳爱国热情。各种弊病层积于内，各种情绪纠织于心，侠士之心吐露无遗。如作于道光二十五年（1845）的《沁园春》词：

怒发冲冠，恨血沾襟，郁勃难消。问能飞将军，是谁李广，横行青海，几许天骄。未缺金曦，空捐玉币，为甚和亲学汉朝。多时累我，胸中磊块，索酒频浇。 谁图无限忧焦。忽眉舞神飞在此朝。看磨刀水赤，人心未死，弯弓月白，鬼胆先飘。被褥同胞，犁锄当戟，不待军门尺籍标。腥臊涤，听欢声动处，万顷春潮。

第一次鸦片战争之后，福州也被迫开放为通商口岸，允许英国人在此设驻领事馆。道光二十四年（1844）英人租借福州乌石山积翠寺，闽浙总督刘韵珂准许英领事在福州城内乌石山积翠寺设领事馆，福州人民纷起反对，贴出"割取夷人首级"作为号召，开展反入城斗争。而徐继畬中丞不敢反抗英军，力持和议，"极意与民为难，而俎上之肉，惟其所欲为矣。"此事引起民愤，"居民义愤同仇，几如广东之三元里"[1]。此词为此事而发，词的上片回顾鸦片战争到签订《南京条约》等事件，愤慨于懦弱无能的投降议和分子。词的下片则描写了此次乌石山反英事件，"腥臊涤，听欢声动处，万顷春潮"，表现出福州民众的英勇以及对外国人侵者的痛恨。这样的词的确淋漓尽致地展露出刘家谋"斫剑"的酣畅气势，谢章铤也为之击掌："磋呼，登楼一望，秋风四起，海水滔滔，逝将安止，安得携一斗酒，濡大笔，复填此等词哉？"[2]家谋曾有醉言赠谢章铤："醉矣苦语哀歌。雄谈快论，郁律难低首。说我迟生千载下，先让古人不朽。究竟茫茫海中一粟，那足论升斗。狂奴诳也，先生应笑开口，"（《念奴娇·醉言视枚如》）说是醉言，实已诉尽心底事，家谋一生抱负倾吐靡遗。

二、词道性情——染尽血泪之"心"

谢章铤论词首重性情，《金缕曲·谈艺视苣川》云："总要性情耳。自古来、韩苏李杜，所争止此……莫笑填词为小道，第一须删绮靡。如椽笔、横空提起。千古名山原有数，这功名不与寻常比。深相望，子刘子。"刘家谋论词也重性情，偏爱李后主、纳兰容若、苏轼、辛弃疾等独发性情词人的词作。但是，飘摇的时局，黯淡的社会，多舛的人生赋予刘家谋的只是满眼凄凉、满心悲凉。谢章铤《贺新凉·题苣川＜斫剑词＞》是对他词心的

---

1 谢章铤：《赌棋山庄词话》卷一，刘荣平校注：《赌棋山庄词话校注》，第31页。

2 谢章铤：《赌棋山庄词话》卷一，刘荣平校注：《赌棋山庄词话校注》，第31页。

最准备概括："知否凄凉甚。将生平、许多血泪，行间染尽。"他的《斫剑词》可以说是一部沾染尽血泪的心灵史。

刘家谋十九岁便中举，但十几年间五应礼部不中第。一生仅任宁德教谕和台湾府学训导二职，据《清史稿·职官制》记载："儒学，府教授（正七品），训导（从八品）。州学正（正八品），训导。县教谕（正八品），训导。俱各一人。教授、学正、教谕，掌训迪学校生徒，课艺业勤惰，评品行优劣，以听于学政，训导佐之。"[1] 可知其为官皆为芝麻小官。不过他积极入世，又从未放弃过济世的理想，可现实却又如此困厄。苦闷、牢骚、幽怨甚至愤激之情时常滋生于心。

道光咸丰年间，国事日非，生民日艰。刘家谋本人后半生也是辗转漂泊，阅尽世间沧桑。《贺新凉·答李少棠敬》上片"空自伤心起。叹古来、英雄豪杰，都归蒿里。究竟未能低首坐，一片热肠难死。况浊酒更为驱使。百尺危楼天汉上，看无边浩浩东流水。水有尽，愁何已。"英雄归蒿里，人世几沧桑，国仇家恨命途坎坷，忧愁无尽。即使如此，刘家谋仍勉励友人与自己"激昂慷慨，胸襟如此"，"勉力同担天下计"，仍坚持自我的品格、保持自我的胸襟，仍要为天下苍生担起道义。这样的情怀又有几人能具备呢？

有时候百感交集，词人将各种情绪杂糅于心。道光二十九年己酉（1849）花朝节，刘家谋即将过三十六岁生日。刘家谋的友人长乐郑承芳（字草堂）、长乐谢章铤（字枚如）、宁德郑思诏（字丹溪）、宁德崔挺新（字松门）、宁德蔡宗健（字顺甫）、宁德蔡昭礽（字兰墅）、宁德郑大铨（字亦东）、宁德冯埏（字玉田）等八人共聚于他的饮鹤山斋。几天之后请蔡明绅（字笏山）作《花朝雅集图》，刘家谋作《念奴娇·花朝雅集图》，词为：

> 二分过了，算三分犹剩、一分春色。似我将离还小住，眼底风光堪惜。一客一花，花随客至，不觉门阑窄。冷官侥幸，头衔骤领香国。　争奈花逐风飞，客如雨别，我更归期逼。欲作千秋相聚计，除是托之缣墨。客与主人，九人而已，好事原难得。蔡侯静者，绘图应笑花癖。

虽是相聚一堂，虽是春日花朝，但是词的基调却是凄冷无奈的。"二分过了，算三分犹剩、一分春色"言时光飞逝、春愁涌起，"冷官侥幸，头衔骤领香国"写出的是身为"冷官"的无奈，"争奈花逐风飞，客如雨别，我更归期逼"则表达聚散无常、离别匆匆之情。七年之后谢章铤仍写《花朝感旧》诗回忆此次盛会，情意绵绵。可见他们几人确是情深笃意，但纵有千般不舍，万般不愿，又怎奈命运苦蹉跎呢？

在古代中国，由于士人常要出门求取功名，异地他乡朋友成为了士人的慰藉。于是在家靠兄弟，出门靠朋友成为一种理念，士人们也十分热衷于结朋唤友。俗话说"欲知其人

1　赵尔巽等撰：《清史稿》，北京：中华书局1977年版，第3358页。

先观其友"，交什么样的朋友是需要十分谨慎的，因为交友不慎会影响自己的思想、习惯甚至命途。儒家主张交朋友应志同道合，应"友直友谅友多闻"，注重"同志"型友朋伦理，即所谓"同志曰友""责善，朋友之道也"（《孟子·离娄下》）。刘家谋的友谊观就是典型的儒家友谊观，友人之间不仅要相互关心、相互帮助，还应有相近的志向。

朋友之间应相互慰藉，互诉衷情，互慰平生。刘家谋此生多困境，幸遇知己，方能畅谈。他在《研剑词》中留下了大量的友人之间交游唱和之作。与谢章铤交情甚笃，二人书信往还、文酒过从，唱和之词最多，有：《虞美人·病中视枚如》《水调歌头·酬枚如题拙集之作》《贺新凉·为谢枚如题酒边词》《念奴娇·枚如病起有赠》《满庭芳·有感视枚如》。黄宗彝与刘家谋既是密友，又是亲家，二人唱和之词有：《黄金缕·柬黄肖岩》《贺新凉·柬肖岩》《念奴娇·柬肖岩》三首。其他唱和之作，如寄与蔡明绅的《贺新凉·寄蔡笏山》，寄与李应庚《念奴娇·寄李星村》，回复李敬《贺新凉·答李少棠敬》，寄与刘永松《念奴娇·寄舍弟永松》。又有友人聚集宴会之时，高朋满座，极一时之乐，如《念奴娇·花朝雅集图》《满江红·思训东洋留别诸同志》。朋友之间还应有相同的理想抱负，并能互相劝勉。刘家谋与李敬二人志向相同、惺惺相惜。李敬，字少棠，号西园，谢章铤表弟，也工文章。刘家谋《贺新凉·答李少棠敬》下片勉励友人与自己"激昂慷慨，胸襟如此"，"勉力同担天下计"，共同致力于治国济世之理想。这正是典型的古典意义上的友谊，即其中不仅蕴含着美德，而且也包含着公共精神。

按照"情"通于"性"以及"夫妇乃人伦之始"的观点，经夫妇是厚人伦、美教化、移风俗的基础。因此一个性情之人、道德高尚之人，如果他对他人、国家爱得深沉，必定也对他的妻子极其温柔体贴。正如谢章铤所说："五伦非情不亲，情之用大矣，世徒以儿女之私当之，误矣。然君父之前，语有体裁，观情者要必自儿女之私始，故余于诸家著作，凡寄内及艳体，每喜观之。"[1]刘家谋便是如此，他是用情至深之人，不管是对于国家、民族、社会、百姓，还是对于朋友、家人都是如此，甚至对他的妻子也是温情脉脉。"芑川与其妇詹氏伉俪极笃"[2]，他的词集中存赠内、怀妻之作数首，如其《贺新凉·赠内》：

浪说封侯相。廿年来、陌头杨柳，几番惆怅。远志出山成小草，差喜无妨随唱。算客里、家中一样。天妒鸳鸯双比翼，暂分开、未许常相向。沧海外、孤帆扬。 擎鲸驱鳄吾犹壮。但教卿、支持辛苦，心终难放。多累多愁多瘦损，只有儿夫偎傍。愿此后、自家调养。百岁因缘宁贴少，把离怀、准折方无恙。肯久别，烦卿望。

这首词似一封赠给妻子的家书，与妻子娓娓诉说家常，相当温存感人。词一开头讲词

1　（清）谢章铤：《赌棋山庄词话》卷二，刘荣平校注：《赌棋山庄词话校注》，第33页。

2　（清）谢章铤：《赌棋山庄词话》卷一，刘荣平校注：《赌棋山庄词话校注》，第30页。

人有着富贵之相，但二十年来却只能奔波在外，长久分别让妻子独守空闺、独撑家门。但与一般女子"忽见陌头杨柳色，悔教夫婿觅封侯"（王昌龄《闺怨》）不一样，妻子即使在词人郁郁不得志之时、贫困无依之际仍不离不弃，"差喜无妨随唱"。即使天各一方，也能与妻子心有灵犀、举案齐眉。下片写妻子辛苦持家，身累心愁但无怨无悔、任劳任怨，词人也希望以后能比翼双飞、阖家团圆。"但教卿、支持辛苦，心终难放"表示词人自己未能操持家庭，让妻子受苦受累而心怀愧疚。"肯久别，烦卿望"长久分别，烦请妻子望穿山水。这表现出一位丈夫对妻子的尊重、理解之意和自己的内疚之情，这种思想在古代是相当难得的。在古代的社会结构中，夫君是已婚妇女的唯一依附，女子必须顺从夫君，以婉约贞顺为美德。这种温顺在古代男子的眼中是理所当然的，然而刘家谋却以自己求功名、求仕途、求生存而致使妻子精神孤寂、身体操劳而心怀愧疚、"心终难放"，自己久别在外还"烦卿望"麻烦妻子担忧。这样的丈夫是多么的温柔，多么的深情啊！真是"侠骨柔肠齐进出，儿女英雄谁是"（《沁园春·柬肖岩》）。

三、稼轩再世——豪宕沉痛之词

友人谢章铤曾评价刘家谋词："右挹苏辛，左联秦柳。"[1] 其实，综观刘家谋词风更接近苏辛之风。选词可见词家宗尚，刘家谋曾经从《词综》中选钞一卷，所选之词多为豪放之词，"苕川所录，豪宕多而工致少"[2]。

刘家谋自作之词也多带有辛派词人的气息。首先，词调选择上多为豪放派常用之调。刘家谋现存的62首词中，所用词调情况如下：《念奴娇》（含《百字令》）10首，《满江红》8首，《贺新凉》7首，《摸鱼儿》4首、《黄金缕》4首，《钗头凤》3首，《高阳台》3首，《浪淘沙》2首，《忆少年》2首，《酷相思》2首，以及《虞美人》《寻芳草》《月上海棠》《满庭芳》《青玉案》《山花子》《减字木兰花》《卖花声》《采桑子》《南乡子》《水调歌头》《生查子》《菩萨蛮》《人月圆》《忆秦娥》《江城子》各1首。其中前四名的词调《念奴娇》《满江红》《贺新凉》《摸鱼儿》多为较为粗疏壮阔之调，多为豪放词人所用。其次，主题呈现上来看，刘家谋词思想情感是志士、侠士式的，情感境界比较壮大。展卷《斫剑词》，既有先天下之忧而忧，后天下之乐而乐的兼济天下之志，有岁月不居、时不我待的叹息，又有人生如梦、人世沧桑的感叹，并点缀有寄友怀人、赠内思乡之情，唯独缺乏的是红粉佳人的恋情，雅人闲士的意趣逸志，以及无聊文士的物象摹刻。最后，从词作的整体风格上而言，刘家谋词也酷似稼轩风。这里以《水调歌头·酬枚如题拙集之作》为例，词如下：

1　（清）谢章铤：《赌棋山庄词话》卷一，刘荣平校注：《赌棋山庄词话校注》，第30页。

2　（清）谢章铤：《赌棋山庄词话》卷四，刘荣平校注：《赌棋山庄词话校注》，第75页。

倚醉拔长剑，慷慨说髯苏。铜琶铁板，能唱东去大江无。喷出一腔热血，填入四弦新谱，声调不妨粗。七百有余岁，谢子不凡夫。 志何壮，遇何蹇，貌何癯。哀歌斫地顷刻。快雨疾风俱。万事不如杯酒，千古但凭文字，笑骂任狂徒。旗鼓非吾事，执策效前驱。

此词透露出词人的词学观点：对于声律问题，刘家谋也赞同苏轼、辛弃疾等人的观点，认为应以意为主，"声调不妨粗"；在风格选择上，刘家谋果断放弃"十七八女孩儿执红牙拍板，唱'杨柳岸晓风残月'"，而力主"关西大汉持铜琶铁板，唱'大江东去'"。此词的风格也是粗豪壮大的，"拔长剑""说髯苏""喷出一腔热血""斫地""快雨疾风""旗鼓"等用语何等重拙粗壮，而"志何壮，遇何蹇，貌何癯""笑骂任狂徒"等语气又何等慷慨激昂，情感又何等沉痛深挚。

刘家谋词可谓是得苏辛真传，不过与东坡词、稼轩词相比，其词仍有独异之处。刘家谋词狂则狂矣，而狂妄之中又有怪硬之处。如《青玉案》"空肠咬尽黄藿菜。醮不了、狂奴态。醉拔青霜歌慷慨。自家嘲笑，自家痛哭，且自家怜爱。 腐巾扯得纷纷碎。矮屋伸头无罣碍。狂论问天天不怪。有人惊愕，有人唾骂，更有人悲哦。"词中用语如"咬""醮""腐""罣""唾骂"等皆是通常所谓的粗鄙语、浅俗语，皆是晚清词家认为不可用之字面，如"腐者、哑者、笨者、弱者、粗俗者、生硬者、词中所未经见者、皆不可用。"[1]可是刘家谋偏偏用之不爽，使得词怪硬生拙，别具一格。刘家谋词的这种怪硬之处还比较在用韵之上，其词的一些韵脚多为不常用韵字，比如《钗头凤·惺忪境》一词韵脚用"热""撇"等生硬之字。

友人谢章铤虽然也习苏辛，但是豪宕之中亦含工致，较为婉转细腻。与谢章铤相比，刘家谋词更加粗壮、更加狂放。试比较二人词如下二首：

不见三年矣。便一年、几封鱼雁，添愁而已。访戴南来君又去，如此缘悭何以。愧孤负、生平知己。打叠千般细细说，却纷纷、心下从何起。孤灯夜，离愁里。 昔君叮嘱言凡几。谓千金、之躯善保，勿为情死。别后沧桑经屡变，安得开怀而喜。拟几度、移书报尔。天壤茫茫多恨事，算劳生、犹是寻常耳。欲提笔，书又止。（谢章铤《贺新凉·芑川书问近状，并故乡近事，填此代札》）

海上三年住。看海门、潮生潮落，匆匆朝暮。恩怨爱憎无不有，一笑仅堪相付。也只好、吾行吾素。首蓿阑边生气尽，算此官、真要人撑住。否则作，头巾腐。 一鞭初指鸳江路。将生来、许多热血，向人倾注。立懦廉颇吾岂敢，况是文章无据。但略表、区区情愫。究竟未曾万分一，却百般、阻碍知何故。且袖手，从旁觑。（刘家谋《贺新凉·寄蔡笏山明绅明经》）

同样是《贺新凉》调，同样是寄给友人的词作，二词在风格上却存在一些差异。谢词

在情感表达上更含蓄，"打叠千般细细说，却纷纷、心下从何起"欲说还休，"欲提笔，书又止"欲书又止。而刘词则直抒胸臆，表达感情淋漓尽致，发表思想议论纵横。"恩怨爱憎无不有，一笑仅堪相付"，恩怨爱憎直言不讳，"算此官、真要人撑住。否则作，头巾腐"横生论述，"许多热血，向人倾注"胸臆直吐。词人抒情达意不含含糊糊，而是直来直去、展露无余。

第五节 寒士的哀音：黄宗彝词

黄宗彝（约 1812—1861），原名煷，字肖岩，又字圣谟，福建侯官（今福州）人。幼小时即聪颖异常，十四岁时即能通九经，而且健笔如椽，顷刻便能成文。他的才华为闽中进士陈登瀛所激赏，因而将女儿嫁与他，并尽传其业。二十岁学成，不料屡困场屋、怀才不遇。他曾在台湾依刘家谋两年，后以太学生终。黄宗彝禀性简厚，笃修气节，"生平无疾言遽色，然于义无所不可，亦未尝稍与委蛇，故其为人乃重自爱其身，又不欲以所能尚人，然于世故又甚备"[1]。世事难料，宗彝三十三岁时，弟弟、女儿相继离世，白发人送黑发人，恸哭不已。在此之后，虽仆仆风尘，仍困顿颠陟，其为糊口计，乃弃书学贾，然犹行囊萧然。[2] 宗彝著有《婆梭词》二卷（今存一卷）、《方言古音考》八卷，有遗诗一卷及杂文若干篇。因他不欲以文人之名传世，因而多不自贵；又不愿以雕虫小技胜人，因而台湾之行之后未尝致力于偷声之学，词作数量较少。当时闽籍人士赴台为官不在少数，诗文创作也颇多，就寓台人士创作词而言，黄宗彝可以说是"此于台湾文学史上可谓乃罕见之特殊现象"[3]。

一、填词历程

黄宗彝与刘家谋既为同乡，又年龄相仿、志趣相投，二人诗文相从、来往密切。刘家谋序谢章铤《赌棋山庄诗集》回忆道："于时常过从者数人，为黄子肖岩、程子石

---

1 （清）谢章铤《赌棋山庄全集·文集》卷一《送黄肖岩之永安叙》，《谢章铤集》，第 4 页。
2 咸丰四年夏填《采桑子》，见《婆娑词》，《全闽词》，第 973 页。
3 赖丽娟：《道、咸年间寓台词人黄宗彝在台词作考》，《成大中文学报》，2006 年第 14 期。

夫及余弟筠川。"[1] 二人不仅为好友，还结为儿女亲家，刘家谋长子刘齐晟娶黄宗彝女儿为妻。刘家谋目睹黄宗彝漂泊落拓、郁郁不得志，奋力为之筹措生计。道光二十八年（1848）冬，刘家谋接获调往台湾的命令，至道光二十九年（1849）秋前往台湾，黄宗彝即随之同行去台湾谋生计。至台藏书家甚少，自己藏书也少，加之人生地不熟又百无聊赖，黄宗彝翻阅刘家谋的藏书，偶然读及万树的《词律》，并照谱律填写了平生第一首词《贺新郎》。谢章铤回忆此事道："肖岩自台湾移书曰：'客里无聊，取读《词律》，略有兴会，依谱填之，未知顽铁有可铸否。'"[2] 黄宗彝自己也在词集中记载了这件事："余素不工减字偷声之学。己酉，余友芑川刘家谋任台湾府训导，招予同行。海外鲜藏书家，取箧中万红友《词律》读之，学填此阕，寄示枚如。"[3] 黄宗彝之所以邮寄生平第一首词给谢章铤，除了因为彼此是好友，抒发思念之情外，还因为谢章铤是词中作手，而且他于词见解独到，就连已刊刻词集的刘家谋也自叹弗及。

谢章铤收到黄宗彝的词作"惊喜欲狂，以手加额者三四"，其中的缘由在于这是黄宗彝第一次填词，竟然如此有天赋。于是谢章铤赶忙写信回复黄宗彝，指导并勉励他继续填词：

> 《词律》留以备考，颇非占毕善本，芑川前年曾于《词综》中选钞一卷，取读之当必有进。且芑川所录，豪宕多而工致少，初学作词，每患体调拘束，得其梗概，真可以伸缩如意，然后再求熨帖，所谓能用调而不为调用者，则善矣。近日词风，浙派盛行，降而愈下，索然无味。词之真种子，殆将没于黄苇白茅中矣。足下勉之。[4]

谢章铤首先指授黄宗彝填词途径，认为万树的《词律》仅可供参考，却并非学词之正法眼藏。其次，建议黄宗彝取读刘家谋于《词综》中所选钞之词作，同时也指出家谋所选词作豪宕者多而工致者少，故不可不戒慎。内在的意思是填词的风格可以豪放，但最好应豪放粗犷中含细腻婉转。再次，谢章铤在创作上提醒黄宗彝，初学填词不要被体调所束缚，如果能洞晓填词梗概，自可伸缩自如，而后方能进一步讲究词作声律之熨帖。如此始才能臻至"用调而不得调用"的境界。潜在的意思是初学填词应以意为主，不能以声律为先，熟练之后可在立意为先的基础上讲究声调格律。最后，谢章铤以浙西词派索然无味之词为警戒，希望黄宗彝警惕浙派之词，也希望他能扫除当时浙派末流的弊病。如此便从填词门径、警戒等方面金针度人。

后来谢章铤还特意写信给刘家谋，嘱咐刘家谋督促、鼓励黄宗彝填词。"寓信芑川，

---

1 （清）刘家谋：《赌棋山庄诗集序》，谢章铤《赌棋山庄全集·诗集》，陈庆元等编：《谢章铤集》，第204页。

2 （清）谢章铤：《赌棋山庄词话》卷四，刘荣平校注：《赌棋山庄词话校注》，第75页。

3 《贺新郎》词自注，《全闽词》，第973页。

4 （清）谢章铤：《赌棋山庄词话》卷四，刘荣平校注：《赌棋山庄词话校注》，第75页。

属其怂恿左右。"刘家谋回信说："肖岩词如昙花一现，近又在若有若无之间。嗟乎，肖岩之不欲以雕虫小技胜人如此。"[1] 黄宗彝填词之所以"昙花一现"，是因为他填词本来只是起于"兴会"，如果没有兴致灵感，便不会特意去创作，因而不能在短期间要求黄宗彝能像刘家谋、谢章铤那样专注于词之创作。不过，刘家谋还是听从谢章铤的意见，勉励黄宗彝学词、填词，二人唱和数十首。黄宗彝自己记载道："枚如来札许可，且怂恿苣川，勉予学词，遂与苣川唱和数十阕。"[2] 正由于友人的勉励、督促和指导，黄宗彝在台湾集成词集《婆梭词》。至于何以命名为《婆梭词》？谢章铤臆测道："肖岩词则作于渡海以后，故名曰婆梭。婆梭者，海曲也。其意欲寻源于古乐府，而参以子夜读曲之法，惜未竟其业，而饥驱东西，目击祸乱，卒以多愁而陨。悲夫。"[3] 而且他的词成就较大，能自成一家，谢章铤以为"所作实能岸然自异，不逐时风"[4]。

自台湾归后，黄宗彝又与友人唱和、填写了一些词作。如友仁精舍唱和。友仁精舍之会，黄宗彝因为参加秋试并未参与。后来黄宗彝名落孙山而归，郁郁寡欢，见到唱和之词也唱和了一首，"失意之言，令人寡欢。"词为："苦唤奈何，只闭门、自捱寂寞。怎忍看，寡妻稚子，待填沟壑。生我难知天道远，反躬敢责人情薄。这肚皮，总不合时宜，该沦落。聪明怕，书休读。交游谢，世原浊。且平分贫富，何忧何乐。入世已惭增马齿，知音最易混鱼目。倪因循，一失便终身，谁之错。"谢章铤最懂友人的心境，"盖肖岩时方贫困失计，而又感伤时事，故其言甚苦。嗟乎，辄唤奈何，岂独子野哉。"[5] 又如梅信诗唱和。汪稼门尚书督闽地时，将梅信诗书扇赠予吴清夫，吴清夫将其装帧为册。伊秉绶为此册作"寒味芳心"四字，并且和了一首诗。后来潘霭亭将梅信诗册赠给黄宗彝，黄宗彝见其中题咏甚多，其中有江沅《东风第一枝》梅信词一首，便"依韵答之，以徵声气"[6]。黄宗彝从台湾归来后填词更有进步，所作之词"兼揽南北宋之胜，传作也。"[7] 谢章铤认为"北宋多工短调，南宋多工长调。北宋多工软语，南宋多工硬语"，南北宋词偏至，终非全才，学词应兼善南北宋名家词，"词至南宋奥窔尽辟，亦其气运使然，但名贵之气颇乏，文工而情浅，理举而趣少。善学者，于北宋导其源，南宋博其流，当兼善，不当孤谐。"[8] 刘家谋能得到谢章铤"兼揽南北宋之胜"的评价，说明他的词学造诣是较高的。

1 （清）谢章铤：《赌棋山庄词话》卷四，刘荣平校注：《赌棋山庄词话校注》，第75页。

2 《贺新郎》词自注，《全闽词》，第973页。

3 （清）谢章铤：《赌棋山庄词话》续编卷五，刘荣平校注：《赌棋山庄词话校注》，第383页。

4 同上

5 （清）谢章铤：《赌棋山庄词话》卷五，刘荣平校注：《赌棋山庄词话校注》，第119页。

6 《东风第一枝·和韵》自注，《全闽词》，第978页。

7 《赌棋山庄词话》卷六，刘荣平校注：《赌棋山庄词话校注》，第130页。

8 《赌棋山庄词话》卷十二，刘荣平校注：《赌棋山庄词话校注》，第242页。

刘家谋台湾所作之词大部分葬身大海，现在仅存大约 6 首。他归来后从谢章铤《赌棋山庄词话》中录出几首，加之台湾所存及台湾回来之后所作之词成《婆娑词》，共计 72 首。刘家谋台湾病逝后，黄宗彝日感人世之沧桑，所作之词更加哀怨。而他填词的动机在于记录这种人世变换，"以毋忘世态之更换、人事之变迁，为余学词所自昉云。"[1] 然而，他最终也未能中榜，一生孤苦，五十岁便去世了。

二、哀怨之声

黄宗彝年少时即才名显著，不料其后几十年一直怀才不遇，一生穷困不遇。谢章铤曾在诗中记载黄宗彝的困顿，"中言黄生堪销魂，衰草如云昼掩门。艰难八口多泪痕，才名一世真何用？肝胆千秋不足论，可怜平原公子难复存。"[2] 八口之家靠其糊口，而他本就家境清贫，且又未谋得一官半职，日子自然过得十分艰难。日日困苦导致他多愁善感，郁郁寡欢。对于刘家谋善感的个性，最了解者应属刘家谋，刘氏《砺剑词》中《念奴娇·柬肖岩》一词曾写及黄宗彝性情，词为：

黄生倦矣，问放情丘壑、尚能如故。闻道小西湖上影，日日芒鞋来去。宛在堂边，霜寒水远，几许销魂句。鹭江千里，有人为汝遥注。 最苦雄佩鸡冠，西园年少，匹马江南度。抛汝断桥斜照外，满抱幽愁谁诉。算有青山，多情第一，低首相回顾。红尘滚滚，眼前多少歧路。

刘家谋词中起头一个"倦"字便再现出了黄宗彝的生平与心境，他不仅身体奔波劳累，而且心灵沧桑困倦，只能放情丘壑了。而且黄宗彝生性多愁易感，常常徘徊于小西湖旁、宛在堂畔，并写出几许销魂句，尤其当友朋大都离乡而去，独留黄宗彝一人时，满腹幽愁却无人可以倾吐，唯有青山深情相回顾。"红尘滚滚，眼前多少歧路"写出了他处境之难、心境之悲。

生活的贫穷，科举的困厄，性格的多愁善感，势必会导致他心境的悲凉、哀伤。而且长期的执着追求、艰苦付出而得不到回应，必然会心生怨气。中国古代自孔子起便主张"诗可以怨"，并形成"诗人怨主刺上"的传统。"怨"也作为创作动机自屈原起便大量存在于诗歌之中，诗人不仅可以通过创作文学作品以抒发个人的怨艾之情，而且不必拘谨、压抑自己浓烈的怨怒之情。[3] 黄宗彝显然也是哀怨之人，其词也是"怨而作"，谢章铤曾说："知己黄刘哀怨多，都将涕泪付高歌。"[4] 这就很准确地概括了黄宗彝诗歌的哀怨性。

---

1 《贺新郎》词自注，《全闽词》，第 973 页。

2 《赌棋山庄全集·诗集》卷二，《肖岩病归自永安，愈未十数日，复理装作去计。时余亦将有东洋之行，作此送之并以道别》，《谢章铤集》第 798—800 页。

3 夏秀著：《在温柔敦厚与直抒怨艾之间 中国文学中的诗怨传统》，济南：齐鲁书社 2018 年版，第 73 页。

4 《赌棋山庄全集·诗集》卷九，《锡三为题近作依韵答之》《谢章铤集》，第 274 页。

黄宗彝《婆娑词》第一首《贺新郎》词第一句便为"独抱风骚怨"，何为风骚之怨呢？"风骚"指《诗经·国风》与《离骚》的精神及其表现形式。《国风》主要是"男女相从而歌"的歌谣，它或为正风，即治世中通过劳人思妇对当政者美赞之篇，或为变风，即礼崩乐坏时所作的美刺之章。而《离骚》之意"言己放逐离别，中心愁思，犹依道径以风谏君也"，《离骚》之表现方式为"依《诗》取兴，引类譬谕：故善鸟香草以配忠贞，恶禽臭物以比谗佞，灵修美人以媲于君，宓妃佚女以譬贤臣，虬龙鸾凤以托君子，飘风云霓以为小人。"[1]"骚"的个人抒情意味更浓，尤重君子的幽愤，"风骚"合称主要是偏指衰晚之世文人通过闺情传达自伤、自怨、忧民、忠爱之情，风骚之怨也即衰晚之世文人的个体哀怨之情。再结合《贺新郎》一词来理解黄宗彝的风骚之怨，词为：

独抱风骚怨，想谢郎、今日心绪，如何安顿。纵酒高歌聊复尔，岂是我生始愿。况逐队、舞衫歌扇。博得红颜心肯许，准多情、一样承恩眷。人世事，何须问？ 相思难觅飞鸿便。只堪怜、自家愁绪，自家排遣。我本情怀多感慨，莫道都因贫贱。倘寄意、又无人见。此恨消从何处去，恐东风、错认旧时面。肠千转，心一片。

此词乃黄宗彝生平所填之第一首词，词人说是"依谱填之"，但词作完全见不出新手的生涩，反而写得情深意切，感人至深。上片问候远隔重洋的好友谢章铤，是时词人正独自怀抱骚人幽怨，致斯人憔悴、寂寞，惟借纵情歌酒以排遣愁绪，但歌酒也不是其夙愿，而是迫不得已的遣愁工具。接着运用香草美人比兴手法，言何时赢得美人芳心，何时承恩遇眷，实际寄托了词人士不遇之悲。命运如此，莫问世事之艰难苦恨。下片抒写与谢章铤彼此因音讯难觅，两地相思，纵有忧愁又能向谁倾诉？仅有靠自己纾解，"自家愁绪，自家排遣"。可自己偏偏又是多愁善感之人，而所以易感，并非全因自身贫贱，实是本性如此。黄宗彝想寄意情怀，又无人知晓，内心充满怨恨，不知如何消解？莫非昔日之旧友皆错交？一思及此，对人情之淡薄、世态之炎凉，极度难过。愁肠千转，真心一片。词中无论是抒发个人处境凄凉、思念亲友，还是感慨士不遇或是感叹人情淡薄、世态炎凉，这都属于"怨"的第一种形态，即由于自身穷厄境遇所导致的个体之怨。

在重辑《婆娑词》时，黄宗彝又于本词自注中补充其出游才数年，返乡后人事丕变，素日其交深之好友，竟门庭冷落，致见面时郁郁寡欢。而与此迥异者唯闽县人叶滋森仍不改其初衷，时时邀请黄宗彝到他的"池上草堂"读书，对自己犹是真情厚谊。本词不仅蕴含当下心境，而且重刊本词又思及昔日创作情景，当时与其共同置身台湾的挚友刘家谋已然作古，他的内心不胜唏嘘。因而本词不仅内容情感十分丰富，其背后隐藏的背景更是复

---

1 （汉）王逸：《离骚经序》，王逸撰、黄灵庚点校《楚辞章句》，上海：上海古籍出版社 2017 年版，第 2 页。

杂而深沉。

"不同类型的诗怨表现形态不同，精神指向也存在差异。"[1] 除了词人个体之怨，还有表现个体在时空之中渺小无奈的哲人之怨，以及表现家国飘摇之忧愁的黍离之悲。黄宗彝的词也有传统文人的叹惋时光飞逝，喟叹时空空茫之作。如"趁浮生、今日且偷闲，流光速"（《满江红》），"仰视苍苍，俯视茫茫，君立其间"（《沁园春》），这些都是内在性的具体感受，是主体在流转不息的时空中的真切生命体验。与以上所言的源自物质匮乏和求进无门的穷愁不同，这些由时空流转而引发的感喟与个体在现实世界中的遭际没有直接关系，其感喟对象不是日用人事，而是浩瀚宇宙和苍茫时空，是人类面对自然、宇宙、生死等哲学问题时生发的无奈与苍凉。面对浩瀚宇宙、洪荒天地，人的渺小、生命的短暂，这些无奈和宿命毫无保留地呈现出来，使得词苍茫苍凉，充满哲人之怨。

黄宗彝词中表现黍离之悲的词也有一些。鸦片战争之前，由于闽粤之地吸食鸦片者几无虚口，加之福州周边盛产茶叶、木材以及各种出口物产，以及与浙江有着大宗贸易关系，英帝国主义为了贸易，时常侵扰福州及周边的沿海地区。鸦片战争之后，福州作为鸦片战争之后开放的五个通商口岸之一，外国帝国主义在此开商埠，资本主义不断进入严重冲击了福建的商品经济，福建人民生活水平逐步下降，福建地区也不断走向半殖民地半封建社会。黄宗彝身处其中，很明显地感受到腥膻之气，由此滋生沧桑之感、麦秀之悲。如《金缕曲·和韵》"沧桑百感鲛珠泻。换一番、峰巅水裔，西夷图画。"此词正是感叹福州台江的"沧桑之变"，台江向来为鱼盐蜃蛤之乡，闽江夹岸的人家鳞次栉比，热闹非凡。而"今半为英吉利红毛诸番所踞，飞阁流丹，层楼耸翠，又易一番景象矣。"[2]

三、乐府之意

词与乐府也有着不离不即的关系，关于词的起源，有词起源于乐府的说法。这种观点虽然有词论家攀附乐府以尊词体的嫌疑，但也应看到词体与乐府确实有着不少相近之处。词体与乐府诗的相近，首先在于二者都是音乐文学，诗乐合一，而且都是先声后词，倚声填词。于是一些学者主张词起源于乐府之变，如中国第一部词史刘毓盘《词史》以为古乐府诗乐之分为词体兴起的契机。不过，我们也应看到这种说法的局限性，因为乐府所依据的音乐为清乐，而词所依之音乐为燕乐，古乐府不可能是词的源头。虽如此，作为音乐文学，古乐府与词在情感内涵基调上则酷为相似，比如十分重视情感的抒发，有些乐府与词一样有着"缘情绮靡"的特点，且有着"以悲为美"的审美特色。黄宗彝词的哀怨之声正有着乐府之遗意。

---

1 夏秀著：《在温柔敦厚与直抒怨艾之间 中国文学中的诗怨传统》，济南：齐鲁书社 2018 年版，第108 页

2 《婆婆词》，《全闽词》，第 988 页。

前文已言及黄宗彝词之怨声，但是我们也应看到，作为一名寒士，黄宗彝的"怨"与屈原等人的"怨"有所不同。屈原的"怨"是"怨悱"，是"信而见疑，忠而被谤，能无怨乎？屈平之作《离骚》，盖自怨生也。"[1]屈原的怨不是一般儒者怨而不怒之怨，也不是愁神苦思的纯属个人之怨，而是由于正道直行受到阻滞、压抑，不得不发出的灵魂的惨怛呼号，是忠君爱国精神的体现。所以屈原的"怨悱"带有忠爱的政治成分。黄宗彝作为一介布衣，虽然也有爱国之心，但毕竟缺少真切的政治体验，因此他的"怨"政治性较弱。其实，他的"怨"更类似于古乐府的"怨"。这一点谢章铤有独特的见解：

> 肖岩词则作于渡海以后，故名曰婆娑。婆娑者，海曲也。其意欲寻源于古乐府，而参以子夜读曲之法，惜未竟其业，而饥驱东西，目击祸乱，卒以多愁而陨。悲夫。[2]

这里"古乐府"是指汉魏、六朝的乐府诗。汉末、魏晋六朝是动乱的时代，乐府诗充满了哀怨之苦。黄宗彝词与乐府诗的相同点在于以下几点：其一，古乐府兴盛的时代是动乱之际，黄宗彝所处的时代境况与之相似。其二，古乐府"感于哀乐，缘事而发"，黄宗彝词的"感时事之作"与之相近。其三，古乐府本来自民间，本具有民间性，而它的作者也多为劳苦大众或下层文人，而非皇亲贵戚、士族官员，黄宗彝寒士的身份与之相差无几。其四，古乐府中有不少"怨歌"，它们或记载社会时事，或讽刺统治阶层，或言自身哀苦，魏晋时期的"怨诗几乎涵盖了人世间的所有哀怨悲苦"，种种人世忧患和人生苦楚都在乐府诗歌中得到了全面表现，黄宗彝词的情感内涵大体也不出这些范围。其五，就审美风格来说，乐府诗仍不脱汉魏六朝诗歌"以悲为美"的"底色"，或慷慨悲凉，或忧怨哀伤，或无奈感喟，无论如何，总脱不了伤感的底子，所以鲁迅概称之为"悲凉之雾，遍被华林"。黄宗彝词的审美大抵也是悲凉之美，展现了乱世中下层寒士、平民百姓的乐府之意、悲怨之声。

黄宗彝词展现出了清朝末年的时事人心。他的词集《婆娑词》现存词72首，许多词下都有自注，记载词的创作背景、缘由等信息。这些自注显示，其词与谢章铤词一样，也具有感时事的特性。比如《秦楼月·和韵》一词，词为："罡风劣。蛟龙搅乱金瓯缺。金瓯缺。人间无地，同奔银阙。　手无尺寸嗟余拙。哀鸿满野声凄绝。声凄绝。生金生粟，救时何诀。"词记载了福建闽南一带"哀鸿满野"的惨象，而词的创作背景为"秋后登山晚眺，适漳泉逆匪滋事，有感而作"，所谓的"漳泉逆匪滋事"应是指闽南小刀会起义。小刀会迅速攻占海澄、漳州、同安、诏安等闽南十一个城镇，之后占领厦门。黄宗彝词中所说"蛟龙搅乱金瓯缺"即是指此事。清政府一面调配军队，一方面利用现有兵力多次向

1　（汉）司马迁：《史记》卷八十四，北京：中华书局1963年版，第2482页。

2　（清）谢章铤：《赌棋山庄词话》续编卷五，刘荣平校注：《赌棋山庄词话校注》，第383页。

厦门发起进攻，并于同年十一月发起总攻，攻下厦门。清兵入城之后大肆搜捕、杀害起义群众，据记载，当时"割下来的人头和耳朵则多得像纽扣，比比皆是"，甚至在一天之内就杀死了2500人。[1] 因此此词中所说"哀鸿满野声凄绝"确为实情。词人无意评价起义者和镇压者的是非，但不管是起义还是镇压，苦的都是普通百姓，拥有仁者之心的词人不禁发问："生金生粟，救时何诀"，何人、如何才能拯救天下苍生呢？

黄宗彝的词还记载了乱世下的"人心"，可称为心灵史。如《秦楼月》（撞天阙）一词创作机缘为"仲秋饮枚如连蜷阁，待月不至。时永春、大田、德化、仙游失守，讹传贼有入福州之信，人心汹汹，故及之。"[2] 此词描写的应是闽中林俊起义，应写于林军起义兴盛之时，其时起义军已占领仙游，逼近福州。身在福州的黄宗彝、谢章铤以及城中民众忧心忡忡，因而词中才会出现"撞天阙"之语，以及"来年应想，今年明月"的朝不保夕、年岁愈下之感。

黄宗彝词还记录了下层百姓的人生百态、世间百味，充满世俗的辛酸。《采桑子·人奴笞骂寻常耳》一词不仅记载词人的糊口之计，而且也连带透露出当时老百姓的苦痛。原词为："人奴笞骂寻常耳，匿姓屠傭。涸迹城春。自顾须眉洒泪红。 归来弹铗谁青眼，天意能公。我鬓如蓬。三尺红腰看举烽。"词下词人自注："学书不成，弃而学贾，日与贩夫贩妇为伍。揽镜自觉形秽，不得已糊口四方。弹铗归来，行囊萧然，是时粤匪已萌芽矣。"[3] 正是因为词人亲身经历了下层生活，与下层百姓同伍，故而能深切地感受到百姓的辛劳苦累。他们作为奴隶，随时被鞭打斥骂，混迹徭役之中，堂堂八尺男儿也只能泪眼婆娑。词人也想学冯谖归来弹铗，但缺少孟尝君那样的伯乐，得到的只是青眼白眼。词人忧心忡忡，白发丛生。其词也记录下了作为寒士的心境，特别是下层寒士为了糊口奔走四方的颠簸劳累。如《采桑子》"一肩行李匆匆去，舟上苍茫。马上郎当。谁道支谦是智囊。 梅花开后归来未，已约兜娘。莫弃姬姜。小印绸缪倘未望。"词人曾远渡海洋去往台湾谋职，能感同身受出海的艰辛。自注中"出入崔苻，跋涉波浪，智者岂能免乎"，明显带有怨气，就算饱读诗书之人也要跋风涉浪，尝尽颠簸之苦。

黄宗彝词在语言上也尽量向古乐府靠拢，他不断吸收古乐府的语言词汇以及语言风格，希冀其词或能上接古乐府，或能有古乐府余味。中国古代文学大多是由士族阶层书写的，较少直接描写民间百姓的辛酸心事，乐府诗因为来源于民间，从而具有一定的民间性。黄宗彝《梅花引》（晓鸡鸣）词写词人秋夜不寐，百感上心，起坐挑灯，无涓滴之油。穷得无任何灯油，因而末二句"下柱然灯，无油那得明"，用古乐府语。刘家谋这首词就抓住了无油点灯这一日常生活中的细节，以展示生活的贫困不堪，这与乐府诗相通，因而能够

1　咸丰三年十一月初三日，福建巡抚王懿德奏折，载《历史档案》1992年第1期，第42页。

2　《婆娑词》，《全闽词》，第979页。

3　《婆娑词》，《全闽词》，第986页。

加以借用。古乐府的民间性还体现在其写世俗间的儿女生活，充满世俗性。黄宗彝《长相思》（紫罗囊）云："紫罗囊。明珠珰。二月单衣绣裲裆。依身竟体香。　耶婆橹，女儿箱。夜夜思欢还故乡。欢眠何处床。"此词全部戏集古乐府语，"绣裲裆""女儿箱"等透露出来的是世俗儿女生活气息。古乐府的民间性还体现在民间百姓的幽默、乐观。黄宗彝《念奴娇》（屠门大嚼）因"无故坠齿，词以自嘲"而作，其中"强欲囫囵吞一脔，宛若口衔碑碣"一句即引用古乐府语"衔碑不得语"，写出了牙齿松动摇摇欲坠之时的尴尬情景，深得俳谐体三昧。

第八章 民国福建词坛的多元词风

清末民国的福建词人，按其身份大致可分为：遗民、普通文人、革命者抗战者三类。一类视角朝后，怀念清朝，追忆往昔；一类视角深狭，专注自身，咀嚼世事的酸甜苦辣、人生的爱恨嗔痴；一类视角较阔大，心系国家存亡、民族苦难。如此复杂身份构成的词人群体笔下势必呈现出多棱镜般的声色。

第一节 遗民的"复古风"

民国时期，清社既屋，不少以遗民自命者，他们受传统观念束缚，政治思想落后，寓居上海、青岛、北京、天津、成都等城市。遗民之间通过血缘、姻亲、乡谊、学缘、业缘或趣缘等相互联系，互相交游唱和。除江浙、山东等地之外，福建也是民国遗民集中的主要区域[1]。福建遗民群体有的寓居在省内福州等地，还有相当一部分寓居在天津、沪上、青岛等地。这些遗民普遍潜心于诗词技艺，热衷于酬唱、雅集、交游，特别是清末民国的结社之风为遗民的"抱团取暖"提供了机会，为遗民词人群体的形成提供了契机。福建遗民词人也借助社集、酬赠等社会活动而互相结识、熟知，并与其他地域的遗民填词往来，形成相似的词学审美趣味。

福建遗民的代表人物主要有：陈宝琛（1848—1935），字伯潜，一字弢庵或陶庵，号橘叟，晚号听水斋主人，福建闽县人。陈宝琛是同治七年（1868）进士，曾于宣统元年（1909）

---

1 考察民国遗民的地域构成，主要集中区域为江浙、山东、福建、江西、广东（包括香港）等地。见罗惠缙著：《民初"文化遗民"研究》，武汉：武汉大学出版社2011年版，第52页。

应诏入朝，任逊帝溥仪之师，是老式文人、清朝遗民；林纾（1852—1924），原名群玉，字琴南，号畏庐，别号冷红生，晚号六桥补柳翁，又号践卓翁，福建闽县人。林纾是光绪八年（1882）举人，以古文家身份翻译外国名家小说，其本想做"共和之老民"，无奈在"时局日坏，乱党日滋"中"与清相终始"，成为一个非典型遗民；陈衍（1856—1937），字叔伊，号石遗，福建侯官人。陈衍是光绪八年（1882）举人，曾入台湾巡抚刘铭传幕、湖广总督张之洞幕，思想有其进步性。民国时与传统学者、文人交往，与遗民群体交游唱酬；林葆恒（1872—1950？），字子有，号讱庵，福建闽县人。林葆恒出身官宦名门世家，二十二岁即中举，宣统三年（1911）被任命为直隶提学使。入民国后，淡于仕进，以诗词自娱，多参与遗民群体的诗词唱和，也可算是遗民词人；李宣龚（1876—1953），字拔可，号观槿，晚号墨巢，室名硕果亭，福建闽县人。李宣龚是沈葆桢的外甥孙，光绪甲午举人，官至江苏候补知府。入民国，挂冠不仕，经理上海商务印书馆，与海上故老迭有唱和，亦可视为遗民词人；郭则沄（1882—1947），字啸麓，号蛰云，别署龙顾山人，福建侯官人。晚清名臣郭曾炘之子，著名学者俞陛云之婿，光绪二十九年（1903）进士。民国十一年（1922），郭则沄脱离宦海，隐居天津、北京家中，多参加传统文人结社创作与学术研究活动，也应算作遗民词人；黄孝纾（1900—1964），字頵士，号匑厂，福建闽县人，孝纾父为光绪中叶翰林转御史黄石荪。辛亥革命后，孝纾与父一同隐居青岛。清朝覆灭时，孝纾年岁较少，也未仕进于清，本不算遗民。然其精研于传统文学、学问，又多与陈三立、朱祖谋、夏敬观等诸老耆旧雅集、酬唱，故亦归于遗民之列。

这些遗民有一个值得深思的现象，他们中的一些词人晚年反而又开始拈笔填词，经历早岁爱之、中岁弃之、晚年复填词的历程。如：陈宝琛"吾少时喜为词"，只是青壮之年一直忙于学业、政务以及着力诗文，二十四岁之后便"久辍不作"，"七十后始为词"，晚年在天津参加须社词集活动，"触凤好，又稍稍为之"[1]，所填渐多，最终成《听水斋词》一卷。又如：林纾早年从张景祁习词，"少即工词，风流骀荡，意气发越"，"早年有词一卷曰《补柳词》"[2]。中年以后致力于古文与翻译，诗文常作，词却荒废不作。后来林纾在翻译外国小说时，抓住机会一展词艺，"惟有译作小说中，题长短句于卷首。"[3] 再如：陈衍接触词体肇起于同乡聚红榭词人[4]，十六岁时，受张惠言的《词选》启发开始尝试填词。青年时期的难言之隐、悱恻之情一一见之于词，不过他也是中岁弃之，三十二岁之后几乎

1　（清）陈宝琛：《听水斋词序》，陈宝琛《听水斋词》，《清代诗文集汇编》770 册，第 105 页。

2　陈声聪：《填词要略及词评四篇》，广州：广东人民出版社 1986 年版，第 176、94 页。

3　陈声聪：《填词要略及词评四篇》，广州：广东人民出版社 1986 年版，第 176 页。

4　陈衍撰，陈步编：《陈石遗集·石遗室文三集》，福州：福建人民出版社 2001 年版，第 635 页。

不入填词之门，"早岁曾倚声，湖海托惆怅。壮年弃之去，偷减法久忘。"[1] 可见，词体已成为这些遗民的心灵书写载体。至于这些清朝遗民为何又重新燃起填词的兴致？又为何会选择声律、字面、造句谨严、情韵忧伤的当行格律派词人为宗？其中的缘由除了词体本身声情婉转、悲怆之美外，或许可以从文化的角度予以解读。古典诗词是封建旧朝之物，词特别是格律派的本色之词，依然为旧国、旧文化的代表，而他们依恋旧朝"更多的是一种对传统生活、稳定秩序的企盼，在社会变动中，他们的旧经验无法适应新变化……他们未必特别重视一家一姓的天下更替，倒是关心他们获得价值与尊严的文化传统的兴亡。"[2]

一、宗法梦窗，兼采姜张

陈声聪在《闽词谈屑》中说："清光绪间，朴学大师谢枚如，为正谊书院山长，一时名彦如陈弢庵（宝琛）、陈木庵（书）、陈石遗（衍）、张贞午（元奇）、林畏庐（纾）等，皆出其门下。"[3] 清末民初福建词坛的不少主力军都出自谢章铤门下，只是由于时运世运的不同以及词坛风气的影响，他们对谢章铤所倡导的苏辛之风有所反思。林纾认识到"吾闽词人，多心醉苏辛，故声响至抗"，但是学稼轩应该"无剑拔弩张之气"，才能佳句自多[4]。陈衍意识到"闽人喜苏、辛，直喜龙川、龙洲之学苏、辛，遂为词家所病，而并以病苏、辛。殆于苏、辛，惟见《念奴娇》《水调歌头》《永遇乐》三数阕耳，其杨花、石榴、春事阑珊、冰肌玉骨，以及宝钗分、斜阳烟柳诸作，缠绵凄婉，惊心动魄，晏、秦、周、柳无以过之者，独未之见耶？"[5] 他以为闽中词人所学的只是苏辛极为豪放之词，却不见二人缠绵雅健之作。正是出于这种反思，以及对词史的熟稔和清末民国词风的熏染，此时的遗民词人逐渐抛弃了谢章铤所推崇的"稼轩风"，转而接受了清末的"梦窗风""白石风"。

陈宝琛晚年在天津参加须社词集活动，重新开始填词。须社是 19 世纪 20 年代末到30 年代初，流寓在天津的清朝遗民结集成的一个词社，由郭则沄主持，"须社词侣"有二十人，"社外词侣"有十三人，陈宝琛是"社外词侣"之一[6]。须社词远宗宋末遗民词人，近学词坛领袖朱祖谋等，每次结集的词作会寄到上海请朱祖谋评定甲乙，陈宝琛词的整体

1　（清）陈衍：《题曹次岳竹垞图》，钱仲联编校：《陈衍诗论合集下》，福州：福建人民出版社 1999年版，第 1119 页

2　葛兆光：《世间原未有斯人，沈曾植与学术史的遗忘》，《读书》，1995 年第 9 期。

3　陈声聪：《填词要略及词评四篇》，广州：广东人民出版社 1986 年版，第 151 页。

4　（清）林纾：《灯昏镜晓词序》，林纾著，江中柱编：《林纾集》，福州：福建人民出版社 2020 年版，第 332 页。

5　（清）陈衍：《灯昏镜晓词序》，陈衍：《石遗室诗话》卷二四，北京：人民文学出版社 2004 年版，372 页。

6　杨传庆：《清遗民词社——须社》，《北京社会科学》，2015 年第 2 期。

风貌也类似宋末词人尤其是梦窗词。陈宝琛也自以为其词"恒重质，少谐婉之致"[1]，"犹是诗人本色"[2]，质朴厚重而少柔媚缠绵，词风偏近梦窗词。他填词多习梦窗词的意象和词语，意象色彩绮丽且密集，用字厚重且凝练，形成了如梦窗词般绵丽秾艳、凝涩沉厚的风格。如其《霜叶飞·落叶。用梦窗九日韵》《惜秋华·看菊罗氏园，用梦窗韵》等词和梦窗词韵，从形式到内容都充满了"梦窗味"。又如《梦芙蓉·同梅生、嘿园晓泛荷湾》：

烛烛熏梦断。喜敲门客到，缺蟾斜瞰。练波双桨，谈笑入葭藿。露香花近远。初阳妆就明艳。未隔兼旬，看细房翠荫，开谢渐过半。　苦念金鳌影畔。牢落红衣，水怨蓬莱浅。比还连雨，伤潦共菱芡。一湾芳自占。舟招况对词伴。记否家江，正鱼肥荔美，和月趁潮泛。[3]

此词表面写友人来作客，二人同泛荷湾，谁知荷花已凋谢过半，由此想起宫中荷花、菱芡的凋残，于是涌起归乡之意、思乡之情。其实此词的情感表达是较为隐秘的，即由眼前景物的惨败，联想到旧王朝的衰败，故国已矣，词人也无力回天，只能"归去来兮"了。词的情感是跌宕深沉的，由"喜敲""谈笑"转入"开谢渐过半"的伤感，再到"苦念""牢落""怨""伤"的怨恨，最后"记否家江"看似是在逃避现实，其实是无可奈何的自安自慰。这也就是陈曾寿《〈听水斋词〉序》所评论的："虽有沉哀极涕见于诗若词者，多在回曲隐现之间。"[4]此词的用语色彩较秾丽，"烛烛熏梦""露香花""初阳妆就明艳""细房翠荫""金鳌影畔""红衣"等色彩饱和度高。词中使用了一些较为生僻繁难的字，"藿""荫"等字较少见于词中，"金鳌"也多用在诗中，用于要眇宜修的词中则显得质重。此词炼字也较为凝练、工丽，比如"初阳妆就明艳"中"妆"字刻画出了初阳的艳丽、明亮，"比还连雨，伤潦共菱芡"中"伤"字写出了连雨的滂沱与无情。

福建其他遗民词人普遍濡染浓淡不等的"梦窗味"。林纾晚年与徐树铮（1880—1925，字又铮，有《碧梦庵词》）、夏敬观（1875—1953，字剑丞，晚号吷庵，有《吷庵词》）等交游唱和。而徐、夏等人词学梦窗，林纾《烛影摇红》（沿路春痕）词序言："又铮以事至信阳，道中得词二解，凄绝皆近梦窗，即题其后"；而林纾《琵琶仙·读吷庵卜算子词，幽渺沉绵，南宋之遗音也》言夏敬观为"南宋之遗音"，其实也是指其词为梦窗一派。受二人的影响，林纾也常研读梦窗词，其《八声甘州·雪中寄又铮》自言"总有心中人在，味梦窗词况，烟水悠悠"。事实上，林纾词作风格凄艳，也靠近梦窗一路。如其"凉苔翠簇""冷露新沃"（《露华》），"鹃啼梦里，花萎烟外"（《梅子黄时雨》）等句，无不沾染一定的梦窗"风味"。

1　（清）陈宝琛：《沧趣楼诗集·词附》，《清代诗文集汇编770》，第105页。

2　叶恭绰选辑，傅宇斌点校：《广箧中词》，北京：人民文学出版社2011年版，第342页。

3　（清）陈宝琛：《沧趣楼诗集·词附》，《清代诗文集汇编770》，第108—109页。

4　（清）陈宝琛：《沧趣楼诗集·词附》，《清代诗文集汇编770》，第105页。

　　林葆恒因为参加词社而开始作词，而其所与词社又多以梦窗为宗。早在民国四年（1915），林葆恒即参加沪上著名的春音词社，开始拈调填词。春音词社于1915年成立，由王蕴章、陈匪石、周庆云等发起，以"得梦窗神髓"的朱祖谋为社长。民国十七年（1928）开始，林葆恒将文学重心移到词学活动中，是年参加同乡友人郭则沄在天津发起的须社。民国十九年（1930），林葆恒前往上海，参加词坛名家朱祖谋、潘飞声等人组织的沤社。民国二十四年（1935），参与组织夏敬观、叶恭绰等十二人在上海夏敬观家成立的声社。抗日战争爆发后（1939），林葆恒参加上海租界由夏敬观等发起的午社唱和。这些词社基本都由前朝遗民组织形成，社集的主要师法对象是吴文英词。

　　陈宝琛、林葆恒等虽注重学习吴文英词，但也并非独研一家，他们也以姜夔、张炎词之疏淡、清空来调剂吴文英词之浓密、质重，以周邦彦词之浑厚和雅来增加词之艺术与品位。陈宝琛集中也有摹习周邦彦清真体者，如《玲珑四犯·夏夜听雨从清真体》。清真体大致特征是用语典雅，"以赋为词"，表达情感含蓄浑厚。陈宝琛此词写夏夜听雨，上片先写"十斛明珠""檐际新溜"，接着写"洒竹喧荷"，风过雨来，最后穿插"梦魂冰簟"；下片转写梦回宣南，回忆前朝，之后转到残更深夜，然后又回到"今日满耳鼓鼙"，最后引发词人感伤"剩秃翁支枕，听渗溜，沉吟久"，一步一转，章法回环往复，得清真词法。陈宝琛集中也有摹习姜夔白石体者，如《惜红衣·立秋后五日同梅生重泛荷湾和石帚韵》。此词用姜夔《惜红衣》（簟枕邀凉）词韵，姜词清寒苍茫的意象，欲言又止的情韵，透露着凄然以悲的心事。陈氏此词亦包含此种情调，"夜雨成秋""櫂香云，疏花恋丛碧"等句也以清疏之笔造清凉之境，而"铜驼废陌。擎翠摇红，菰蒲恣陵藉"等又具体、深化了词人的旧国之伤、沧桑之感。

　　林纾词学南宋，但也转益多师。陈海瀛曾评价林纾词可比肩姜夔、王沂孙，《冷红斋词剩题辞》："抗姜白石词坛，写江南暗香疏影；媲王碧山乐府，咏月中淡彩新痕。"[1]这道出了林纾词学与南宋姜夔等人的联系，而他直接接触并学习姜张之词应该归功于其师钱塘人张景祁[2]。林纾学习姜张之处在于注重景物刻画，写景如绘。这除了受浙西词派影响之外，也源于林纾自身的画学背景。林纾早年拜陈文台门下学画，工画花鸟山水，《清史稿》记载他"尤善画，山川浑厚，冶南北于一炉，时皆宝之"[3]。他在词中也融入了画意，往往注重景物的色彩、构图、光影。如"碧潭水，阿娘曾蘸桃花影"（《摸鱼儿·题〈迦因小传〉》），潭水清澈见影，桃花红粉亦见影，极具色彩感与光影感。又如"正芦叶飘萧，秋魂一缕，印上画中镜"（《摸鱼儿·题〈迦因小传〉》），飘萧的芦叶是一缕秋魂，再印上画中镜，文人画既视感。再如"棹轻漪、圣湖深处。风扬六铢衣，画桥外，花晴日午"

1　（清）林纾：《冷红斋词剩》，《百年沉浮 林纾研究综述》，天津：天津教育出版社1990年版，第139页。

2　张景祁（1827？—1912后），为浙西词派词人，填词以姜张为宗。

3　赵尔巽等撰：《清史稿》卷四百八十六，列传二百七十三文苑三，北京：中华书局1977年版，第13447页。

（《山亭宴》美人往就莲花语），画面由近及远，再及近再及远，极富层次感，而且涟漪、六铢衣、画桥充满色彩感，而花晴日午又提供了亮丽的光线，如此便使词句清丽如画。

林葆恒、郭则沄身处民国词坛的中心，与词坛核心词人唱和往来，词作在学习梦窗的同时，也摹习姜夔、张炎、王沂孙等南宋词人。林葆恒《填词图》自言："待馨香姜史，银笺勤谱偷声句。"（《扬州慢·自题填词图》）陈守治在读完林葆恒词之后，也以为他"彊村去后，只有公词，馨香姜史"[1]（《烛影摇红·红豆相思》）。这也可以从林葆恒《㓟庵词》、郭则沄《龙顾山房诗余》的用韵用调中看出，他们的词集中或多和韵、次韵白石、玉田、碧山韵，或喜用白石、玉田、碧山调，词作面貌也极力向宋末遗民靠近。林葆恒集中第一首《一萼红》（趁轻阴）即用石帚（白石）韵，其他如：《杏花天影》（一春长隔红楼雨）"石帚此调，词律失收"，用白石调，《石湖仙·尧章歌曲》"题石帚集"，《一萼红·过华阴》用白石韵，《玉京秋·残荷》"和草窗（周密）"，《甘州》（渐萧萧落叶满平芜）"次玉田韵"，《沁园春》（阅市寻花）"爱仿梅溪体"等。郭则沄亦是如此，而且由于他较为喜爱写景造句，因此他尤其热爱清空幽雅的白石词，其和白石韵、用白石调者尤多，如：《湘月·岫云寺延清阁月夜》"和息厂用石帚韵"，《一萼红·甍山赏雨》"和息厂用石帚韵"，《踏莎行·窥镜眉低》"用石帚韵有赠"，《法曲献仙音·咏菊》用石帚韵，《眉妩·和息厂赋昆明湖香山行宫桃花》用石帚韵，《惜红衣》（弹粉偎烟）"用石帚韵赋瓶中残荷"，《一萼红·人日花下觞集》用石帚韵，《石湖仙·垂虹犹是》题石帚集，《一萼红·宁园纪游》用石帚韵，《扬州慢·上巳郊游，过亦云巢》和白石韵，《疏影·繁枝暎玉》"和白石韵宠之"，《惜红衣·荷花生日…》"和白石韵纪游"，《惜红衣·崇陵圣节后一日平台泛舟》"再和白石"，《惜红衣·神武门外观荷》和白石，《一萼红·夏雨初过，小圃夜坐》次石帚韵写怀，《摸鱼儿·戊辰七夕》和石帚韵等。他也较为欣赏周密的词，有数首词和草窗韵，如《玉京秋·咏残荷》用草窗韵，《一枝春》（错铸春魂）用草窗韵赏之。

事实上，林葆恒本人也透露出词学南宋众家之词学观念。其所著《宋四家词联》集姜夔词32联，张炎词42联，周邦彦词49联，吴文英词61联，从中可以见出他学词的旨趣主要在姜张周吴这四家。郭则沄也自言："余维词学肇于五代，而盛于南宋，其托旨也类广骚，其抗声也类变雅，盖乱世之余音也。南宋词人，骋妍斗绮，成有寄托，白石低徊于清角，青兕悱恻于危阑，梦窗惝怳于愁鱼，玉田流连于剩水，探喉有忌，触感无端，独茧丝殚，五噫歌苦。"[2]其主要词学兴趣在南宋姜夔、张炎、吴文英等几家。

二、声律谐婉，艳丽凄清

1　陈守治：《陈瘦愚词选》，《全闽词》，第 2239 页。

2　（清）郭则沄：《词综补遗序》，林葆恒辑、张璋整理《词综补遗》，上海：上海古籍出版社 2005 年版。

词本为燕乐乐曲的歌词，依乐谱而填，"逐弦吹之音，为侧艳之词"是填词的传统。后来词体虽脱离了音乐变成案头诗歌，但还保持着词曲本身的音乐美，因此追求词的音律本身就是对诗美的努力追寻。宋代精于音律的词人，前有清真，后有白石，又有梦窗、玉田。清末民国时期，闽地遗民词人大多都以这几人为填词宗师，对于声律也有较高的追求。

陈宝琛重视声律的锤炼，自言："晚岁而律愈细、思愈密。"[1]陈声聪认为其《听水斋词》"甚工"[2]，其中不仅包括字句的工整，还应包含声律的工致。他有两首词全用梦窗韵，严守词律，可见其于词律之谨严。兹选《惜秋华·看菊罗氏园，用梦窗韵》为例：

似此风光，便归来、栗里成何怀抱。种菜闭门，英雄也曾埋照。秋花瘦本输春，却省得、禽喧蜂扰。只惭愧，衰颜渐秃，乞枝簪帽。　容易见花老。趁萧晨转暖，霜姿端好。晚节淡交，可许苇杭频到。长年苦费浇培，剩自怡、地偏园小。看了。恐寻芳、素心人少。（陈宝琛《惜秋华·看菊罗氏园，用梦窗韵》）

仄仄平平，仄平平、仄仄平平平仄。仄仄仄平，平平仄平平仄。平平仄仄平仄，仄仄仄、平平平仄。平仄仄，平平仄仄，仄仄平仄。　平仄仄平仄。仄平平仄仄，平平平仄。仄仄仄平，仄仄仄平平仄。平平仄仄平平，仄仄平、仄平平仄。平仄。仄平平、仄平平仄。

细响残蛩，傍灯前、似说深秋怀抱。怕上翠微，伤心乱烟残照。西湖镜掩尘沙，翳晓影、秦鬟云扰。新鸿，唤凄凉、渐入红荬乌帽。　江上故人老。视东篱秀色，依然娟好。晚梦趁、邻杵断，乍将愁到。秋娘泪湿黄昏，又满城、雨轻风小。闲了。看芙蓉、画船多少。[3]（吴文英《惜秋华》）

仄仄平平，仄平平、仄仄平平平仄。仄仄仄平，平平仄平平仄。平平仄仄平平，仄仄仄、平平平仄。平平，仄平平、仄仄平平平仄。　平仄仄平仄。仄平平仄仄，平平仄、仄仄。仄平平仄。平平仄仄平平，仄仄平、仄平平仄。平仄。仄平平、仄平平仄。

《惜秋华》为吴文英自度曲，双调九十三字，前段十句四仄韵，后段九句六仄韵。对比二人词的平仄可知，陈宝琛几乎字字依据梦窗词而填。陈宝琛也学习梦窗句法，词中折腰句较多，如"便归来、栗里成何怀抱"，"却省得、禽喧蜂扰"，"剩自怡、地偏园小"，"恐寻芳、素心人少"等。此外，陈宝琛还摹习梦窗词的用韵方式，韵脚全用梦窗词"幽咽"的仄韵，上去通押，声调顿挫开合，这种用韵带有一种幽叹感，似乎加重了词人的叹息声。

林纾填词与陈宝琛相似，也注重词的声律，其词声调谐婉。他为词刻意以周邦彦、姜夔为准，逐字恪遵，其在《徐又铮填词图记》中说：

1　（清）陈宝琛：《沧趣楼诗集·词附》，《清代诗文集汇编770》，第105页。

2　陈声聪：《填词要略及词评四篇》，广州：广东人民出版社1986年版，第151页。

3　（宋）吴文英著，吴蓓校：《梦窗词汇校笺释集评》，杭州：浙江古籍出版社2007年版，第528页。

呜呼！腔律之失传久，必谓词家当按箫填谱，则舍清真尧章外，几于无能词者。……余嗜词而不知律，则日取南宋名家词一首，熟读之至千万遍，俾四声流出唇吻，无一字为梗，然后照词填字，即用拗字亦顺吾牙齿，自以为私得之秘，乃不图吾友徐州徐又铮已先我得之。又铮尝填白苎，两用入声，余稍更为去声，而又铮终不之安，仍复为入声而止。余寻旧谱按之，果入声也。因叹古人善造腔，而后辈虽名出其上，仍无敢猝改，必逐字恪遵，遂亦逐字协律。余之自信，但遵词而不遵谱，此意固与又铮符合。又铮之年半于余年，所造宁有可量！旧作填词图赠之，又铮已广征题咏于海内之名宿，顾多未见又铮之词，将以余图为寻常酬应之作，故复为之记，以坚题者之信，使知又铮之于词，实与余同调，兢兢然不敢于古人用字有所出入也。[1]

林纾本人由于"嗜词而不知律"，又尤其偏嗜南宋名家词，坚信古人善造腔，因而主张填词"遵词而不遵谱"，以周邦彦、姜夔词为准则。他给出的具体填词方法是先"日取南宋名家词一首，熟读之至千万遍，俾四声流出唇吻，无一字为梗"，书读千遍，其义自见，然后"照词填字，即用拗字亦顺吾牙齿"，乃至"无敢猝改，必逐字恪遵，遂亦逐字协律"。林纾的这种填词方法看上去比较科学、合理，因为周邦彦工音律，能自度曲，宋人以为："凡作词，当以清真为主。盖清真最为知音，且无一点市井气。"[2]姜夔也是杰出的音乐家，通乐律，曾撰《大乐议》献给朝廷，且工诗词，能自制曲，时人以为"清劲知音"[3]。以清真、白石为圭臬，某种程度上能保证词律的谐婉。不过，我们也应认识到这种方式的不足之处。其一，清真、白石二人所用的词调毕竟有限，若严格恪守，定当用调范围不广，导致词作内容题材不丰富；其二，词既已成为案头诗歌，若仍字规句矩，必定会以律害意，导致词意表达的欠缺；其三，若一味模拟清真、白石二人，词作会缺乏新意，性情便无法完全表达，词学也便无所进步发展。林纾的词也不可避免地犯有这三种弊病，不过整体来说，他的词确实音律谐婉，诵之抑扬顿挫，泓泓移人。此处试比较林纾《石湖仙》与姜夔《石湖仙》，二词如下：

高楼烟翠。似供奉词仙，经月春霁。花外画帘低，悄无人、裁量茗味。罗屏鸾帐，仗醉梦、往来三四。还未。忍镜奁、粉泪题字。　凄凉旧时凤纸，尚依稀、吟声细碎。喷[4]水梅心，底事宵来无寐。雾唾如新，篆痕还腻。怎禁憔悴。商量意。教人往事重记。（林纾《石湖仙》）

平平平仄。仄平仄平平，平仄平仄。平仄仄平平，仄平平、平平仄仄。平平平仄，仄

1　（清）林纾：《徐又铮填词图记》，《百年沉浮 林纾研究综述》，天津：天津教育出版社1990年版，第141页。

2　（宋）沈义父：《乐府指迷》，《词话丛编》，第277页。

3　（宋）沈义父：《乐府指迷》，《词话丛编》，第278页。

4　注："喷"作第四声，意为气味浓郁。

仄仄、仄平平仄。平仄。仄仄平、仄仄平仄。 平平仄平仄仄，仄平平、平平仄仄。仄仄平平，仄仄平平平仄。仄仄平平，仄平平仄。仄平平仄。平仄。平平仄仄平仄。

　　松江烟浦。是千古三高，游衍佳处。须信石湖仙，似鸱夷、翩然引去。浮云安在，我自爱、绿香红舞。容与。看世间几度今古。 卢沟旧曾驻马，为黄花、闲吟秀句。见说胡儿，也学纶巾鼓羽。玉友金蕉，玉人金缕，缓移筝柱。闻好语，明年定在槐府。[1]（姜夔《石湖仙》）

　　平平平仄。仄平仄平平，平仄平仄。平仄仄平平，仄平平、平平仄仄。平平平仄，仄仄仄、仄平仄。平仄。仄仄平、仄仄平仄。 平平仄仄平仄，仄平平、平平仄仄。仄仄平平，仄仄平平平仄。仄仄平平，仄平平仄。仄平平仄。平仄。平平仄仄平仄。

　　《石湖仙》乃姜夔自度曲，是为范成大贺寿而作。范成大号石湖，故以"石湖仙"命调。从以上两人同调词的比较中可以看出，林纾基本上字字遵守姜夔词的平仄格律，步步谨严。观乎此，诚信林纾所说的"逐字恪遵""逐字协律"之言。细细分析此调的平仄可知，此调抑扬顿挫，音律动听。调押去声韵，韵脚十分分明清亮。各句平仄相间，有时还注意四声的交错，如"凄凉旧时凤纸""卢沟旧曾驻马"末二字为去上，此外"粉泪""喷水""底事""往事"等也上去连用，这便是万树所说的"论其平仄，兼分上去。"[2] 这种四声分明、上去连用的声律特色，也是林纾本人的自得之言，他曾深有体味地说道："沈伯时之教人为词，重去声，而万红友则去上并重，去声之柔婉，读可为平，人固知之，即入声之代平者亦夥，独上声之可以为平，非深于词者不能辨也。"[3]

　　此时福建的遗民词人词兼习吴文英、姜夔、张炎，词中调和了"七宝楼台"与"清空骚雅"，形成了艳丽又清雅，质实又清疏的独特面貌。林纾是其中的典型代表。林纾在《灯昏镜晓词跋》中自道"生平瓣香草窗、樊榭，乐其幽悄凄清，似哑觱篥"[4]。觱篥，又称笳篥，"木制管子，上有九个按指孔，管子的上口插一个芦哨。约在公元384年随着西北《龟兹乐》传入内地"[5]，觱篥吹出的声音悲凄，哑觱篥吹出的声音则更加呜咽悲凄。林纾极为欣赏周密、厉鹗词似哑觱篥幽寂凄清的意境，而他本人的词作虽不脱花间、梦窗之秾艳，但艳丽之中也清寂悲凄，正如其词集名为《冷红词剩稿》，"冷红"二字即显示出其词学审美宗尚，既清冷又艳丽，如同幽韵冷香，挹之无尽的姜白石之词。具体如"凉苔翠簇"（《露华·一厂以石芝…》），"槐暗铜街，柳欹沙炮，晚烟凝住鸡坊"（《扬州

　　1 （宋）姜夔著，夏承焘笺校：《姜白石词编年笺注校注》，上海：上海古籍出版社1981年版，第48页。

　　2 （清）万树：《词律·自序》，《词律》，上海：上海古籍出版社1984年版。

　　3 （清）林纾：《徐又铮填词图记》，《百年沉浮 林纾研究综述》，天津：天津教育出版社1990年版，第141页。

　　4 （清）林纾：《冷红斋词剩》，《百年沉浮 林纾研究综述》，天津：天津教育出版社1990年版，第140页。

　　5 杨荫浏：《中国古代音乐史稿上》，北京：人民音乐出版社2004年版，第163页。

慢·感事》），"野云渐远，红桥数曲，冷箫凄咽"（《凄凉犯·吊李佛客员外江南》），"池光漾碧，桐绵吹素，春色黯上林屋"（《八归·丙午清明…》）等，明明色彩艳丽，如"翠""铜""红""碧""春色"等，却都笼罩在冷暗的色调之中，并带有一种凄凉忧郁的基调，"凉""冷""咽""黯"等字眼让词句艳丽却清冷，让意境清丽幽凄，别具一种复合性美感。

三、伤逝怀旧的主旋律

遗民词中咏物词占据相当的比例，这是他们多参加词社唱和的缘故。一般词人雅集会同题同调唱和，同题便于抒写，同调便于竞技。而最简单最适宜也最文雅的题目便是咏物，咏物也就成为历来文人社集唱和的主要题材之一。须社社集作词也主要以咏物为主，"所咏有承载遗民情结的典型之物——冬青、忠樟、蟹和蝉，最多的则是秋蝶、秋草、秋柳、秋水、秋声、夕阳、寒鸦、寒衣、寒钟、残荷、落叶、破砚、残棋、烛、雁、冬柳等残败之物。这些残破之物无不勾起他们对残破河山的忧虑，寄托了他们的憔悴伤心以及对国变乱局的深深哀感。"[1] 陈宝琛、林葆恒、郭则沄等作为须社的一员，他咏物的题材主题、情感基调也与须社的咏物词大体一致。他们词集中的咏物词所咏之物可分为两类：一类为秋冬衰飒衰败之物，如"雁字""促织""落叶""夕阳""晚菊""寒鸦""木笔""寒鸡""早蝉""残棋""破砚"等，肃杀的意象传达出词人的衰世之感、乱世之痛，残破的意象传达出词人的离黍之悲、故国之伤。另一类为春夏华美新鲜之物，如"新燕""花朝""丰台芍药""絮影""水仙""新柳"等，这些意象本是美好之物，但是春天之景物引起人们对青春逝去、年纪老去、故国远去的无限忧伤，引发的仍是难耐的愁绪，充斥的仍是悲苦愁恨之音。试看陈宝琛以下二词：

一枰零乱，欠猧儿替我、从新翻却。越是收场须国手，不管饶先争著。休矣纵横，究谁胜败，局罢同丘貉。可怜灯下，子声敲到花落。　兀自坐烂樵柯，神州卵累，眼看全盘错。大好河山供打劫，试较是非今昨。蜩甲枯余，玉尘输尽，说甚商山乐。羡他岩老，梦边那省飞雹。[2]（《壶中天·残棋》）

衰残石友，尽相从劫后，磨墨磨人。整个金瓯看撞碎，画山一角偏珍。对此畸形，依然介性，恋恋剧多情。旧毡虽敝，与伊同伴寒呻。　坡老苦说无田，枯还食汝，遭际总承平。乱世全身差自幸，璧完能望陶泓。不见铜山，系囚流窜，惟有断碑亲。半圭乌玉，蛰居聊送余生。[3]（《壶中天·破砚》）

1　杨传庆：《清遗民词社——须社》，《北京社会科学》，2015 年第 2 期。
2　（清）陈宝琛：《沧趣楼诗集·词附》，《清代诗文集汇编770》，第 111 页。
3　（清）陈宝琛：《沧趣楼诗集·词附》，《清代诗文集汇编770》，第 111 页。

以上二词均是陈宝琛参加须社社集唱和之词。第一首词以棋局喻时局，担忧时政的动乱、世运的衰落。上片第一韵化用唐段成式《酉阳杂俎·忠志》所记载典故，以弈棋比喻朝代更迭、时局变化难测。接着写只有真正的国手才能收拾残局，但是纵横厮杀不管谁胜谁负，都是一丘之貉，民国结束了清朝，可民国又军阀混战、局势混乱不堪。下片直言神州大地危如累卵，全盘错解，"大好河山供打劫"，大好河山任人糟蹋，民国还不如前朝呢？如此衰乱之世，又怎能学商山四皓那样隐居不出、独享其乐呢？只能像岩老那样酣睡，"不忍见，不能醒"，自我麻痹、得过且过。其中包含有对神州大地的担忧之情，对祖国的赤诚之情，也包含对故国故君的眷念之情。第二首亦是如此，以破砚比喻残破不堪的神州大地，以破砚的经历象征文人的遭际。上片言石砚被打劫之后已破碎不堪，只有画山那一角珍贵，这里指中国被列强瓜分后，又遭遇军阀割据，混战不断。下片言承平之世就算贫苦也能磨砚写字，乱世则朝不保夕，能保持完整只能指望陶制之砚了。不见铜山钱库，随着在押的犯人到处流窜，只能和断裂残缺的石碑亲近。虽为半块宝玉，也只能蛰居不出聊过余生了，表现出对时局的失望之极，对岌岌可危的世运担忧不已。

林纾是旧式文人，晚年思想观念逐渐趋于保守。清朝覆灭后，他对前朝仍念念不忘，"忧时伤事，一发之于诗文"，"尤善叙悲，音吐悽梗"[1]。词中也充满故国之感，在《一剪梅·题柳窗修谱图，赠畹华》序中感叹："水云老矣，满目苍凉，枨触故时情事，往往无因而叹"，在《扬州慢·感事》中写道："槐暗铜街，柳欹沙炮，晚烟凝住鸡坊"，"尽木叶山高，榆林塞远，谁管兴亡"等，抒写兴亡之意，伤感怀旧气息较浓。林纾词中的伤痛情感往往以叹息式的折腰句表现而出。折腰句本是七言律诗的句式，一般指七言律诗的上三下四诗句。词体中也有折腰句式，一般认为"传统的五七言常规节奏、六字句常规的二二二句式之外，其他的词句节奏都属于折腰句法。"[2] 本文所言折腰句多指词中上三下四句或上三下五句且标有顿号之句式，可加重抒情[3]。折腰句多存在于长调之中，词史中

---

1 赵尔巽等撰：《清史稿》卷四百八十六，列传二百七十三文苑三，北京：中华书局1977年版，第13446、13447页。

2 张静：《器中有道 历代诗法著作中的诗法名目研究》，南京：凤凰出版社版2017年版，第260页。

3 张静在《器中有道——历代诗法著作中的诗法名目研究》一书中分析了诗歌中折腰句的审美内蕴，以为"具有诗化过程中的复古美"，"打破凝固的节奏，带来新奇与变化"，"于诗歌中增加散文句式之美"（张静《器中有道 历代诗法著作中的诗法名目研究》，南京：凤凰出版社2017年版，第261—267页）。笔者以为词中折腰句主要的作用除了此三点，也在于加重抒情，将情感提至句首直接予以抒发，似沉重的叹息，似无奈的呻吟。至于为什么折腰句能加重抒情？一则是因为折腰句常将表达情感之短句提至句首首以突出前调，自然可以加重抒情；二则是因为折腰句前三字之后往往会作停顿（一般会标有顿号），这个顿号天然地会使人停顿，此停顿本身就如一个深重的叹息；三则是因为折腰句句中顿号作简单的停顿之后，后面的语势会加急，因而后面的短句一面语势较急切，与前面的短句、顿号一起形成抑扬之势，使得情感表达顿挫宛转。

最喜用折腰句的有周邦彦、吴文英等人[1]，皆是如此。林纾词中十分喜欢用折腰句式，将一腔缠绵曲折的伤感之气贯于折腰句中。《子夜歌》有四个折腰句，有的折腰句将需要强调的环境、事件提至前头，增加了回忆的场景感、真切感，如："悄花阴、玉人半面""溯前事、仪鸾春困"；有的折腰句将需要强调的情感、情绪提至前头，增强了抒情的无奈感、伤痛感，如："甚天家、金瓯全缺""想归休、人静灯昏"。《金缕曲》《平调满江红》中均有三个折腰句，其中"任烟痕、琐定闲庭户""问怎生、描上玉屏风"句似乎加重了怨愤之气。有的词作折腰句多至三个以后，如《解语花》有六个折腰句："离魂影、睡里半鬟虚绾""绿窗掩、暗香零乱""端正看、依约山痕""愔愔地、怪底万愁都健""容解到、人来偷眼""看翠澜、鱼沫吹时"，这不仅使得本词的场景感更强，回忆的意味更浓，还使得情感表达更浓烈，伤痛感更强。

林葆恒集中有不少应社课之作，但其词并非情感虚无、空洞无物，而是将词视作寄托亡国之悲，慰藉精神之痛的工具。"家国之悲，郁乎莫语，而自托于填词"[2]，"悲感苍凉，遇事发抒"[3]，呈现出清朝遗民在民国的复杂沉痛的心绪。如其《八六子》《望海潮》二词：

过茀亭。悄然凝望，天边一线潮生。想往日蛟龙出没，异时陵谷迁移，此心暗惊。云松孤矗婷婷。晓雾记笼苍鬣，飞涛送尽豪情。 镇日闲洪波，荡摇坤轴，估帆天远，棹歌声渺，只余对对沙鸥掠水，双双海燕鸣晴。黯销凝、残蝉曳来尾声。[4]

浮沤吞碛，惊涛拍岸，从来不识繁华。胡骑见陵，商艘萃集，硗途渐化平沙。滨海聚香车。有酥胸雪足，踏浪交加。绀瓦鳞鳞，那寻摊网旧渔家。 当年记听征笳。看楼船飞炮，溅浪鸣花。鹰瞬方殷，狼心未戢，兴亡俯仰堪嗟。残垒抱山斜。解徘徊吊古，惟有林鸦。高处凭临，海天愁思渺无涯。[5]

以上二词以"天边""天涯""残蝉""残垒"等荒远惨败的意象来抒发"陵谷迁移""兴亡俯仰堪嗟"的情感，表现出遗民对前朝的追忆不舍，以及在新朝的愁闷情绪。

郭则沄虽非严格意义上的遗民，但怀抱有很深的遗民情结。因而郭则沄词的最重要的情感内涵是追忆前清，怀念前朝，充满了故国的哀思。这种情感除了以咏物的方式寄托出来之外，更多的是通过"啼鹃""铅泪""新亭"等意象，婉转地表达出来。不过有时这

1 如周邦彦"又透入、清辉半晌"，"想玉匣、哀弦闭了"（《霜叶飞·露迷衰草》），"叹文园、近来多病"，"想依然、京兆眉妩"，"对徽容、空在纨素"（《曲献仙音·蝉咽凉柯》）等，吴文英"渐夜久、闲引流萤"，"凤笙杳、玉绳西落"，"抱素影、明月空闲"，"怕惊起、西池鱼跃"（《解连环·暮檐凉薄》）等

2 （清）郭则沄：《词综补遗序》，林葆恒《词综补遗》，上海：上海古籍出版社 2005 年版，第 4 页。

3 徐沅：《瀼溪渔唱序》，林葆恒《瀼溪渔唱》，民国二十七年（1938）刻本。

4 （清）林葆恒：《瀼溪渔唱》，民国二十七年（1938）刻本。

5 （清）林葆恒：《瀼溪渔唱》，民国二十七年（1938）刻本。

种情感也会突破隐藏遮掩，不禁喷涌而出。如其《满江红·杭州南高峰麓法相寺前古樟，纯庙南巡累经题赏。辛亥逊位诏下，樟忽一夕而枯，过客惊叹，目为忠樟。社侣约同填是调赋之》，此词表面是咏叹枯萎的古樟树，而实际上"记一夕，风雷飞去，顿惊移国"明言国变，"材大耻干梁栋用，心摧怒挟神明力"直言满腹才能却无用武之地，"算英灵，终古共湖山，精忠柏"指词人这类遗民的忠心，"生死劫，遗民泣"直抒遗民的心意，"慈万牛难挽，故根如石。定有虫书成病已，终烦羽葆扶玄德"写故国难复、故国难忘、矢志不移，"叹空枝、留照总凄凉，虞渊日"直写遗民的凄凉心境。郭则沄集中这类显豁之词虽不多见，但只要涉笔便真气哀思弥满，其他如《买陂塘·泛舟南塘，吊聂忠节次查湾韵》歌颂抵御八国联军殉国的清军将领聂士成，《戚氏·霜腆得颜修来长杨羽猎图，置尊墨谑膏，招客共赏，索赋长调》则借康熙十子之一的颜光敏所作的《长杨羽猎图》，来想象曾经的盛世承平气象等。

第二节 多情文人的"纳兰风"

晚清"梦窗风"大盛，闽中词人却有能"免疫"此风者，他们不仅能跳出闽词自来偏向苏辛豪放风的传统，也能跳出清代以来盛行的浙西词派、常州词派，能转益多师而自成一家。何振岱、王允晳等便是其中的代表，他们承接闽词强调"性情"的词学传统，并结合自身的性情，最终将词学目光投向了清初著名词人纳兰性德，形成了一小股习纳兰的潮流，并最终汇入到晚清的"纳兰浪潮"之中。

纳兰性德因其满洲贵胄公子之身世，文武兼修之才华，一登上词坛便光芒四射。他在康熙十五年（1676）结识顾贞观，填《金缕曲·赠梁汾》赠之。自此，新晋词人纳兰声名鹊起。康熙十七年（1678）纳兰成《饮水词》并刻于吴中，形成"家家争唱饮水词"的盛况。而其壮年而逝的不幸更引起时人的悲悯热爱，他的词学影响力不减反增，到康熙后期，成为与朱彝尊、陈维崧并列的国初三大词人。但是在浙派风行的雍正、乾隆词坛，纳兰词与崇尚醇雅的浙派异趣，故而遭受冷遇。嘉道词坛涌现出一批性灵词人，他们与纳兰旨趣相同，纳兰词得以重现于世。而且纳兰词深于情感、"哀感顽艳"与常州词派的词学追求具有内在的相似性，也使得纳兰词得以风生水起。清末民国的"况周颐、王国维均以纳兰词的极情特质与自然真切而将其尊为清词第一"[1]。然而，在"纳兰风"传播的过程中，似乎还应增加一位较为特别的词人，即闽中词人谢章铤。马大勇师在《"绝调更有人和"：纳兰词影响史之检视及其词史坐标之重估》一文中认为"谢章铤吹响了晚近词坛'纳兰热'的号角"[2]。谢章铤在《赌棋山庄词话》中对纳兰推崇备至，不吝叹美之词，如："纳兰容若成德深于情者也。固不必刻划花间，俎豆兰畹，而一声河满，辄令人怅惘欲涕。"[3]"吾友吾且负之矣，能爱友之友如容若哉。"[4]"容若绵至，其温、李乎。"[5]"竹垞以学胜，迦陵以才胜，容若以情胜。"[6]而谢章铤之所以如此叹服纳兰正在于纳兰其人其词的深情，这正符合谢章铤本人"深情真气"的词学思想。

谢章铤对纳兰词的阐释、接受及高度评价"在其弟子何振岱、王允皙以及二人的弟子手里持续发酵"[7]，并使得晚清民国八闽之词能一定程度上"免疫"当时词坛主流的"梦窗风"，从而保持一股清新的"深情真气"。当然，何振岱、王允皙等接受"纳兰风"，除了谢章铤的影响，还与他们的身份相关。他们在清时既无功名，清朝覆灭后也非守旧的前朝耆老，又未投身于风云诡谲的政治革命之中。他们只是普通的文人，既对前朝无所留恋，对新朝的社会时事又无能为力，只能将情感的矛头指向自己的内心，关注自身的思想情感，走传统词学深而狭的抒情道路。正因如此，何振岱、王允皙与刘崧英等曾在民国初年（1912）结自闲诗社，从社名"自闲"可以见出他们的情趣志向。而二人的弟子寿香社"八才女十姊妹"大多也只抒写自身的情感生活，不关涉时事历史，当也是其师"纳兰风"的延续者。

一、何振岱词的"情殇"

何振岱（1867—1952），字梅生，号心与、觉庐，六十岁以后改称梅叟，号南华老人，福建闽县（今福州）人。清光绪二十三年（1897）举人，光绪三十二年后绝意仕进，以布衣终。何振岱早年拜于谢章铤门下，谢章铤的文学思想、词学主张某种程度上也影响着何振岱。他的词与乃师一样也是性情的产物，其《清安室词序》云："予昔居章门，与君论倚声之学，以为浚源风骚，无囿令慢，含洁吐芳可以昭真性焉。"[8]主张词写风骚之怨、抒真实性情。

1　曹明升：《纳兰词在清代的接受及其经典化要素》，《四川大学学报（哲学社会科学版）》，2013年第6期

2　马大勇：《"绝调更有人和"：纳兰词影响史之检视及其词史坐标之重估》，《求是学刊》，2021年第2期

3　（清）谢章铤：《赌棋山庄词话》卷七，刘荣平校注：《赌棋山庄词话校注》，第155页。

4　（清）谢章铤：《赌棋山庄词话》卷七，刘荣平校注：《赌棋山庄词话校注》，第155页。

5　（清）谢章铤：《赌棋山庄词话》卷九，刘荣平校注：《赌棋山庄词话校注》，第196页。

6　（清）谢章铤：《赌棋山庄词话》卷十二，刘荣平校注：《赌棋山庄词话校注》，第246页。

7　马大勇：《"绝调更有人和"：纳兰词影响史之检视及其词史坐标之重估》，《求是学刊》，2021年第2期。

8　何振岱著，刘建萍、陈叔侗点校：《何振岱集》，福州：福建人民出版社2009年版，第28页。

何振岱本人"为人幽寂飘渺，高韵迥俗，文人狷介之性，在他身上显得特别突出"[1]，也是一位性情中人，因而难免也会折服于纳兰性德词的真挚之情以及悲凉的情感基调。《我春室词集》中既有读饮水词之词，也有题饮水词之词，还有题纳兰小影之词。这些词中可以窥见何振岱对纳兰词的接受与阐释：

贮千生、灵谛作闲愁，入世恁悲凉。向孤中觅侣，欢中忏恨，不是佯狂。一卷鸾龙高唱，云际落宫商。天下知音者，玄鬓须霜。 为想人间修证，但未成圣果，离合心伤。这遍身兰气，化恨定潇湘。算消磨、炉香窗月，有冰丝、捻泪待深偿。悠悠对、樽前聆裸，漫自猜量。[2]（《八声甘州·题饮水词》）

淡无言、摊卷向风前，愁思带罗飔。是燕台骏影，乌衣词客，玉貌堂堂。弹指清音隐见，天气木樨凉。栏石回环处，无限思量。 人世孤心难写，依银筝瑶瑟，怨峡啼湘。问一生窗月，离聚几炉香。者心盟、如今犹耿，算幽亭、绿水未曾荒。依稀见、独沉吟里，人隔斜阳。[3]（《八声甘州·题纳兰容若小影》）

从以上二词可以见出，何振岱之所以如此钟情纳兰词不仅在于纳兰本人"燕台骏影，乌衣词客，玉貌堂堂"，更在于纳兰词看似"闲愁"，实则"入世恁悲凉"，骨子里却是悲凉至极。纳兰词中还充满人世的孤寂，"人世孤心难写"，词风清隽，"弹指清音隐见"。何振岱本人的词又何尝不悲凉清寂呢？何尝不具有一种静谧的哀感呢？其《浪淘沙·七月初六日感旧作》写道："眉月泻秋光，影落银塘。芙蓉空自断人肠。那有藕丝牵到底，开后都忘。 黯淡旧红裳，梦杳烟茫。阿谁此日记壶觞。独有闲鸥怜故水，冷处思量。"整首词语言浅白如话，特别是"那有藕丝牵到底，开后都忘""阿谁此日记壶觞"等句浅显自然。然而这样的浅语却饱含深衷，仍以"那有"句为例，此句以反问强调没有藕丝即相思能牵挂长久，分开后浑都忘却，不过正是这样的反问、否定，更凸显出词人感旧之深情。此词虽然是个人感旧，深层隐藏的基调却是静寂的悲凉，不管是眉月之光、银塘之影，还是红裳黯淡、梦杳烟茫及故水闲鸥，景象都是沉寂的，有一种人世荒芜、人生悲戚之感。

纳兰写有 15 首悼念亡妻的词作，他的悼妻之词低回反复、哀感缠绵，历来誉播众口，以为能媲美潘安仁、元稹悼亡之作。何振岱深感于纳兰与妻子卢氏的凄美爱情，感于纳兰的一往情真、一往情深。何振岱《霜天晓角·读饮水词》言："相爱如舟，相怜始是真。两两牵肠镂骨，算古也、不多人。 愿心互亲，莫求人，绝尘只恐炉香，窗月些少分是前因。"可见他被纳兰对爱妻的缠绵温柔、生死不渝所感动。何振岱对妻子也充满了浓烈的爱意，《我春室词集》中有十余首抒写思念爱妻、悼念爱妻郑岚屏的词作，展现的是无尽的柔情

---

1 连天雄编著：《坊巷雅韵》，福州：福建美术出版社 2015 年版，第 134 页。

2 何振岱著，刘建萍、陈叔侗点校：《何振岱集》，第 403 页。

3 何振岱著，刘建萍、陈叔侗点校：《何振岱集》，第 403 页。

与思念。

郑岚屏即郑元昭（1870—1943），岚屏其字，林则徐曾外孙女。光绪二十二年（1896）与何振岱结为连理。何振岱家世贫寒，郑元昭却出身世家，庐川郑氏历代科甲甚盛，与何一同中丁酉科举人的郑礼荣（伯昭）、郑礼桐（叔昭）兄弟便是他的大舅子。婚后何郑二人夫妻感情甚笃。何振岱记得妻子的生日，常常思念妻子，彻夜难眠，《清平乐·内子生日却寄》言："愁思连天归未得。昨梦灯窗通夕。"词人客居外地时思念之情更浓，《渡江云·南昌夜起，客思悽然，赋寄内子岚屏》"多情只是多离别，觅相思、海与云连。"词人经常于夜深人静时难掩相思之情，《减字木兰花·九月廿三夜，营睡不成，枕上口占，寄岚屏》下片："风敲林雨。滴碎离心天未曙。汝在天涯。我是居家似离家。""滴碎离心"是多么刻骨铭心的离思，表现出词人对妻子温柔体贴、尊重敬爱、极尽缠绵之情。又如《琐窗寒·九月廿二夜雨，强眠未着，赋寄内子海上，并约吴越之游》，"凉秋静籁，独自闲听何趣"，与妻子在一起的日子才是神仙眷侣的日子；"想天涯小楼夜深，低鬟倚烛孤吟苦"，想起在家的孤苦寂寥，词人自怨自悔自伤；"曾游处，有越水吴江，鱼波鸥溆"回忆曾经的美好；"诗囊酒榼，早晚扁舟偕汝"憧憬并承诺以后举案齐眉、共赏河山，永不分离；"越归期、纵后黄花，犹及看红树"迫不及待想要归家团聚。如此一层层写来，不及思念之情，而缠绵之情已跃然纸上。

郑岚屏雅擅艺文，著有《天香室词集》近一百首词。岚屏最初从何振岱学习诗词，她每创作一首诗或词之后，梅生必定要亲自改定，因此郑氏称何氏为"吾师"，何氏则称郑氏为"岚弟"。称师道弟的夫妻二人情感必定更加笃诚，如此说来，何、郑二人就不只是传统的夫唱妇随式夫妻，二人互相唱和，是精神上的伴侣。二人均喜爱诗词，时常进行联句创作，郑岚屏《联吟》诗记载了二人联句唱和的乐事，"花底添衣坐（梅），灯前检韵吟（岚）。暗香生翠袖（梅），春气逗重衾（岚）。无睡觉寒浅（梅），耽诗忘夜深（岚）。唱随真乐事（梅），欢结百年心（岚）。"[1]二人也经常以词唱和，何不美哉。何振岱《齐天乐·花瓶，和内子岚屏》一词便是和岚屏词韵之作。以长调《齐天乐》咏物并非十分容易之事，可见郑岚屏才华不浅，词学修养不低，何郑夫妻间的唱和是高质量的精神交流。郑元昭集中有八首词明确写及何振岱，其中《南乡子·和心与公车北上》是和韵夫君之作，《清平乐·生辰心与寄词奉答》是回复夫君《清平乐·内子生日却寄》之作，《菩萨蛮·丁巳仲冬廿三日，与心与联句，寄雏蝉》是为联句之作。

民国三十一年（1942）郑岚屏下世，何振岱极为悲痛，抒写了多首哀悼的诗词，首首痛彻心扉，哀感缠绵。试读以下三首：

　　不寐拥重衾。百事悲欢尽到心。醒眼看天容易倦，怎禁。烛冷香消更夜深。　　弦断剩

1　何振岱著，刘建萍、陈叔侗点校：《何振岱集·附录二》，福州：福建人民出版社2009年版，第459页。

闲琴。已矣伊人指上音。几阵啁啾倾耳听，空林。斜月凄风叫暗禽。[1]（《南乡子》）

何物譬形神。结发夫妻总一身。同苦齐甘生已定，相亲。老去鳏居是半人。　萧冷度昏晨，镜里灯前记笑颦。有尽欢情无限恨，轻分。水逝花飞万迹陈。[2]（《南乡子》）

听久无声，看如有影，阴天初夕。寒帏悄立。早搬移、旧床席。故衫敝袷存留着，认唾点、啼痕疏密。痛双身成只，昏尘掩镜，暗灯摇壁。　踪迹。空追忆。只苦海匆忙，负伊岑寂。睁睁默默，多时孤坐垂膝。病中言语分明甚，道爱我、般般爱惜。这声影、只依稀，老泪怎生揾得。[3]（《月下笛·旧房》）

第一首写词人夜晚失眠怀念妻子。下片"百事悲欢尽到心"化用元稹《遣悲怀》"贫贱夫妻百事哀"句意，言词人一生布衣，贫苦无依，与妻子的种种往事难以忘怀。"醒眼看天容易倦，怎禁"化用"惟将终夜长开眼，报答平生未展眉"句意，言词人的思念之情无法遏止，"怎禁"以疑问句的形式婉转地表达出"禁不住"的悲怆苦痛。下片写睹物思人，琴弦已断，琴音不再，惟有窗外的斜月凄风。悲苦之情，悼念之痛，何其感人。第二首也是悼念亡妻，较之第一首，词意更显豁。结发夫妻现在只剩词人只身一人，水逝花飞，万般陈迹皆灰灭。爱妻逝世后词人心灰意冷、痛彻心扉。第三首写睹物思故人。上片言词人感觉妻子如影随形，仍在身边。旧衣物还保留着，上面还有妻子的泪痕。下片由旧衣物想起妻子病逝时的岑寂，病逝前的言语，不禁老泪纵横。这些与纳兰性德《南乡子·为亡妇题照》"泪咽却无声""别语忒分明"，《金缕曲·亡妇忌日有感》"我自中宵成转侧，忍听湘弦重理"等有异曲同工之处。

何振岱女弟子众多，其中张清扬是比较特殊的一个，这既是因为清扬少时即向振岱学词，振岱以为其词"无以益也"，其后清扬与振岱夫妇多次诗词唱和、交流。也是因为清扬四十二岁即去世，红颜薄命引发了何振岱的无限痛惜。何振岱集中有四首悼清扬的词，沉痛如斯，不忍卒读。词作如下：

黯云叶、雁天凄楚。如见芳魂，远来言别。撇断尘缘，朵莲孤往、合依佛。百缄红泪，看字字、啼鹃血。老去不胜悲，苦劝我、莫因悲切。　心结。记前年吴甸，手指飞峰残堞。重来有约，那还共、沧溟凉月。剩岁岁、春雨梨花，把杯醑、酬君词骨。怕梦里追寻，前事从头怎说。（《长亭怨慢·哭清安》）

不染莲心，遍尝药味，异乡病梦长醒。镜中幽怨，犹自损眉青。几度秋阴黄叶，欢吟罢、了却今生。吴天碧，片云欲坠，小影唤如应。徘徊行药地，书残销蠹，篝冷凝冰。忍

1　何振岱著，刘建萍、陈叔侗点校：《何振岱集》，第413页。

2　何振岱著，刘建萍、陈叔侗点校：《何振岱集》，第413页。

3　何振岱著，刘建萍、陈叔侗点校：《何振岱集》，第413—414页。

回首、孤舟残夜，凉月沧溟。归去遥天差好，人间事、苦恨难胜。心期在，炉香永热，卐字袅金经。（《满庭芳·题清安小影》）

枣市桥边，牛王庙里，梨花啼鸟春阑。趁晨光渡水，石径开轩。往日斋鱼药椀，到此际、玉化烟寒。怎生度、孤魂幽馆，如此阑干。盘桓。悽迷莫诉，伤病眼几番，盼断江关。恨琴亡尘几，珠暗华鬘。早晚消兵故里，待杯酒、浇汝青山。悲风里，吹残纸灰，巧飐莲幡。（《凤凰台上忆吹箫·肾口奠清安》）

望西风啼雁断吴天，时节又新秋。问吟魂底处，烟随玉化，宫隔花幽。一日千回临镜，镜影不曾留。留得伤心句，欢处都愁。旧梦梧桐窗外，把紫箫闲弄，纤月如钓。早凄凉蚕绪，暗恨引眉头。漫凝思、天涯归骨，向斜阳、酒洒荒丘。凭孤负、长笺哀墨，烛泪空流。（《八声甘州·清安殁已经年，归骨无期，枨触旧事，书此志哀》）

第一首大致作于听闻清扬去世之时，词人顿感凄楚，凄迷中"如见芳魂，远来言别"，清扬还劝慰词人"莫因悲切"。由此回忆起"前年吴甸"，明明相约共话，不料撒手人寰，只能在梦里追寻前尘往事了。第二首是题清扬小影之作。看到清扬照片又勾起无限伤心，清扬病中尝药之苦，幽怨之姿，令人怜惜不已。"小影唤如应"，清扬似乎还活着，但是她已了却今生，何其悲戚。词人不忍回首，感叹"人间事、苦恨难胜"。第三首为词人祭奠清扬之作，也写得十分沉痛。最后几句"早晚消兵故里，待杯酒、浇汝青山。悲风里，吹残纸灰，巧飐莲幡"，尤其警策，将词人的悲痛、人世的苍凉刻画得淋漓尽致。最后一首词人感慨清扬逝世已数年而归骨仍未还乡，于是"枨触旧事，书此志哀"。词人眼见天涯归骨，只能"漫凝思""酒洒荒丘"。女徒清扬的早逝让词人沉浸苦痛，久久无法自拔，几年之后仍是"凭孤负、长笺哀墨，烛泪空流"，这样的深情厚意又有几人能做到呢？

二、王允皙词的"人间梦"

王允皙（1867—1929），字又点，号碧栖，福建长乐人。光绪十一年（1885）举人，授建瓯教谕。曾入奉天将军依克唐阿幕，又受聘为北洋海军衙门僚属，官至婺源知县。有词集《碧栖词》一卷。黄濬谓王允皙曾"入北洋海军幕府……目睹戊戌、庚子之变，孤愤溢怀抱，故其所著无一非由衷之言。改革后，南北传食，讫无宁岁。追宰皖之婺源，则管领山水，意稍有所展，能以吏事人诗，而诗境又一变。归休偓塞，耽悦禅诵，遂不复作"[1]。

王允皙存词46首，词中极少有唱和之作，多是抒怀之词。关于其词的宗尚，有的以为其词学常州词派甚为推崇的王沂孙，因为他的词集与王沂孙碧山词集名相似，名为"碧

---

1 黄濬：《花随人圣庵词话》，《词话丛编二编》，杭州：浙江古籍出版社2013年版，第2672页。

栖"或许意思是"栖心于碧山词"。沈轶刘、富寿荪持此种观点："以栖心于王沂孙，自号碧栖。其穷深极微处，自见宗法。允皙与赵熙，各得文廷式一体，赵俊爽而允皙较盘折。两人各为《甘州》，允皙所不同者，不脱王沂孙耳。"[1] 此处所说的《甘州》为《八声甘州·庚子五月津门旅怀寄太夷》[2]，词写的是庚子年（1900）五月，八国联军约二千人自大沽登陆至天津，与义和团和清军激战之事，并遥寄远在武汉的友人郑孝胥（字太夷），隐约担心兵家必争之地——武汉的情况。整首词虽然基调悲戚沉痛，表现忠爱之忧，但是词意是甚为显豁的，多赋笔而少比兴，如"远处伤心未极""国破山河须在""为我送离忧""是从来、兴亡多处""诗人老、拭苍茫泪"等皆是直抒胸臆。这与"感时伤事，缠绵温厚"、多用比兴寄托法的王沂孙词大相径庭。此外，王沂孙以咏物闻名，其咏物词"如王碧山咏萤、咏蝉诸篇，低回深婉，托讽于有意无意之间，可谓精于比义"[3]，"碧山咏物诸篇，所以不可及"[4]，而王允皙极少咏物词，并不以咏物见长。因此，王允皙与王沂孙词虽有相似之处，但其实不宜谓王允皙只学或多学王沂孙词。

事实上，大部分词论家也不以为王允皙词学王沂孙，而主张其以浙西词派的祖师姜夔、张炎为师，"人比之姜尧章云"（陈声聪《论近代词绝句》）。黄濬直言："碧栖词其娟洁密致处，与其云学碧山，不如云学玉田。"[5] 夏敬观也评道："吐属清婉，有一唱三叹之妙……嗣声白石（姜夔）。"[6] 叶恭绰《广箧中词》选王允皙词四首，并评论："《碧栖词》脱胎玉田，而无其率滑，兹选其襟抱较廓者。"[7] 钱仲联也以为："《碧栖词》清疏骈宕，胎息姜、张，论者谓可并辔。"[8] 王允皙词的清婉之气确实有姜张词的影子，如《木兰花慢·寓居兴郡小西湖，杪春多雨，客感幽单。张韵舫太守用补柳翁韵作词见讯，依次

1 沈轶刘、富寿荪选编：《清词菁华》，合肥：安徽文艺出版社 1986 年版，第 379 页。

2 《全闽词》，第 1608 页。词为"又黄昏、胡马一声嘶，斜阳在帘钩。占长河影里，低帆风外，何限危楼。远处伤心未极，吹角似高秋。一片销沉恨，先到沙鸥。 国破山河须在，愿津门逝水，无恙东流。更溯江入汉，为我送离忧。是从来、兴亡多处，莽武昌、双岸乱云浮。诗人老、拭苍茫泪，回睇神州。"

3 （清）陈廷焯：《白雨斋词话》卷八，孙克强等辑：《白雨斋词话全编》，北京：中华书局 2013 年版，第 1291 页。

4 （清）陈廷焯：《白雨斋词话》卷八，孙克强等辑：《白雨斋词话全编》，北京：中华书局 2013 年版，第 1297 页。

5 黄濬：《花随人圣庵词话》，《词话丛编二编》，杭州：浙江古籍出版社 2013 年版，第 2672 页。

6 夏敬观：《忍古楼词话》，《词话丛编》，第 4757 页。

7 叶恭绰：《广箧中词》卷二，北京：人民文学出版社 2011 年版。

8 钱仲联：《近百年词坛点将录》，钱仲联著：《梦苕庵清代文学论集》，济南：齐鲁书社 1983 年版，第 180 页。

答之》[1]。此词先写景物，再"叹景物"，再"关人"，抒发一种幽单的心绪。词中"洗红""画桥烟""湖天碧涨簟纹边"等句，写景颇为清雅。而词中才"寻思"，"便归叹"，刚要"说相思"，"金箧已无笺"，抒情十分婉转，一波三折。这种清疏之气、婉转之姿与白石词甚为相似，然而又较玉田词细腻、工致。

有的词论家则提出折中之见，以为王允皙既学王沂孙，又学姜夔、张炎。郭则沄《清词玉屑》谓："王碧栖学碧山、玉田，为闽词别派。"[2] 虽然王允皙不一定专习王沂孙词，也不一定摹习张炎词，但郭则沄以为其"为闽词别派"则是有眼力的，因为闽词自谢章铤以来多学苏辛豪放之词，晚清又受到词坛梦窗风的影响而为顽艳重拙之词，王允皙独能自成一家。李宣龚也以为王允皙词兼学王沂孙与姜夔、张炎："初为王碧山，因自署曰碧栖。嗣复出入白石、玉田之间，音响凄惋，直追南宋。"[3] 这样的观点似有道理，但眼光仍不脱常州词派与浙西词派，仍以王氏的慢词长调为主，未将目光投向王允皙的令词。

虽然论者多以为王允皙词学王沂孙，或学姜夔、张炎，但是正如沈轶刘《繁霜榭词札》所说："能为文廷式者，只有一赵熙……次则为王允皙。或谓王寝馈王沂孙，子之说殆梦呓！然允皙词寓气骨于精锻，云中仙爪，时露一鳞，自有其不可掩之本色。故非局促一家言者。"[4] 王允皙生当词学集大成的晚清，词坛既有学南宋的吴梦窗、周清真、辛稼轩、王碧山、姜白石者，又有学唐五代北宋的李煜、柳永、秦观、晏几道者，还有学清代的陈迦陵、纳兰容若、朱竹垞者，各词人填词虽各有侧重，但大多都转益多师。王允皙亦是如此，他的词也"非局促一家"，既有姜夔的影子，但所学白石者大多是慢词，其令词则不脱纳兰容若词的藩篱。陈声聪就以为王允皙令词亦佳，更爱其令词，其令词与纳兰词相像以致难以分辨："予更爱其小令……要眇宜修，淡极无痕，置之《侧帽集》中，骤不可辨。"[5] 又谓："《碧栖诗词》其词深婉雅丽，令词尤隽。"[6]

王允皙中短调词的确多习纳兰词。他的词中有效仿饮水词者，如其《采桑子·湘翠楼夜话》"城头尚有三通鼓，语歇梨花。月过窗纱。一剪轻寒透枕霞。　　凭君莫话伤心事，春尽天涯。燕子无家。不道明朝鬓有华。"此词明言效饮水体，确有饮水味，词述眼前景，

1　词为："洗红速夜雨，吹不散，画桥烟。叹景物关人，光阴在客，情味如禅。寻思刺船弄水，便归叹何用买闲田。拼约春风烂醉，恨春轻老花前。　　湖天碧涨簟纹边。日日忆家眠。料试衣未妥，晕妆还懒，鬓冷歌蝉。分明片时怨语，说相思、金箧已无笺。雨歇西斋淡月，隔墙犹咽幽弦。"

2　郭则沄：《清词玉屑》卷六，曲兴国点校《清词玉屑　上》，杭州：浙江古籍出版社 2014 年，第 232 页。

3　李宣龚：《王氏遗集序》，李宣龚著，黄曙辉点校：《李宣龚诗文集》，上海：华东师范大学出版社2009 年版。

4　沈轶刘：《繁霜榭词札》，引自孙克强、杨传庆辑：《清人词话》，天津：南开大学出版社 2012 年版，第 2045 页。

5　陈声聪：《闽词谈屑》，《填词要略及词评四篇》，广州：广东人民出版社 1986 年版，第 152 页。

6　陈声聪：《论近代词绝句》，《填词要略及词评四篇》，广州：广东人民出版社 1986 年版，第 177 页。

道眼前事，发当下感受，抒当下情感，自然直寻，浅白的语言，亲切的口吻中饱含真挚深痛的情感。如此之词置之"以自然之眼观物，以自然之舌言情"[1]，"纯任性灵，纤尘不染"[2]的纳兰词中，难以一眼识别真假。王允晢有些令词虽然没有明言效仿纳兰词，但仍能感受到饮水词的某些影子，二者都带有一股怅惘的情调。比如《蝶恋花》："永夜墙阴虬水咽。罗帐玲珑，春枕人如月。白舌枝头啼未歇。东风只是清寒绝。 几曲阑干飘茜雪。狼藉丁香，冻损千千结。睡起思量无可说。境中自看芙蓉颊。"特别是"东风只是清寒绝"一句与纳兰词极为相似。纳兰词很爱用"只"这种语气，表达一种对不可改变的过去、事物的怅惘与无可奈何之情，如"当时只道是寻常"（《浣溪沙》谁念西风独自凉），"人生若只如初见，何事秋风悲画扇"（《木兰花·令拟古决绝词》），"只嫌今夜月偏明"（《浣溪沙》容易浓香近画屏），"只是去年秋，如何泪欲流"（《菩萨蛮》晶帘一片伤心白），"只恐醒时依旧到樽前"（《虞美人》残灯风灭炉烟冷）等。"睡起思量无可说"一句也甚为相似。纳兰词有一种睡也不是，醒也不是，无可如何的怅惘与失意，如"还睡、还睡，解道醒来无味"（《如梦令》万帐穹庐人醉），"独睡起来情悄悄，寄愁何处好"（《谒金门》风丝袅），"西风鸣络纬，不许愁人睡"（《菩萨蛮》晶帘一片伤心白）等。

王允晢词酷似纳兰词之处除了自然的词风、怅惘的情调，还有一种忧戚的情感，以及忧生忧世的情意。李宣龚《王氏遗集序》言王允晢："累踬春官，境渐困，悉以其幽忧之疾，发之于倚声，初为王碧山，因自署曰碧栖。嗣复出入白石、玉田之间，音响凄惋，直追南宋。"[3]李氏认为王允晢词的内在情感是"幽忧"，风格"凄惋"，这是颇为准确的评论。如"身世悠然，换了西泠愁碧"（《疏影》涟漪数尺），"凄切。拥吟鞭试望，缥缈梦华宫阙"（《水调歌头·送张珍午入都》）等句，确实饱含忧伤的凄清之情。沈轶刘、富寿荪也言王允晢词"藏凄感于萧凉，不作颓丧语"[4]，"不作颓丧语"则未必，但"藏凄感于萧凉"则堪为的论。王允晢词在清凉的意境中包含很深的人世感触、感悟。比如《清平乐·用玉田题碧梧苍石图韵》，词虽用张炎词韵，然格调更高。如果说前面几句如"人立寒沙岸。月浅烟深凉汐漫"等还只是在刻画一种寒凉之意，那么最后一句"若待花楼疏吹，人间恐有秋声"，则似乎将词超拔出来，静观"人间""人生"的苦乐，这也许就是王国维所说的"诗人对宇宙人生，须入乎其内，又须出乎其外。"[5]这也就是纳兰词虽写一己之情，

---

1 王国维：《人间词话》，施议对编：《人间词话》，长沙：岳麓书社 2012 年版，第 69 页。

2 况周颐：《蕙风词话》卷五，孙克强辑《蕙风词话 广蕙风词话》，郑州：中州古籍出版社 2003 年版，第 94 页。

3 李宣龚：《王氏遗集序》，李宣龚著，黄曙辉点校：《李宣龚诗文集》，上海：华东师范大学出版社 2009 年版。

4 沈轶刘、富寿荪：《清词菁华》，合肥：安徽文艺出版社 1986 年版，第 379 页。

5 王国维：《人间词话》，施议对编：《人间词话》，长沙：岳麓书社 2012 年版，第 78 页。

但能通万古之情的原因，比如只写自身感受"谁念西风独自凉，萧萧黄叶闭疏窗"（《浣溪沙》），却能道出"西风"中人类的普遍感受。因此，在这一点上，王允晳与纳兰有着"英雄之共识"。

王允晳与纳兰词的这种忧戚、忧生"共识"也表现为相似的意象，二人尤其喜爱"人间""梦"这两个意象。王允晳四十余首词用"人间"（或"人生"）二字达7次，如："人间恐有秋声"（《清平乐》），"人间事、露冷风清"（《满庭芳》），"但云水纵横，乱山无主。人间事苦"（《瑞鹤仙》），"人间世，悲与乐，未争夺"（《水调歌头》）等。词人站在云端旁观人间，如王国维"偶开天眼觑红尘"（《浣溪沙》）一般，通过自身的人生苦乐，来观世间众相，来尝人生百态。纳兰也很喜欢在词中运用"人间"二字，《饮水词》中用此二字多达十几处，如"我是人间惆怅客"（《浣溪沙》残雪凝辉冷画屏），"人间空唱雨淋铃"（《浣溪沙》风鬓抛残秋草生），"人间所事堪惆怅，莫向横塘问旧游"（《于中好》独背残阳上小楼），"人间何处问多情"（《浣溪沙》酒醒香消愁不胜）等，也将自我的情感、感受、感悟放置于茫茫人生、人海之中，在抒发个人的情意之时也呈现出一种普遍性的、透悟了的人生情意。

王允晳更喜爱用"梦"字，词中写及"梦"字高达23次，如"事与梦渺，有年时新雨"（《莺啼序》），"渐飘零、半如梦渺，甚时相见"（《解连环·有忆寄郑仲良福州》），"萧萧卧具如此，关塞梦横戈。梦里罗浮风雪，故国梅花开了，吹笛坐坡陀"（《水调歌头》），"承平梦，谁共谙"（《平韵满江红·赠饶佑卿》）等。梦本身虚无缥缈，来去无影踪，象征往事如烟，一去不复返。而梦本身美好多彩，因而梦多代表美好的过去、美好的事物。此外，梦还是对明天的一种期盼，对美好的一种向往。由此几端，王允晳词中的梦一则表示自己青春、年华、昨日消逝的惆怅，二则表示对前朝的追忆以及前朝灭亡的幻灭感，三则表示词人对"承平"盛世的向往、期许。这些明显有深深的忧生之念，也有深痛的忧世之思。纳兰词中的"梦"字也颇多，达80多处，如"若问生涯原是梦，除梦里，没人知"（《江城子·咏史》），"雨歇微凉，十一年前梦一场"（《采桑子》梦一场），"一种晓寒浅梦，凄凉毕竟因谁"（《清平乐》塞鸿去矣），"何处疏钟，一穗灯花似梦中"（《采桑子》严霜拥絮频惊起），纳兰的"梦"是对爱妻的怀念，是对自身孤寂的感触，是对人生空幻的感受。

第三节 革命者的"稼轩风"

辛弃疾本人的爱国精神，稼轩词的豪迈奔放，在战乱时期很容易激起共鸣而广受推崇。而且，"自古忠义之士，爱国家，爱民族，躬蹈百险，坚贞不渝，必赖一种深厚之修养，绝非徒恃血气者所能为力。最高之文学作品，即在能以精美之辞，达此种沉挚之情，若喊口号式之肤浅宣传文字，殆非所尚。"[1] 而恰好"稼轩作壮词，于其所欲表达之豪壮情思以外，又另为一内蕴之要眇词境，豪壮之情，在此要眇词境之光辉中映照而出，则粗犷除而精神益显，故读稼轩词恒得双重之印象，而感浑融深厚之妙。"[2] 民国时期的军阀混战、抗日战争，一些革命文人、抗战词人很需要稼轩一类兼具粗豪与细腻的词来记录家国之难，鼓动士气、增强斗志，宣扬斗争精神，"词气须豪放"（陈守治《金缕曲》），此时流行一股研究、整理稼轩及其词的风气，以及一股模仿"稼轩风"的填词风气。

清末民国的福建词坛，研究稼轩词者虽不多，但填写豪放词者不在少数。他们"倚新声、未师姜史，略师辛柳"（陈守治《金缕曲·自嘲并寄友》），"虽到中年豪气在，夜眠醒、尚作闻鸡舞"，"溯词流、辛刘豪放，寸心曾许"，"更羞学、花间绮语"（陈守治《金缕曲·再呈武公，用前韵》），具有辛弃疾本人的爱国热情、忧民情怀、英雄气概，其词一方面展现了国家之难、民生之艰，一方面也凸显了国家风雨飘摇之际的文人心绪，词作情感深沉痛楚、悲凉慷慨，词风慷慨豪迈、雄深雅健。

这类革命者抗战者词人的代表人物主要有：郑祖荫（1872—1944），字兰孙，乳名维善，福建闽县人。中日甲午战争后，祖荫便开始重视开通民智，与闽清黄乃裳在福州创办《福报》，鼓吹革命。之后任汉族独立会会长，为中国同盟会福建支会会长。1911 年 5 月，参加福州起义，光复福州，并任参事员。1922 年，被聘为福建省长公署秘书。抗战期间，对蒋介石的不抵抗政策表示不满[3]；黄展云（1875—1938），字鲁贻，福建永福人。留学日本时结识孙中山，加入同盟会，任孙中山秘书。1911 年任中国同盟会福建支部文书。辛亥武昌起义时，参与策划福建响应计划，参加于山战役。1919 年，任中国国民党福建支部长，创办《福建新报》。后任福建政务委员会常委兼政务委员、全国侨务委员会委员

---

1 缪钺：《论辛稼轩词》，《思想与时代》，1943 年版，第 23 期。
2 缪钺：《论辛稼轩词》，《思想与时代》，1943 年版，第 23 期。
3 潘守正：《郑祖荫先生外传》，《福州文史资料选辑》第 2 辑，1983 年版，第 214 页。

等职[1]；郑翘松（1876—1955），字奕向，号苍亭，晚号卧云老人，福建永春人。翘松曾为同盟会会员，1911年11月负责光复永春县，被推为永春县光复代表，赴南京参加中华民国开国大典。后任《汉潮报》主笔。日寇全面侵华后，悲愤难已，口诛笔伐日寇罪行。他重视教育，多次赴马来西亚、新加坡等地筹募教育经费；何遂（1888—1968），字叙圃，福建闽侯人，是辛亥革命元老，民国早期知名军事教育家和理论家。十九岁加入中国同盟会，曾任国民军第三军参谋长、国民军空军司令、广州黄埔军校教育长、立法院军事委员会委员长等职。新中国成立后，任华东军政委员会委员兼政法委员会副主任、司法部部长等职；林庚白（1897—1941），原名学衡，字浚南，又字众难，福建闽侯人，诗人、政治人物。庚白一生热心政治，十四岁入京师大学堂，十五岁创京津同盟会，十六岁创黄花碧血社。后任国民政府众议院秘书长、立法院立法委员。庚白初为陈衍的学生，后与同光体派分道扬镳；陈守治（1897—1990），笔名瘦愚，号乐观词客，晚号乐观翁，福建南平人。曾考入北平大学，因家贫辍学回乡教书，曾任南社闽集理事。守治一生并未直接参与革命、抗战，但他拥有强烈的爱国忧民之心，为革命、抗战呐喊，为底层文人、穷苦百姓发声；黄兰波（1901—1987），笔名缘浚、阿兰，福建福州人。擅长绘画、美术理论，为福建学院教师。兰波一生大部分时间居于福州，虽未涉足政坛，但他以词体来书写民国以来中国、福州的政治史、民史、心灵史，沉重悲壮，故亦归为此类词人之属。

一、"大地干戈何日了"：纪史使命

进入20世纪，中国形势危如累卵，一些革命者为祖国的命运上下求索、舍生取义。20世纪30年代，日寇入侵，民族危难深重，举国人民奋起反抗，爱国保国报国救国成为时代的主题。词人们也蕴忧处变，奔走呼号，讴歌抗战的词作不绝如缕，足以廉顽立懦、刚毅近仁。这一时期福建词坛感时溅泪，恨别惊心，尽多肝胆之作。那些高呼革命、抗战的词作再次弘扬"稼轩风"，发扬稼轩词的爱国精神。不过，相比稼轩词的题材内容、情感内涵，他们的词更具现实主义特色。他们继承了古诗词的现实主义，沿袭了杜甫以来的"诗史"传统，以词纪实，以词批评时政，以词现史外传心之史，具有实录精神、社会价值、历史意义[2]。这些词"具有真实地记录各个时代的特色和保留最生动的、含义深远的世态人情的特殊优越性"[3]，呈现了清末民国的世态人心。

福建革命者、抗战者的词多为现实主义，记载了辛亥革命前后、五四运动、抗日战争时期的种种国难民困，以词纪实，怆抚疮痍，堪称一部国史、地方史。

他们以词记载黄花岗起义，怀念起义中牺牲的烈士。黄花岗起义1911年4月发生于

1 林庆垒、李齐品：《黄展云年表》，《福州文史资料选辑》第11辑，1992年版，第122—132页。

2 部分说法参考刘明今《中国古代文学体系论·原人论》，上海：复旦大学出版社2000年版。

3 [美]韦勒克：《文学理论》，上海：上海三联书店1980年版，第102页。

广州，当时中国同盟会领袖之一黄兴率 130 余名敢死队员直扑两广总督署，与北洋军短兵相接，后因寡不敌众而失败。此次牺牲的 72 名烈士中，福建人多达 19 位，如林觉民、方声洞、冯超骧、陈更新等，他们几乎都为福州籍，其中闽县 4 人，侯官 5 人，连江 8 人，长乐 1 人，还有 1 人原籍南平后占籍闽县[1]。这些福建烈士对福建词人产生了强烈的心灵震撼，不少词人均以词来悼念烈士。同为革命者，郑翘松、何遂等十分仰慕黄花岗烈士的义薄云天。何遂大赞这些烈士的大无畏精神，认为他们的精神永垂不朽，"落花如雨逐人行。英雄各有文章日，圣义应教性命轻"[2]（《鹧鸪天·黄花岗纪念日》）。郑翘松对牺牲的将士无比同情，也无比敬佩，来生仍要救国救民、补全金瓯，"待来生、岳将更崧生，补天缺"[3]（《满江红·代挽殉难将士》）。作为烈士亲属，刘蘅写有四首诗词来悼念兄长刘元栋，其词《鹧鸪天·丙辰初秋来粤，吊黄花岗七十二烈士坟墓，追念先兄元栋》《南乡子·纪念辛亥革命七十周年，追念先兄元栋，会上写怀》，既表达对胞兄的思念，"思兄泪洒晴天雨"，也对报国英雄深情赞颂，"男儿报国忠心壮，弱妹难生恨事多，兴鼎革，振山河，黄花岗上我哥哥。英雄永在千秋史，血染粤山百丈高。"而作为后来的研究者，郑丽生在了解这段历史之后，更加敬佩那些不畏牺牲、为国为民抛头颅洒热血的革命者，曾填《惜黄花》一词大赞先烈的功绩，表达对先烈的敬仰，词曰："黄花碧血，千秋英烈，好男儿，作前锋，从容坚决。民主奠初基，帝制终消灭。是役也，厥功殊绝。 凤城雄杰，鳌江呜咽。雨风中，吊忠魂，棠梨如雪。仰慕所南翁。《心史》存高节，过珂里，振裳晞发。"[4]

词人们还以词记录五四运动及福州工农学生的罢工游行。1919 年 5、6 月间，中国发生了震惊国内外的三件大事：一为五月四日北京学生爱国运动；二为六月三日上海工人大罢工，全国响应；三为六月三十日我国代表拒绝在巴黎和约上签字，给帝国主义以重大打击。这三件事是全国新知识界从事反帝、反封建斗争，及介绍苏俄革命理论、提倡新文化运动的成果。福建词人也密切关注时事，"令人感奋"，黄兰波当即填词一首《满江红·感事》，高度赞扬工学联盟的团结、敢牺牲精神，也高度认可苏俄经验、马克思理论，对革命保持较为乐观的态度，"喜庶民、革命浪潮高，风云急"。革命充满了牺牲。在五四运动中，北京学生郭钦光牺牲，福州市学生闻言冲破卖国政府武装军警的重重包围，在西湖公园举行追悼大会，会后游行示威，声势壮大。黄兰波正身在福州，写下《定西蕃·一九一九年五月二十五日》一词，盛赞青年人的勇敢无畏，"国事危同累卵，投笔起，正青年。勇

---

1 郑丽生：《黄花岗史事撷闻》，见《福州文史资料选辑 第 6 辑》，1986 年版，第 191 页。

2 《全闽词》，第 2105 页。

3 《全闽词》，第 1857 页。

4 郑丽生：《黄花岗史事撷闻》，见《福州文史资料选辑 第 6 辑》，1986 年版，第 197 页。

无前。不畏刀枪围堵。口号唤醒民众，气如山。" [1]

1941 年 12 月日军入侵香港，香港沦陷也唤醒词人们的忧虑。陈国柱（1898—1969，福建莆田人），诚挚凭吊港澳同胞"念港澳、良友同胞，困苦艰难痛磨蝎"（《雨霖铃·吊香港九龙》）。而早在香港沦陷之前，林庚白就曾到过香港，对香港"用夷变夏"的情形表示担忧，对"更偏安、江左堪怜"，国民政府的不作为表示失望，同时词人又急切希望香港早日回归祖国，"丧邦异日，互市何年"（《扬州慢·香港湾仔楼望》）。此外，福建词人放眼全球，对国际大事也较为关注。苏联 1943—1944 年的冬季大反攻，1943 年的珍珠港事件等都在词中有所反映，他们批判日军的残暴，"日寇忽披猖。毒焰飘扬。烘天炮火漫遐荒"，期望全世界的人民团结斗争消灭敌人，"抗敌必须齐努力，捍卫边疆"（陈国柱《浪淘沙·时事》），最终实现全世界和平、人民安居乐业。

福建词人对省内时事也甚为了解，尤其对省会福州的时政掌握颇多，他们以词展现了近代福州的军政民生，堪称一部生动的地方史。1919 年五四运动之后，福建也群情激奋，奋起反日。而日本自甲午中日战争强占台湾之后，就一直极为觊觎福建。1919 年 11 月 16 日，福州日本领事馆以日商货物被截，日人以受到威胁为借口，寻衅闹事，袭击并殴打中国平民，打砸中国商店，制造震动全国的福州台江惨案。之后，各地学生暨爱国工商界奋起抗争，至翌年 2 月 20 日，才由日本使馆公开道歉。黄兰波于 1920 年 2 月作《水调歌头·台江惨案》一词以纪之，词中气愤难掩"纠合浪人流氓，杀伤学生军警，流血在台江"，并表示"誓须再争斗，雪耻挽危亡" [2] 黄兰波其他词也多着眼于福州本地的时事，慷慨其情。1938 年 10 月，日本全面侵华，逐渐南下，福州的军政长官纷纷逃离，黄兰波作《如梦令·设置南平行馆》一词，批判福建军政长官纷纷在南平设置行馆，欲放弃省会福州，完全没有破釜沉舟、坚决作战的勇气、决心。1941 年 4 月，日寇攻陷福州，黄兰波怆然成咏，以四首《忆江南》记录当时的情景。1944 年 10 月，福州第二次沦陷于日寇，难民无数，为状殊惨，而党政当局竟熟视无睹，不予救助收容，黄兰波极为愤慨，作《偷声木兰花》一词述其惨状，并严厉指责当局的无能、残酷。1948 年 5 月，福州发生水灾，黄兰波书其所见，愤愤不平于"富人得救，贫者江鱼葬"的不公平现象。

古诗中对时政的批判，有的以比兴之法刺时，也有的奋笔直书、直指要害。第一种婉转达意、言近旨远，而第二种逆鳞而上，往往需要更大的勇气，也会付出更大的代价。此时期福建词人对时政的批评大多为第二种，以词批评时政，伤国事蜩螗。他们并不忌讳谈论国事，也不怕当局者的迫害。"与当世治乱成败得失之故，风俗贞淫奢俭之源，史所不及纪，与忌讳而不敢纪者" [3]，也往往见之于词，以词纪史、以词补史。

---

1 刘荣平编：《全闽词》，第 2405 页。

2 《全闽词》，第 2406 页。

3 （清）魏禧：《纪事诗抄序》，魏禧《魏叔子文集》，北京：中华书局 2003 年版，第 539 页。

这时的词人首先将矛头对准军阀。辛亥革命后，各系军阀林立、混战不断，人民深受其苦。福建因处于皖系、粤系等军阀势力的交叉范围，战争不断，受割据之害深矣。福建词人对军阀争权夺利，而不是团结一致矛头对外极为不满。郑祖荫希望割据即刻结束，其《浪淘沙·象棋》言："割据几时终。欲问苍穹。言和未必果由衷。满望我军成战绩，车马攻同。"[1] 郑翘松也十分痛恨军阀之间为争夺弹丸之地而大动干戈，从而生灵涂炭、消耗国力的行为，其《金缕曲》（警耗传烽炬）写道"休叹桃源弹丸地，一任么么割据。那四海、有谁净土。乱世英雄留铜像，费生灵、无数头颅铸。"[2] "蛮与触，何须数"（郑翘松《贺新郎·酒酣赋呈家骏甫》），触蛮之争致伏尸百万、血流成河，何等可笑、可恨。

此时福建词人的唇舌之炮也集中在国民政府。福建词人严厉苛斥国民党当政期间的种种恶行，指责他们一面残忍迫害共产党员，一面一度采取不抵抗或消极抵抗日寇的政策，又一面奢靡享乐、作威作福，不顾百姓死活。陈国柱《雨霖铃·吊香港九龙》记录了香港沦陷前，孔祥熙派专机接起儿女及爱犬，有某教授请附机脱险被拒绝一事，一堂堂教授竟不如一条狗，这无情地揭露了国民政府高层官员的自私自利、腐败无能。1926年9月23日，军阀特务枪杀共产党优秀爱国青年，黄兰波作《徵招·挽翁良毓》，第一时间控诉特务的残暴行径。他以为外敌当前应团结统一，一致对外，不应同室操戈、杀害同胞，"内忧外患相煎急，神州有如羹沸"[3]。林庚白《水调歌头·闻近事有感》一词讽刺更加深刻、犀利，词为：

河北不堪问，日骑又纵横。强颜犹说和战，处士盗虚声。拼却金瓯破碎，长葆功名富贵，草草失承平。岂独岳韩少，秦桧亦难能。　尊国联，亲北美，总求成。横磨十万城下，依旧小朝廷。古有卧薪尝胆，今有金迷纸醉，上下尚交征。安得倚长剑，一蹴奠幽并。[4]

九一八事变之后，日本全面侵华的狼子野心昭然若揭，但是国民党仍奉行消极的抵抗政策，妥协退让，词人对此十分愤怒，写下此词。词的上片第一句即陈述了日寇侵占河北，又不断南下的残酷事实，而国民党当局只顾自己的功名富贵，竟然"强颜犹说和战"，企图以妥协退让求得和平，企图偏安一隅，当个懦弱的小朝廷。下片直指国民党投靠美国，成为偏安南方的小朝廷，不知勾践"卧薪尝胆"，却只知"金迷纸醉"，贪图奢靡享乐。词人对这样的政府失望至极，"安得倚长剑，一蹴奠幽并"，他立志要坚持积极抗战，收复中原。

国民党高层当局者不抵抗、不作为，而下层的官员亦上行下效、尸位素餐，愧为百姓

1 《全闽词》，第 1779 页。
2 《全闽词》，第 1866 页。
3 《全闽词》，第 2408 页。
4 《全闽词》，第 2210 页。

的父母官。黄兰波《偷声木兰花》记载了1944年10月3日，福州第二次沦陷于日寇铁蹄之下，词人当时客居闽清，亲见过境难民络绎不绝，扶老携幼，冻馁露宿，有的毙死路旁，凄惨无比。而闽清县当政者，熟视无睹，不顾同胞死活，不予救助收容。词为"长空嗷雁颓阳暝。宿处今宵还未定。行色仓皇。襁负扶携似赶羊。　穷黎无告家山破。邻邑旁观任冻饿。衣锦烹鲜。谁念流亡愧俸钱"[1]，愤慨之情浮于字表。

与国民政府统治者的迫害同胞、无能懦弱相比，中国共产党领导的地下党、游击队虽然人数不多，但能保卫祖国，坚持抵抗，坚决打击侵略者。词人陈国桢十九岁便加入中国共产党，一直从事地下斗争，曾担任中共闽南地委云霄地区交通站负责人，协助闽南党组织和闽粤赣边区纵队多次粉碎敌军的"清剿"行动。1949年解放前夕，被叛徒出卖，被国民党特务残忍活埋。他生前对国民党残害同胞的行径颇为不齿，其《长相思·1929年赠武装同志陈君》言："当道匆匆尽虎狼。摄螳螂。捕螳螂。飘忽金丸出紫囊。莫教黄雀扬。"[2]1929年正是国民党"白色恐怖"正浓之时，此时词人任中共福建省委军委联络员，通过统战关系运送战争物资，并多次利用主编《商报》的身份为掩护从事革命活动，深刻感受到国民党爪牙的尖锐残忍。此词把当政者比作虎狼，把想捕螳螂的黄雀比作特务，把革命者比作孺子，要革命者惩治特务，防它害人。黄兰波则对国民党当局的不抵抗政策大加鞭挞，而对游击队称赞有加。其《六州歌头·一九四一年六月》一词记载了词人泊舟尤溪时的见闻，当时"榕城陷，无血刃，数师万，竖降旗"，国事蜩螗久，国民党当局只知"蛮触斗，豆燃萁"，对国内的革命者大下屠刀，而对日寇不战而败，将虎门之险、马江之隘弃之如遗，对福州沦陷负有不可否认的罪责，"独裁政，山河破，最谁尸"。与之相反，各地的抗日游击队，"在华北、功绩弘恢。更东南各地，游击奋声威。赖挽倾危。"[3]黄兰波又在1945年7月夜泊舟水口时，听到船夫们谈论去年游击队在隔江击败日寇的战绩，词人顿时高歌一曲《忆秦娥》，"孤舟夕。荒江闻有沉沙戟。沉沙戟。去年此地，战争遗迹。素餐辜负山河责。农民奋起齐杀敌。齐杀敌。蝦夷惨败，失魂亡魄"[4]，盛赞游击队员。

诗词也可以叙事记事，但毕竟是抒情文体，抒发个人的思想情感才是诗词的"本职"。而且，诗词所抒发的情感有社会性情感、政治性情感、伦理性情感、个人性情感等，而个人性情感应是诗词最基本的表达，它大多情况下呈现的是个人具体的生命体验。此时期福建词人以词来展现个人的行迹、心迹，表现繁华消歇的哀伤，乱世中的个人生存情况，以及民族危亡之际个人的心灵史。正如林庚白所说："今情作古语，虚伪无气力。"（《论诗》）诗歌贵在表现"今情"，表达当时当地的真实情感。

1　《全闽词》，第2416页。

2　《全闽词》，第2300页。

3　《全闽词》，第2414页。

4　《全闽词》，第2416页。

"关河满目凄凉"，此时的福建词人更真切、深刻地嗅到民族的衰败气味，感受到国家的衰颓气息，这种气味、气息空前严峻，末世情结尤其浓烈。他们普遍感叹繁华如梦，郑翘松言："繁华如梦，怅临春结绮、芳菲都歇。"（《念奴娇·金陵怀古，和叶云卿》）春去不复返，衰颓落寞。郑祖荫亦言："怅风流云散，繁华消歇。江山频年悲旧雨，海滨几度看秋月。"（《满江红·用康与之体并步元韵》）这种乱烟衰草的颓败如同日暮黄昏、夕阳西下之景，因而词人词中黄昏、落日等意象比比皆是。林庚白《喜迁莺·春尽日感怀》言："废兴满眼，江山萦孤抱。又及斜阳，心头幽恨，肯向渠侬轻道。"[1]《满江红·秣陵感怀》又言："看几许、乱烟残照，旌旗如织。"[2]郑翘松远眺故乡，所见也是暮气沉沉（《玉抱肚·晚眺》）。何遂途经南京，昔日的都城也是"白下斜阳，惊满目、江山无恙"（《满江红·与虞琴同离南京》）。黄兰波晚眺南平延福门码头，所见也是"斜阳如血带余腥。破碎江山草木兵。"（《阑干万里心·一九四一年六月》）在这样的世态中，这些词人如啼血杜鹃，日日哀歌。郑祖荫言："江水重重山渺渺，闻杜宇，一声声，怅别离。"（《江城梅花引·旅思》）郑翘松感叹："空余杜宇，一声啼断明月。"（《念奴娇·金陵怀古，和叶云卿》）

在这样的末世之中，福建词人辗转流亡，备尝人间的辛苦，对人生持悲观的态度，就如黄展云在《浪淘沙·哭亡父》一词中所感受到的"世事总荒唐。漫自商量。云烟变幻太无常。真个人生皆是梦，梦也须长。"[3]在"山河寸寸伤心地"之中，"长恐优游是梦中"（林庚白《梦春日与亚子游，醒而有感》），更能体味到世事如梦的人生虚幻感。

末世也是乱世，"炮火侵宵闹北焚"（林庚白《沪居书中日战事所感》）、"道左谁哀亡国隶"（林庚白《国历一月十一夜起，自静安别墅步至赫德路，书所感》）。混乱不安的时代，身如浮萍，命如草芥，任何的风吹草动都可能引起个人命运的急转直下，正如林庚白所深深感触到的"身如枯叶不胜风"（《浣溪沙·译法国诗人卫廉士秋辞》）。作为一名普通教师，黄兰波时常有"萍寄"之叹。在福州陷落之后，他到处奔波流浪，对流亡的艰险深有体会。其《莺啼序·北征与南归》一词具体展现了词人的流亡过程，以及流亡中词人的情感状态。词为：

神州陆沉莽荡，染江山血泪。遍烽火、华北东南，叹息吾土余几。等儿戏、将幡次第，关河险塞崇朝弃。在平时，鱼肉人民，狠同鹰鸷。　去岁榕城，不战陷落，望家山雪涕。在梅邑。风鹤频惊，隔江笳鼓盈耳。挈妻孥、仓皇北徙，冒炎暑、流离颠沛。浦城郊，赁得鹪栖，权为萍寄。　经年倦旅，镇日牢愁，峭栏怯徒倚。问眼底、故园多处，梦绕亲舍，

1　《全闽词》，第2210页。

2　《全闽词》，第2205页。

3　《全闽词》，第1841页。

目断南鸿，寸心如痗。生徒讲诵，朋侪酬唱，登山临水渔樵话，解烦忧、聊藉诗书慰。东涂西抹，挥毫晬晚当筵，醉墨辄换薪米。　危巢警燕，颓尾怜鱼，倏浙中变起。又率眷、千峦徒步，茧足南归，辄阻风飙，复穷帆缆。崎嵚险径，荆扉蓬藋，晨起晡宿凡匝月，幸全家、无恙兼悲喜。依然虓虎磨牙，涂炭公私，黎元殄瘁。[1]

1941 年春，词人客居闽清，任教于福建学院附中。当年 4 月 23 日，日寇攻陷福州，闽清危急。词人携亲眷随校离开闽清，迁往闽北浦城。第二年六月，日寇侵犯浙江金华、江山、广丰等地，浦城与其接壤，可听到炮声轰轰。学校决定又迁回闽清，但是交通工具全被国民党军队截留，只能徒步南奔，翻越闽北重重高山。词人一家七口，最小的只有五岁，于 6 月 19 日离开浦城，风餐露宿，溽暑长征，徒步一个月，终于抵达家中。此词第一阕交代了这两次流亡的背景，对日寇极为痛恨，对当局统治者极为不满。第二阕到第四阕描写了这两次流亡的详细过程，表现流亡的艰险，战争中百姓的辛酸，"堪哀浩劫，血泪洒川原"，堪称一部个人的乱世流亡史。

二、"天下英雄君与操"：英雄情结

作为革命者、爱国者，此时的福建词人也未沉湎于自伤自怨之中而不能自拔，他们并非那些"食肉辈，益骄奢，袖手看亡国"（黄兰波《蓦山溪·从闽清往浦城途中》），也不是那些"杂歌笙。到天明"，焉知亡国恨的"文娼妓，武流氓"（黄兰波《江城子·一九四二年七月十五日》）。他们在民族危亡之际，在"嗟华夏，极目兵戈满地"（陈守治《摸鱼儿·陈柱尊教授工章草》）之余，更欲大显身手、有所作为，救国救民于水深火热之中。

福建爱国词人英勇无畏、一往无前，具有英雄的气概，以词壮怀，如辛派词人一样"大声鞺鞳"，以达到警醒世人、廉顽立懦的效用。黄展云以为中华儿女是英雄的儿女，"浇尽英雄气概，换来儿女心肠。"（《西江月·游兴安飞来石》）郑祖荫哭悼友人王政常，以为其"念平生、党国事奔驰，多勋绩"（《满江红·挽王政常》），为国为民甘为孺子牛，死而后已。英雄以救国图存为己任，写词也是为了壮大气势，鼓动人心，团结国民一致对外，奋勇拼搏。陈遵统（1878—1969，字易图，福建闽县人，民国时曾任国会秘书）的《满江红·救国歌》也是声大如钟，词为：

桐鼓鼟鼟，五千载、催开大国。念曩昔、轩辕神武，荡平南北。整顿家居非易事，艰难来日频相逼。展陈编、稚诵汉唐明，添颜色。　民权立，资群策。边氛亟，须群力。有先民遗烈，国人矜式。砥柱中流须共矢，神州陆沉只谁责。看吾曹、赤手挽狂澜，摧坚敌。[2]

---

1 《全闽词》，第 2415 页。

2 《全闽词》，第 1882 页。

此词为救国而作，上片追溯中华五千年的历史，为祖国的尚武精神而自豪，"枹鼓鼕鼕"指黄帝时的十章枹鼓曲，均雄壮绝伦。下片言全国上下应团结一气，"吾曹"更应力挽狂澜、奋勇杀敌。

"天下兴亡，匹夫有责"，福建爱国词人社会责任感、民族责任感极强，不断呼唤英雄，也立志成为英雄，收复失地，赶走侵略者，并让祖国站起来、富强起来。他们自诩为英雄，有补天之志。郑翘松常在词中展露其统一祖国之志，如"看天然图画好江山，须留得英雄"（《八声甘州·辛亥春，登绍兴望海楼，感赋》），"谁挽银河水，洗出蓟门秋。……安得补天手，重整旧金瓯"（《水调歌头·庚戌都门感赋》），"问宇内，谁健者"（《贺新郎·正阳门外遇大雨还寓，即事》）。其中《摸鱼儿·闻眇公出狱，赋此寄怀，并柬吉云》一词写得十分动人。眇公即福建海澄人苏郁文（1888—1943），1912年孙道仁、彭寿松等指使暗杀同盟会员蒋筠、黄家宸等，眇公撰文并附一漫画，直斥其罪状，随后眇公被捕。"苏案"发生后，海内外各界人士大力声援，彭寿松下台出奔香港。眇公出狱时，革命党人夹道迎接，鞭炮不断。郑翘松闻眇公出狱写下此词，"为同胞、含辛茹苦，呕尽腔里热血。铄金销骨无余地，犹幸尚存仪舌。笑群孽。把东冶、作炉锻就英雄铁。……待重奋天戈，画归息壤，补绽乾坤缺。"[1] 刻画了一个为补天缺，呕尽热血、铄金销骨也在所不惜的英雄人物。林庚白也在寻觅、实现英雄之梦（《满江红·秣陵感怀》），期待"安得倚长剑，一蹴奠幽并"（《水调歌头·闻近事有感》）。何遂也有"与子文章通性命，有约金瓯同补"（《念奴娇·柬醇士》）的远大志向，并坚决抗战，且最终弃暗投明，为共产党获取情报而深入国民党，实乃虎穴忠魂。1937年11月，何遂与生死之交吴石（1894—1950，字萃文，又字虞薰，号湛然，福州人，共产党烈士）同离南京，共赴武汉举抗日大业，气势决绝地写下《满江红·与虞薰同离南京》，词为：

白下斜阳，惊满目江山无恙。谁过问：梁空燕去，乌衣门巷。戎马秋郊清角怨，龙蛇大陆哀歌抗。凭唾壶击缺肯勾留，骑驴往。 铁瓮城，何苍莽。秦淮水，休惆怅。正纵横胡骑、谁堪乘障。半著已教全局误，大言不自今朝诳。抚无弦谨上且羁迟，吾犹壮。

"纵横胡骑、谁堪乘障"，词人和友人自告奋勇，"吾犹壮"能抵御外敌，守护家园，做保家护国的英雄。

清末民国，中华民族繁华消逝，夕阳西下，暮气沉沉。一些词人欲使国家重新自立自强，在词中常使用"系落日"的意象，欲以一己之力挽救国破民困的祖国。郑翘松多次写道"愿引长绳系日脚，莫放阳乌飞去"（《贺新郎·酒酣赋呈家骏甫》），"但揽绳挽得、西去日，不愁惊倒，世间儿女"（《玉抱肚·晚眺》），"天寒日落，只绳床、瓮牖暂留

---

1 《全闽词》，第1848页。

君住"（《留客住·古驿》），揽绳系挽落日，奇特的想象是英雄儿女救亡之心的外化，然而何人去系？绳子何在？这些又正是词人们苦苦思索、寻找的。

呼唤英雄，也需要以英雄人物来树立典型，以更好地宣扬英雄的气概、精神。福建爱国词人将岳飞、刘裕等视为心中的理想英雄。岳飞积极抗金，曾收复建康、转战江淮、平定游寇、六郡归宋、挺进中原。宋武帝刘裕以寒门平民而封帝，为"元嘉之治"打下坚实的基础，乃一传奇人物，正如辛弃疾所言"斜阳草树，寻常巷陌，人道寄奴曾住。想当年，金戈铁马，气吞万里如虎"（《永遇乐·京口北固亭怀古》）。后世词人们对这些英雄人物歆美至极，歌以咏之。郑翘松写下《木兰花慢·过岳忠武故里，和叶云卿》《贺新郎·谒岳王墓敬题》等词，歌颂岳飞"谁唤九原毅魄起，驱背鬼、重建中兴烈。填恨海，补天缺"的精忠报国精神。何遂《满江红·用岳武穆韵题左季高手札》"扩版图万里，金瓯无缺。胡虏重炎三世运，汉儿遍喋中原血"[1]，对岳飞"壮志饥餐胡虏肉，笑谈渴饮匈奴血"（《满江红·怒发冲冠》）的雄心壮志推崇至极。他们对刘裕也极为崇拜，郑翘松写道"司马家儿，寄奴田舍，都铸九州铁。金焦画后，古来那个英杰"（《念奴娇·金陵怀古，和叶云卿》），"翻羡杀、寄奴元子，能飞扬"（《八声甘州·读史有感》），希望出现更多刘裕那样的平民英雄。

然而，英雄大多屈死，"算霸才无主，英雄屈死，总是南朝"（郑翘松《八声甘州·读史有感》）。现实中英雄人物总是那么罕见，郑翘松常常发出英雄无处寻觅的感慨，"吊齐州，英雄何处，旌旗明灭"（《贺新郎·寄怀王星若、林蓉生》），词人不禁怀疑"谁挽银河水""安得补天手"（《水调歌头·庚戌都门感赋》），英雄何在。何遂也追问"无主桃花春不管，更乱离、试问谁援手"（《金缕曲·用顾梁汾韵有寄》），天地苍茫，谁主沉浮？为此，词人们也伤感不已。一方面，就算英雄现于世，又不得重用，无用武之地。郑翘松哭恼"问君何事，系阳乌不住，便惊迟暮"，年岁已大而报国无门，"我亦斫地狂歌，问天搔首，种种发如许。安得笤兵走万里，驱马向玉关路"（《念奴娇·和圣禅，即用其送少楠韵》）。陈守治"愿携长剑"（《烛影摇红·红豆相思》），林庚白"试倚剑、吾欲起，中兴此族"（《菩萨蛮·春词》），何遂"手有横磨剑，行矣破黄龙"（《水调歌头·以许君武诗意作图并题》），"匣剑长鸣"（《满庭芳·面面窗开》），但是他们都空余报国之情，"只英雄，心独苦"（郑翘松《玉抱肚·晚眺》）。另一方面，这些词人作为书生，如何能成为英雄呢？他们有时甚至生发出"百无一用是书生"的怨愤之情。黄兰波为不得参与救国，成不了英雄而苦闷，"屈醒陶令醉，醒醉徒然，谁是回澜补天手。都说在忧时，空发牢骚，书生气、几多成就，况此际、胡尘亘南北，只纸上谈兵，怎能匡救？"（《洞仙歌·独酌江楼论醉醒》）不管是像屈原那样以死相抗，还是像陶渊明那样

---

[1] 《全闽词》，第2104页。

归隐山川，乱世之中的文人总是那么渺小、无奈，面对那即将西沉的落日而无能为力，这是当时文人的普遍困惑，也是文学的永恒母题。

结　语

在中国文学史上，地域文化与区域文学之间的关系自来便密不可分。不论唐宋明清，还是晚清民国时期，地域性都以其特有的文学书写和文学表达丰富了中国文学的图景。[1]福建地区三面环山，一面靠海，相对封闭的地理环境致使其地出现较为明确的区域意识，形成相对独立有特色的地域文化与区域文学。福建地域文化与福建区域文学之间也是经由文化和文学的创造主体——作者——而形成互动、互渗的关系：一方面，文化的特色在很大程度上影响了文学的特色，福建文化的传统文儒性、海洋文明的开放性、闽台文化的融合性，也为福建千年词坛的形成注入了底色与"营养"，为福建词史的发展植入了脉络与"动力"；另一方面，文学发展的特色最终构成了文化的特色，福建词坛的形成与发展也具体生动地展现、更新了福建文化，揭示了福建文化的核心要素。

文学书写既要关注地域，也要观照整体。福建词坛与全国词坛从来就不是割裂的。福建词人并没有生活在抽象的"中国"或"民族"之中，他们关于国家民族的感受和概念首先是从最基本的生存环境开始的，"我们可以说作家的中国性和民族性在很大程度上来自于区域性经验。"[2]一方面，庞大的"中国性""中华性"落实到福建词人的身上。从形式上而言，福建词坛是全国词坛的一隅，二者呈相互互动的态势。从精神文化而言，福建词人以其亲身经历、体验、感悟书写中华民族的儒学思想、爱国热情、海洋精神。另一方面，福建词人又有其主体性、创造性和选择性，对"中华性"的核心阐释、精神选择又有其独特性。福建词人写作的题材内容、核心要义、文化精神也具有其自身的特色与价值。从这一视角来看，千年福建词坛的兴衰与中国词史盛衰大体一致。

在两宋时期，词的创作与流传达到鼎盛，福建词坛也在此时达到了巅峰。宋代闽籍词人达 162 位，占比全国词人总数的 12% 左右，位于全国前列。北宋时期，闽籍文人纷出，词人亦不少，其中柳永词在词坛影响甚大。南渡时期，闽籍词人名家较多，李纲、李弥逊、

1　李少群：《地域文化与文学研究论集》，济南：山东教育出版社 2010 年版。

2　李怡：《从地方意识、区域文学到地方路径》理论评论——中国作家网 http://www.chinawriter.com.cn/n1/2023/0830/c404030—40066898.html

邓肃、张元幹等词人豪气弥满。南宋时期，福建词坛大致形成两个词人群体，一个以闽中福州、莆田为中心，聚集刘学箕、刘克庄、陈人杰等词人，他们为辛派后劲。另一群体为闽北词人群，为"词中江湖派"，他们的词较为婉约，偶有雄迈之作。此外，大儒朱熹、真德秀等皆有词作传世。而宋代福建词人的中心在闽北和闽中一带，闽南、闽西、闽东地区词家较少。宋代福建词坛的词学思想较为活跃，以为词源起于乐府，词与乐府在音乐与文本的形式长短方面相似，而且都善于言至真之情。词体应雅正，填词应以苏轼、辛弃疾、姜夔、欧阳修等雅派词人为宗，反对侧艳和滑稽戏谑之词。词应有"史"之功能，福建词坛有三种词史形态，即：耆卿"太平气象"式的词史，东坡"指出向上一路"式的词史，稼轩"大声鞺鞳"式的词史。宋代福建词坛的创作特色在于"稼轩风"的宣扬和"理学气"的加持。南渡时期，李纲、李弥逊、邓肃、张元幹等"辛派前驱"以家国为大，其词充满爱国情与豪迈意。南宋时期，刘学箕、刘克庄、陈人杰等辛派后劲，词作切近时事、昂扬豪迈、沉郁悲凉。南宋闽北"词中江湖派"的词书写江湖人士的隐逸生活，而理学家朱熹、吕胜己等的词或提倡修养心性，坚持气节，或厌倦仕途，隐居山林，具有"理学气"与"隐逸风"。此外，在豪放派词人与理学家词人这一"主流"词人群体之外，福建地区还零星散布着其他一些类型的词人，比如本色词人卢炳，其词"长于描写，令人生画思"[1]；方外词人葛长庚，其词既有道人的仙气，又有婉约词人的思致，以及豪放词人的伉爽，亦能"以清虚之笔，写阔大之景，语带仙气，洗脱凡艳殆尽"[2]。

宋代以后，元明两代及清代前中期词坛较为沉寂。元代福建词人仅5家，福建词坛一片静寂。创作上，在朝词人以词抒王朝更替的兴亡之叹，在野词人以词记录幽居之闲，而隐藏于乡野幽居之下的是无声的愤慨与抗议。明代的闽籍词人只有80家，占比全国词人总数的4.52%。人数较少，而且缺少名震词坛的名家。即使有余怀、林鸿、王慎中、徐𤊽等人作词较多，但他们不足以与江浙名家媲美。创作上，明代前期福建词人以节庆词、寿词、赠颂词等创作"馆阁体"，歌颂升平气象，典雅为词。明代中后期福建词坛受《花间集》《草堂诗余》的影响较大，以咏物词、写景词、闺情词描写离情别恨，但这股"花草风"有花草之绮，无柳七之俗，较为清丽文雅。

清初至清代中叶（指叶申芗之前）的闽籍词人只有70家，占比全国词人总数的1.99%。词学名家更是寥寥无几，竟无一人选陈乃乾所辑《清名家词》，也较少见称于其他词论家之口。与江南词学的"火热"相比，此一时期福建词坛显得十分"清冷"。惟明遗民余怀等在清初继续以词抒怀，以三种类型的怀古咏史之词来怀古感旧，并隐含浓郁的故国之思。陈轼词作平庸，可贵的是其词透漏出一种遗民文人的"隐痛"。之后，时迁情移，盛世之

---

1 （明）毛晋：《烘堂词跋》，《宋六十名家词》，上海：上海古籍出版社1989年版，第609页。

2 （清）陈廷焯《白雨斋词话》卷十，《白雨斋词话全编》，第1320页。

情得到追逐，以丁炜为代表的仕宦词人追步浙西词派发安雅之声，情感上平淡雍容，题材上以写景、咏物等为主，字句雕琢，择调考究。历经康雍乾三朝盛世的郑方坤，在国朝正声崇雅兴儒的浪潮中，典雅为词，将词诗化雅化。

晚清民国时期，福建词坛方才又起波澜，词人数量激增至330余家，占晚清民国全国词人的比例约为15%。而且词人身份多样，各种类型的文人均参与填词；闽籍词人叶申芗、叶大庄成为名家，入选陈乃乾所辑《清名家词》；闽地谢章铤的词学理论也自成一家，可与当时较为著名的词学理论分庭抗礼；闽词数量暴增，几乎做到著名作家人各有集，集各有传；词作内容整体而言丰富深厚，风格多姿多彩；闽籍词人词集词作也得以整理，叶申芗《闽词钞》、林葆恒《闽词征》有功于闽词的传播和接受甚多。而且，此时期具有与地域文化和时代背景相关的重乡爱国之情和结社唱酬之风在闽地盛行，闽词具备自身的特色，词人群体也具一定规模。

晚清民国福建词坛可分为三个阶段。嘉道之际词坛初兴，"稼轩风"初步回归。是时，叶申芗开始整理搜集宋元闽词，提出尊体重情的词学主张，创作清疏悲旷的词作，发"苏辛豪语"。其后，林则徐填词十余首，书写鸦片战争之际的历史与心灵史，师法稼轩，情格兼重。许赓皞酷爱填词，词风渐由姜史转向苏辛，上接叶申芗，下启谢章铤。咸同至光绪前期，聚红榭词人群崛起于闽中，词坛中兴，"稼轩风"得到高扬。谢章铤论词首重"性情"与"词史"，要求词能婉转达情、深情真气、抑扬时局。其本人作有嬉笑怒骂的时事词、沉痛缠绵的抒怀词、意内言外的咏物词，"离奇恼怳，缠绵恺恻"。刘家谋词"稼轩味"更浓，以词纪史，怪硬粗放，抒发"再世稼轩"的豪宕沉痛。黄宗彝词抒写季世寒士的深沉哀怨，发哀怨之声、有乐府之意。光绪末期、民国时期为总结阶段，此时词人数量众多，类别复杂。陈宝琛、林纾等遗民词人以梦窗为宗，词作复古气息浓郁，"哀感顽艳"。何振岱、王允皙等普通文人，多情敏感，词学纳兰性德，深情真挚动人。何遂、林庚白、王守治等革命者，其词以稼轩为范，展现了国家之难、民生之艰，也凸显了风雨飘摇之际的文人心绪，词作情感深沉痛楚、悲凉慷慨，词风慷慨豪迈、雄深雅健。

闽台同根同源，台湾词坛与福建词坛联系紧密。晚清福建词人东跨台湾，他们在台湾为官、执教、交游唱和，将闽地词学带入台湾。其后的张秉铨亲历割让台湾之事，词中充满割台之痛。甲午中日战争之后，台湾文人内渡闽地的有林尔嘉、许南英、施士洁、林朝崧等，他们以词书写故土之思、漂泊之感、沦亡之痛以及忧时伤世之悲。日据前期台中栎社词人采取一种"远眺"与"守望"的姿态，既"怨慕"大陆，又守护本岛，且"远瞻"未来。而日据后期的台北巧社词人则选择"失忆"，在艳情和炫技中"吞声忍气"。而日据后期及光复初期的台南嘉义词人则不断"怀旧"，一面怀念"古景观"，一面又在"新景观"中饱含旧情怀，充满黍离之悲和沧桑之感。[1]

文学的艺术形式可以千变万化，然而文学的精神却能一脉相传。宋代福建词人尤其是爱国词人凭借其政治才能、忠君爱国热情、豪放词风，得到后代闽籍文人的高度赞扬与忠实追随，"尤当羡、抗金卫国，辞严义正"（陈守治《永遇乐·千仞丹崖》）。后人或访其遗迹，或读其遗集，或感其精神，南宋忠臣李纲、张元幹、邓肃等闽籍词人，以及辛弃疾、陆游等宦闽词人，为后世尤其是晚清民国的闽人与闽词提供了精神养分。当元洪希文幽居乡野，反抗异族残暴统治，"凄其死者无归路，羞与仇人共戴天"（《官筑城垣起众坟石》）之际，明末清初余怀以怀古咏史为"记忆"，"伤心往事""泪洒新亭"之日，晚清林则徐师法稼轩，以词为史，担忧"烟楼，撞破何时。怪灯影，照他无睡"（《月华清·和邓嶰筠尚书沙角眺月原韵》）之时，刘家谋心忧民生，哭泣"无禾无麦年年叹，宵旰几回心切。江淮决，更女哭男号，尽带涛声咽"（《摸鱼儿》）之际，民国林庚白为统一抗战心急如焚，喊出"古有卧薪尝胆，今有金迷纸醉，上下尚交征。安得倚长剑，一蹴奠幽并"之日，我们仿佛真切地感受到福建文士爱国情、豪迈意在词体中的传承，"历史川流不息，精神代代相传"，"知有忠魂江水上，西风夜夜咽寒潮"（民国长乐柯鸿年《兵后归马江学校》）。而这种精神也是福建文化、中华文化精神的具体演绎和生动表达。

---

1 台湾部分请参见笔者博士论文《晚清民国福建词坛研究》中"闽台一体化视域下的台湾词坛"一章。

参考文献

[1] 王逸，楚辞章句 [M]. 黄灵庚，点校. 上海：上海古籍出版社，2017.

[2] 葛长庚，海琼问道集 [M]// 道藏 第 1 册. 留元长，编. 天津：天津古籍出版社，1988.

[3] 胡仔. 苕溪渔隐丛话 [M]. 北京：人民文学出版社，1962.

[4] 李纲. 李纲全集 (上中下)[M]. 王瑞明，点校. 长沙：岳麓书社，2004.

[5] 刘克庄. 后村先生大全集 [M]. 四部丛刊本.

[6] 柳永. 乐章集校注 [M]. 薛瑞生，校注. 北京：中华书局，2012.

[7] 陆游. 放翁词编年笺注 [M]. 夏承焘，吴熊和，笺注. 上海：上海古籍出版社，1981.

[8] 苏轼. 苏轼词编年校注 [M]. 邹同庆，王宗堂，校注. 北京：中华书局，2007.

[9] 辛弃疾. 稼轩词编年笺注 [M]. 邓广铭，笺注. 上海：上海古籍出版社，1993.

[10] 张炎. 词源疏证 [M]. 蔡桢，疏证. 北京：中国书店，1985.

[11] 张元幹. 张元幹词集 [M]. 曹济平，导读. 上海：上海古籍出版社，2011.

[12] 朱熹. 朱子全书 [M]. 朱杰人等，主编. 上海：上海古籍出版社；合肥：安徽教育出版社，2010.

[13] 洪希文. 续轩渠集自序 [A]// 续轩渠集：卷首 [M]. 钦定四库全书本.

[14] 林俊. 见素集 [M]. 文渊阁四库全书本.

[15] 王世贞. 艺苑卮言 [M]// 词话丛编 [C]. 唐圭璋，编. 北京：中华书局，2012.

[16] 叶向高. 苍霞草：卷七 [M]. 明万历刻本.

[17] 陈宝琛. 沧趣楼诗文集 (上下)[M]. 刘永翔，许全胜，校点. 上海：上海古籍出版社，2006.

[18] 陈轼. 道山堂集 [M]. 张小琴，点校. 扬州：广陵书社，2016.

[19] 陈寿祺. 绛跗草堂诗集 [M]. 续修四库全书本.

[20] 陈书. 木庵居士集 [M]. 续修四库全书本.

[21] 陈廷敬等. 钦定词谱 [M]. 北京：中国书店，1983.

[22] 陈维崧．陈维崧集 [M]．陈振鹏，标点；李学颖，校补．上海：上海古籍出版社，2010．

[23] 陈衍等．福建通志 [M]．民国刻本．

[24] 陈衍．石遗室诗话 [M]．北京：人民文学出版社，2004．

[25] 陈衍．陈石遗集 [M]．陈步，编．福州：福建人民出版社，2001．

[26] 陈子龙．陈子龙全集 [M]．王英志，辑校．北京：人民文学出版社，2011．

[27] 丁绍仪．听秋声馆词话 [M]// 词话丛编 [C]．唐圭璋，编．北京：中华书局，2012．

[28] 丁绍仪．清词综补 [M]．北京：中华书局，1986．

[29] 丁炜．紫云词 [M]// 清词珍本丛刊：第 6 册 [M]．张宏生，编．南京：凤凰出版社，2007: 康熙希邺堂藏版．

[30] 龚易图．乌石山房诗稿 [M]．清同治十二年 (1873) 刻本．

[31] 纪昀．四库全书总目提要 [M]．石家庄：河北人民出版社，2000．

[32] 况周颐．蕙风词话 广蕙风词话 [M]．孙克强，辑．郑州：中州古籍出版社，2003．

[33] 梁履将．木南山馆词 [M]．清光绪壬辰 (1892) 赌棋山庄福州刊本．

[34] 林昌彝．射鹰楼诗话 [M]．上海：上海古籍出版社，1988．

[35] 林昌彝．海天琴思续录 [M]．上海：上海古籍出版社，1988．

[36] 林天龄．林锡三先生遗稿 [M]．1973 年据原稿校抄本．

[37] 林则徐．林则徐全集 [M]．林则徐全集编辑委员会，编．福州：海峡文艺出版社，2002．

[38] 刘家谋．刘家谋全集汇编 [M]// 清代宦台文人文献选编：第六种 [C]．郭秋显，赖丽娟，主编．台北：龙文出版社股份有限公司，2012．

[39] 刘勷．非半室词存 [M]．民国间铅印本．

[40] 欧阳英修，陈衍撰．闽侯县志 [M]．台湾：成文出版社，1961．

[41] 潘曾莹．小鸥波馆词钞 [M]．续修四库全书本．

[42] 沈鹊应．崦楼遗稿 [M]// 沈瑜庆等．涛园集 外二种 [M]．福州：福建人民出版社，2010．

[43] 宋谦．灯昏镜晓词 [M]．清宣统二年 (1910) 铅印本．

[44] 谭献．清词一千首 箧中词 [M]．杭州：西泠印社出版社，2007．

[45] 万树．词律 [M]．上海：上海古籍出版社，1984．

[46] 谢章铤．谢章铤集 [M]．陈庆元等，点校．长春：吉林文史出版社，2009．

[47] 谢章铤．赌棋山庄词话校注 [M]．刘荣平，校注．厦门：厦门大学出版社，2013．

[48] 谢章铤．课余续录五卷 [M]．光绪刊本．

[49] 徐一鹗．宛羽堂诗钞 [M]．同治十三年 (1874) 刻本．

[50] 薛绍徽 . 薛绍徽集 [M]. 林怡，点校 . 北京：方志出版社，2003.

[51] 叶大庄 . 写经斋全集 [M]. 光绪二十一年 (1895) 刻本 .

[52] 叶申芗，林葆恒，辑 . 闽词钞 闽词征 [M]. 福州：福建人民出版社，2014.

[53] 叶申芗 . 本事词 [M]// 词话丛编 [C]. 唐圭璋，编 . 北京：中华书局，2012.

[54] 叶申芗 . 闽词钞 [M]. 叶氏天籁轩道光十四年 (1834) 刻本 .

[55] 叶申芗 . 天籁轩词谱 [M]. 民国三年 (1914) 扫叶山房版 .

[56] 叶申芗 . 天籁轩词选 [M]. 光绪十四年 (1888) 三山叶氏刻本 .（国家图书馆藏本）

[57] 叶申芗 . 小庚诗存 小庚词存 [M]// 清代诗文集汇编：532[C]. 上海：上海古籍出版社，2010: 福州叶景昌道光六年 (1826) 写刻本 .

[58] 叶申芗 . 本事词 [M]. 贺严，高书文，评注 . 北京：中华书局，2019.

[59] 张际亮 . 思伯子堂诗文集 [M]. 王飚，校点 . 上海：上海古籍出版社，2007.

[60] 张惠言 . 茗柯词选 [M]. 许白凤，校点 . 南昌：江西人民出版社，1984.

[61] 郑方坤 . 蔗尾诗集 [M]// 清代诗文集汇编：第 275 册 [C]. 上海：上海古籍出版社，2010.

[62] 郑守廉 . 考功词 [M]. 光绪二十八年 (1902) 郑氏武昌刻本 .

[63] 周济 . 介存斋论词杂著 [M]. 顾学颉，校点 . 北京：人民文学出版社，1959.

[64] 朱彝尊 . 曝书亭全集 [M]. 王利民，校点 . 长春：吉林文史出版社，2009.

[65] 陈怀澄 . 沁园诗存 [M]. 台北：龙文出版社，2006.

[66] 陈贯 . 豁轩诗草 [M]. 台北：龙文出版社，1992.

[67] 陈声聪 . 填词要略及词评四篇 [M]. 广州：广东人民出版社，1986.

[68] 傅锡祺 . 鹤亭诗集（上）[M]. 台北：龙文出版社，1992; 傅锡祺 . 鹤亭诗集（下）[M]. 台北：龙文出版社，1992.

[69] 郭则沄 . 龙顾山房诗余 [M]// 龙顾山房全集：三十五卷 [C]. 民国十七年刻本 .

[70] 郭则沄 . 郭则沄自订年谱 [M]// 中国近现代稀见史料丛刊：第 5 辑 [C]. 马忠文，张求会，整理 . 南京：凤凰出版社，2018.

[71] 郭则沄 . 清词玉屑（上）[M]. 屈兴国，点校 . 杭州：浙江古籍出版社，2014; 郭则沄 . 清词玉屑（下）[M]. 屈兴国，点校 . 杭州：浙江古籍出版社，2014.

[72] 郭则沄，等 . 烟沽渔唱 [M]. 民国二十二年 (1933) 须社排印本 .

[73] 国史馆 . 清史列传 [M]. 北京：中华书局，1987.

[74] 何振岱 . 何振岱集 [M]. 刘建萍，李叔侗，点校 . 福州：福建人民出版社，2009.

[75] 何振岱 . 何振岱日记 [M]. 福州：福建人民出版社，2016.

[76] 朱惠国 . 清词文献丛刊：第 2 辑 [M]. 北京：社会科学文献出版社，2019.

[77] 赖柏舟 . 诗词合钞 [M]// 台湾先贤诗文集汇刊：第 5 辑 [C]. 新北：龙文出版社，

2006.

[78] 赖柏舟. 鸥社艺苑初集 [M]// 台湾先贤诗文集汇刊：第 7 辑 [C]. 新北：龙文出版社，2009; 赖柏舟. 鸥社艺苑次集 [M]// 台湾先贤诗文集汇刊：第 7 辑 [C]. 新北：龙文出版社，2009; 赖柏舟. 鸥社艺苑三集 [M]// 台湾先贤诗文集汇刊：第 7 辑 [C]. 新北：龙文出版社，2009; 赖柏舟. 鸥社艺苑四集 [M]// 台湾先贤诗文集汇刊：第 7 辑 [C]. 新北：龙文出版社，2009.

[79] 赖惠川. 闷红馆全集 [M]// 台湾先贤诗文集汇刊：第 4 辑 [C]. 新北：龙文出版社，2006.

[80] 李德和. 琳琅阁吟草 [M]// 台湾先贤诗文集汇刊：第 1 辑 [C]. 新北：龙文出版社，1992.

[81] 李德和. 琳琅山阁唱和集 [M]. 台北：诗文之友出版社，1968.

[82] 李德和. 罗山题襟集 [M]// 台湾先贤诗文集汇刊：第 7 辑 [C]. 新北：龙文出版社，2007.

[83] 李厚基. 福建通志·文苑传 [M]. 民国二十七年 (1938) 刻本.

[84] 李应庚. 琴寄斋诗剩 [M]. 清同治甲子 (1864) 刊本.

[85] 连横. 台湾诗乘 [M]. 南投：台湾省文献委员会，1992.

[86] 连横. 台湾诗荟 (上)[M]. 南投：台湾省文献会，1992; 连横. 台湾诗荟 (下)[M]. 南投：台湾省文献会，1992.

[87] 梁启超. 清代学术概论 [M]. 北京：中国人民大学出版社，2004.

[88] 林葆恒. 闽词征 [M]. 民国二十年 (1931) 刻本.

[89] 林葆恒. 瀼溪渔唱 [M]. 民国二十七年 (1938) 刻本.

[90] 林葆恒. 宋四家词联 [M]. 1912.

[91] 林葆恒，辑；张璋，整理. 词综补遗 [M]. 上海：上海古籍出版社，2005.

[92] 林朝崧. 无闷草堂诗存·附诗余 [M]// 台湾文献丛刊：072[C]. 台湾文献丛刊数据库.

[93] 林朝崧. 无闷草堂诗余校释 [M]. 许俊雅，校释. 台北："国立" 编译馆，2006.

[94] 林尔嘉. 菽庄丛刻 (外二种)[M]. 厦门：厦门大学出版社，2018.

[95] 林尔嘉. 林菽庄先生诗稿 [M]. 厦门：厦门大学出版社，2016.

[96] 林庚白. 孑楼随笔 庚甲散记 [M]. 杭州：浙江大学出版社，2018.

[97] 林庚白. 丽白楼遗集 (上)[M]. 周永珍，编. 北京：中国人民大学出版社，1996; 林庚白. 丽白楼遗集 (下)[M]. 周永珍，编. 北京：中国人民大学出版社，1996.

[98] 林缉熙. 荻洲吟草 [M]// 台湾先贤诗文集汇刊：第 3 辑 [C]. 新北：龙文出版社，2001.

[99] 林纾. 林纾集 [M]. 江中柱，编. 福州：福建人民出版社，2020.

[100] 沈瑢莹 . 寄傲山馆词稿 [M]. 厦门：厦门大学出版社，2016; 沈瑢莹 . 壶天吟 [M]. 厦门：厦门大学出版社，2016.

[101] 沈轶刘，富寿荪，选编 . 清词菁华 [M]. 合肥：安徽文艺出版社，1986.

[102] 施士洁 . 后苏龛合集 [M]// 台湾古籍丛编：第 10 辑 [C]. 陈庆元，主编 . 福州：福建教育出版社，2017.

[103] 台湾省文献委员会 . 台湾省通志 [M]. 台中：台湾省政府印刷厂，1971.

[104] 王国维 . 人间词话译注 [M]. 施议对，译注 . 长沙：岳麓书社，2003.

[105] 许南英 . 窥园留草 [M]// 台湾古籍丛编：第 9 辑 [C]. 陈庆元，主编 . 福州：福建教育出版社，2017.

[106] 赵尔巽，等 . 清史稿 [M]. 北京：中华书局，1977.

[107] 曹辛华，主编 . 民国词集丛刊 [M]. 北京：国家图书馆出版社，2016.

[108] 曹辛华，钟振振，主编 . 民国诗词学文献珍本整理与研究 [M]. 郑州：河南文艺出版社，2016.

[109] 陈支平，主编 . 台湾文献汇刊：第七辑 [M]. 北京：九州出版社；厦门：厦门大学出版社合刊，2004.

[110] 冯乾 . 清词序跋汇编 [M]. 南京：凤凰出版社，2013.

[111] 高志彬，主编 . 台湾先贤诗文集汇刊 [C]. 台北：龙文出版社股份有限公司，1992.

[112] 葛渭君 . 词话丛编补编 [M]. 北京：中华书局，2013.

[113] 顾廷龙，主编 . 续修四库全书 集部 [Z]. 上海：上海古籍出版社，2002.

[114] 刘梦芙 . 二十世纪中华词选 [M]. 合肥：黄山书社，2008.

[115] 刘荣平 . 全闽词 [M]. 扬州：广陵书社，2016.

[116] 南江涛 . 民国旧体诗词期刊三种 [M]. 北京：国家图书馆出版社，2013.

[117] 屈兴国 . 词话丛编二编 [M]. 杭州：浙江古籍出版社，2013.

[118] 全台诗编辑小组，施懿琳，主编 . 全台诗 [M]. 台北：台湾文学馆，2016.

[119] 施蛰存 . 词籍序跋萃编 [M]. 北京：中国社会科学出版社，1994.

[120] 孙克强 . 清代词话全编 [M]. 南京：凤凰出版社，2019.

[121] 台湾省文献委员会 . 台湾文献 [J]. 1983, 10(3).

[122] 唐圭璋 . 词话丛编 [M]. 北京：中华书局，2012.

[123] 许俊雅，李远志 . 全台词 [M]. 台北：台湾文学馆，2017.

[124] 严迪昌 . 近现代词纪事会评 [M]. 合肥：黄山书社，1995.

[125] 严迪昌 . 近代词钞 [M]. 南京：江苏古籍出版社，1996.

[126] 杨子才 . 民国五百家词钞 [M]. 北京：中国线装书局，2008.

[127] 叶恭绰. 全清词钞 [M]. 北京：中华书局，2019.

[128] 尤振中，尤以丁. 清词纪事会评 [M]. 合肥：黄山书社，1995.

[129] 张宏生. 清词珍本丛刊 [C]. 南京：凤凰出版社，2007.

[130] 张宏生. 全清词 顺康卷 [M]. 北京：中华书局，2002.

[131] 张宏生. 全清词 顺康卷补编 [M]. 南京：南京大学出版社，2008.

[132] 张宏生. 全清词 雍乾卷 [M]. 南京：南京大学出版社，2012.

[133] 张宏生. 全清词 嘉道卷 [M]. 南京：南京大学出版社，2020.

[134] 中国政治协商会议福建省福州市委员会文史资料工作委员会. 福州文史资料选辑：第 1 辑 [M]. 1981.

[135] 中国政治协商会议福建省福州市委员会文史资料工作委员会. 福州文史资料选辑：第 2 辑 [M]. 1983.

[136] 中国政治协商会议福建省福州市委员会文史资料工作委员会. 福州文史资料选辑：第 6 辑 [M]. 1986.

[137] 中国政治协商会议福建省福州市委员会文史资料工作委员会. 福州文史资料选辑：第 11 辑 [M]. 1992.

[138] 朱崇才. 词话丛编续编 [M]. 北京：人民出版社，2010.

[139] 朱惠国. 清词文献丛刊：第 1 辑 [M]. 北京：社会科学文献出版社，2018.

[140] 台湾部分请参见笔者博士论文《晚清民国福建词坛研究》中"闽台一体化视域下的台湾词坛"一章。